연 2

초판 1쇄 찍은 날 § 2008년 5월 16일
초판 1쇄 펴낸 날 § 2008년 5월 26일

지은이 § 김인숙
펴낸이 § 서경석

편집장 § 문혜영
편집책임 § 이종민
편집 § 한지윤

펴낸곳 § 도서출판 청어람
등록번호 § 제1081-1-89호
등록일자 § 1999. 5. 31
어람번호 § 제5-0196호

주소 § 경기도 부천시 원미구 심곡1동 350-1 남성B/D 3F (우) 420-011
전화 § 032-656-4452 팩스 § 032-656-4453
http://www.chungeoram.com
E-mail § eoram99@chollian.net

ⓒ 김인숙, 2008

ISBN 978-89-251-1319-7 04810
ISBN 978-89-251-1317-3 (SET)

※ 파본은 구입하신 서점에서 교환하여 드립니다.
※ 저자와 협의하여 인지를 붙이지 않습니다.
※ 이 책은 도서출판 청어람과 저작자의 계약에 의해 출판된 것이므로,
　무단 전재 및 유포·공유를 금합니다.

엿 2

김인숙 지음

2부

一. 죽음이 우리를 갈라놓으니 _7

二. 내가 묻힐 너의 바다 _35

三. 대(大) 상인 단하 _47

四. 감추어진 진실 _90

五. 살기 위해서 죽었던 여자,
　　죽기 위해서 살았던 남자 _111

六. 사내를 품다 _172

七. 당신이 슬플 때 나는 사랑한다 _233

八. 폭설 _272

九. 진실 _331

十. 꿈꾸는 그들 _377

종장(終章) _401

그리고 남은 이야기 _425

작가후기 _430

一 죽음이 우리를 갈라놓으니

휘경궁의 별궁인 모란전의 조그만 연못가에 새침하게 앉아 있는 여인은 혼인한 지 이제 막 한 달이 지난 새 신부 가희 공주다. 시비들은 멀찍이 서서 가시 돋친 꽃마냥 뾰족한 그녀의 얼굴을 훔쳐보고 있었다. 그 가시에 어느 누가 찔릴지 몰라 다들 몸을 사리고 있는 것이다.

왕실과 귀족들의 축하를 받으며 성대한 혼인식을 치른 후 신방으로 함께 들어갔던 해율이 밤새 사라져 버렸다. 아침에 시비들이 신방으로 들어갔을 때 가희는 전날 밤에 시비들이 앉혀두고 간 모습 그대로 앉아 있었다. 머리에 꽂은 아름다운 꽃들은 풀 죽은 듯 말라 있었고, 공주의 목은 머리 장식을 이기지 못해 꺾일 듯 흔들렸다. 얼굴은 터져 버릴 듯 붉어 있었고 건드리기만 하면 좌르륵 눈물을 쏟아버릴 듯했다. 꽉 깨문 입술은 분노에 떨리고 있었다.

그 후, 가희 공주는 혼인 첫날에 소박을 맞은 소박데기 공주란 소문이 궐 안에서 공공연히 떠돌았다.

가희는 입술을 바르르 떨며 들고 있던 돌멩이를 연못 속으로 풍당 던졌다.

혼인 얘기가 오가고 준비를 하고 하는 동안에도 얼굴 한번 비치지 않던 해율이었기에 부끄러움과 야속함과 은근한 기대로 신방에 들어섰었다. 그러나 신방에 들어서자마자 해율이 한 첫 마디는 미안하다는 말이었다. 그 말 한 마디만 남기고 그는 그 길로 우슬라로 떠나 버렸다. 아무런 설명도 없었고 양해도 구하지 않았다. 그저 차고 서글픈 눈빛만 보였을 뿐이다.

입술을 잘근 깨문 가희의 눈가에 이슬이 맺혔다. 그러나 눈물이 되어 떨어지지는 않았다. 너무나 분해서 눈물을 흘릴 수가 없다. 용서하지 않을 테다. 사비도, 해율도.

연화궁을 찾아온 유신이 차루벌을 떠나겠다는 말을 힘겹게 꺼냈다. 젊은 시절 다 보지 못한 세상을 다시 한 번 찬찬히 돌아보며 주유를 할 참이라고 말하는 그의 얼굴에는 잔잔한 평화가 감돌았다. 연화는 아무 말도 할 수 없었다. 떠나지 말라는 말도, 잘 가라는 이별의 말도.

들고 있는 연화의 찻잔이 떨리고 있다는 것을 유신은 알지 못했다. 평생 단 한 자락의 마음도 허락하지 않았던 여인이다. 이제는 따듯한 눈길조차 열망할 수 없는 사이가 되어버린 여인이다. 그래서일까? 두고 가는 마음이 예전처럼 쓰리진 않다. 무영과 해율이 있기에 그녀의 안전이 걱정되지도 않는다. 모든 것을 털어내고 진정 평화로운 마음으로 그녀를 바라볼 수 있을 때 돌아올 참이다. 과연 그런 날이 올까 의문이지만.

"해율은 너무 걱정하지 마십시오. 제가 떠나는 길에 가리옹성에 들러 잘 타이르겠습니다."

초야조차 치르지 않은 채 떠나 버린 해율로 인해 가희 공주는 물론 연화의 상처도 큰 듯했다. 한 번 잃었다가 다시 찾은 공주이기에 그 마음이 더욱 애틋할 것이다.

"예."

그녀는 극도로 말을 아꼈다. 입을 떼는 순간 어떤 말이 흘러나올까 두려워서다. 그의 존재가 이미 드러낼 수 없는 무게로 마음에 들어서 버렸다는 것을 들켜서는 안 되었다. 얼굴에도 말에도 간간이 보이는 미소에도, 그리고 흔들리고 있는 눈에도 장막을 씌웠다. 평생 능혜만 사랑하며 품고 살다가 죽어버릴 여인, 그것이 아사금 연화라고 믿게 해야 했다.

"건강하십시오."

"마마도…… 내내 건강하십시오."

그 아름다운 빛을 잃지 마시고 능혜왕 전하를 향한 오롯한 마음도 잃지 마시고 강인하신 모성도 잃지 마시고 내내…….

유신은 가물 꺼져 내리는 마음을 이기지 못하고 자리에서 일어났다. 자신 속에 여전히 스물셋의 아사금 연화가 살고 있다는 사실을 깨달으며 아찔한 현기증이 일었다.

미련하고도 미련하다. 바람이 불고 비가 오면 한 번쯤 흐트러질 법도 하건만 마음이란 것이 어찌 이리도 독하게 뭉쳐져 있는 것일까? 미련스런 고집인지, 못난 마음 탓인지, 스스로도 어쩔 수 없는 몹쓸 병인지, 그것도 아니면 평생 한 사람밖에 가슴에 담지 못할 운명을 타고난 것인지 알 수가 없다.

연화는 두 손을 움켜쥔 채 방 안을 서성이고 있었다. 마음이 완벽하게 정리되지 않는 한 그는 돌아오지 않을 것이다. 어쩌면 다시는 볼 수 없을지도 모른다. 터질 듯 깨문 입술 사이로 작은 신음 소리가 새어나왔다.

"명아, 명아!"

어느새 머리칼이 희끗희끗하고 궁궐 무사대를 총괄하는 대장이지만 연화에게는 여전히 '명'일 뿐인 주명이 안으로 들어왔다. 떠나는 유신을 궁 밖까지 따라 나가 배웅하고 들어오는 길이었다.

"예, 마마."

"아리산으로 가자."

연화의 말은 명을 앞서 달렸다. 행렬조차 갖추지 않은 채 입은 옷 그대로 저자를 달리고 들판을 달려 단숨에 아리산에 닿았다. 언덕을 달려 올라온 말은 능혜왕의 무덤으로 가는 길을 외면한 채 쉬지 않고 치달아 올랐다. 차루벌이 한눈에 내려다보이는 아리산 중턱에 이르러서야 연화는 말을 멈추었다. 훌쩍 뛰어내려 사방을 살피던 그녀의 눈에 대로를 지나 북문으로 향하고 있는 단출한 행렬이 눈에 들어왔다. 유신이었다.

유신님……!

순식간에 눈시울이 흥건히 젖어버렸다.

소리쳐 부르면 그가 돌아볼까? 이 아사금 연화를 발견하고 단숨에 달려와 줄까? 그리고 우리 사이를 아는 이 아무도 없는 곳으로 데려가 줄까?

그러나 한 달음에 언덕을 달려 내려가는 마음을 차가운 이성이 붙들었다. 차루벌을 떠남으로써 그는 비로소 아사금 연화로부터 자유로워질 것이다. 평생을 모질고 못난 그녀의 그림자에 매달려 있었던 남자, 이제 그만 훨훨 털고 자유로워지기를 바란다.

눈앞이 흐려져 유신의 형체가 잘 보이지 않았다. 속상한 울음이 자꾸만 새나온다. 연화는 입을 가린 제 손을 깨물었다. 이제야 평생을 소원하던 그녀의 마음을 가진 것을 까마득히 모른 채 유신의 형체는 차루벌 북문 근처에서 작은 점이 되어 가물가물 사라졌다.

유신은 우슬라 지방으로 향했다. 단국으로 넘어가기 전 해율부터 만나볼 참이다. 가리옹성으로 향하는 내내 산야는 메마르고 척박해서 백성들의 피폐한 삶이 한눈에 보였다.

우슬라는 기란국과 단국, 그리고 야로국의 세 국경이 맞닿아 있는 곳이다. 그래서 늘 불안한 땅이다. 이 불안이 타개되지 않는 한 이곳의 백성들은 언제까지나 피폐한 삶을 살 수밖에 없다.

그곳에서 본 해율의 얼굴은 어둡고 탁했다. 언제나 당당하고 활력이 넘쳤던 아들의 변한 모습에 유신의 마음도 편치 않았다.

"몸이 좋지 않은 것이냐?"

"아닙니다."

해율은 짧게 대답했다. 실은 가슴이 말라 버린 듯 말이 잘 나오지 않는다. 자신을 떠나는 조건으로 재물을 챙겼다는 사비의 말에 미친 듯 분노하며 걸로를 떠나던 순간부터 그랬다. 무언가가 목 안에 가득 차서 말문을 막고 있다.

끓어오르는 분노를 안고 동굴을 나오자 해가 막 뜨고 있었다. 이글거리는 그 불덩이가 꼭 자신의 마음을 보는 듯했다. 그대로 차루벌로 돌아갈 수는 없었다. 그것은 곧 사비와의 끝을 의미하는 것이었으니까. 그래서 그는 곧장 말을 달려 가리옹성으로 갈 참이었다.

이 분노가 사그라지고 나면 다시 사비를 볼 수 있을까? 그때쯤이면 그녀가 선택했던 재물들보다 더 귀한 무엇이 되어 걸로를 찾아올 수 있을지도 모르겠다.

해율은 버림받은 아이처럼 마음이 서러웠다. 부끄럽게도 굵은 눈물이 툭, 떨어졌다. 저 바다를 다 품어버릴 듯 원대한 꿈을 꾸던 사내는 어디에서도 찾아볼 수 없었다.

동굴을 나와 절벽을 돌아 오르는 그의 앞을 건장한 사내들이 가로막았다. 비연을 비롯한 궁궐 무사들이었다. 순간 해율은 사비가 그들을 불러들였다는 것을 직감했다. 이것도 재물을 하사받은 대가일까? 사비는 철저하게 그를 떼어내고 있었다. 처절하게 버림받은 기분이었다.

용서하지 않겠다. 절대, 절대 널 용서하지 않겠어!

꼼짝없이 잡혀 차루벌로 달리는 내내 그 생각뿐이었다. 궁궐 무사들에 둘러싸여 차루벌로 달리는 그의 뒤를 다겸이 이끄는 별금 사병들이 따라붙었다. 차루벌로 들어서는 순간 그는 자신이 결코 도망칠 수 없는 곳으로 발을 들여놓았음을 깨달았지만 돌아서지 않았다.

그가 돌아옴으로서 건승의 반란군을 진압할 당시에 희생되었던 별금의 병사들과 그 가족들에게 전답이 내려지고 신분을 상승시켜 주는 등 본격적인 보상이 이루어졌다. 더 이상 도망칠 수도 없는 상황이 되어버렸다.

그때까지도 해율은 사비를 향해 품었던 분노가 사그라지지 않았다. 처음부터 그녀가 가슴에 품었던 것이 자신이 아니라 자신이 품은 꿈이었고, 포부였다는 말이 가시처럼 박혀 있었다.

죽음이 우리를 갈라놓으니 13

그녀가 진정 원하는 것이 별금 해율이 아니라 별금 해율이 가질 왕좌라는 사실이 그를 절망케 했다. 사비가 반짝이는 눈으로 보았던 것은 해율이라는 사내가 아니라 그 사내가 가진 별금이라는 성이었고, 그것이 가진 힘이었고, 미래였던 것이다.

그래, 보란 듯이 세상을 가져주마. 다 가진 연후에 너를 찾겠다. 그리고 세상에서 가장 모질게 버려줄 것이다.

혼인을 치르던 그날까지 그런 마음이었다. 그러나 신방으로 들어서는 순간 해율은 자신에 대한 분노를 이길 수가 없었다. 무엇을 바라고 이곳까지 왔는가? 아무 의지도 다짐도 없이 아버지와 무영 장군에 떠밀리고, 별금 집안에 떠밀리고, 사비를 향한 분노에 떠밀려 이곳까지 와버렸다. 결코 원치 않는 길을 향해 걸음을 옮기고 있는 스스로가 경멸스러웠다. 이런 마음으로 과연 무엇을 할 수 있겠는가? 혼인식 내내 눈앞에서 아른거리던 사비가 신방까지 따라 들어와 여전히 그의 피를 들끓게 하고 있는 것을.

눈앞에 공주를 두고도 여전히 사비를 향해 들끓어대는 뜨거운 피를 이길 수가 없었다. 분노와 열망, 증오와 그리움이 범벅이 된 사비의 환영이 숨통을 조이듯 덤벼들었다. 그런 마음으로 공주를 안을 수는 없었다. 미안하다는 한 마디만 남기고 해율은 신방을 나와 버렸다. 몹쓸 짓이라는 걸 알면서도 어쩔 수가 없었다.

다시 세상을 주유하고 싶다는 유신의 말에 해율은 마음이 안타까웠다. 평생을 가슴에 품고 있던 연화궁 마마와 사돈이 되었으니 더 이상 차루벌에 머물 수 없었을 것이다. 혼인을 받아들이며 유신이 느꼈을 고뇌들이 고스란히 느껴졌다. 그렇게 목말라 하던 연화궁 마마의 따듯한 눈길조차 아버지께는 사치였을까?

"아비가 원망스러우냐?"

사모하는 여인을 떼어내고 억지 혼인을 강행한 것을 두고 묻는 말이다.

"절반은 저의 선택이었습니다."

"그래? 그럼 그것에 대한 책임도 져야 한다. 지아비의 책무를 다 하라는 뜻이다. 이런 식으로 도망치는 것은 비겁한 짓이다."

초야조차 치르지 않은 채 도망치듯 이곳으로 와버린 해율의 행동에 대한 질책이다. 해율은 아무 대답도 하지 않았다. 지금은 아무 말도 하고 싶지 않다. 아무 생각도 하고 싶지 않다.

가리옹성을 나서며 유신은 해율의 몸속에서 끝단까지 눈물이 차 올라 있다는 것을 느꼈다. 순간 자신이 씻지 못할 큰 잘못을 저지른 것이 아닌가, 잠깐 생각했다. 그러나 그는 이내 고개를 흔들었다. 이미 돌이킬 수 없는 일이 되어버렸다. 그리고 지금도 여전히 옳은 선택이라는 생각에는 변함이 없다.

"연화궁 마마와 전하를 잘 보필하여라."

해율은 아무 대답이 없었다. 지금은 어떤 대답도 해줄 수 없다. 마음에서 사비가 온전히 사라지지 않는 한 멀쩡한 얼굴로 차루벌로 돌아가 공주를 볼 자신이 없다.

"내가 네게 몹쓸 짓을 하였다. 네 어머니 일도, 이번 일도……."

해율에게는 어머니가 존재했지만 유신의 인생에는 아내가 존재하지 않았다. 오로지 아사금 연화뿐이었다. 해율을 볼 때마다 그것 때문에 죄책감이 들었다.

"그 말씀은…… 나중에 어머님을 뵈면 하십시오."

어린 날의 상처가 아릿하게 가슴을 긁어 말이 곱게 나오지 않는다. 원망은 이미 형체를 잃은 지 오래인데 마음은 여전히 그것을 기억하는 모양이다. 이국을 떠돌며 다 자랄 때까지 연화궁 마마는 알았지만 제 어머니의 이름은 몰랐을 정도였으니 어머니인 아사금 한비에 대한 유신의 외면이 얼마나 모질었는지 짐작이 간다.

말에 오르려던 유신이 다시 돌아서 가까이 다가왔다. 해율의 어깨를 가만 잡아주던 그의 손에 힘이 들어갔다. 그리고 아프도록 꽉 움켜잡았다.

"눈물을 두려워 말아라. 사내라는 이유로 그럴 필요는 없다. 눈물을 흘린다는 것은 변을 보는 것이랑 다를 바가 없느니라. 변이 신체의 찌꺼기라면 눈물은 마음의 찌꺼기고 감정의 찌꺼기가 아니겠느냐? 버리고 걸러내어야 튼튼해지는 것이다."

꽉 움켜쥔 어깨를 놓고 유신은 돌아섰다. 이겨내지 못할 아픔이란 없는 법이다. 아들이 이 아픔을 잘 이겨내고 튼튼하고 강건해지기를 바란다. 끝단까지 차 올라 있는 저 눈물을 다 쏟아내고 나면 새로운 세상이 보이리라.

해율은 성루에 올라 멀어지는 유신의 모습을 바라보고 있었다. 너무나 원망했고 너무나 존경했던 아버지의 모습이 멀어져 간다. 자신의 드높은 이상도 포부도, 그리고 당당함도 모두 저 분의 그늘이 있었기에 가능했던 것 같다. 해율은 드디어 자신이 세상에 홀로 남겨졌다는 것을 깨달았다. 이제부터 일어나는 모든 일은 자신의 선택이고 의지가 될 것이다.

의지로서 감정을 이겨낼 수 있을까? 그럴 수 있으리라 생각한다. 당장은 어렵겠지만 언젠가는 그리되리라. 차대왕의 지위가 탐이 나고 정복의 꿈이 부풀면 가슴에 맺혀 있는 사비의 형상도 지워지리라. 그럴 수 있을 것이다. 그러나 지금은…… 너무도 아프구나. 생살을 칼로 저며낸들 이토록 아프진 않으리라.

해율은 가슴을 움켜쥐고 성루에 주저앉았다. 모질었던 사비의 말들이 날 선 칼이 되어 가슴을 찌른다.

나의 지위가 탐이 났고, 나의 이름이 탐이 났던 것인가? 진정 나를 사랑한 것이 아니었던가? 한순간 재물에 눈이 멀어 떠나 버릴 만큼 그리도 가벼웠던가? 나는 꿈도 버리고, 포부도 버리고, 세상조차 다 버리고 너 하나만을 품은 채 살고 싶었는데…….

터질 듯한 눈물은 망막에 그림자만 지을 뿐 더 이상 흘러내리지 않는다.

 사비가 바다로 나간 사이 살짝살짝 다녀가던 지마가 언제부턴가 드러내 놓고 집을 드나들었다. 그것이 밤낮을 가리지 않으니 사비는 어쩔 수 없이 광 옆의 조그만 골방을 치우고 잠자리를 그곳으로 옮기는 수밖에 없었다. 밤이면 울불의 신음 소리가 파도 소리에 실려 마당을 건너왔다. 어머니에 대해서는 이미 마음을 비워 버린 탓인지 그런 모습들을 봐도 아무렇지 않았다. 그것은 어머니의 인생일 뿐이다.
 짐승처럼 무너져 내리며 목을 조이던 해율의 모습이 뇌리를 떠나지 않는다. 너무나 빨리 들려온 혼인 소식에 안도하면서도 조금 당황스러웠다. 그러나 이런 감정은 차차 익숙해질 것이다. 스스로 원했던 일이었으니.
 한바탕 땀을 쏟아낸 지마가 울불의 몸에서 떨어져 내려왔다. 그리고 출출한지 말린 문어다리를 질겅질겅 씹으며 속삭였다.
 "헌데 저기 저 광에 가득한 재물들은 다 어찌할 셈인가?"
 "낸들 알겠수? 사비 저것의 속을 도무지 알 수가 없으니……."
 "쇠통을 잠가두었으니 문을 부수는 수밖에 없겠지?"
 "큰일날 소리! 저것이 두 눈 시퍼렇게 뜨고 지켜보고 있는데?"
 "바다에 나간 사이에 일을 벌이면 되지 않겠어?"

"그랬다간 걸로를 벗어나지도 못하고 잡히고 말걸요? 차불한 님의 눈들이 하루에도 서너 번씩 이 집을 살피고 가는 걸 모르시우?"

차불한의 눈이란 소리에 지마는 질겅거리던 입을 멈추고 쯧, 혀를 찼다.

그렇다면 사비를 꼬드기는 수밖에 없는데, 어쩐다?

"건넌방에 있는 저것을 어찌 처치할 방법이 없을까?"

어둠 속에서 번들거리는 지마의 눈을 보며 울불은 성가신 듯 돌아누워 버렸다.

"안달 내지 말고 조금만 기다려 봐요. 내가 어찌해 볼 테니."

울불은 갑자기 무슨 일인지 시체 같은 눈을 하고 다니고 있는 사비가 마음에 걸린다. 사비가 힘이 펄펄 넘쳐 돌아다닐 때는 온갖 모진 소리를 퍼붓고 모진 행동을 하고도 아무렇지 않았는데 혼이 빠져나가 버린 듯 멍한 눈을 하고 있는 꼴을 보고 있자니 마음이 무겁고 눈도 성가시다. 요 며칠, 도대체 무얼 입에 넣는 걸 볼 수 없으니 저것이 저러다 뭔 일이라도 나는 건 아닌가 싶어 더럭 겁도 난다.

오늘 아침엔 밥상머리에 멍하니 앉아 있는 꼴이 보기 싫어 소리를 지르며 수저를 내밀었더니 조금 놀란 얼굴로 자신을 빤히 바라보았다. 그것이 무안해 다시 수저를 내동댕이치긴 했지만 사비가 뭐든 먹고 기운을 차려야 자신의 마음이 편할 텐데 그럴 기미가 보이지 않으니 은근히 걱정이 되었다. 이것이 그나마 제

속에 남아 있는 조그만 죄책감인지 아니면 이십여 년 함께 살며 어쩔 수 없이 들어버린 미운정인지 알 수가 없다.

해율은 바다와 강이 만나는 물목의 산자락에서 멀리 구름처럼 일렁이는 바다를 바라보고 있었다. 가리옹성에서 이곳까지 단숨에 말을 달려온 참이었다. 하얀 거품을 물고 선 말을 다그쳐 사비가 있을 그곳으로 내쳐 달리고 싶었지만 그럴 수가 없었다. 그곳으로 들어서는 순간 다시는 발길을 되돌릴 수 없을 것이고 그리되면 자신은 죄인이 된다. 연화궁 마마와 왕실을 능멸하고 공주를 능멸한 죄인, 별금 집안을 지키지 못한 죄인.

죄인의 몸으로 사비를 안고 안전하게 살아갈 수 있는 땅이 과연 이 기란국 어디에 있을까? 사비가 선택한 재물보다 더 귀한 무엇이 될 수 있는 길은 또 과연 무얼까? 결국…… 부마도위의 지위를 인정하고 받아들이는 것, 그 길뿐인 것인가?

종일 생각을 거듭하고도 결국 아무 답을 구하지 못한 채 해가 산자락을 발갛게 물들이는 것을 보며 그는 돌아섰다.

두 달 만에 해율이 차루벌로 돌아온다는 소식이 전해졌다. 그 소식을 받자마자 이리 꾸미라 저리 꾸미라 다그쳐 대는 가희로 인해 모란전 시비들은 죽을 지경이었다. 침상도 새로 바꾸라 휘장도 새로 바꾸라 심지어는 다 지어놓은 해율의 옷이 마음에 안 든다며 바느질 단을 화드득 뜯어 내동댕이치고 새로 지어오라고 소리를 지르기도 했다. 이런 가희의 행동들이 연화의 귀에

낱낱이 들어왔지만 그녀는 나무라지 않았다. 신혼 초야에 소박 맞듯 혼자 버려진 가희의 심정을 이해하였기에 그저 마음이 아팠다. 어떡하든 해율의 마음을 사로잡으려 애쓰는 모습이 안쓰럽고 다행이다 싶기도 했다.

해율은 한결 맑고 단단해진 얼굴로 돌아왔다.

"잘 왔다, 해율. 마음은 좀 나아졌느냐?"

"송구하옵니다, 마마."

"모두들 너에게 거는 기대가 크다. 이젠 부마도위로서 본분을 다 하고 전하의 곁에서 힘을 보태어라."

여전히 따뜻한 연화의 음성이지만 은근한 위엄도 느껴졌다. 아무 대답을 못한 채 그곳을 나온 해율은 모란전이 있는 별궁 쪽으로 안내하는 시비를 외면한 채 궁을 나와 집으로 향했다. 아버지가 안 계시니 별금 집안을 살피는 것도 이제는 그의 몫이었다.

무엇이 결정되어 돌아온 것은 아니다. 꼭 처리해야 할 집안의 일들이 있어서 온 것뿐이다. 여전히 공주를 안을 자신은 없다. 차라리 아무 뜻 없는 기방의 여인이라면 쉬울 것이다.

저녁 무렵 궁에서 나온 시비가 별궁에서 기다리겠다는 가희의 전갈을 가지고 왔다. 그러나 해율은 아무 답을 주지 못한 채 시비를 돌려보냈다. 미안했지만 그에게는 이 상황을 받아들일 수 있는 좀 더 긴 시간이 필요했다.

늦은 밤이 되도록 해율을 기다리던 가희의 마음은 설렘에서 서러움으로, 원망으로, 다시 분노로 변해갔다. 자신의 존재가 어느 개천에 버려진 나무토막같이 아무 쓸모 없고 한심하게 느껴졌다.

이럴 거면 왜 자신과 혼인을 했을까? 사비 그년과 걸로에서 바다 사내가 되어 살든지, 변방을 떠돌며 산짐승같이 살든지 할 것이지!

며칠 동안 시비들을 다그치며 온갖 단장을 해댄 자신의 모습이 부끄러워 견딜 수가 없다. 사비와 해율, 그 둘을 어떻게 해줄까 생각하며 이를 빠득빠득 갈았다. 해율을 놓아줄 생각은 추호도 없다. 그는 이제 별금 집안을 등에 업고 기란국의 권력의 반을 쥐고 있는 차대왕이다. 무슨 수를 써서든 그의 마음을 사로잡아야 한다. 그것만이 자신이 살길이라는 것을 그녀는 잘 알고 있다.

새벽녘이 되자 밤새 이를 빠득빠득 갈던 가희의 두 눈에 드디어 눈물까지 가랑가랑 맺혔다. 다음날 아침, 해율은 변방 시찰을 나간다는 전갈만 보내온 채 다시 차루벌을 떠나 버렸다.

"어떻게 이럴 수가 있습니까? 제가 무얼 잘못했는데…… 무엇이 모자라 이리 살아야 한답니까? 흑흑흑, 용서할 수 없습니다. 용서가 안 됩니다!"

아침부터 젖은 얼굴로 찾아온 가희의 울음이 그치지 않는다. 연화도 조금 전에야 해율의 변방행을 전해 들은 터라 놀라 있던 참이었다. 조금만 더 참고 기다리자 싶으면서도 해율의 행동이 괘씸한 건 어쩔 수 없다. 감히 이 연화를 어찌 보고 가희를 이리 막 대하나 싶어서 화도 났고, 혼인한 지 두 달이 넘도록 초야조차 치르지 못한 가희를 생각하니 마음이 싸하니 아팠다. 저것이 세상에 날 때부터 부모에게 외면을 받았는데 이제는 지아비에게까지 외면을 받는가 싶어서 마음이 편치 않다. 해율이 변방 시찰을 마치고 돌아와서도 여전히 이런 모습을 보일 때는 용서치 않으리라. 그러나 그녀는 짐짓 담담한 목소리로 가희를 타일렀다.

"조금만 참고 기다려라. 해율에게도 마음을 정리할 시간이 필요할 것이다."

어마마마는 여전히 담담하시다. 하긴, 평생 사랑만 받으며 살아오신 분이 외면받는 이의 마음을 어찌 알겠는가. 게다가 어마마마의 마음속에는 여전히 태무 전하뿐이신걸? 눈빛만 봐도 다 알 수 있어. 저분은 날 조금도 사랑하지 않아!

"이게 다…… 사비 탓입니다."

앙다문 가희의 입에서 나오는 말에 연화의 표정이 엄해졌다.

"그 아이는 탓하지 마라."

떠나라는 자신의 말에 한마디 반항 없이 떠나준 아이다. 걸로로 찾아간 해율을 되돌려 보낸 것도 사비일 것이라고 연화는 생각했다. 사비의 성정으로 보아 충분히 그러고도 남는다.

죽음이 우리를 갈라놓으니

"어마마마는…… 어마마마는 저보다 사비를 더 사랑하십니다!"

원망이 가득 담긴 음성만큼이나 바라보는 눈에도 원망이 가득하다.

"무슨 말을 그리하느냐?"

아무리 한들 내가 저를 두고 사비를 더 사랑할까? 어떻게 찾은 너인데?

"어마마마는 한 번도 절 사비를 볼 때처럼 따뜻이 보아주시지 않으십니다. 그러니 부마도위까지 저를 이리 차갑게 대하는 것입니다!"

"내가 왜 널 따뜻이 보아주지 않더냐? 나는 늘 널 사랑해 왔다. 넌 다시 찾은 보물 같은 딸이다, 잊었느냐?"

"그럼, 사비 그년을 어찌 좀 해주시어요! 그것이 있는 한 부마도위는 평생 저를 나무둥치 보듯 할 것입니다."

"조금만 참고 기다리라지 않느냐. 기다리면 돌아올 것이다. 그리고 사비를 다시 궁으로 부르는 일은 없을 터이니 마음 놓아라."

앙앙 울음을 토했다가 말도 안 되는 억지를 부렸다가 하던 가희는 사비를 다시는 궁으로 부르는 일이 없을 거라는 말을 듣고서야 방을 나갔다. 연화는 한숨을 내쉬었다. 사비를 다시 부를까 내심 불안했던 모양이다. 철이 없는 건지 영악한 건지 모르겠다. 늘 불안해하고 사랑에 목말라 하는 모습이 안쓰럽다가도

한 번씩 얼토당토않은 억지를 부릴 때면 노여움이 일기도 한다. 생각해 보니 가희 말대로 사비를 바라볼 때면 언제나 따뜻한 마음으로 바라보았던 것 같다. 모든 것이 어여뻐 보이는 아이였으니 바라보는 눈빛이 따뜻할 수밖에 없었을 것이다. 해율과의 일만 아니었다면 평생 곁에 두고 사랑해 주었을 것이다.

잘 있을까? 마음이 많이 아팠겠지?

반란이 일어났을 때 토굴에서 자신의 옷으로 갈아입고 돌아앉던 사비의 모습이 아직도 눈에 선하다. 그 모습이 왜 이토록 머리 속을 떠나지 않는 건지, 눈에 익은지 알 수가 없다.

"버들내를 찾는 길에 발길이 닿으면 걸로에 한번 다녀오너라."

먼길을 떠나는 명을 불러 나직이 속삭이던 연화의 음성이 가희의 귓가를 떠나지 않는다. 해율이 떠난 것을 알고 연화궁에 달려갔다가 문밖에서 들은 소리다. 그동안 명이 궁에서 사라졌다가 다시 나타나곤 하던 일들이 다 '버들내'라는 시비를 찾기 위해 길을 떠났던 것이라는 것을 얼마 전에야 알게 되었다.

공주가 태어났을 때 공주의 모습을 보았다는 유일한 사람, 서란강에서 아기 바구니를 강물에 띄웠다는 그 시비 버들내.

잃어버렸던 공주를 이미 찾았는데 여전히 버들내라는 시비를 찾으시는 속내가 무얼까? 가희는 두려움이 왈칵 밀려들었다. 버들내를 찾는다 한들 이십여 년이 다 되어가는데 갓 태어난 핏덩이의 무엇을 기억할까 싶다가 어쩌면 한눈에 알아볼지도 모른다는 생각이 불쑥 들기도 한다. 그런데 걸로에는 왜 다녀오라고 하실까? 불안한 마음에 입이 바짝바짝 마른다.

흔적도 없이 사라져 버렸으면 좋겠다. 사비도, 울불도, 버들내도, 모두모두 흔적없이 사라져 버렸으면 좋겠다.

지마의 들쑤심을 견디다 못한 울불이 몸이 좋지 않아 물질을 나가지 못하는 사비를 며칠째 따라다니며 볶아대었다.

"재물들은 처박아두었다가 죽은 후에 짊어지고 가려느냐? 미련퉁이 같은 것!"

재물을 처분하여 번듯한 집칸이나 마련하고 노비도 부리고 떵떵거리며 살아보자는 소리다. 그러나 헤픈 울불의 씀씀이로 야금야금 빼먹는다면 재물이 많다 한들 얼마나 가겠는가? 그녀 뜻대로 처분하여 쓰게 두었다가는 얼마 지나지 않아 또다시 지금의 생활로 돌아와 버릴 것이다. 더구나 이젠 아예 제가 사비의 아버지라도 되는 양 행세하고 다니는 지마도 믿을 만한 사람이 못 된다.

사비는 그 재물로 무언가 새로운 일을 해보고 싶었다. 그 재물들을 좀 더 보람된 곳에 쓸 수 있다면 좋겠지만 그것이 여의치 않을 때는 크게 한번 불려보고 싶은 생각도 있다. 아직은 그 방법이 떠오르지 않아 창고에 넣어두는 것뿐이다. 울불이나 지마 외에도 창고 속 재물에 눈독을 들이는 사람들이 많으니 은근히 불안하기도 하다. 아무래도 얼른 결정을 내려야 할 것 같다.

"조금만 기다리세요, 어머니. 재물을 어찌할 건지 곧 말씀드리겠습니다."

"그래, 사비야. 처박아두어 봐야 밥이 나오는 것도 아니니 얼른 처분하자. 너도 이제 고된 물질은 그만두고 고운 옷도 한번 입어보고 해야 하지 않겠느냐? 곧 혼인도 해야 할 터이니 볕에는 그만 나가거라. 그 시커먼 얼굴을 보고 어느 사내가 좋다 하겠어? 그러니 잘 생각해 보고 내 말대로 처분하도록 하자, 알겠느냐?"

난생처음 들어보는 울불의 나긋나긋한 목소리에 사비는 설핏 웃었다. 어머니의 살가운 음성이 생소하고 어색하다는 것이 슬프다. 아버지가 돌아가신 후 따뜻한 눈길 한 번 받아본 기억이 없다. 주워온 아이가 아닐까 생각한 것이 한두 번이 아니었다. 그런데 주워온 아이는 자신이 아니라 가희였다. 그것은 아무리 생각해도 이해가 되지 않는 부분이다. 아무래도 울불과 자신은 전생에 원수지간이었던 것이 분명하다. 전생에 자신이 울불에게 씻을 수 없는 죄를 지어 그것을 갚으려 이생에 그녀의 딸로 태어난 것이라고, 그렇게 생각하기로 했다.

그날은 유난히도 더운 밤이었다. 문을 활짝 열어두고 자는 것이 사비에게 민망했는지 밤마다 찾아오던 지마도 그날은 오지 않았다. 울불은 큰방에서 잠이 들고 사비는 여전히 창고 옆의 조그만 골방에서 잠이 들었다. 파도 소리마저 잠이 들어버린 조용한 밤이다.

곤한 잠에 빠져 있던 사비는 둔탁한 소리에 잠을 깼다. 그믐이라 사방은 칠흑같이 어두웠다. 종일 뜨겁던 열은 밤이 되어도 여전한지 문을 열어두고 잤는데도 온몸이 땀으로 끈적끈적했다. 조금씩 잠이 깨면서 나직한 파도 소리가 들린다. 스르르 눈을 감으려는데 다시 어디선가 둔탁한 소리가 들렸다. 방문을 여닫는 소리도 들린 듯하고, 우당탕 물건이 부딪치는 소리, 그리고 짧은 비명 소리도 들은 듯하다. 그러나 그 소리는 파도 소리에 묻혀 명확하지가 않았다. 순간적으로 잠이 달아난 사비는 벌떡 일어났다. 소리는 울불이 잠든 안방 쪽에서 들렸다.

지마 아저씨가 오신 건가?

고개를 갸웃하며 누우려다 혹시나 하는 마음에 밖을 내다보았다. 안방 문이 닫혀 있었다. 이 더운 밤에 문은 왜 닫았을까, 의아했다. 정말 지마가 온 것인가 생각하며 잠깐 망설이던 사비는 살금살금 안방 쪽으로 다가갔다.

"어머니…… 아무 일 없으세요? 어머니……?"

조그만 소리로 울불을 부르는데 문이 벌컥 열렸다. 번개처럼 뛰어나온 시커먼 그림자가 손에서 무언가를 빼어 드는 것이 보였다. 날카로운 쇳소리가 들리는 순간 사비는 그것이 칼을 뽑는 소리라는 것을 직감했다. 두어 걸음 뒷걸음질을 하던 사비는 돌아서 달렸다. 어디든 뛰어들어 가 살려달라고 소리를 쳤었어야 했지만 그럴 생각조차 못할 만큼 따라붙는 사내의 걸음도 사비만큼이나 재발랐다.

칠흑 같은 골목을 빠져나와 바다 쪽으로 내달았다. 그 길은 눈을 감고도 달릴 수 있을 만큼 익숙한 길이라 버릇처럼 그쪽으로 향한 것이다. 머리 속이 하얘진 채 앞만 보고 내달리는 사비의 귓전에 스륵스륵, 날카로운 칼이 바위에 끌리는 소리가 간간이 들렸다. 그럴 때마다 오싹오싹 돋아나는 소름을 느끼며 죽을힘을 다해 달렸다.

누굴까? 필시 창고에 있는 재물을 노린 자일 텐데…… 칼을 사용하는 것을 보면 이곳 걸로 사람 같지는 않다.

힐끗 돌아보았지만 너무나 어두웠기 때문에 건장한 사내라는 것뿐 아무것도 알아볼 수 없었다. 파도 소리가 점점 가까워지고 있었다. 숨이 턱에 차 올라 걸음이 자꾸만 느려졌다. 사내의 거친 숨소리가 등 뒤에까지 따라붙었다. 순간 휙, 공중을 가르며 칼 휘두르는 소리가 들렸다.

"헉!"

무엇이 등을 가르는 느낌이 들었다. 그와 동시에 화끈한 불길이 순식간에 등을 뒤덮었다. 그러나 사비는 멈추지 않았다. 멈추는 순간 저 시퍼런 칼날에 몸은 두 동강이 나고 말 것이다. 싸늘한 바람이 이마를 가른다. 사미는 칠흑 같은 어둠 속을 달리고 또 달렸다. 언덕을 뛰어오르고 바위를 풀쩍풀쩍 건너뛰어 내달리고 있었는데 어느 순간 길이 끊겨 버렸다. 사비는 그제야 자신이 까마득한 절벽 끝으로 달려왔음을 깨달았다. 예전에 해율이 떨어졌던 바로 그곳이다. 벼랑 밑은 곳곳에 바위들이 솟아 있어 한 치만 잘못 떨어져도 즉사를 하고 말 곳이다. 어쩌자고 이곳으로 달렸을까? 사내가 서서히 가까이 다가오자 사비는 어둠을 더듬어 뒷걸음질을 쳤다. 사내가 칼을 세워 자세를 잡는 것이 보였다. 잘은 모르지만 무예를 익힌 자 같다.

"누, 누구십니까? 제게 왜 이러시는 겁니까?"

그러나 사내는 대답이 없었다.

"재물을 원하는 거라면 다 드릴 터이니 살려주십시오."

사내는 사비의 말을 듣지 않은 채 다가오고 있었다. 견딜 수 없는 공포가 사비를 집어삼켰다. 점점 뒤로 밀려 이젠 더 갈 데가 없어지자 사내의 걸음도 멈추었다. 그는 공중에서 두어 번 칼을 휙휙 그어보더니 사선으로 높이 들었다. 어둠 속에서도 칼 끝에 흐르는 섬뜩한 살기를 생생히 느낄 수 있었다.

이렇게 허망히 죽고 마는 것인가?

"해율님……."

순간적으로 사비의 입에서 그 이름이 흘러나왔다. 이리 죽으려고 그를 떼내어 보냈던 건 아닌데, 흔적도 없이 사라질 자신의 존재가 어이없고 슬펐다. 삶이 이토록 허망할 수는 없다. 저

부당한 칼에 자신의 목숨을 맡길 수는 없다고 생각했다. 사비는 망설임없이 벼랑 아래로 몸을 던졌다. 살 확률도 죽을 확률도 반반이었다. 생사는 하늘에 맡기는 수밖에 없다.

산짐승이 들끓는 변방의 끝자락 어디쯤에서 급전을 들고 온 전령을 만났다. 이제 그만 차루벌로 돌아가려던 찰나였다. 세상을 다 가져보리라 마음을 다잡던 참이었다.

그가 전하는 말은 변방의 칼바람이다. 미친 산짐승의 이빨이다. 그 산짐승의 복부에 꽂힌 칼날이다. 그것이 독이 되어, 피가 되어 해율의 머리를 가르고 몸을 갈랐다. 산산이 부서져 뜯기는 몸을 뒤로한 채 해율은 말을 달렸다.

거짓이다. 거짓이다! 날 떠나게 했던 너의 말들이 다 거짓이었듯 너의 죽음을 알리는 이 소식 또한 거짓이다!

온 걸로 사람을 다 동원해 며칠 밤낮을 수색하고도 사비의 흔적은 찾지 못했다. 이미 먼 바다로 떠내려가 고기밥이 되었을 거라는 말을 하던 사내의 몸이 그 자리에서 두 동강이 났다. 핏발 선 눈으로 해율은 다시 소리쳤다.

"살아 있을 것이다. 찾아라…… 찾아라!"

나를 두고 떠날 리가 없다. 어디로도 도망치지 않는다고 했다. 평생 이곳에서 기다린다고 했으니 그 강인한 여자가 이렇게 허망하게 떠났을 리는 없다.

그러나 걸로 바다 어디에도 그녀의 흔적은 남아 있지 않았다.

다만 가파른 벼랑 끝자락에 이리저리 뿌려진 검붉은 핏자국이 선명하게 남아 있었고, 벼랑 아래의 뾰족한 바위 위에 걸려 있던 옷자락이 그 피의 주인은 사비라는 것을 알려주었을 뿐이다.

그것을 본 해율은 더 이상 바다를 수색하는 것은 무의미하다는 생각에 사람들을 돌려보냈다. 하지만 그는 가파른 벼랑 위에서 넋을 놓고 서 있었다. 그의 몸은 금방이라도 까마득한 아래로 곤두박질쳐 버릴 듯 흔들렸다. 검푸른 물결 위에 자맥질하는 사비의 모습이 나타났다 사라졌다 일렁일렁 흔들린다. 그러나 더 이상 반짝이지 않는다.

꿈을 꾸는 것이리라.

하루에도 수십 번 너를 향해 달리던 내 마음이 지쳐 꿈으로 달려왔나 보다.

하지만 싫구나.

이런 모진 꿈은 싫구나.

어서 올라오너라.

그 깊은 바다 속에 네가 있다는 걸 안다.

그 속에 숨어 내 애간장을 녹이려는 것도 다 안다.

다겸아, 물결이 일렁이지 않느냐?

저기 검은 물결이 일렁이는 것이 보이느냐?

사비가 오고 있는 것이다.

사비가 나를 찾아오는 것이다.

이 바위에 엎드려 기다리면 사비가 올 거야.

불쑥 솟구쳐 올라와 나를 놀리고는 햇살처럼 웃을 터이니 두고 봐라.

　그러나 바다는 고요히 입을 다문 채 삼켜 버린 사비를 내놓을 생각이 없다. 처음부터 너의 것이 아니었노라, 밀려오는 파도는 그렇게 소리친다. 먹이를 찾아 부나비처럼 뛰어들던 그 바다에 사비는 정말 부나비가 되어 사그라져 버린 것일까? 아무리 생각하여도 받아들일 수가 없고 믿어지지 않는다.

　꿈처럼 잠시…… 그래, 잠시 꿈을 꾸고 있는 것이리라. 지독히도 고약한 꿈을.

　그렇게 떠나는 게 아니었는데, 네 말을 듣는 게 아니었는데…….

　눈도 막고 귀도 막은 채 너만 안고 우슬라로 갔었어야 했는데…….

　내가 잘못했다. 내가 잘못했으니 그만 올라오너라.

　제발 좀 올라오너라, 사비야……!

　내 생애 가장 잘못한 일은 네 말을 들은 것이고,

　너를 두고 떠난 것이고,

　그리고 혼인을 한 것이다.

　그 혼인이 줄 권력과 지위에 한 자락의 마음을 건 것이다.

　그 한 자락의 마음이 널 잃게 했다.

　너를 잃고 가지게 될 그것이 다 무슨 소용이냐?

　내겐 그저 허망한 그림자일 뿐인 것을…….

죽음이 우리를 갈라놓으니

혼이 달아나 버린 듯 허망한 눈동자에서 드디어 굵은 눈물이 떨어져 내렸다. 이곳으로 온 지 한 달 만이었다. 포효하는 짐승처럼 울부짖는 해율의 울음소리가 사흘이 넘도록 걸로 바다를 떠나지 않았다.

二 내가 묻힐 너의 바다

이년 후.

대장군 무영이 이끄는 기란국 정벌군은 야로국의 절반에 이르는 스무 개의 성을 점령하고 야로국 최대의 보루인 대사성에서 여강과 대치하고 있었다. 대사성은 수백 개에 이르는 장산의 계곡들을 끼고 있어 쉽게 점령할 수 있는 성이 아니었다. 백일에 가까운 공격에도 끄떡 않고 버텨내고 있으니 이제 공격하는 자도 수비하는 자도 서서히 지쳐 가고 있다.

"그래, 호랑이 굴로 뛰어든 적장이 누구라더냐?"

"별금 해율이란 자입니다. 기란국의 부마도위랍니다."

"무슨 수를 써서든 그자를 생포해라! 우리 대사성이 살아남느냐 무너지느냐, 열쇠를 쥔 자다. 대사성이 무너지면 야로국도 끝이란 걸 명심해라!"

여강은 칼에 묻은 피를 채 닦아내지도 못한 채 다시 자리에서 일어났다.

별금 해율, 미쳐 버린 범처럼 설쳐 대는 자를 생포하라니······.

자신이 명령을 내리고도 그 말이 어이가 없어 여강은 픽 웃음을 흘렸다. 지칠 대로 지쳐 버린 마른 웃음이다. 그 웃음보다 더 마른 바람이 먼지를 품은 채 눈앞으로 날아다녔다. 일 년간 계속되고 있는 전쟁은 사람들은 물론 산천초목의 이름 없는 풀들마저 씨를 말려 버린 모양이다. 눈앞에 펼쳐진 장산의 가파른 산자락은 온통 붉은 기운이 감돌았다. 그것이 초목이 씨가 마른 탓인지 죽어간 수십만 병사들의 핏물이 배어서인지는 알 수가 없다.

장산 자락의 수백 개에 이르는 계곡은 대사성이 천혜의 요새가 될 수 있었던 이유였다. 그 계곡이 기란국의 대장군 무영이 이끄는 정복군들에 의해 야금야금 잡아먹혀 이제는 여근곡 하나만 남아 있는데 그곳마저 잃어버린다면 대사성의 운명은 끝이라고 봐야 한다. 여근곡을 지나면 곧바로 너른 들판이 펼쳐지고 대사성은 눈앞이다. 대사성이 무너지면 남은 우금성, 장호산성은 추풍낙엽이다. 삼백 년을 이어온 야로국의 운명을 이렇게 끝낼 수는 없다.

천막을 나서는 여강의 얼굴이 굳은 결의에 차 있다. 지키지 못하면 죽음뿐이다.

"돌격대의 규모는 백 명에도 미치지 못한다고 합니다. 굳이 장군께서 나서실 필요까지……."

"별금 해율, 그자를 몰라서 하는 소리냐! 장산의 절반이 그자의 손에 넘어갔다. 이노성, 차운성, 고산성! 우리 야로국에 그자의 손이 닿지 않은 성이 없다! 그자만 잡으면 이 전쟁도 멈출 수 있어."

야로국 성들이 하나하나 점령당해 갈 때마다 그의 이름이 들렸다. 기란국의 부마도위 별금 해율. 그는 전쟁에 목숨을 건 미친 범이라고 했다. 그는 언제나 최전방 가장 위험한 장소에서 병사들 틈에 섞여 있었다. 휘두르는 칼끝은 거침이 없었고, 그 칼에 닿아 살아남은 사람은 없다는 소문도 들렸다. 기란국 격검대회를 휩쓸었던 자라고 했으니 무서운 검술을 지닌 자일 것이다. 언젠가 한 번은 부닥쳐야 할 자다. 그리고 반드시 베어야 할 자다.

여강은 바짝 따라와 갑옷 자락을 잡는 부장의 손을 떼어내었다.

"그자의 손에 내 부모 내 형제를 다 잃었다. 내 손으로 응징을 해야 할 자다."

"하지만 장군……."

"왜? 내가 그자를 이기지 못할 것 같은가? 그자가 기란국 격검 대회를 휩쓴 자라면 난 야로국 격검 대회를 휩쓴 사람이야. 볼만하지 않겠나? 자네도 따라오게."

돌아서는 여강의 눈동자에 핏발이 서렸다.

계곡 안은 피비린내와 살이 썩어가는 고약한 냄새가 엉켜 숨이 턱턱 막혔다. 온몸을 끈적이며 달라붙은 이것은 피인지 땀인지, 내 몸이 내 몸이 아닌 듯 무거운 팔이 뜨거운 공기를 허우적거린다. 몸을 태울 듯 뜨거웠던 걸로의 햇살처럼 그리웠던 뜨거움이다.

스륵…… 살이 베이는 소리와 함께 핏물이 얼굴로 튀어올랐다. 움찔 물러나는 눈앞으로 또 다른 병사가 칼을 휘두르며 덤벼든다. 뒤에서도 옆에서도 몰려드는 적들은 흡사 더위에 지친 나비의 몸짓처럼 느리다.

너무 느리잖아. 칼끝이 무뎌. 이게 아니라고! 좀 더 모질게…… 강하게…… 끝이 나도록 덤벼보란 말이야!

순식간에 날아올랐다가 빙글 돌아내리는 그의 곁으로 동강이 난 시신들이 나무토막처럼 투두둑 떨어져 내렸다.

"잡아라! 저자가 별금 해율이다. 화살을 날려라!"

"부마도위를 보호하라!"

비연은 날아드는 화살을 칼로 쳐내며 다급하게 소리쳤다. 방패를 든 병사들이 순식간에 해율을 에워쌌다.

티딩팅!

방패에 부딪히는 화살촉 소리가 선명하게 들렸다. 남은 칠십여 명의 군사들의 목적은 오로지 해율을 보호하는 데 있는 듯 온몸을 날려 해율을 감싸고 있었다.

"뒤편에 길을 열어두었습니다. 어서 이곳을 빠져나가셔야 합니다!"

그러나 해율은 비연의 말을 무시했다. 적은 이미 전의를 상실하였다. 이 계곡만 장악하면 곧장 대사성으로 진격할 수 있다. 대사성만 점령하고 나면 이번 전쟁도 끝이 날 것이다. 시간이 없다. 이곳은 이번 전쟁에서 가장 치열하게 싸울 수 있는 마지막 공간이다. 해율은 붙잡을 틈도 없이 몸을 날려 다시 적진으로 뛰어들었다.

이 칼은 어찌하여 날이 무디어지지도 않는 것일까?

한번 휘두른 칼끝에 서너 명의 적들이 낙엽처럼 쓰러진다. 칼끝을 타고 파도 자락이 출렁인다. 처음부터 너의 것이 아니었다, 소리치던 그 파도 자락이 출렁 덮쳐와 피를 뿌리고 달아난다.

해율은 밀려오는 파도의 맥을 끊어내듯 적진 한가운데로 파고들었다. 허리가 잘린 적들이 우왕좌왕하는 사이 뛰어든 돌격대가 다시 해율을 에워쌌다.

"남쪽 계곡으로 빠져나간다. 부마도위를 호위하라!"

비연의 명에 따라 해율을 에워싼 군사들이 남쪽 계곡을 향해 길을 잡는 순간 한 무리의 군사들이 다시 그들을 에워쌌다. 그와 함께 적진에서 환호성이 울렸다. 대사성에서 나온 군사가 적군에 합류한 모양이었다. 해율이 이끄는 돌격대는 한순간에 적진 한가운데에 포위된 꼴이 되고 말았다. 남은 군사는 겨우 칠십여 명, 해율과 비연이 아무리 뛰어난 용장이라 하나 포위를 뚫고 나갈 길은 없어 보였다.

마침내 범의 아가리 속으로 들어온 것인가?

해율의 입가에 설핏 스치는 미소를 아무도 보지 못했다.

맹수의 눈매를 닮은 장수가 말에서 내려 그들의 앞으로 다가왔다. 그의 눈이 포위되어 있는 적들을 스륵 살피다가 한 얼굴에 시선이 멎었다.

어떠한 결의도 영웅심도 없어 보이는 무표정한 얼굴의 사내다. 지금의 이 상황이 따분하다는 듯, 그의 눈 속에는 졸음기까지 들어 있는 듯하다. 그럼에도 불구하고 도무지 빈틈이 보이지 않는다. 여강은 한순간에 그가 별금 해율이란 걸 알아보았다.

저잔가? 흠, 의외로군, 영웅심으로 똘똘 뭉친 자이거나 번득이는 예기를 지닌 자쯤으로 생각했는데.

여강은 부러질 듯 어금니를 깨물었다. 저자의 손에 아버지 다솔 장군이 돌아가셨고, 형과 아우를 잃었다. 모두들 쟁쟁한 야로국의 장수들이었다. 아득 깨무는 이 사이로 신음 소리가 새어나온다.

그는 한 걸음 다가서며 입을 열었다.

"나는 대사성의 성주 여강이다. 무기를 버려라. 그럼 목숨만은 살려줄 것이다."

그 말에 포위된 적들은 죽음 따위 두렵지 않다는 듯 오히려 칼을 고쳐 잡았다. 별금 해율의 입가엔 웃음기까지 번져 있다. 이해할 수 없는 자다. 기란국의 차대왕으로 지목 받은 자가 죽음이 오가는 위험한 전투에 뛰어든 것부터가 도무지 이해할 수 없는데 얼굴 가득 번진 허무라니?

비연은 바짝 긴장한 채 해율을 살폈다. 그가 또다시 무슨 일을 저지를지 불안할 지경이다. 지금까지 여러 번 이런 상황에서 살아남은 적이 있다고는 하나 이번은 다르다. 상대는 야로국 최고의 무장이라는 대사성의 성주 여강이다. 무슨 수를 써서든 빠져나가는 길 밖에 도리가 없을 듯하다. 그는 고개를 살짝 기울여 해율에게 속삭였다.

"남쪽 계곡 쪽이 허술합니다. 그쪽으로 길을 뚫을 터이니 빠져나가십시오."

그러나 해율은 아무 대답을 않은 채 앞을 막고 선 적의 장수 여강을 살폈다. 건장한 체구와 날카로운 눈에서 뿜어져 나오는 기운이 예사롭지 않은 자다. 저 정도면 한번 부딪쳐 볼 만하다. 자신의 칼을 맞받아줄 만한 자일 것이다. 한참 만에 해율은 슬쩍 고개를 돌려 속삭였다.

"혼자는 안 가. 모두 함께, 동시에 빠져나가는 거다. 알겠나?"

위험하지만 어쩔 수 없다. 해율은 수하를 두고 혼자서는 절대 살아나가지 않을 장수니까.

비연은 어쩔 수 없이 고개를 끄덕이고 병사들에게도 눈짓으로 명을 내렸다. 고개를 돌리는 해율의 얼굴에 다시 보일 듯 말 듯 웃음이 번지는 것을 비연은 역시나 보지 못했다.

여근곡을 장악하지 않고는 대사성을 점령할 방법이 없다. 이곳에서 대치한 지 벌써 한 달째, 군량미는 바닥이 났고 병사들의 몸은 지칠 대로 지쳐 있는 상태였다. 더 이상 시간을 끌었다가는 야로국 정벌이 실패로 돌아갈지도 모른다는 위기감이 정벌군 내에 팽배해 있었다. 무언가 돌파구가 필요했다. 그래서 해율은 백여 명의 돌격대를 이끌고 적진 깊숙이 파고들어 정면 승부를 걸었다. 군영에서도 지금쯤 자신들이 사라진 것을 알았을 테고 무영도 더 이상은 망설이지 않을 것이다. 정벌군이 곧 도착할 것이라고 해율은 생각했다.

"다시 한 번 말하겠다. 무기를 버리고 투항하라. 목숨만은 살려줄 것이다."

비연과 눈이 마주친 순간 해율은 몸을 날려 튀어 올랐다. 그것을 신호로 돌격대는 일순간 몸을 날리며 칼을 휘둘렀다. 모두들 해율과 함께 수십 번의 죽음을 넘나들었던 일당백의 군사들이다. 예상대로 남쪽의 포위망이 쉽게 뚫리며 길이 열렸다. 발이 재빠른 군사들은 어느새 계곡 밖으로 빠져나가고 있었다. 비연도 칼을 휘두르며 몸을 날렸다. 이상하게 뒤에서 쫓는 적의 공격이 미미했다. 이 정도라면 특별한 인명피해 없이도 이곳을 빠져나가겠다 생각하며 내달리던 그의 걸음이 문득 멈추었다. 해율…… 해율이 보이지 않는다!

뒤편에서 요란한 함성과 함께 칼날이 부딪치는 비명 소리가 들렸다. 둔덕 위에서 대사성 성주 여강과 칼을 맞부딪히고 있는 사람은 해율이었다.

안 돼!

그러나 몸을 돌리기도 전에 수하들의 팔이 비연의 목을 낚아채었다.

부딪치는 힘이 보통은 아니라는 것을 느끼며 해율은 몸을 날려 좀 더 너른 공간으로 여강을 끌어내었다. 비연이 이끄는 돌격대는 이미 계곡을 빠져나갔다. 이제 계곡 안에 남은 사람은 수백의 적군과 자신뿐이다.

여강은 회심의 미소를 지으며 칼을 겨누었다. 마른 입술과 무표정한 얼굴, 간간이 지어지는 알 수 없는 미소가 해율의 얼굴에 떠돈다. 칼을 겨누고 천천히 움직이고 있던 해율이 날렵한 동작으로 공중을 날아오르자 여강도 몸을 솟구쳤다.

공중에서 부딪치는 칼의 울음소리는 연화궁 솔숲에서 듣던 바람 소리다.

"제가 가장 행복한 순간이 언젠지 아세요? 바로 바다에 들어가 있는 순간입니다. 바다는 제게 자유를 줍니다. 그곳에는 천민도 귀족도 없습니다. 다만 누가 자맥질을 더 잘하느냐만 중요하죠."

그곳으로 가면 나도 행복한 순간을 맞을 수 있을까?

쨍, 부딪히며 튀어 오르는 칼날의 불꽃이 눈앞에서 번쩍였다. 그것은 부서지던 햇살보다 더 반짝이며 빛을 내던 사비의 흔적처럼 눈부시다.

이 번쩍이는 빛이 나를 네게로 데려다 주겠지? 난 어디서든 널 알아볼 수 있을 것 같은데 넌 날 알아볼 수 있을까? 꿈도 희망도 잃어버린 나를, 더 이상 어떤 열망도 가지지 못한 나를 너는 알아볼 수 있을까?

거칠게 밀고 들어오는 칼을 피하며 빙글 돌아가던 해율의 몸이 나뭇등걸에 부딪혔다. 휘청 꺾이는 몸뚱이 위로 더운 바람이 스친다.

"세상을 다 가지신 연후에…… 소인도 가지십시오."

가질 네가 없으니 세상을 다 가질 이유도 없어졌다. 아느냐?
여강이 일으키는 칼바람이 귀를 스친다. 여강의 칼끝에는 왠지 독기가 서려 있는 듯하다. 허망만이 서려 있는 자신의 칼과는 대조적이다. 허망이 독을 이길 수는 절대 없는 법. 쨍, 부딪치는 칼의 힘이 손바닥을 거쳐 온몸으로 울려 들어왔다. 순간 해율의 몸이 휘청 흔들리며 주저앉았다. 그리고 다시 무너지듯 하늘을 보며 쓰러졌다. 여강은 그 순간을 놓치지 않고 몸을 날려 해율을 향해 칼을 내리꽂았다.

무언가 서늘한 기운이 복부를 파고든다. 온몸을 들끓고 있던 분노와 화들이 한순간에 뜨거운 열을 뿜으며 몸 밖으로 빠져나갔다. 금방이라도 푸른 물이 뚝뚝 흘러내릴 것 같은 짙푸른 하늘이 보였다. 그것이 한 겹, 두 겹 주름을 만들며 파도가 되었다. 햇살들도 자잘히 부서져 흩뿌려진다. 눈앞에 펼쳐진 그것은 걸로의 바다다.

"사비야……."

이리가면 날 받아주겠느냐? 그곳으로 가면…… 자맥질을 못 하니 너의 세상인 바다에서 나는 누구보다 못난 사내가 될 거야. 그래도…… 그래도 날 받아주겠느냐?

뜨거운 열기와 함께 역한 피비린내가 온몸을 뒤덮어 올라왔다. 놀란 여강의 눈동자가 맞닿을 듯 다가와 있다.

"왜……?"

왜 스스로 칼에 찔렸느냐고 그가 묻는다. 해율은 다시 빙긋 웃었다. 그토록 열망하던 사비의 곁으로 한순간에 보내주니 고마운 자다.

울컥, 핏덩이가 목구멍으로 넘어왔다. 멀리서 귀에 익은 북소리와 함성이 들려왔다. 드디어 무영 장군이 당도한 모양이다. 짙푸른 하늘이 노랗게, 그리고 점점 하얗게 변해갔다. 해율의 무거운 몸도 바다 속으로 침잠해 갔다. 차갑고 부드러운 물이 그의 몸을 감싸고 어딘가로 끝없이 유영해 들어간다. 그 깊은 바다, 심연의 끝에서 그리운 눈동자가 그를 바라보고 있다. 눈은 이슬을 머금은 듯 반짝이며 환한 미소로 그를 맞아주는 여자…….

　해율님…….
　사비야…….
　해율은 드디어 무거운 눈꺼풀을 고요히 감았다.
　이제 됐어. 이렇게 네 곁에 무사히 왔으니…… 됐어.

三 대大 상인 단하

바다는 하루에도 수십 번씩 얼굴을 달리하며 제 힘을 과시했다. 망망대해에 떠 있는 두 척의 배가 그 변덕스런 비바람 속에서 사투를 벌이고 있었다. 집채만한 파도 위에서 가물 꺼졌다 다시 솟아오르고 꺼졌다 다시 솟아오르는 그 모양이 아찔할 지경이다.

아침이 되자 밤새 거대한 짐승처럼 덤벼들던 파도가 잦아들었다. 하늘은 언제 그랬냐는 듯 말간 얼굴을 드러내며 눈부신 햇살을 쏟아내고 자잘하게 부서진 햇살들이 바다 위에서 물결을 타고 부대끼며 비명처럼 빛을 발하고 있었다.

며칠째 계속된 풍랑에 지쳐 떨어졌는지 아직 뱃전에 나선 사람은 아무도 없다. 그 텅 빈 뱃전을 다소 어려 보이는 자그마한 사내가 서성이고 있었다. 며칠 전쟁 같은 사투를 겪은 배인지라 혹여 부서진 곳은 없는지 이곳저곳 살피던 사내는 뒷짐을 지고 뱃머리에 올랐다.

그의 눈은 먼 바다 끝으로 향했다. 이렇게 바라보고 있으면 도무지 그 끝을 알 수 없어 영원할 것 같은 바다지만 닻을 내릴 뭍은 언제나 나타난다. 꽃 같은 눈발이 흩날리다가 비가 오고 바람이 불고 제 몸을 부수며 몸부림을 치고, 다시 이렇게 따가운 볕에 상처 난 몸을 말리듯 말간 얼굴을 드러내는 바다의 모습이 꼭 사람의 생을 닮았다.

"일찍 깨셨습니다, 단하님."

불쑥 다가와 말을 거는 건장한 사내는 소연검이다. 그의 눈은 검은 밤을 닮았다. 그래서 처음 눈을 마주치면 흠칫하다가도 이내 그 안온한 어두움으로 숨어들고픈 생각을 하게 만드는 사람이다. 단하라고 불린 사내는 잠시 뒤로 돌아 그의 눈을 마주 보다가 다시 바다 쪽으로 눈을 돌렸다.

"상한 사람들은 없나요?"

다소 여리고 나직하지만 단호하고 찬 느낌의 목소리다. 돌아선 뒷모습 또한 얼음장 같다. 건드리면 부서져 버릴 것 같은 얇디얇은 얼음장을 수십 겹으로 둘러싸고 있는 작은 사내 단하, 부수고 부수어도 결국 남는 것은 차가운 얼음뿐일 것 같은 그의 주인. 그러나 얼음장 같은 차가움으로 가장한 얼굴 너머 깊이를 알 수 없는 불안과 슬픔이 단하를 지배하고 있다. 소연검은 버릇처럼 한숨을 삼켰다.

"어지럼증이 낫지 않은 자가 두엇 있을 뿐 다들 말짱합니다. 족히 십 년씩은 배를 탄 사람들이니 곧 괜찮아질 겁니다. 배도 두 척 다 상한 곳 없이 말짱합니다. 하늘의 도움입니다."

"준비를 단단히 한 덕입니다."

단하는 소연검의 말을 끊으며 그렇게 말했다. 하늘의 도움이 아니라 비바람을 대비하여 준비를 단단히 한 자신들의 덕이라고 했다. 그는 결코 행운을 믿지 않는다. 오직 자신의 판단만을 믿는다. 이번에 화조국으로 뱃길을 떠나면서도 배를 띄우기 전, 하늘에 제를 올리고 바다의 신께 재물을 바치며 무사를 기원하던 뱃사람들의 통념을 깨어버리고 그 자금으로 함께 길을 떠나는 뱃사람들에게 쌀가마니를 하나씩 나눠 주는 것으로 대신했다. 그리고 모두가 만류하는 길을 나섰던 것이다.

"장하루를 거치지 않고 아소성으로 곧장 갈 터이니 그리 아시고 준비하세요."

장하루는 화조국을 드나드는 무역선들이 집결하는 곳이다. 그곳에서 일차로 교역이 이루어진 물건들은 선별을 거쳐 다시 화조국의 각 상단으로 나눠지고 그 가운데 최고의 물건들이 거래되는 곳이 아소성이다. 아소성은 화조국 최고의 권력을 지닌 나로 상단이 장악하고 있다. 그들의 허락 없이는 어떤 물품도 아소성으로 들일 수 없었다. 나로 상단의 신경을 자극했다가 잘못되는 날에는 다시는 화조국으로 발을 들여놓을 수도 없는 것은 물론 목숨까지 위험해질 수 있다. 그런데도 단하는 대담하게도 아소성과 직접 교역을 하겠다고 했다.

"아소성으로 가는 것은 다시 한 번 생각해 보시지요?"

소연검은 그답지 않게 조심스럽게 말했다. 천하에 무서울 게 없었던 걸로의 유일한 칼잡이 소연검이 이렇게 소심하고 작아져 버린 것은 다 단하 때문이다. 도대체 무얼 믿고 이렇게 무섭게 덤벼드는지, 무엇이 자신의 주인 단하를 이렇게 재물에 집착하게 만드는지 모르겠다.

"이미 결정난 일……."

아무 말 말라는 듯 단하는 다시 바다로 눈을 돌렸다. 볕에 드러난 가무잡잡한 얼굴, 시원스런 이목구비와 남자로 보기에는 다소 작은 키, 그러나 누구나 한 번만 마주쳐도 주눅이 들고 말 차갑고 매서운 눈빛을 가진 사내다. 저 눈빛 때문에 소연검은 단하의 수하가 되었고, 지금은 목숨을 바쳐 지키고 싶은 주인으로 모시고 있다.

소연검은 어려서부터 바다가 싫었다. 아버지 부연이 배를 타고 먼 바다로 나가고 나면 어머니와 형제들은 하루하루를 마음을 졸이며 살아야 했다. 그런 불안과 기다림이 싫어서 바다도 싫었고 뱃사람이 되는 것도 싫었다. 위로 형이 셋 있었는데 큰형님과 셋째 형님은 배를 타고 나갔다가 돌아오지 않았다. 둘째 형님만이 여전히 배를 타고 있다. 배를 타지 않으니 걸로에서는 놈팽이처럼 빈둥빈둥 놀 일뿐이었다. 그래서 소연검은 걸로를 벗어나 바람처럼 떠돌아다녔다. 단국으로 야로국으로 매호국으로, 그리고 다시 기란국으로. 바람처럼 떠돌아다니며 그가 익힌 것이 검술이었다. 비록 5부의 귀족들처럼 격검 대회에 참석할 수도 없고 궁궐 무사가 될 수도 없었지만 그는 검술이 무작정 좋았다.

그렇게 배운 검술로 몇 년간 여러 주인을 섬기며 바람처럼 떠돌았다. 한곳에 정착을 못하는 것은 어쩌면 그의 핏속을 떠도는 방랑의 운명 같은 건지도 몰랐다. 목숨을 건 싸움도 해봤고, 배신도 당해봤다.

소 서란강의 어느 마을에 머물고 있던 중 아버지 부연의 급한 부름을 받았다. 열여섯에 걸로를 떠나 구 년이 지났으니 그때 그의 나이 스물다섯이었다. 좀처럼 자신의 일에 간여하지 않으시는 분이라 의아한 마음으로 달려간 걸로에서 단하를 만났다. 부연의 뒤를 따라 들어간 방에는 아직도 솜털이 보송한 미소년이 앉아 있었다. 소년은 건드리면 쨍, 금이 갈 것 같은 차갑고 투명한 얼굴로 그를 빤히 바라보았다.

"소연검, 네가 평생 모셔야 할 주인이라 생각하고 이 아이 곁을 지켜주었으면 좋겠다."

난생처음 들어보는 아버지의 부탁이었다. 소연검은 자리에 앉지도 않은 채 머리를 흔들었다. 아직 피비린내도 가시지 않은 아이 곁을 평생 지키라니, 그로서는 죽었다 깨어나도 할 수 없는 일이다.

"그럴 수 없습니다. 저를 잘 아시지 않습니까?"

"싫어도 해라. 아비가 네게 하는 단 한 번의 부탁이다."

부연은 진심으로 부탁하고 있었다. 왠지 거절해서는 안 될 것 같은 절박함 같은 것이 느껴졌다. 소연검은 고개를 갸웃하며 다시 소년에게로 눈을 돌렸다.

"누구죠?"

누구기에 아버지가 이렇게까지 부탁을 하실까 의아했다.

"앞으로 내가 몸담을 선단의 선주님이시다. 그리고…… 자세히 보아라. 너도 잘 아는 얼굴이다."

소연검은 그제야 자리에 앉으며 소년을 유심히 살폈다. 다시 보니 눈빛이나 얼굴에는 나이가 느껴지는데 사내라고 하기엔 턱밑이 지나치게 말갛다. 가무잡잡한 얼굴에 시원스런 이목구비, 차가운 눈. 그러나 누군지 도무지 알아볼 수가 없었다. 눈을 빤히 마주치던 소년이 슬며시 고개를 돌렸다. 순간 가느다란 목줄기와 갸름한 턱 선이 드러났다.

"여, 여인입니까?"

놀란 눈으로 돌아보자 부연의 입가에 슬며시 미소가 지어졌다.

"사내로 보였다니 다행이구나. 그나저나 십여 년 못 보았다고 얼굴조차 못 알아보는 거냐? 너도 소연검을 알아보지 못하겠느냐?"

부연이 돌아보며 묻자 소년은 말없이 고개를 끄덕였다. 부연은 빙긋 웃으며 다시 소연검을 바라보았다. 소연검이 열여섯에 걸로를 떠났으니 벌써 구 년의 세월이 흘렀다. 못 알아볼 만도 하다.

"소연검, 꽃아지의 얼굴을 잊었느냐?"

꽃아지? 그 조그맣던……!

"달검 아저씨의 쌍둥이 딸, 그 꽃아지 말씀입니까?"

"그래, 이 아이가 바로 그 꽃아지다."

소연검이 놀란 눈으로 얼굴을 바짝 들이대자 꽃아지의 눈이 무섭도록 서늘해졌다. 사람들이 검은 밤을 닮았다며 슬슬 피하는 소연검의 눈조차 그 기운에 잠식되어 버릴 만큼 차갑고 서늘하다.

아버지와 절친한 친구였던 달검이 죽자 제 어미인 울불에 의해 바다로 내몰리던 조그만 아이가 떠올랐다. 그때가 일곱 살이었나? 금방이라도 파도에 휩쓸려 떠내려가 버릴 것 같은 조그만 몸으로 다부지게 바다로 뛰어들던 꽃아지였다. 그 조막만한 손으로 전복이며 문어며 조갑지들을 잡아 올리는 것이 신기해서 소연검은 바위 위를 풀쩍풀쩍 뛰어 따라다니며 놀리기도 했었다.

"그것들이 눈이 없으니 네게 잡히지. 눈만 있었어봐, 널 잡아먹을 걸?"

"문어는 눈 있어!"

"소경일 테지."

그러면 꽃아지는 바닷물을 한 움큼 쥐고는 홱 뿌리며 눈을 흘겼다.

이 여자가 그 꽃아지라니 믿어지지가 않는다. 도대체 무슨 일이 있었던 건지, 무슨 재주로 선단을 만들고 선주가 되었는지 궁금했지만 입이 떨어지지 않았다. 너무나 잘 웃고 눈이 별처럼 반짝이던 아이였는데 지금은 마치 얼음으로 빚어놓은 사람 같지 않은가.

그 차가움 때문이었다. 그녀의 온몸을 감싸고 있는 슬프도록 차가운 그 빛깔을 외면할 수 없었다. 한 해가 될지 두 해가 될지, 아니면 아버지의 부탁처럼 평생이 될지 모르겠지만 꽃아지를 주인으로 모시기로 했다. 자신이 걸로를 떠나 있던 구 년여의 세월 동안 그녀에게 무슨 일이 있었고 왜 저토록 차가운 얼음덩이 같은지는 궁금해하지 않기로 했다. 그것이 벌써 이 년 전, 단하는 이제 부연 없이도 혼자서 선단을 이끌고 길을 나설 만큼 대담해졌다.

밤이 되자 공기는 다시 축축하게 젖어들었다. 단하는 쉬이 잠자리에 들 수 없는 듯 밤이 깊도록 뱃전에서 서성이다가 침실로 들어갔다. 단하가 들어가고 나서야 소연검은 칼을 움켜잡고 입은 옷 그대로 단하의 침실 바로 옆 칸에 있는 제 잠자리에 누웠다. 그리고 귀를 벽에 바짝 대고 잠을 청했다. 그것은 단하의 곁을 지키며 생긴 버릇이다. 단하가 자신의 칼끝이 닿을 수 있는 거리에 있어야 안심이 된다.

아찔하도록 차가운 바닷물 속으로 파고들었다. 금방이라도 시퍼런 칼날이 등 뒤를 덮칠 것만 같아 정신없이 헤엄을 쳤다. 목이 터질 것처럼 숨이 막혀오는 것을 느끼며 사비는 위로 솟구쳐 올랐다. 사방이 어둠뿐이라 자신이 떠 있는 곳이 어디쯤인지 알 수 없었다. 그렇게 아주 오랜 시간을 물 위에 떠 있었던 것 같다. 바다 위에는 칠흑 같은 어둠이 목을 조이듯 깔려 있었고 무슨 이유인지 정신이 아찔아찔했다.

바다에 검푸른 빛이 돌면서 사위가 조금씩 눈에 들어오기 시작했다. 다리가 뻣뻣하게 굳어오는 것 같아 더 이상 물속에 있을 수는 없었다. 천천히 헤엄을 치며 바위 쪽을 살폈다. 아무도 없는 것을 확인하고 얼른 바위에 오른 그녀는 집을 향해 달렸다. 어머니가 걱정되었다. 화끈한 불덩이가 떨어진 듯 등이 뜨거웠다. 사내가 휘두른 칼에 입은 상처가 제법 큰 듯했지만 살필 여력이 없었다.

검푸른 빛이 감돌며 날이 밝아오고 있었지만 마을은 여전히 깊은 잠에 빠져 있었다. 살금살금 다가가 주위를 살피다가 재빠르게 집으로 뛰어들었다. 어머니가 잠들어 있던 안방 문이 활짝 열려 있었다.

"어머니!"

소리를 죽여 외치며 방으로 뛰어들어 가자 후끈한 더위와 함께 피비린내가 진동을 했다.

"어, 어머니……."

검푸른 빛을 따라 울불의 몸을 더듬어 올라갔다. 뻣뻣하게 굳은 다리를 지나 더듬더듬 올라가던 손끝에 무언가가 잡혔다. 울불의 가슴에는 단도가 박혀 있었다. 사비는 기겁을 하며 엉덩방아를 찧고 뒤로 물러나 앉았다. 손끝에 묻어 끈적이는 이것은 피일 것이다. 다시 떨리는 손을 뻗어 울불의 다리를 흔들어보았다.

"어머니. 어, 어머니……."

미동조차 하지 않는 그녀를 보며 사비는 온몸을 부들부들 떨었다. 순식간에 눈물이 줄줄 흘러내렸지만 소리는 새어나오지 않았다. 진동하는 피비린내 때문에 속이 뒤집어질 것처럼 헛구역질이 나왔다.

"흑, 어머니……."

엉금엉금 기어 다시 다가갔다. 아무리 미워도 원망스러워도…… 미운 정조차 없었어도 낳아주신 어머니다. 사비는 눈물을 훔쳐 내며 얼른 다가가 귀를 대어보았다. 가느다란 숨결조차 들리지 않는다. 정말 숨이 끊어진 모양이다. 왈칵 쏟아지는 눈물을 삼키며 울불의 가슴을 부여잡는 순간 골목 쪽에서 인기척이 들려왔다. 사비는 재빠르게 뒷문으로 나가 흙벽에 몸을 바짝 붙였다. 칼을 들고 쫓아오던 그 사내가 다시 찾아온 건지도 모른다는 생각이 들었다.

밖은 어느새 어둠이 걷어지고 푸릇한 빛이 돌면서 모든 형체가 또렷이 드러났다. 발자국 소리는 마당을 지나 방문 앞으로 점점 가까이 다가왔다. 사비는 벽에 몸을 바짝 붙인 채 방 안을 살폈다. 아주 잠깐 정적이 느껴지더니 누군가가 방으로 성큼 들어서는 것이 보였다. 한눈에 보기에도 건장한 체구의 사내다. 새벽에 자신을 쫓아오던 딱 그만한 덩치의 사내다. 사내는 한동안 서 있더니 무릎을 구부리고 울불에게로 다가갔다. 그리고 울불의 가슴에 꽂힌 칼을 순식간에 뽑아내었다. 그는 그 단도를 빛이 들어오는 문 쪽으로 비춰보고 있었다. 그와 함께 그의 얼굴도 그 빛에 환하게 드러났다.

"헉……!"

사비는 순간적으로 손으로 제 입을 가렸다. 그는 연화궁 마마의 그림자, 궁궐 무사대 대장 주명이었다. 목구멍에서 막혀 버린 숨이 더 이상 쉬어지지 않았다. 칼에 묻은 피를 울불의 옷에 쓰윽 닦아낸 명이 그 칼을 가슴 속 깊숙이 넣는 것이 보였다. 온몸이 와들와들 떨렸다. 그 떨림이 새어나가기라도 할까 봐 이를 악물었다. 터질 것처럼 두근대는 심장 소리에 머리까지 흔들렸다.

왜…… 모두가 잠든 이 시간에 저 사람이 왜 이곳에 있을까?

왜 단도를 뽑아 가슴에 품는지, 아무리 생각해 보아도 납득이 가지 않는다. 칼을 들고 자신을 죽일 듯 따라오던 어둠 속의 그림자만 생각났다. 높이 쳐든 칼끝에 흐르던 살의만 떠올랐다. 사비는 다리에 힘이 빠져 스르르 주저앉았다.

"내 마음을 훔쳐보았으니 이제 너는 죄인이다. 그러니 어디에도 갈 생각 말고 언제까지나 내 곁에 있어야 할 것이야."

연화궁 마마의 따듯한 음성과 따듯한 눈빛이 떠오른다. 그러나 가희를 위해 떠나라던 차가운 눈빛도 떠올랐다. 절반은 해율을 위해서, 그리고 절반은 그분을 위해서 그곳을 떠났었다.

해율과 가희의 혼인 소식까지 들었는데 무엇이 잘못된 것일까? 해율님께 무슨 일이 있는 걸까? 진심으로 존경하고 사모하였는데…… 어미처럼 생각하라 하셨는데…… 왜…… 왜…… 왜 나를 죽이고 싶으셨던 것일까?

"흑……"

사비는 참을 수 없는 눈물이 솟구쳐 올랐다. 울불의 죽음을 확인한 순간보다 더 깊고 아픈 눈물이 사비의 볼을 적셨다.

"단하님, 괜찮으십니까?"

어렴풋이 들려오는 음성에 단하는 눈을 떴다.

"단하님."

소연검의 나직한 음성이 문밖에서 들렸다. 또 꿈을 꾼 모양이다. 눈가가 촉촉하게 젖어 있었다. 흐느낌 소리가 문밖까지 새어나간 날이면 어김없이 저렇게 소연검의 음성이 들린다.

"괜찮으니 가서 주무세요."

괜찮다는 소리를 듣고도 한참이나 서성이던 소연검이 조용히 물러가는 소리가 들렸다. 찰랑찰랑 물결 소리가 들리고 그 물결을 따라 침상이 흔들렸다. 단하는 다시 눈을 감았다. 이렇게 흔들리는 배 위에서도 잠이 잘 오는 걸 보면 뱃사람 생활이 어지간히 몸에 익은 모양이다.

장하루를 지나쳐 아소성에 도착한 단하는 거금을 들여 아소성 성주와의 자리를 마련하였다. 제법 지긋한 나이의 아소성 성주는 나로 상단을 눈앞에 두고도 겁없이 상선을 몰고 들어온 단하 상단의 나이 어린 선주가 사뭇 궁금했다. 덩치로 보나 생긴 것으로 보나 아직 피비린내도 가시지 않은 어린 소년 같은데 눈빛은 세상을 다 알아버린 듯 깊고도 서늘하다.

"사내인가, 계집인가?"

너무나 말끔한 턱이 아무래도 이상한 듯 그는 고개를 갸웃하며 옆에 서 있는 소연검에게 물었다. 그러나 소연검이 무어라 입을 떼기도 전에 단하의 음성이 먼저 들렸다.

"양물이 잘린 사내요."

그 말을 하며 단하는 보일 듯 말 듯 설핏 웃었다. 그것은 소연검이 보는 단하의 첫 웃음이었다. 쓸쓸함이 감도는 것 같기도 한 묘한 미소다.

단하를 바라보는 성주의 얼굴에 왠지 모를 따듯한 기운이 감돌았다. 그렇잖아도 나로 상단의 횡포에 대해 고민하던 참이었다. 장사란 공정한 기준으로 정당하게 경쟁이 되어야 하며 그것이 되지 않았을 때 가장 피해를 보는 것은 소상인들이며 더 피해를 보는 사람은 그 물건을 소비해야 하는 백성들이라고 생각한다. 그런데 모든 상권이 나로 상단에 장악되어 버린 아소성은 가격 경쟁이 전혀 없다. 오로지 나로 상단이 정한 가격이 법이 되어버렸다. 그들의 세력은 어느 상단도 감히 아소성을 넘보지 못할 지경이 되었다. 그들의 세력이 지나치게 커가는 것은 성주로서도 부담스러운 일이다. 마치 자신의 그런 고민을 알고 있기라도 했다는 듯 단하 상단이 찾아온 것이다.

소연검을 내보내고 아소성 성주와 단하의 단독 만남은 이틀 동안이나 계속되었다. 만남을 가진 지 사흘 만에 아소성 성주는 앞으로 삼 년간 단하 상단으로부터 물건을 들일 것이며 서서히 아소성의 문호를 열어 삼 년 후에는 모든 상선들이 아소성 나루에 정박할 수 있도록 하겠다는 공표를 했다. 그리고 나로 상단의 반발에 대비해 당분간 군사를 내어주겠다고까지 했다. 아소성의 문호가 완전히 개방되기까지 앞으로 삼 년간이 상단의 규모를 지금의 세 배 이상으로 불릴 절호의 기회가 될 것이다.

예상치 못한 성과에 소연검은 고개를 갸웃하며 뒤에 바짝 따라붙었다.

"무슨 재주를 부리신 겁니까?"

"아무 재주도 부린 것 없습니다."

"그저 협상만으로 이 모든 걸 끌어내셨단 말입니까?"

단하는 말없이 고개를 끄덕이고 걸음을 재촉했다.

"헌데…… 아까 그 얘긴 왜 하셨습니까?"

다른 말로 둘러대어도 얼마든지 되었을 것을 하필 양물이 잘린 사내라고 하다니, 소연검은 그것이 영 마땅찮았던 모양이다. 평소에는 별말도 없는 사람이 어린애처럼 불룩한 얼굴로 중얼거리며 따라 걷는 모습이 우스워 보였던지 단하는 다시 옅은 미소를 지었다. 소연검이 보는 단하의 두 번째 웃음이다.

단하의 웃음이라니…… 어울리지 않는다. 소연검은 단하의 웃음이 영 마음에 들지 않았다. 얼음처럼 차가운 얼굴로 어느 누구의 접근도 허락 않던 그의 모습이 좋았다. 오로지 자신만이 다가갈 수 있고 자신의 등 뒤에만 숨길 수 있는 그의 주인인 단하.

"……지 마십시오."

"응?"

무슨 말이냐고 묻는 그의 눈을 보며 소연검은 고개를 흔들었다. 자신의 입에서 흘러나온 말이 스스로도 당황스럽다. 가슴에 싸한 흔적을 남기고 순식간에 사라지는 단하의 저 웃음을 누가 보기라도 할까 봐 마음이 조마조마하다. 그래서 누군가 한 발짝 다가올까 봐, 다가갈까 봐, 자신의 반경 안을 벗어나기라도 할까 봐, 싫다. 단하가 다른 누군가와 눈빛조차 마주치는 것이 싫다. 그러니 제발 그렇게 아찔하게 웃지 말았으면 좋겠다. 누구든…… 단하에게서 '무엇'을 발견하지 못했으면 좋겠다. 그 '무엇'이 무언지 스스로도 혼란스럽다. 장사치로서의 단하인지, 아니면 사내 속에 숨은 어린 날의 꽃아지인지.

"흠, 아소성 성주의 둘째 아들이 양물을 자르고 궁으로 들어갔다더군요."

"아…… 근데 그건 어떻게 아셨습니까?"

"지난번 장하루에 갔을 때 나로 상단에서 새어나온 말이에요. 아소성 성주가 몹시 아끼던 아들이었는데…… 정인을 따라 궁으로 갔다더군요."

그리고 단하는 갑작스럽게 입을 다물어 버렸다. 뱃전에서 그들을 맞는 선원들에게도 눈길조차 주지 않았다. 서늘한 그의 눈가에 잠깐 반짝이던 물기가 이내 사라졌다. 얼음장처럼 차가운 본연의 모습으로 돌아간 것이다.

"지금부터 물품들을 점검할 것이오. 최고가 아닌 것은 모두 바다로 수장될 것이니 그리들 아시오."

그 한마디에 모두들 가슴이 섬뜩해졌다. 어쩌면 목숨을 걸고 싣고 온 모든 물품이 자신들의 눈앞에서 바다 속으로 수장되어 버릴지도 모른다. 단하니까 충분히 그럴 수 있다. 그것은 단하와 함께 장사를 다니는 동안 여러 번 겪은 일이다. 그는 어떤 눈속임도 용납하지 않았다. 장사의 최고 가치는 신용이라고 믿는 자다.

처음 단하를 만났을 때, 애송이 같은 그 모습에 다들 콧방귀를 뀌었었다. 십수 년 험한 바닷길을 다니며 닳고 닳은 장사치들을 상대하기에 그는 너무 어려 보였었다. 그러나 단하를 따라 한 번이라도 배를 탄 사람이라면 그 단호함과 과감함에 주눅이 들고 만다. 빈 배로 돌아오는 한이 있더라도 단하에게 아닌 물건은 아닌 것이다. 그런 희생을 감수하면서 쌓은 신용이다.

결국 절반가량의 물품점검을 끝내고 보니 2할의 물품들이 바다 속으로 수장되어 버렸다. 비바람과 사투를 하며 온 탓에 습기에 젖은 탓이 컸다. 풍덩풍덩 물속으로 던져지는 물품들을 보며 선원들은 몸을 움츠렸다. 그 모든 것이 물품을 제대로 관리 못한 자신들 탓만 같아 마음이 쓰리다. 단하의 이런 행동들에 길들여진 선원들이라 배를 타는 순간부터 모든 물품을 제 목숨 다르듯 하는 사람들이었다.

끝자락 즈음에 이르렀을 때 다시 한 덩치의 물건이 바다로 수장될 운명에 처했다. 그러나 커다란 손 하나가 그것을 막았다.

"정말 너무하시는 것 아니오?"

바다사내 특유의 구릿빛 얼굴에 눈이 번들거리는 덩치 큰 사내였다. 차불한 상단에 있다가 지난달 단하 상단으로 옮겨와 뱃길을 함께 나서기는 처음인 사람이다.

그의 눈엔 단하의 모습 하나하나가 아니꼽고 당돌해 보였다. 한주먹이면 끝날 것 같은 새파랗고 조그만 사내에게 굽실거리는 것도 배알이 꼬이는 일인데 목숨 걸고 기껏 싣고 온 물품들을 바다에 수장시키는데도 어느 누구 하나 나서서 말리는 사람이 없는 것이다. 그 정도 물건이면 좋은 물건 사이에 슬쩍 끼워 넣어 팔아치워도 아무도 눈치 채지 못할 것들이었다. 눈앞에서 풍덩풍덩 사라지는 물건들을 보다 못해 막아선 것이다.

"이 정도면 상품은 아니어도 중품들 사이에 끼워 넣어도 몰라볼 물건들이란 말이오. 이러고서야 어찌 이문이 남는 장사를 하겠단 말인지 모르겠소이다!"

사내의 거무튀튀한 얼굴이 불쑥 다가섰다. 겨우 사내의 가슴께에밖에 차지 않는 단하의 몸이 빳빳하게 굳었다. 놀란 소연검이 다가오자 단하의 손이 먼저 그를 막았다. 단하는 사내를 빤히 올려다보았다. 순간 사내의 큰 덩치가 한 발짝 움찔 물러났다.

단하의 눈은 서늘하다 못해 푸른빛이 돌았다. 사내는 저도 모르게 마른침을 꿀꺽 삼켰다.

"이것들을 중품들 사이에 끼워 팔자, 이런 뜻이오?"

배를 탄 후 난생처음 듣는 단하의 음성이다. 사내라고 하기엔 다소 가는 음성이지만 그 느낌은 단호하고 위압감이 느껴졌다.

"그, 그렇습니다. 다들 그리하고 있지 않소!"

"단하 상단은 그런 장사를 하지 않소."

"그럼 어찌 이문을 맞추고 우, 우리들 삯은······."

타고 간 배가 이문을 많이 남길수록 많은 삯을 받는다. 그것이 십여 년간 차불한 상단에서 일해온 방식이었다. 그러다 보니 상인들은 조금이라도 이문을 많이 남기기 위해 물건을 속이고 그 순간의 장사에만 목숨을 거는 것이다. 그러나 단하 상단은 다르다. 상선이 이문을 남기든, 손해를 보든 상인들의 손에 쥐어지는 금전은 같았다. 그리고 언제든 자신의 금전으로 물건을 들여 단하 상단의 일원이 되는 소상인으로의 길도 열려 있었다. 단하 상단에서 뱃사람 생활 서너 해면 누구나 소상인으로 거듭날 수 있다. 그것이 단하 상단 식구들 누구나 가지는 희망이었고 믿음이었다.

단하는 측은한 눈으로 그를 바라보았다.

"평생 삯이나 받으며 배를 타다 생을 마감할 자군?"

단하는 그를 무시한 채 뒤에 선 사내들에게 눈짓을 하여 물건을 바다로 던지라고 명했다. 사내들은 스스럼없이 물건을 바다로 풍덩 집어 던졌다. 단하의 차가운 눈이 다시 사내를 스륵 살피더니 돌아섰다.

"걸로로 돌아가는 즉시 저자의 삯을 후히 쳐주고 상단에서 내보내도록 하시오."

멀어져 가는 단하를 보자 그제야 사내는 정신이 든 듯 풀썩 주저앉았다. 차불한 상단의 배를 타며 십 년 동안 손에 쥔 것이 아무것도 없었다. 배를 한번 타면 서너 달치의 삯을 챙겨 집으로 왔고 그것으로 온 식구 서너 달 입에 풀칠이나 하면 다행이었다. 평생 남의 밑구녕이나 닦는 생활이 억울해 단하 상단으로 옮겨온 것이다. 단하 상단에 있다가 소상인이 된 뱃사람들도 서

넛 있다는 소리를 들었기 때문이다.

힘없이 주저앉아 있던 사내가 다시 벌떡 일어나 단하에게 달려갔다. 그는 큰 팔을 벌려 단하의 앞을 가로막았다.

"사, 살려주십시오. 소인은 단하 상단을 쫓겨나면 갈 곳도 없는 놈이란 말입니다. 딸린 처자식이 일곱이오. 그것들 배 곯리지 않으려고 상단을 옮겼는데 이리 내쫓으면 어쩌란 거요?"

사내의 눈에 핏발이 섰다. 이대로 쫓겨나면 끝이란 생각 때문인지 절박하게 보였다. 사내의 절박함을 단하는 고스란히 느꼈다. 아버지 달검이 목숨을 걸고 먼 바다로 떠났던 것도 이 사내와 같은 절박함 때문이었을 것이다.

"우린 품질이나 속이고 순간의 이문에 급급한 그런 장사치는 필요치 않소."

"안 그러겠습니다. 열심히 배울 것이오. 이곳에서 제대로 된 상술을 배워볼 참이오. 그러니……."

사내를 가만 바라보던 단하는 그리하라는 듯 쉽게 고개를 끄덕였다. 차갑고 냉혹하다고 소문이 난 단하가 그렇게 쉽게 자신을 받아들여 주는 것이 믿어지지 않는 듯 사내는 눈을 끔뻑이다가 단하가 사라지고 난 후에야 몇 번이나 고개를 조아리며 감사를 표했다.

단하는 차갑지만 따듯하다. 목숨을 걸듯 재물에 매달리지만 또한 연연하지도 않는다. 저 조그만 가슴 어디서 그런 배포가 나오는지 신기할 지경이다. 옆을 따르는 소연검의 입꼬리가 슬쩍 올라갔다.

그러나 연회가 마련되어 있다는 아소성 성주의 전갈을 받고 다시 성으로 향하는 단하의 걸음이 왠지 무겁다. 절반도 남지 않을 거라 생각했던 물품들이 생각보다 많이 살아남았고 아소성과의 직교역도 성사되었는데, 다 잘되었는데 무슨 일인지 모르겠다. 피곤한 건가? 힐끗 돌아보는 소연검의 얼굴도 단하를 따라 어두워졌다.

왕의 후비로 뽑혀 궁으로 가야 했던 정인을 따라 스스로 양물을 자르고 궁으로 들어갔다던 아소성 성주의 둘째 아들, 그의 사랑은 어떤 것이었을까? 스스로 사내이기를 포기하고 사내일 수 없는 몸으로 정인을 따라간 그 마음에서 사내도 사라졌을까? 아니면 마음은 여전히 사내일까?

사비라는 그 여자는 스스로 여인이기를 포기하고 여인일 수 없는 몸으로 해율을 찾아갈 수 없었다.

얼음처럼 차가운 단하의 눈에 촉촉이 고인 눈물은 어느 누구도 보지 못하리라.

✽

1차 야로국 정벌의 끝을 맺으며 전공을 치하하고 상벌이 주어지는 축하연 자리에 역시나 해율의 모습은 보이지 않았다. 몇 달 전, 전쟁에서 입은 상처로 사경을 헤매고 있다는 소식을 들

없을 때도 그는 한줄기 남아 있는 정신으로 차루벌로의 귀환을 강하게 거부했다고 들었다. 그런 그가 축하연 자리에 참여할 리 없겠지. 애초에 기대조차 하지 않았기에 가희는 섭섭함마저 느끼지 못했다. 다만, 축하연 자리에 참석한 사람들의 많은 눈을 감당하기 힘들었다. 이 년이 넘도록 여전히 이름만 부부인 그들의 관계가 세상 사람들에게 알려지는 것이 창피하고 속상했다. 비참한 자신의 모습이 한순간에 드러나는 것 같아 오욕을 느꼈다. 그러면서도 놓치고 싶지 않은 것이 해율의 옆자리이다. 이런 것들을 기꺼이 감수하겠노라고 스스로 뱉어버린 것은 오기였을까? 사랑이었을까?

사비를 떠나보내고 백일 만에 초췌한 모습으로 차루벌로 돌아온 해율은 이혼을 요구했었다. 잘못된 혼인이었다고, 어떤 벌도 다 감수하겠으니 이혼을 해달라고 했다. 왕실은 물론 별금 집안이 발칵 뒤집혔다. 무영 대장군과 연화궁 마마까지 나섰지만 해율의 뜻은 요지부동이었다. 가희는 이혼을 하지 못하겠다고 당당히 맞섰다. 이미 세상을 떠나 존재치도 않는 사비 따위에게 해율을 빼앗기고 싶지 않았다. 해율이 사비를 잊을 때까지 기다리겠다고 했다. 해율은 그런 일은 결코 없을 것이라고 했지만 그래도 기다리겠노라고 했다.

"기다리겠습니다!"

태무가 세상을 뜨고 나면 그는 어쩔 수 없이 돌아오고 말 것이다. 그로서는 절대 도망칠 수도, 거부할 수도 없는 왕의 자리가 기다리고 있을 테니까 말이다. 떠돌 테면 떠돌아라 싶었다. 죽은 여자 가슴에 품고 있는 것따위 두렵지 않았다. 그래 봐야 몇 년이다, 이미 죽음의 그림자가 드리운 지 오래인 태무이니. 태무가 세상을 떠나기만 하면 그 다음은 자신의 세상이 될 것이다. 연화가 가진 모든 권력이 제 손으로 툭 떨어져 들어올 것이라고 가희는 확신했다. 그때까지만 마음껏 그리워해라.

해율은 밤을 새워 걸로로 달렸다. 전장터에서 입었던 투구와 갑옷을 그대로 걸친 채 적을 향해 내닫던 거친 말발굽으로 쉬지 않고 달렸다. 걸로가 가까워오자 핏물이 들어 펄떡이던 심장이 잔잔히 가라앉고 입가에는 미소가 지어진다. 그 모습이 신기한 듯 곁에서 달리던 다겸이 힐끗 돌아보았다. 해율의 평화로운 얼굴을 얼마 만에 보는지 모르겠다.

전장에 나설 때면 해율의 온몸에는 살기가 번득였다. 그의 칼끝에 닿는 적들은 하나같이 단칼에 목숨을 잃었다. 망설임도 없었고 자비는 더더욱 없었다. 전장터에서의 그의 자리는 언제나 적의 한가운데였고 그러니 적장의 목도 언제나 그의 차지였다. 그 모습을 곁에서 지켜보며 다겸은 가끔 해율의 칼끝에 흐르는 저 무서운 살의가 적을 향한 것인지, 아니면 그 스스로를 향한 것인지 의문스러웠다. 대사성 성주의 칼을 맞고 죽음 직전까지 이르렀다가 열흘 만에 깨어났을 때 살아났음을 확인한 그의 눈이 절망으로 가뭇 꺼지는 것을 보며 다겸은 직감했다. 해율은 지금 스스로를 향해 살의에 깃든 칼을 휘두르고 있는 것이다.

해율은 가파른 벼랑 끝에 서서 먼 바다를 향해 나직이 중얼거렸다.

"잘 있었느냐?"

시간이 지나도 그리움은 여전히 변하지 않는 뜨거움으로 내장을 휘저었다. 내장을 타고 올라온 찌릿한 전율이 손끝까지 전해오자 그는 주먹을 아프도록 그러쥐었다.

이번 전쟁에서도 나는 죽지 못했다, 사비야. 네게로 가는 길이 어찌 이리 멀고도 먼 것이냐.

어떤 모습으로 사비를 찾아가야 반가이 맞아줄까? 이대로 지금의 것들에 안주해 살면 기뻐해 줄까? 세상을 다 가지면 기뻐해 줄까? 그러나 그렇게 사는 것이 그는 조금도 기쁘지 않다. 어떤 방법으로든 사비를 찾아가야 할 것인데 그 방법이 정당해야 하고 부끄럽지 않아야 한다는 마음뿐이다.

"다겸아."

"예."

"나중에 말이다…… 내가 일찍 가고 네가 남거든 내 뼈를 갈아 저 바다에 뿌려다오."

"어찌 그런 말씀을 하십니까? 소인은 싫습니다!"

해율은 그때껏 쓰고 있던 투구를 벗어 들었다.

"무슨 특별한 의미를 두고 하는 말이 아니다. 다만, 그때가 되면 내가 찾아와야 할 곳은 이곳이라는 것이다. 세상이 결코 인정하지 않겠지만 이번 생에서 나의 짝은 오직 사비뿐이다. 그러니 이곳으로 오는 것이 당연하지 않느냐?"

"공주마마는……."

"그 사람 얘기는 꺼내지 마라. 내 마음에는 깃털만한 무게로도 닿지 않은 사람이니. 나는 이미 그 혼인을 파하겠다 하였다!"

이럴 때 보면 해율은 참 모진 사람이다. 아무리 원치 않은 혼인이었어도 공주에게 미안한 마음 한자락 즈음은 있을 터인데 뻔뻔하리만치 냉정하다. 돌아보니 해율의 눈은 어느새 다시 먼 바다로 향해 있다.

누구에 대한 미안함 따위, 책임감 따위 그것을 느끼기엔 가슴에 박힌 사비의 존재가 너무 크다.

그렇게 떠나는 게 아니었는데…….

또다시 밀려오는 후회가 숨통을 조인다. 이럴 때면 스스로를 향한 증오를 주체할 수가 없다.

"혼령이 되어서라도 함께…… 같은 바다를 떠돌 수만 있다면……."

달려와 부서지는 파도 자락처럼 해율은 이미 산산이 부서진 자신의 심장을 아프도록 움켜쥐었다.

"살아 펄떡이는 이것이…… 끔찍하도록 경멸스러운 내 심정을 너는 아느냐?"

치유할 수 없는 상처로 깊이 침잠한 그는 이미 다겸이 알던 예전의 해율이 아니었다.

바람을 살피러 바다에 나왔던 부연은 벼랑 끝에 불안하게 서 있는 남자를 발견했다.

별금 집안의 수장, 부마도위 해율. 그분이 다시 오신 모양이다. 저도 모르게 불쑥 걸음을 내딛으려던 그는 이를 악물며 돌아서 버렸다.

그날 새벽, 혼이 빠진 얼굴로 집으로 뛰어든 사비의 손에 이끌려 광 안에 가득 쌓여 있던 재물을 순식간에 부연의 집으로 옮기고 나자 사비는 그대로 정신을 놓아버렸다. 그제야 부연은 사비의 등이 검붉은 피로 물들어 있는 것을 발견했다. 혼비백산하여 사비를 안으로 들이고 보니 얼굴은 이미 푸른빛이 돌고 있었다. 사비가 이런 몸으로 관으로 찾아들지 않고 자신을 찾아와 재물부터 옮긴 데에는 필시 사연이 있을 것이다. 부연은 사비를 골방으로 옮기고 다시 골목으로 나가 간간이 보이는 핏자국과 재물을 옮겨온 흔적들을 재빠르게 지웠다. 워낙 강인하고 건강하던 사비인지라 쉽게 목숨 줄을 놓지는 않으리라 생각했다.

걸로에서 조금 떨어진 사초성에서 조사관이 파견되어 조사를 하고 자객의 행방을 쫓았지만 어떤 흔적도 발견하지 못했다. 결국 걸로의 집에 도적이 들어 재물을 훔쳐 갔으며 울불은 칼에 맞아 그 자리에서 목숨을 잃고 사비는 달아나다가 벼랑에서 떨어져 시신조차 찾을 수 없었다는 장계가 차루벌로 올라갔다. 며칠 후 부마도위란 사람이 군사를 몰고 내려와 다시 자객의 행방을 찾으며 걸로 바다를 헤매었다.

사비는 정신을 차릴 때마다 그가 떠났는지를 부연에게 물었다.

"그분은 가셨나요?"

부연이 아직도 널 찾아 바다를 헤매고 있으며 벼랑에 올라 통곡을 하고 있다는 말을 할 때마다 사비는 울었다. 가파른 벼랑 위의 그가 아무것도 입에 대지 않은 채 울고 있다는 소리에 골방 안의 사비도 곡기를 끊은 채 울기만 했다. 그러나 보다 못한 부연이 그분께 너의 생존을 알리겠다고 하자 사비는 옷자락을 붙들며 말렸었다.

"저는 살고 싶습니다, 아저씨. 그래서 더 이상 산 사람이어서는 안 됩니다."

처음에는 그 말이 무슨 뜻인지 몰랐었다. 살고 싶어서 죽은 사람이 되어야 하는 이유가 무엇인지. 한참 만에야 부연은 그 뜻을 알아차렸다. 사비는 울불을 죽이고 자신을 죽이려 했던 자객이 누군지를 아는 것이다. 그리고 그 사람이 벼랑 위에서 사비를 부르며 통곡하고 있는 부마도위보다 더 큰 힘을 가지고 있는 사람이라는 것과 결코 알려고 해서도 안 된다는 것을 알아차렸다.

한 달 만에 부마도위가 떠났다. 사비는 왼쪽 어깨에서부터 오른쪽 옆구리까지 등에 긴 사선으로 흉물스러운 흔적이 남았으나 백일 만에 거뜬히 일어나 앉았다.

몸을 회복하고도 달포가 넘도록 꼼짝도 않고 골방에 앉아 있던 사비가 어느 날 부연을 불러 물었다. 광에 가득 숨겨놓은 저 재물로 무엇을 할 수 있겠느냐고, 재물을 늘릴 가장 좋은 방법은 무엇이냐고 묻는 그녀의 눈은 등골이 오싹할 지경으로 차가워져 있었다.

"선단을 꾸려 장사를 해보는 것은 어떠냐?"

그 나이 먹도록 아는 것이라고는 무역선을 타고 떠돌아다니며 보고 배운 장사뿐이니 부연이 해줄 말 또한 그것뿐이었다. 재물을 팔아 무역선을 마련하고 상단을 꾸리는 일은 부연이 맡아서 했다. 남장을 하고 무역선을 타는 사비가 걱정스러워 아들 소연검을 불러들이고 차불한 아래에 있던 작은 아들도 불러들였다. 평생 남의 밑에서만 살 수는 없는 일, 사비와 함께 큰 상단을 일궈보고 싶었다.

부연이 한참을 걷다 힐끗 돌아보니 부마도위는 여전히 벼랑 위에서 불안하게 흔들리며 서 있다. 그는 간간이 저렇게 찾아와 벼랑 위를 서성이다 돌아가곤 한다. 그때마다 부연은 그에게 사비의 생존을 알리고픈 충동에 사로잡히곤 했다. 그러나 아직은 어느 쪽이 사비를 위한 길인지 알 수 없기에 머뭇거릴 수밖에 없었다.

단하는 다시 아소성을 찾았다. 그동안 부연이 두어 번 다녀갔었고, 단하가 직접 선단을 이끌고 온 것은 반년 만이었다.

겨울이 막 시작되는 아소성 거리에는 차고 메마른 바람이 일고 있었다. 목을 잔뜩 움츠리고 걷는 단하의 곁에 바짝 붙어 걷는 소연검의 눈초리가 매섭다.

 무언가 느낌이 좋지 않다. 그것은 칼잡이만이 느끼는 본능 같은 살기다. 그는 슬쩍 고개를 숙여 단하에게 속삭였다.

 "서두르시지요, 단하님."

 "무슨 일……?"

 "주위가 살벌합니다."

 소연검은 팔을 벌려 슬쩍 어깨를 두르듯이 단하를 감싸고는 재빠르게 걸음을 옮겼다. 그러잖아도 단하 상단과 아소성이 직접 교역을 하면서 엄청난 손해를 보고 있는 나로 상단이 이제껏 조용한 것이 이상했었다. 소연검은 그들이 드디어 움직인 것이라고 생각했다.

 골목 곳곳에 살기 어린 눈들이 번득이는 것이 선명하게 느껴졌다. 그는 단하의 손목을 잡고 대로 쪽으로 달리기 시작했다. 예상 못한 소연검의 행동에 당황한 듯 발자국들이 다급하게 따라붙었다. 상점들이 즐비한 좁은 골목을 지나 저자로 뛰어든 그는 북적이는 인파 속으로 단하를 밀어 넣었다.

 "성 안으로 들어가십시오!"

 한마디 던지고는 소연검은 우르르 달려오는 검은 옷의 건장한 사내들을 향해 순식간에 몸을 솟구쳐 올랐다. 요란한 쇳소리와 함께 칼을 뽑는 소리가 들리고 우수수 나뒹구는 사내들의 모습이 보였다. 단하는 아소성을 향해 있는 힘껏 달렸다. 칼을 뽑아 덤벼드는 자들이 얼마나 되는지는 알지 못한다. 다만 소연검의 칼 솜씨가 어지간한 칼잡이 여남은 명은 한 번에 거뜬히 대적해 내는 대단한 솜씨라는 것과 그가 자신을 두고는 어떤 일도 당하지 않을 것이며 어디에도 가지 않을 것이라는 확신만 있었다.

싸움의 끝은 처참했다. 수십 명에 달하는 자객들과 맞붙어 싸운 소연검은 복부에 큰 상처를 입었다. 아소성 군사들에 업혀 성으로 들어온 소연검은 단하의 무사한 모습을 보고서야 정신을 놓았다. 물건을 그대로 실은 채 정박 중이던 두 척의 상선은 나로 상단의 자객들에 의해 잿더미로 변했다. 목숨을 잃은 상인이 둘이고 십여 명이 심하게 다쳤다.

나루에 나온 단하는 잿더미가 된 상선을 망연자실 바라보았다. 두 척의 배에 가득 실려 있던 물품들은 부연이 차루벌로 직접 올라가 구해온 최고의 약재들이었다. 그것이 모두 재가 되어 버림으로써 더 이상 상단에 여력이 없어져 버렸다. 이대로 아소성과의 직교역을 계속해야 할지 말아야 할지 결단을 내려야 했다.

"소연검은 평생 다치지도 않을 사람으로 알았어요."

소연검의 상처를 치료해 주며 단하는 그렇게 말했다. 이 년이 넘는 시간 동안 그림자처럼 따라다니며 자신을 지켜주던 소연검에 대한 느낌은 그랬다. 평생 다치지도 않고 아프지도 않을 만큼 단단한 사람, 자신이 악몽을 꾸며 잠을 설치는 날에는 한숨도 자지 않고도 몇 날 며칠을 거뜬히 버텨내던 무한한 체력을 가진 사람, 그것이 소연검이었다.

단하가 피를 닦아내고 가루약을 뿌리고 다시 천을 감아줄 동안 그는 이를 악물고 신음 소리 한 번 내지 않았다. 칼을 잡은 지 십수 년이니 이 정도 상처는 아무것도 아니다. 다만 단하에게 그 상처를 보이는 것이 힘이 들었다. 그는 천을 감싸는 단하의 손을 떼어내고 직접 천을 감싸고 단단하게 묶었다.

"괜찮습니다. 그나저나 이제 물품들이 다 재가 되어버렸으니 어쩌실 생각이십니까?"

이대로 상인들을 데리고 빈손으로 걸로로 돌아갈 방법밖에 없다는 생각을 하면서 그는 물었다. 그러나 단하의 입에서 나온 말은 의외였다.

"배를 한 척 빌릴까 합니다."

"배를요?"

"장하루에서 단하 상단의 이름을 건다면 어느 정도의 물품들이 그 배에 실릴 것 같아요? 설마 텅 빈 배로 걸로로 떠나지는 않겠지요?"

차고 서늘한 눈이 반짝였다. 소연검은 아픈 배를 움켜잡으며 빙긋 웃었다. 그래, 아무 소득 없이 빈손으로 돌아갈 단하가 절대 아니지!

아소성 성주는 흔쾌히 배를 한 척 내주었다. 다친 사람들의 몸이 어느 정도 회복되자 단하는 그 배를 끌고 장하루로 갔다. 오랜만에 장하루에 나타난 단하의 배를 보고 몰려들었던 상인들은 텅 빈 배를 보고 실망한 눈치들이었다. 어느새 화조국에서는 단하 상단의 물건이라면 어딜 가든 최고 값을 받을 수 있을 만큼 신뢰를 얻고 있었던 것이다.

단하는 소상인들을 상대로 물품을 거두어들였다. 자신들의 물건이 단하 상단의 이름으로 팔려 나갈 수 있는 절호의 기회라 너도나도 앞다투어 물품들을 내놓았다. 적어도 반년은 지나야 물건 값을 받을 수 있겠지만 단하 상단의 이름으로 파는 물건이라면 자신들이 파는 것보다 훨씬 높은 가격을 받을 수 있는 것은 물론 단하 상단의 일원으로 편입할 수 있는 기회이기도 했기 때문이다.

열흘 만에 대 상선에 물품이 한가득 실렸다. 처음 조그만 배 두 척으로 시작했던 단하 상단이 지금은 십여 척의 상선을 거느린 대 상단이 되었듯이 위기를 기회로 삼아 다시 한 번 일어서는 것이다.

걸로로 돌아와 며칠 고심을 하던 단하는 드디어 모종의 결정을 내린 듯 부연을 불렀다. 단하가 이번에는 어떤 돌파구를 찾아냈을까? 부연은 잔뜩 기대를 품은 채 방으로 들어섰다.

사비가 원래 당차고 똘똘한 아이인 줄은 알았지만 함께 일을 하며 곁에서 바라보는 단하의 모습은 은근히 존경심이 일 정도다. 그래서 부연은 진심 어린 마음으로 단하를 깍듯이 선주로 대하고 있었다.

그들은 화조국에서 싣고 온 물품들을 좀 더 비싼 가격으로 팔 만한 곳을 물색하는 중이다. 이대로 차루벌로 가져가서 예전의 값으로 판다면 지난번 화조국에서 입은 손해를 메우기에는 턱도 없이 모자란다.

"무슨 묘안이 떠오르셨습니까?"

여전히 입을 다문 채 생각에 잠겨 있던 단하는 한참 만에 고개를 들었다. 그리고 단호하게 말했다.

"단국으로 가려 합니다."

고개를 번쩍 든 부연이 어이없는 표정으로 물었다.

"단국이라니? 저 많은 물건들을 싣고 그곳으로 가려면 수십 대의 우마차를 이용해도 족히 한 달은 걸리는 거리입니다. 가고 오고 두 달에 다시 무역선을 꾸려 화조국으로 떠나기 전까지 넉넉잡아 일고여덟 달은 걸릴 것입니다. 단국에서 머무는 시간까지 보태면 한 해까지도 걸립니다. 장하루의 소상인들이 가만있겠습니까? 우리 상단의 신뢰에 치명적인 손상을 입을 것입니다."

"석 달이면 충분합니다."

단하는 가벼운 목소리로 그렇게 말했다. 무슨 얼토당토않은 소린지 모르겠다. 어이없어하는 부연의 얼굴을 보며 단하는 설핏 웃었다.

"서란강을 이용하는 겁니다. 우리 상단 사람들이 바다에서 뼈가 굵은 사람들이라 물길을 다루는 데는 누구보다 뛰어난 자들이 아닙니까."

"하지만 서란강은 수심이 얕아 배를 띄울 수 없습니다."

"뗏목을 이용하면 됩니다."

"뗏목을요?"

"수심은 얕으나 강폭은 뗏목을 띄워도 될 만큼 충분히 넓습니다. 뗏목을 이용하면 우슬라 지방까지 넉넉잡아 열흘이면 족합니다. 그곳에서 단국까지는 한걸음입니다. 다행히 우기가 아니니 비를 걱정할 필요도 없습니다."

단국은 기란국과 야로국, 그리고 대국으로 가는 중간의 작은 나라 매호국 사이에 끼어 있다. 걸로에서 올라간 물품들은 일차적으로 차루벌에서 거래가 이루어지고 소상인들에 의해 우슬라를 거쳐 단국으로 다시 넘어간다. 그 중간 단계를 없애고 단국과 직교역의 길만 틀 수 있다면 지난번 손해를 충분히 메우고도 남을 것이다.

"가능할까요?"

"해보는 거죠."

툭 던지는 단하의 말에 부연은 빙긋 웃었다. 단하의 말투는 언제나 이렇다. 망설임도 없고 두려움도 없다.

"단국으로 넘어가려면 우선 가리옹성 성주의 허락을 받아야 합니다."

"알고 있습니다."

단하의 얼굴이 살짝 굳었다. 이런 식으로 가리옹성을 찾아갈 줄은 몰랐다.

우슬라로 가자, 사비야.
내일이든 모레든······.
그곳에 도착하면 우선 혼인부터 하자.

해율의 따뜻한 음성이 여전히 귓전에 남아 있다. 그의 말을 따랐다면 어쩌면 지금쯤 그곳의 안주인이 되어 있었을지도 모른다. 또 아니면 연화궁 마마의 눈을 피해 그곳에서 달아나 어느 깊은 산속에서 산짐승 같은 생활을 하고 있었을지도 모른다. 그래도 그와 함께라서 행복했을까?

해율이 그곳에 있으리라고는 생각하지 않는다. 그는 부마도 위이니 왕이 계신 차루벌의 휘경궁에서 다음 왕이 되기 위해 정진하고 있을 것이다. 단하는 그것을 조금도 의심하지 않았다. 그는 강한 남자니까 걸로의 천한 잠녀 따위는 오래전에 기억에서 지웠을 것이다.

단하는 생각을 떨치며 주먹을 그러쥐었다.

"당장 떠날 수 있도록 차비를 해주십시오. 바다와 서란강이 만나는 물목에서 뗏목을 띄울 것입니다."

주먹을 발끈 쥐는 단하의 얼굴에 다시 흥분의 빛이 감돈다.

걸로와 이웃한 마을 소치는 예부터 대나무가 무성한 곳이다. 부연은 그곳의 왕 대나무들을 헐값에 사들여 뗏목을 만들었다. 물에 뜨는 것으로 치자면 대나무만한 나무도 드물다. 물이 새어 올라오지 않도록 세 겹의 층을 만들어 물에 띄우고 보니 제법 그럴 듯한 뗏목이 되었다. 대 상선에 실려 있던 물품들이 여러 척의 뗏목에 옮겨 실리고 드디어 대 장정의 길에 올랐다.

소연검은 물 위에 띄워진 이 낯선 행렬을 신기한 눈으로 바라보았다. 겁도 없이 늘 새로운 일을 저지르는 단하나 별 반대 없이 묵묵히 그 일을 추진하는 아버지나 둘 다 못 말릴 사람들이다. 아직도 다 낫지 않은 배를 끌어안고 기어이 단하를 따라나서는 자신 또한 못 말릴 단하의 사람이다. 함께 따라나선 장사치들은 또 어떤가? 난생처음 나서는 길이지만 그들의 눈엔 조금의 의심도 없다. 단하와 함께한 지난 두 해 반 동안 쌓인 신뢰가 얼마나 두터운가를 말해주는 것이다.

단하는 뗏목 한가운데에 우뚝 서서 스쳐 가는 서란강가를 무심히 바라보고 있었다. 무슨 생각에 잠긴 듯 뚫어질 듯 바라보는 소연검의 눈조차 의식 못하는 것 같다. 짙은 슬픔이 깃든 단하의 눈이 저녁노을에 반짝이는가 싶더니 이내 담담해졌다. 보일 듯 말 듯, 터질 듯 말 듯 아슬아슬한 무언가가 그의 안에 존재하는 것 같다.

언제부턴가 늘 눈에 밟히는 단하의 모습 때문에 소연검은 힘이 든다. 단하가 왜 저토록 얼음 같은 차가움 속에 갇혀 있는지 궁금해졌고, 그 차고 서늘한 눈 뒤에 숨겨진 깊고 깊은 슬픔이 무언지 궁금해졌다. 이런 위험을 감수하면서까지 왜 저렇게 무섭도록 재물에 집착하는지 그것도 궁금해졌다. 단하의 모든 것이 궁금해져 버렸다.

일곱 척의 뗏목은 유유히 흐르는 서란강을 거슬러 천천히 앞으로 나아갔다. 앞선 뗏목에서 뱃노래가 흘러나오자 뒤따르던 뗏목에서 장단을 맞추며 흥을 돋우었다. 넓고 고요한 강줄기와 그 강을 따라 펼쳐져 있는 싱그러운 초목들, 뛰노는 아이들. 평화롭고 아름다운 기란국의 모습이 서란강을 오르는 내내 펼쳐졌다.

매가 내 눈을 파먹었네.
보지 말 걸 보아버린 죄였다네.
파버린 내 눈은 어디로 흘러갔을까?
바구니를 따라갔겠지.
에헤이에…….

어렴풋이 그 노래가 들려온 것은 걸로를 떠난 지 사흘째 되는 날, 물가에 뗏목을 묶어 정박해 두고 불을 피워 저녁식사를 하던 중이었다. 늙고 힘없는 목소리에 실려 들려오는 노랫말이 예사롭지가 않다.

매가 내 눈을 파먹었네.
보지 말 걸 보아버린 죄였다네.
……

다시 똑같은 노래가 이어지자 구운 고기를 한입 베어 먹던 소연검이 자리에서 벌떡 일어났다. 그는 발목까지 잠기는 풀을 칼집으로 휘휘 저으며 소리가 나는 쪽으로 걸어갔다.
한참 떨어진 물가에 웬 조그만 노파가 쪼그리고 앉아 있었다. 소리는 그곳에서 들려온 것이었다.

파버린 내 눈은 어디로 흘러갔을까?
……

스륵 다가가는 소연검의 발소리를 들은 듯 소리가 갑자기 끊겼다. 소연검은 조심스럽게 다가가 말을 붙였다.
"날이 어두워지는데 왜 이곳에 앉아 있소?"
"난 오늘 이곳에서 잠을 청할까 하는데, 댁은 뉘시오?"
노파는 고개도 돌리지 않은 채 대답했다. 풀밭에서 잠을 청하다니 떠돌이 거지인 모양이다. 그래서 다시 물었다.
"끼는 때우셨소?"

"끼랄 게 뭐 있나요? 어저께 저짝 마실에서 잔치 음식 얻어먹은 게 있으니 내일까지는 견딜 수 있을 게요."

좁은 어깨와 하얗게 샌 머리칼, 웅크린 몸이 금방이라도 쓰러져 버릴 듯 기운 없어 보였다. 소연검은 한 발짝 다가가 다시 말을 걸었다.

"우리가 지금 저녁식사 중인데 가셔서 함께 드시지 않겠소?"

노파는 그 소리를 기다렸다는 듯 반가이 일어나며 머리를 조아렸다.

"나 같은 늙은 것에게 먹을 걸 나눠 주다니 복 받으실 게요."

저녁노을이 떨어지는 서란강을 등지고 돌아서서 듬성듬성 빠진 이를 드러내며 고개를 조아리는 노파의 눈자위가 움푹 들어가 있었다. 눈알이 빠져나간 소경이다.

고기를 뜯다 말고 노랫소리를 따라갔던 소연검이 웬 노파를 데리고 나타났다. 바짝 마른 조그만 몸을 지팡이에 의지해 걸어오는 노파는 눈알이 없는 소경이었다. 소연검은 노파를 단하의 옆에 이끌어 앉히고 고기를 한 덩이 쥐어주었다.

"많이 드시오."

고맙다며 몇 번이나 고개를 조아리던 노파는 몹시 배가 고팠던 듯 정신없이 고기를 뜯기 시작했다. 듬성듬성 빠져 버린 이를 우물거리며 먹고 있는 그녀를 보던 단하가 물을 내밀었다.

대大 상인 단하

"체하시겠소. 천천히 드시오."

물바가지를 받아 드는 노파의 얼굴에 묘한 표정이 지어졌다.

"고운 음성을 지니신 공자님이십니다. 예전에 이 늙은 것의 주인도 고운 음성을 지니셨더랍니다."

듬성듬성 빠진 이 사이로 바람이 새어나와 발음이 고르지 않았다. 노파는 과하다 싶을 만큼 고기를 뜯어 먹더니 숨이 막히는지 급히 물을 마시고는 깡마른 주먹으로 가슴을 쳤다. 늙은 몸으로 왜 이렇게 떠돌아다니는지, 가족은 없는지, 이것저것 묻는 소연검의 말을 무시하며 그녀는 다시 단하에게 말을 걸었다.

"공자님에게서 고운 향이 나는 걸 보니 아주 귀하신 분인가 봅니다."

그리고 손을 더듬어 단하의 손을 덥석 잡았다. 갑작스런 그녀의 행동에 놀란 단하가 재빠르게 손을 빼내었다. 그러나 단하의 행동에 아랑곳하지 않고 노파는 다시 고개를 가까이 가져와 들릴 듯 말 듯 속삭였다.

"공자님이 아니시군요?"

옆에 앉은 소연검조차 듣지 못할 작은 소리였다. 단하는 바짝 긴장한 눈으로 노파를 경계하듯 살폈다. 손만 만져 보고도 단하가 남자가 아니란 사실을 다 안다는 듯 고개를 끄덕이며 다가오는 그녀의 얼굴에서 움푹 들어간 눈자위가 무서웠다. 얼굴을 바짝 들이댄 노파는 듬성듬성 빠진 이를 드러내며 걱정하지 말라는 듯 벙싯 웃었다.

"소인같이 앞이 안 보이는 것들은 손이 눈이고, 코에도, 귀에도, 그리고 이 머리 속에도 눈이 달렸지요. 아무것도 기억하지 말라고 눈을 파버렸어도 머리 속에는 고스란히 그 그림이 남아 있으니……."

한참 동안 중얼거리던 그녀는 문득 말을 멈추고는 지팡이를 잡고 일어났다.

"잘 먹었소. 이 늙은 것은 또 우리 아기씨를 찾아봐야겠소."

"아기씨요?"

"서란강을 다니시다 혹시라도 아기 바구니를 보시거든 이 늙은 것에게 좀 알려주오. 배가 고파 앙앙 보채실 텐데……."

울음 섞인 소리를 남기고 노파는 지팡이를 더듬어 어스름이 내리는 풀밭을 걸어갔다. 단하는 구운 고기를 두어 점 잘라 보자기에 싸서 노파에게 달려갔다.

"품고 계시다가 배고프실 때 드시오."

"하이고, 이렇게 고마울 데가……."

보자기를 가슴에 찔러 넣어주는 단하에게 노파는 수없이 고개를 수그리며 인사를 했다.

"우리 아기씨만 찾으면 이 은혜는 꼭 갚아드리리다."

그리고 다시 고개를 슬쩍 가까이 대며 속삭였다.

"우리 아기씨에겐 특별한 표식이 있다오. 우리 마마도 모르시는……!"

순간 노파는 말실수를 했다는 듯 두 손으로 제 입을 막으며 돌아서 버렸다. 정신이 오락가락하는 듯도 보이고, 아무튼 무슨 특별한 사연이 있는 것이 분명하다.

그런데, 마마라니? 그런 말은 궁에서나 듣던 말인데?

불러 세워 물어보고 싶었으나 이내 그만두었다. 궁과 연관된 일은 듣지도, 보지도 않기로 마음먹은 지 오래다. 돌아서는 등 뒤에서 다시 음산하고 구성진 노랫소리가 들렸다.

매가 내 눈을 파먹었네.
보지 말 걸 보아버린 죄였다네.
파버린 내 눈은 어디로 흘러갔을까?
바구니를 따라갔겠지.
에헤이에……

무언가 사연이 많은 노파 같다. 보지 말 걸 보아버려서 누군가에게 눈을 잃은 모양이다.

마음에 담아서는 안 될 사람을 마음에 담았다가 죽은 사람이 되어야 했던 사비처럼 저 노파의 운명도 그런 것이었을까? 파버린 눈이 그 바구니를 따라갔듯이 죽은 사비의 혼령도 해율을 따라갔다. 소경이 된 몸으로 여전히 그 바구니를 찾아 헤매는 노파처럼 사비도 여인이 아닌 몸으로 여전히 해율의 마음을 찾아 헤매고 있을까? 재물을 향해 무섭도록 덤벼드는 이 집착이 그 마음을 대신하고 있는 것일까? 모르겠다, 모르겠다, 아무것도 모르겠다. 가리옹성으로 향하는 이 마음이 어찌 이리도 혼란스러운지…….

四 감추어진 진실

연화궁은 다시 예전의 모습을 되찾아가고 있었다. 아름다운 전각들이 하나씩 모습을 드러내고 새로 심은 나무들은 뿌리를 내리고 있다. 능혜왕의 숨결이 깃든 아름다운 옛 모습을 되찾을 날도 멀지 않아 보였다. 여전히 간당간당하지만 태무의 건강도 조금 회복되었고, 해사랑금의 몰락 후 어느 때보다 왕권도 안정되었다. 해율과 가희의 일만 아니면 더 이상 걱정이 없을 만큼 평화로운 나날이었다.

새로 단장한 연화궁의 뒤뜰은 예나 지금이나 태무의 놀이공간이다. 그것은 어릴 적부터 길들여진 버릇 같은 것이었다. 실질적인 모든 정사는 아직도 연화가 맡아하는지라 비록 흉내뿐인 일인 정사지만 정사를 보는 중간중간 짬을 내어 그곳을 거니는 것이 그의 유일한 낙이었다.

뒤뜰로 들어서자마자 열 지어 서 있는 시비들을 쭈르륵 살피던 그의 눈에 마지막 끝자락 즈음에서 남의 눈에 띄지 않기 위해 뒤로 반 발쯤 물러서서 일부러 몸을 잔뜩 움츠리고 서 있는 시비 하나가 눈에 들어왔다. 태무는 장난스럽게 피식 웃으며 천천히 그녀에게 다가갔다.

늘어선 시비들 가운데 제일 작고 못생긴 시비 율하다. 솥뚜껑 같은 손에, 얼굴은 퉁퉁하고, 코는 납작한 것이 솟았는지 말았는지 애매한 얼굴, 그러나 동그란 눈을 뜨고 바라볼 때면 나름 귀여운 구석도 있다.

태무는 그 시비에게 장난스럽게 얼굴을 바짝 들이대었다.

"너."

"예?"

화들짝 놀라 눈을 동그랗게 뜨는 율하를 보자 태무의 얼굴에 다시 웃음이 번졌다. 못났다. 참으로 못났는데 이 못난 얼굴이 마음을 편하게 한다.

"율하야."

"예? 예, 전하."

"요즘은 어이하여 태평전에서는 보이지를 않는 거냐?"

율하는 어쩔 줄 몰라 고개만 수그리고 있었다. 볼 때마다 불러 세워 못났다, 못났다 통박을 주시니 어찌 그곳에 가겠는가.

그래서 수행 시비에게 부탁해 이곳으로 옮긴 것이다. 태평전만은 못하겠지만 그래도 이곳은 전하께서 자주 납시는 곳이니 숨어서라도 그 용안을 자주 뵐 수 있으리란 생각에서였다.

"내일부터 다시 태평전으로 나오너라."

"시, 싫습니다!"

율하는 한 걸음 물러나며 고개를 흔들었다. 전하가 하라시면 해야 할 일이건만 무슨 용기로 이런 말이 나오는지 스스로도 모르겠다.

'날마다 못났다, 못났다 하시기에 못난 얼굴 치워 드렸더니 왜 또 불러들이십니까?'

뾰로통한 얼굴이 그렇게 말하는 것 같았다. 딴에 서러웠던 모양이다. 태무는 빙긋 웃으며 율하의 손목을 잡아끌었다.

"못난 것이 고집까지 세어서 뭐에 쓰려고……."

정말 아무짝에도 쓸모없는 사람이라 생각할까 봐 안 가겠다 고집도 못 부리고 엉덩이를 쭈뼛쭈뼛 빼며 끌려가는 율하의 눈에 눈물이 맺혔다.

열 살도 안 된 어린 나이에 궁에 들어왔지만 못난 얼굴 때문에 어느 전에도 자리를 잡지 못한 채 이리저리 치며 살다가 열여덟이 되어서야 태평전 시비들의 꽁무니에 설 수 있게 되었다. 태평전을 드나들며 난생처음 보는 하얀 얼굴의 왕을 사모해 버렸다. 못난 시비 주제에 가당치도 않은 일이란 걸 알면서도 얼굴만 보아도 가슴이 콩닥거리고 왕이 가늘게 기침이라도 하는 날에는 마음이 찢어질 것처럼 아팠다. 스쳐 가듯 눈길이라도 부딪치는 날에는 얼굴이 홍당무처럼 달아올라 쥐구멍에라도 들어가고 싶었다.

그러던 어느 날 왕이 불쑥 다가와 하는 말이…….

"어찌 이리 못났을꼬?"

신기한 듯 뜯어보는 그 눈길에 딱 죽고만 싶었던 날이었다. 사통을 한 죄로 저자에서 돌을 맞아 죽었다던 전 왕비 아로부인은 연화궁 마마에 비견될 만큼 아름다운 분이셨다니 자신같이 못난 얼굴이 왕에게는 사람으로나 보일까 싶었다. 그렇게 볼 때마다 못났다, 못났다 노래를 불러대니 그 설움을 어찌 견뎌내었겠는가.

율하의 손목을 잡고 성큼성큼 휘경궁으로 들어선 태무는 태평전 왕의 침소로 걸음을 옮겼다. 이 넓은 휘경궁에서 홀로 두렵고 외로운 밤을 보내는 곳이다. 아로를 잃고 여러 번 새 왕비를 들이려는 시도가 있었지만 태무는 완강히 거부했다. 더 이상 여인을 품는 것이 두려웠다. 아로가 단우연과 사통한 것은 다 자신이 사내 구실을 못한 탓이었다. 또다시 다른 여인을 들여와 그런 고통을 안기고 싶지 않고 비참함을 맛보고 싶지도 않았다.

침실 앞에서 그는 율하의 손목을 놓았다.

"오늘부터 여기가 네 자리다."

어쩔 줄 모르고 서 있는 율하를 두고 태무는 휘적 걸어나와

감추어진 진실

버렸다. 오늘 밤부터는 저 못난 것을 놀리는 재미에 밤이 막막하지만은 않을 것 같다.

한 달간 궁을 떠나 있던 명이 돌아왔다. 그는 연화의 영이 없어도 시간만 나면 버들내를 찾기 위해 궁을 떠나곤 했다. 버들내의 흔적은 꼬리가 잡힐 듯 잡힐 듯하면서도 잡히지 않고 있다. 그래서 더욱 애가 달고 포기할 수 없는 것이다.

"소 서란강 줄기를 타고 내려가다 보면 비름곡이라는 조그만 마을이 있습니다. 그곳에서 병이 들어 몇 해를 머문 모양입니다. 세 해 전에 떠났다고 하니 아직은 어딘가에 살아 있다는 증거가 아니겠습니까?"

세 해 전이라면 멀지도 않다.

"수고하였다. 그만 가서 쉬어라. 얼굴이 너무 초췌하구나."

귀밑머리가 제법 희끗한 명의 모습에 연화는 쓸쓸한 미소를 지었다. 열여섯에 궁에 들어와 삼십 년을 훌쩍 넘기는 세월 동안 능혜의 곁을 지키고 연화의 곁만 지켜온 명이다. 능혜와 자신이 겪은 모든 풍파를 곁에서 고스란히 함께 겪어온 사람, 그 속이 얼마나 검고 깊게 패어 있을지 짐작이 간다.

가서 쉬란 말을 듣고도 명은 일어나지 않은 채 한참을 머뭇거렸다.

"저…… 마마."

몹시 망설인 듯 힘겹게 나오는 목소리다.

"내게 무슨 할 말이 있는가?"

"……"

"말을 해보아라. 너와 나 사이에 못할 말이 무에 있겠느냐?"

그래, 못할 말이 없을 만큼 긴 세월을 함께했다. 열여덟 살의 능혜 왕자가 왕실의 반대를 견디지 못해 연화를 데리고 종적을 감추었을 때도 명은 그 둘과 함께 있었고, 그들의 애틋한 사랑을 지켜보았고, 능혜의 마지막을 함께 지켰다. 누구에게도 할 수 없는 말을 자신 앞에서는 스스럼없이 꺼내는 연화다. 따뜻하고 고우신 분, 그러나 자식을 위해서는 무슨 일이라도 하실 단호하신 분.

태무와 가희가 태어나던 날 공주의 존재를 아는 시비들의 목숨을 거두라던 그 차가운 눈을 떠올리던 명은 이내 고개를 흔들었다.

"뭘 망설이는가? 정말 내게 못할 말이라도 있는 모양이구나."

"……아닙니다. 그만 나가보겠습니다."

명은 얼른 그곳을 나왔다.

아무리 그래도 연화궁 마마께서 사비에게까지 그럴 리는 없다. 당신의 목숨을 구해준 아이가 아닌가.

버들내를 찾아 내려온 길에 걸로에 잠깐 들러 사비의 얼굴만 보고 차루벌로 돌아갈 요량으로 이른 새벽에 길을 나서 그곳에 도착했었다. 막 동이 틀 무렵이었다. 사비가 아직 잠에서 깨어나지 않은 것 같아 골목을 서성이다가 반쯤 떨어져 나가 덜렁거

감추어진 진실 95

리는 안방 문을 발견했다. 무슨 일인가 싶어 조심스럽게 다가가던 그는 후끈하게 끼쳐 오는 피비린내에 급하게 방으로 뛰어들었다. 그때까지 몸에 온기가 남아 있었던 것으로 보아 울불은 죽은 지 얼마 안 된 모양이었다. 방으로 뛰어든 순간 그의 눈에 가장 먼저 띈 것은 울불의 가슴에 박혀 있던 단도였다. 그것을 단숨에 뽑아 밝은 빛이 드는 문 쪽으로 가져갔다. 짐작대로 그것은 궁궐 무사들이 지니고 있는 단도였다.

궁으로 들어오면 가장 먼저 단도를 하사 받고 왕께 충성을 맹세하며 그 단도로 손가락에 피를 내어 혈서를 쓴다. 그리고 궁궐 무사라는 표적으로 가지게 되는 바로 그 단도였다. 대부분은 이름을 새기거나 특별한 표식을 하여 간직하는데 그 단도에는 그런 흔적조차 없었다.

누굴까? 재물을 탐낸 자일까? 사비가 연화궁 마마께 엄청난 재물을 하사 받았다는 것은 궁궐에 있는 누구나 다 아는 사실이니 그럴 수도 있었다. 그러나 명의 마음속 깊은 곳에서는 연화궁 마마를 떠올리고 있었다. 한없이 따듯하시나 한편으로는 무섭도록 냉정하신 분이다. 혼인은 하였으나 여전히 가희 공주를 외면하고 있는 해율을 보며 그분이 어떤 생각을 하셨을지는 아무도 모른다. 그 생각이 드는 순간 그의 머리는 마비되었다. 더 이상 다른 생각을 하지 못했다.

그는 단도에 묻은 피를 닦아내고 그것을 가슴에 품었다. 궁궐 무사의 흔적을 남겨서는 안 되었다.

의문을 품은 채 궁으로 돌아왔지만 연화궁 마마에게서는 아무것도 읽어낼 수 없었다. 무사들을 소집하고 불시에 단도도 검사했지만 단도를 잃은 자는 단 한 사람도 없었다. 자신이 돌아오기 직전에 변방으로 차출되어 떠난 몇 명의 무사들이 의심스러웠지만 사비 모녀를 죽인 것이 정말 연화궁 마마의 뜻이었을지도 모른다는 생각에 깊이 파고들어 조사할 수가 없어 흐지부지 덮어두었었다.

지금 갑자기 그 일이 떠오른 것이 무슨 연유인지 모르겠지만 연화가 아닐지도 모른다는 생각이 들기 시작하자 명은 덮어두어서는 안 되겠다 싶었다. 어찌 되었든 무사대의 일은 자신의 책임이기도 하다. 늦었지만 조사를 해보아야겠다.

명은 북쪽 국경에 있는 해주성을 거쳐 추나성을 찾았다. 성이라 말하기도 무색한 이끼 낀 성벽과 허름한 성루, 그리고 움막처럼 지어진 곳을 드나들며 산짐승처럼 살고 있는 성 안의 백성들. 이곳이 과연 기란국 땅이 맞나 싶은 생각이 들 정도다. 차루벌에 있을 때 종종 이런 변방의 이야기는 들었지만 직접 찾아오기는 처음인지라 명의 충격은 컸다.

추나성의 성주는 이제 겨우 스물일곱 살의 젊은 장수 금랑이다. 사비 모녀의 사건이 있고 얼마 자나지 않아 변방으로 차출되어 떠난 무사들 중 한 명이다. 그는 한직을 떠돌 수밖에 없는 한금 집안의 사람이다. 아사금이나 별금의 무사들이 요직을 차지하는 것은 어쩔 수 없는 권력의 힘이다.

금랑은 갑작스런 명의 출현에 몹시 당황스러워했다. 명은 한때 자신이 수장으로 모셨던 궁궐 무사대의 대장이고 자신을 가장 아껴주었던 사람이기도 하다.

"어, 어쩐 일이십니까?"

"해주성에 다녀오는 길이네. 그곳에 별금 여문이 있지 않은가."

별금 여문은 금랑과 비슷한 시기에 변방으로 나갔던 궁궐 무사였다. 해주성에서 만난 그에게서는 아무 의문점을 찾을 수 없었다. 건장한 체구의 금랑은 무예가 출중해 명이 잔뜩 기대하고 아꼈던 무사였는데 어느 날 갑자기 자신도 모르는 사이에 변방으로 나가 버렸었다.

"이곳 생활은 어떤가? 힘들지 않은가?"

"견딜 만합니다."

"모두가 싫어하는 변방을 자넨 스스로 원해서 왔다는 소릴 들었네. 참으로 대단하네. 나는 평생을 무사로 지내면서도 차루벌을 떠나볼 생각조차 못했는데 말이야."

금랑은 당황스러움이 가득한 얼굴로 슬쩍 눈길을 피했다.

무언가 있다!

명은 망설임 없이 가슴에 품고 있던 단도를 꺼내어 탁자 위에 놓았다.

"이게 무언지 아는가?"

"궁궐 무사의 단도 아닙니까."

"그렇지. 전하께 충성을 맹세하며 제 손가락에 피를 내었던 그 단도일세. 궁궐 무사 출신이라면 누구나 자랑스럽게 품고 다니는 물건이지. 아, 자네도 잘 간직하고 있겠지?"

"그, 그럼요."

"한번 보여주게. 내가 꼭 확인할 것이 있어 그러니."

당황하며 슬쩍 돌아가는 그의 눈이 벽에 걸린 검으로 향하는 순간, 명은 재빠르게 칼을 뽑아 금랑의 목에 들이대었다.

"왜, 왜 이러십니까!"

"금랑, 내 너를 수하에 두고 지내왔던 세월이 십 년이 넘는다. 눈빛만 보아도 무슨 생각을 하는지 알 만한 세월이지. 그러니 지금부터 내가 묻는 말에 거짓없이 대답해야 할 것이다. 추호의 거짓도 없어야 한다. 알겠느냐?"

금랑은 낭패한 얼굴로 명을 바라보았다. 명은 한미한 집안 출신인 자신을 너무나 아껴주었던 분이다. 그래서 대적할 수도 없고 거짓을 고할 수도 없는 분이다. 그가 모든 것을 짐작하고 자신을 찾아왔다는 것을 알았다. 탁자 위에 놓인 단도는 바로 금랑, 자신의 것이었다. 금랑은 고개를 떨어뜨렸다. 명은 칼끝을 예리하게 들이대며 단도직입적으로 물었다.

"사비 모의 가슴에 박혀 있던 이 단도는 너의 것이다, 맞느냐?"

"……예."

명은 떨어지려는 칼을 다시 바로잡았다.

"재물이 탐이 났던 것이냐?"

"……"

"아니면 누구의 명을 받은 것이냐?"

금랑은 여전히 대답이 없었다. 차분한 성격으로 섣부른 행동은 좀처럼 하지 않던 금랑이었다. 충성심 또한 누구 못지않은 자이니 재물 따위가 탐이나 저지른 일은 아닐 것이다.

"누구냐, 네게 사비 모녀를 죽이라 명한 사람이?"

"……"

"무영 대장군이시냐?"

"……"

"아니면 연화궁 마마시냐?"

그 물음에 금랑은 고개를 흔들었다. 전하시냐는 소리에도 고개를 흔들었다. 그럼 누구란 말인가? 남은 사람 중 그에게 명령을 내릴 만한 사람은 해율과 가희 공주뿐이다. 해율은 아닐 테고…….

"혹시…… 공주마마신가?"

상상치도 못했던 질문을 하며 칼자루를 쥔 명의 손이 떨렸다. 금랑의 고개도 아래로 툭 떨어졌다. 그리고 명의 앞에 머리를 조아리며 무너졌다.

"공주마마는…… 부마도위께서 마음을 잡지 못하시니 두 모녀를 처리해 달라고 하셨습니다. 전하와 연화궁 마마를 위해서

한 일입니다! 왕실을 위해서 한 일입니다!"

그는 눈물을 쏟으며 그렇게 소리쳤다. 칼자루를 쥔 명의 손이 아래로 툭 떨어졌다. 가희 공주일 거라고는 상상조차 하지 못했다.

"그럴 리가……."

해율의 외면이 아무리 힘들었다고 해도 그럴 리가 없다. 어쨌거나 십칠 년을 피붙이로 알고 살아온 사람들이 아닌가.

"후일…… 부마도위께서 보위에 오르시면 잊지 않고 찾겠다 하셨습니다. 소인은 옳은 일이라 생각했습니다. 부마도위께서 전하와 연화궁 마마 곁을 든든히 지켜주시길 바라서 한 일입니다. 그때는…… 그때는 정말 옳은 일이라 생각했습니다."

이 일이 알려지면 공주와 해율은 영원히 끝이 나고 만다. 그러면 나라는 또다시 권력의 소용돌이에 휘말릴 것이다. 조용히 덮어두는 것이 모두를 위하는 길이라고 생각했다. 연화궁 마마를 위해서, 전하를 위해서, 그리고 해율과 공주를 위해서, 기란국을 위해서…… 사비와 사비 모는 이미 이 세상 사람이 아니니.

명은 다시 칼을 들어 금랑의 목을 겨누었다.

"이 사실을 아는 자가 너 외에 또 누가 있느냐?"

"없습니다, 아무도."

"사비는…… 사비의 목숨도 네가 거두었느냐?"

"등에 심한 상처를 입고 벼랑으로 떨어졌습니다. 살아남을 수

감추어진 진실

없었을 것입니다."

칼을 든 명의 손이 움찔했다. 칼을 한 번만 휘두르면 모든 일은 감쪽같이 덮어진다. 자신만 입을 다문다면 공주조차 금랑이 왜 죽었는지 모를 것이다. 그대로 금랑을 없애야 했지만 그럴 수 없었다. 방법이 잘못되었다고는 하나 그에게는 여전히 충성심이 있었다. 섣불리 입을 놀려 일을 그르칠 자도 아니다. 한미한 집안에서 태어나 궁궐 무사로 살아남으려 누구보다 노력하던 자였다. 명은 그에게 측은지심이 일었다.

"너는 아무것도 모른다. 나 또한 아무 말도 듣지 않았다. 그러니 어떤 말도 하지 마라. 그럴 수 있겠느냐?"

금랑은 금방이라도 떨어져 나갈 줄 알았던 목숨을 고스란히 지켜주는 명에게 다시 한 번 눈물을 보였다.

"예, 소인은 아무것도 모릅니다."

한없이 여리고 나약한 사람인 줄 알았다. 울불을 따라간 서란강 어느 곳에서 처음 얼굴을 대하던 그 순간부터 명은 가희 공주를 그런 사람으로 알았다. 지금도 여전히 이토록 무서운 짓을 저지를 사람으로는 생각되지 않는다. 공주라는 신분이 밝혀지지 않았다면 여전히 어미이고 자매인 줄 알고 살아갈 사람들에게 칼을 꽂을 사람으로는 도저히 생각되지 않는다. 따듯하지만 무섭도록 냉정한 연화궁 마마의 성품을 닮은 것일까?

차루벌로 달리는 명의 얼굴이 고통스럽게 일그러졌다.

그곳은 걸로의 집이었다.

방 한 칸에 부엌이 딸린 조그만 집, 세 명의 여자가 함께 누우면 돌아눕기도 힘들었던 방.

사비가 앞문을 막고 울불이 뒷문을 막고 가희가 가운데에 누운 그 방에서 가희는 여전히 공주였다. 이년저년 잡아먹을 듯 욕을 퍼지를 때도 가끔 있지만 울불은 가희라면 죽고못사는 어미이고 거무튀튀하고 미운 얼굴의 사비가 있어 남들처럼 바다에 나가 물질을 하지 않아도 되니 걸로에서 자신만한 공주가 또 있을까, 싶다.

"사비야! 이년아! 해가 중천에 떴는데 아직도 꿈속이냐? 이 게을러 터진 년!"

어린 사비는 꽁지가 빠지도록 마당을 지나 바다로 뛰어가고 울불의 잔소리가 그 뒤를 따라갔다. 공주 같은 가희는 사비가 고사리 손으로 차려준 밥상을 들고 앉아 있다. 사비도 어리고 어머니도 젊은데 신기하게도 자신만은 어른의 모습이었다. 가희는 저를 먹이기 위해 사비도 울불도 아침을 거른 것을 뻔히 알면서도 한입 먹어보란 말도 하지 않은 채 입이 터져라 음식을 쑤셔 넣는다. 쑤셔 넣고 또 쑤셔 넣는다. 어느 순간, 입으로 들어간 음식들이 목에 걸려 꺽꺽 토하는데 그것이 수십 마리의 벌레로 변하고 피로 변하여 그녀에게 덤벼들었다.

"아악! 살려줘! 어머니!"

감추어진 진실　103

놀라서 방으로 뛰어드니 울불이 피투성이가 된 몸으로 그녀를 노려보았다.

"이년! 이 나쁜 년! 어미마저 잡아먹은 년!"

피투성이 손이 아귀처럼 치맛자락에 달라붙었다.

"무엄하다! 나는 기란국의 공주니라! 놓아라! 놓아라!"

가희는 비단 치맛자락에 매달린 아귀 같은 손을 떨쳐 내었다. 가희의 힘에 저만치 밀린 울불이 피를 토하며 쓰러졌다.

"천벌을 받을 년…… 그 자리는 네 자리가 아니다. 그 자리는…… 가희야…… 살려다오, 어미를 살려다오…… 가희야……."

울불은 붉은 핏덩이를 울컥울컥 토하며 쓰러졌다. 하얗게 드러난 눈자위가 원망을 가득 담은 채 노려보았다.

"어, 어머니……."

그러나 어머니를 부르면서도 가희는 다가가지 못했다.

당신이 죽어야 내가 살아. 당신도 죽고, 사비도 죽고…… 그래야 내가 편안히 살 수 있어! 이리 살라고 가르쳤잖아…… 당신이 이리 살라고 내게 가르쳤어. 내가 살기 위해서라면 누구든 밟고 일어나라고, 죽여서라도 욕심을 채우면서 살라고, 빼앗으라고……! 당신이 그렇게 가르쳤잖아! 흑흑…… 어머니…… 어머니……!

울불의 손이 치맛자락에 매달린 채 떨어지지 않는다. 도망을 가고 또 도망을 가도 그것은 아귀처럼 달라붙어 질질 끌려왔다.

진동하는 피비린내와 울불의 신음 소리, 살려달라고 애원하는 소리, 가슴에 꽂힌 칼, 그리고 울불의 눈동자의 흰 눈자위가 화륵 덤벼들었다.

"아악…… 살려주세요, 어머니!…… 으흐흑."
"공주마마. 공주마마!"
"헉……!"
온몸을 뒤덮고 있던 피비린내가 순식간에 사라졌다.
익숙한 냄새, 익숙한 공간, 원래 내 자리였던 이곳. 영원히 내 자리일 이곳…….
가희는 두 손으로 축축한 얼굴을 감쌌다.
"마마, 또 악몽이시옵니까? 세상에! 이 땀 좀 보십시오."
"괜찮다. 그만 나가보거라."
시비의 손을 떨쳐 내고 도로 침상에 누웠다. 머뭇거리던 시비가 나가는 소리가 들리자 가희는 그제야 참고 있던 한숨을 길게 내쉬었다. 아귀같이 달라붙던 울불의 손이 떠오르자 그녀는 눈을 질끈 감았다.
정말이지 그런 짓까지 하고 싶지는 않았다. 걸로로 떠난 그들이 아무 연관 없이 조용히 살아주었다면 죽이는 일까지는 없었을 것이다. 해율에게 외면받는 것이 두려웠다. 왕좌마저 마다하고 사비에게 목을 매는 해율의 모습이 마치 모든 것을 알고 있는 사람처럼 느껴졌다. 진짜 공주는 자신이 아니라 사비라는 것을, 그래서 자신을 거부하는 것만 같아 미쳐 버릴 것 같았다. 죽여 버리면…… 사라져 버리면 그 두려움도 끝이 날 줄 알았다. 두려움의 눈물이 귓전으로 떨어져 내린다.

내가 잘못했으니 그만 놓아주오, 어머니…….

구석구석 어둠 속에서 분노에 찬 울불의 눈동자가 불쑥불쑥 튀어나오고 처연한 사비의 얼굴이 머리맡에 붙어서 섬뜩한 기운을 뿜어내고 있다. 가희는 두 손으로 어깨를 감싸고 덜덜 떨었다. 마음속도, 머릿속도 뒤죽박죽 엉켜서 혼란스럽다. 어지럼증이 일고 구토가 나왔다. 밤마다 시달리는 이 꿈에서 도망치고 싶다.

텅 비어 하얘진 머리 속으로 누군가 성큼 걸어 들어왔다. 그는 보위를 이어받을 자신의 지아비, 부마도위 해율이다. 가희에게는 그만이 유일한 희망이다. 그가 얼른 돌아와 초야를 치르고 따듯이 안아준다면 두려움 따위는 순식간에 사라져 버릴 것 같다. 방 안으로 성큼성큼 들어서는 그를 향해 가희는 배시시 웃음을 지어 보였다.

가희가 발그레해진 얼굴로 아침 문후를 들었다. 실로 오랜만에 보는 가희의 따듯한 눈이었다.

"평안히 주무셨사옵니까, 어마마마?"

"간밤엔 아주 편한 잠을 잔 모양이로구나?"

연화의 물음에 가희는 고개를 외로 꼰 채 다시 얼굴이 붉어졌다. 그 모습이 이상해서 따라 들어온 시비에게 무슨 기분 좋은 일이 있었는지 묻자 시비는 난감한 얼굴로 울상을 지었다.

"마마……"

"무슨 일이냐?"

"실은……."

그러나 가희가 시비의 말을 막으며 먼저 입을 열었다. 얼굴만큼이나 상기된 음성이었다.

"실은…… 간밤에 부마도위가 다녀갔습니다, 어마마마."

"그게 무슨 소리냐?"

연화는 가희의 말을 이해할 수가 없다. 해율이 차루벌로 돌아왔다는 소리는 듣지 못했다. 그러나 가희의 표정을 보니 다녀간 것은 분명해 보인다. 정말 늦은 밤에 가희를 보러 온 것일까?

"내일 밤에 또 오마 약조까지 했는걸요?"

점점 알 수 없는 말을 하며 방긋 웃는 가희의 모습이 짙은 사랑을 나눈 여인네의 얼굴, 그것이다. 무엇이 어찌 돌아가는 영문인지 모르겠다. 가리옹성에 틀어박혀 꼼짝도 하지 않던 해율이 어찌 이곳에 나타난 건지, 가희에겐 눈길조차 주지 않던 해율이 말이다.

"네가 말해보거라. 공주가 하는 말이 사실이냐?"

난감한 얼굴로 서 있는 시비를 다그치자 가희의 눈치를 보며 머뭇거릴 뿐 쉬이 대답을 하지 못했다. 그러고 보니 가희의 얼굴이 날마다 새파랗게 날이 서 있던 그 얼굴이 아니다. 따듯한 기운이 흐르는, 그러나 어딘가 불안한 느낌이 감돈다.

가희가 돌아간 후 연화는 아무도 몰래 그 시비를 다시 불러들였다. 그녀는 잠자는 시간 외에는 언제나 그림자처럼 가희의 곁을 지키는 시비다.

"공주가 좀 전에 했던 말이 다 무엇이냐?"

"마마……."

"바른대로 고하여라."

"실은 며칠 전부터 공주마마께서 자꾸 이상한 말씀을 하십니다."

"이상한 말이라니?"

"밤마다 부마도위께서 다녀가신다고 합니다. 밤을 새우고 새벽이 되면 돌아가신다고 하십니다."

시비의 말이 황당하다.

"무슨 말인지 도무지 모르겠구나."

한참을 망설이던 시비가 난감한 얼굴로 말했다.

"아무래도 공주마마께서 몽환을 보신 듯합니다."

몽환? 아무리 꿈에 환각을 보았다고 하더라도 깨어나서까지 그것을 진실로 믿다니 쉬이 납득이 가지 않는다.

"다른 일은 없느냐?"

"악몽을 자주 꾸시고 식은땀을 흘리십니다."

시비는 가희의 그런 증상이 이미 한참 되었다고 했다.

"어찌 내게 고하지 않았느냐!"

"두어 밤 자고 나면 금세 나으실 줄 알았습니다. 공주마마께서도 그 사실이 알려지는 걸 싫어하셨습니다. 죽을죄를 지었사옵니다, 마마."

마음이 허해서 생긴 병이리라. 그토록 외면을 받았는데 어찌 병인들 생기지 않겠는가. 연화는 서둘러 모란전으로 향했다.

가희는 오전 내내 옷을 가지고 시비들을 들볶고 있었다. 아침 문후 때 보았던 상기된 표정은 흔적없이 사라지고 새파랗게 날이 선 얼굴이 평소의 가희와 별반 다를 것이 없었다.

"어디 몸이 불편한 곳은 없느냐?"

스륵 다가와 머리를 짚어주는 연화의 손을 가희는 슬쩍 피했다. 가희는 여전히 연화를 불편해하고 어려워했다.

"아무 데도 아픈 곳 없으니 마음 놓으소서."

연화는 다시 손을 뻗어 가희의 손을 꼭 잡았다. 정사를 돌보느라 바쁘다는 핑계로 가희를 너무 돌아보지 못했다. 혼인한 지 벌써 두 해 반, 여태껏 초야조차 치르지 못했다는 것이 말이나 되는 소린가! 사랑이 그리워 생긴 마음의 병인 게다. 가엾은 것……

당장 어의를 불러 가희의 병세를 알아보고 싶었지만 우선은 지켜보기로 했다. 연화궁으로 돌아온 그녀는 전의감에 공주에게 몸을 보하는 약을 지어 올리라는 명을 내렸다. 몸이 튼튼해지면 마음도 튼튼해지리라. 주먹을 그러쥐는 연화의 얼굴에 노여움이 잔뜩 서렸다.

 당장 돌아오너라, 해율! 나는 기다릴 만큼 기다렸고 참을 만큼 참았다!

五. 살기 위해서 죽었던 여자, 죽기 위해서 살았던 남자

1차 야로국 정복전쟁이 끝난 뒤 해율은 내내 가리옹성에 머물고 있었다. 걸로에 잠깐 들러 보았던 바다가 밤마다 꿈으로 찾아왔다. 꿈속에서 사비는 햇살처럼 반짝이는 웃음을 까르륵 웃다가 장난스레 물을 튀기며 달아나기도 했다. 눈 뜨는 새벽마다 그는 말을 타고 강으로 나갔다.

가리옹성의 강둑에는 새벽마다 지치도록 말을 달리는 사내가 있다. 그는 바로 우슬라의 주인, 가리옹성 성주 별금 해율이다. 푸른 새벽빛을 뚫고 남으로 남으로 달리던 말은 관목림이 우거진 가리옹성의 끝자락에서 다시 되돌아오곤 했다. 언제나 밤은 행복했고 아침은 슬펐다. 슬픈 아침이 싫어 그는 지치도록 말을 달린다.

 백성들은 성주가 한동안 전쟁을 치르지 않고 있으니 그 피가 들끓어 새벽마다 말을 달리는 거라고 생각했다. 그들은 자신들의 성주가 좋기도 하고 싫기도 하다. 성에 머무를 때면 백성들을 제 몸처럼 아끼는 어버이 같은 성주지만 전쟁에 나서는 성주는 피도 눈물도 없는 전쟁에 미친 범이 되어 군사들을 내몰았다. 그렇게 하여 죽어간 가리옹성의 청년들이 수만에 이른다.

 해율은 우슬라 지방의 변방 성들을 둘러보고 돌아오는 중이었다. 지난 두 해, 끝없이 이어졌던 야로국과의 전쟁으로 백성들의 삶은 더욱 피폐해졌다. 단국과의 무역을 장려하면서 비교적 풍요한 생활을 하고 있다는 우슬라가 이 정도면 다른 지방의 상황이 얼마나 힘들지는 짐작이 갔다. 자신이 어린 날 꿈꾸었던 정복전쟁은 이제 더 이상 희망이 아니다, 라는 생각이 들었다. 그러나 지금 이 기란국에서 대장군 무영을 막을 수 있는 사람은 아무도 없다.

 이제 무엇을 해야 할 것인가? 죽음을 향해 끝없이 내닫던 마음에 바람이 인다.

 단하라는 대 상단이 엄청난 양의 물품을 싣고 가리옹성에 나타났다. 가리옹성은 한 달에 두 번 국경을 개방하고 장시를 열어 무역을 장려하여 상인들이 드나들기는 했지만 이렇게 큰 상단을 맞이하기는 생전 처음이다. 국경 시찰을 마치고 막 돌아온 해율의 귀에도 그 말이 전해졌다. 무역을 장려하지만 워낙 차루벌과 떨어진 변방이라 조그만 소상인들의 발길만 있을 뿐 크게 번성하지 못하는 가리옹성에 그렇게 큰 상단이 들어왔다는 것이 의아하다.

"어디서 온 자들이라더냐?"

"걸로의 상단이랍니다."

"걸로? 그 먼 곳에서 무슨 방법으로 그 많은 물품들을 운반해 왔단 말이냐?"

"뗏목을 이용해 서란강을 타고 올라왔답니다."

"뗏목으로 서란강을?"

가리옹성의 최대의 장점이자 약점이 교통로가 불편하다는 것이었다. 덕분에 가리옹성은 천해의 요새이기도 하지만 영원히 변방에 머무를 수밖에 없는 땅이기도 하다. 그런 곳을 어느 누구도 생각 못한 뗏목을 이용해 그 많은 물품을 단숨에 들여오다니, 마치 전장에서 기습을 당한 기분이 들었다.

"그들이 이곳에 온 목적이 무어라더냐?"

"단국으로 가는 국경을 열어달라고 합니다. 그래서 성주님을 뵙기를 청하고 있습니다."

소상인을 거치지 않고 직교역을 하겠다는 뜻이다.

"어찌할까요?"

"당분간 그들이 하는 양을 잘 지켜보아라. 정녕 장사에만 뜻이 있는지 아니면 다른 목적이 있는지 말이다. 아, 그리고 그자에 대해서도 좀 알아보아라, 단하라는 자 말이다."

뗏목을 이용해 서란강을 타고 올라올 생각을 다 하다니, 왠지 만만찮은 자 같다.

수하를 내보내고 해율은 탁자 위에 올려져 있는 연화궁 마마의 친서를 다시 펼쳐 보았다. 연화궁 마마는 단아한 글씨체로 지금 당장 차루벌로 돌아올 것을 명령하고 있었다. 가희 공주의 건강 상태가 좋지 않으며 태무를 대신해 하고 있던 당신의 일을 해율이 나눠 해주었으면 하는 바람의 말씀도 적혀 있었다. 천천히 정사를 이어받을 준비를 하라는 뜻이었다.

연화궁 마마가 어떤 벌을 내리시든 자신은 할 말이 없는 사람이다. 어쨌거나 혼인을 하고도 지아비 노릇을 회피한 책임, 부마도위로서의 막중한 임무를 다 하지 못한 책임은 자신한테 있다. 혼인 초야에 도망치듯 차루벌을 떠나 버렸고 일방적으로 이혼을 요구했었다. 그 과정에서 가희 공주가 입었을 마음의 상처 또한 크다는 것을 안다. 별금 집안을 잘 다독이고 이끌어야 하는 것 또한 자신의 책무였지만 외면한 채 지낸 지 두 해가 넘었다.

이런 식으로 마냥 도망만 다니는 것은 옳지 않다. 다 받아들이자 마음먹은 적도 여러 번, 그러나 번번이 그의 마음을 가로막는 것은 자신에 대한 분노다. 사비를 그런 식으로 버려두고 떠나 버렸던 자신을 용서할 수가 없다. 자신을 거부하는 사비의 진정한 마음이 무엇인지 다 알면서도 한순간의 분노를 이기지 못했다. 다시 그날로 되돌아갈 수만 있다면 그토록 아프게 안지는 않을 것이다. 제 몸을 부숴 버리듯 짐승처럼 무너졌던 그날의 자신을 용서할 수가 없다. 눈물 나도록 따듯이 안아주었다면 돌아서는 자신을 사비가 붙들었을까? 재물도 권력도 다 소용 없고, 당신만 필요하다고 말해주었을까?

깊은 회한이 밀려 올라와 그의 눈시울은 다시 뜨거워졌다. 자리에서 벌떡 일어난 해율은 마구간으로 달려갔다.

그는 다시 서란강가를 달린다. 이 강을 따라 달려간 바다에서 사비를 처음 만났다. 파득 튀어 오르는 물고기처럼 싱그러웠던 여자. 두근거렸던 그 순간의 느낌은 여전히 그의 가슴에 남아 있다. 불쑥 튀어 오르며 햇살처럼 터뜨리던 그 웃음이 차가운 비수가 되어 명치끝을 찌른다. 죽은 사람의 그것처럼 온몸의 피들이 싸늘하게 식어갔다. 어디선가 차가워진 이 몸을 불태워 줄 전쟁 소식이라도 들렸으면 좋겠다. 더 이상 희망이 아닌 그것이 지금 이 순간 자신에게는 유일한 희망처럼 느껴진다.

저자에 있는 커다란 창고 두 곳을 빌려 물건을 부린 단하 상단은 성주의 대답을 기다리며 지루한 날들을 보내고 있었다. 며칠 꼼짝도 않고 방 안에만 들어앉아 있던 단하가 드디어 문을 열고 나왔다.

"저자를 한번 둘러봐야겠습니다."

소연검은 얼른 칼을 챙겨 단하를 따라나섰다. 뗏목을 타고 서란강을 오르는 내내 단하의 얼굴이 어두웠다. 차갑기는 하나 어두움과는 거리가 먼 단하였는데 지금은 꼭 다른 사람을 보는 것 같다.

"무슨 걱정거리라도 있습니까?"

"아니오."

"안색이 좋지 않습니다."

"그래요?"

이 년이 넘는 시간 동안 그림자처럼 단하를 따라다녔으니 어지간한 것은 눈빛만으로도 알 수 있었는데 지금은 그조차 모를 만큼 낯설어 보인다. 단하는 걱정 말라는 듯 빙긋 웃어주고는 다시 저자 쪽으로 눈을 돌렸다.

가리옹성으로 오는 내내 혼란스럽던 마음이 여전히 갈피를 잡을 수가 없다. 가리옹성이라는 그 이름만으로도 가슴이 덜컥거리고 눈앞이 흐려진다. 이곳에 도착하던 순간부터 어딜 가나 따라다니는 해율의 그림자 때문에 더욱 그렇다. 지금도 북적이는 저 많은 사람들 가운데에 그의 그림자가 지울 수 없는 그림처럼 박혀 떠나지를 않는다.

"정말 어디 아프신 건 아닙니까?"

"아! 아니오."

걱정이 가득한 소연검의 얼굴이 눈앞으로 다가오고 나서야 단하는 꿈에서 깨듯 다시 걸음을 옮겼다.

가리옹성은 생각보다 꽤 큰 성이다. 그리고 단국과 야로국, 기란국. 이 삼 국이 만나는 요충지이니 무역을 하기에는 안성맞

춤인 곳이다. 매호국 너머 대국과의 거리도 차루벌보다는 훨씬 가깝다. 성안 백성들의 입성도 그다지 나빠 보이지는 않았다.

"이곳 성주는 어떤 사람이오?"

급히 올라오느라 가리옹성에 대해 아는 것이 아무것도 없다. 무슨 일이든 철저한 준비와 사전조사를 해왔던 단하였지만 이번만은 그러지 못했다. 화조국에서의 손해를 만회하려는 마음이 급해서였을까? 마음도, 몸도 급했다.

"여기 와서 잠깐 들은 말로는 전쟁에 미친 범 같은 자라고 들었습니다."

"전쟁에 미친 범?"

"남쪽 끝이든 북쪽 끝이든 전쟁이 일어난 곳이라면 어디든지 달려간다고 합니다. 그 칼끝에 닿아 살아남은 자가 없다고 하니 아마도 칼날을 모질게 휘두르는 자인 모양입니다."

칼날을 모질게 휘두르는 자? 잔인한 자일까?

단국으로 가는 길이 쉽지만은 않을 것 같다. 그래도 반드시 성사시켜야 할 일이다. 국경을 열어주지 않을 때를 대비해 성주를 설득시켜 허락을 받을 수 있는 방법을 찾아야 한다.

"상단을 꾸린 지 겨우 이삼 년밖에 안 된 자인데 장사 수완이 좋은지 꽤나 큰 규모의 상단을 이끌고 있습니다. 재물에 목숨을 걸었다는 말이 공공연히 떠돌 만큼 재물이 되는 곳이라면 어디든지 가는 자랍니다. 모두들 벌벌 떠는 바다 폭풍이 몰아치는 여름에도 배를 띄우는 자라 하니 두말하여 무엇 하겠습니까."

다겸이 전하는 말을 들으며 해율은 칼끝을 세워 공중을 획획 가르고 있었다. 칼끝도, 칼을 휘두르는 몸도 무뎌졌다. 한동안 전쟁이 없었으니…….

"하온데 그자가 하도 곱상하게 생겼기에 함께 따라온 장사치들에게 알아보았더니 양물이 잘린 사내라고 하였습니다."

"양물이 잘린 사내?"

양물을 자르다니, 화조국이나 대국에서는 사내가 궐에서 기거를 하려면 국왕 외에는 누구나 양물을 잘라야 한다는 소리를 듣긴 했지만 기란국에서는 드문 일이다.

"화조국에서 건너온 자인가?"

"아마도 그런 듯합니다. 화조국에서는 단하 상단의 물건이라면 보지 않고도 사갈 만큼 대단한 신뢰를 받고 있는 자랍니다."

서란상에 뗏목을 띄워 물품을 실어 나를 지혜를 가졌고 바다 폭풍을 두려워하지 않을 배포를 가진 자, 게다가 장사치로서 신뢰까지 얻고 있다면 만나볼 만한 가치가 있는 자 같다. 해율은 송골송골 맺힌 땀을 닦아내며 칼집에 칼을 꽂았다.

"차루벌로 떠나기 전에 그자를 한번 만나보아야겠다."

"차루벌로 돌아가십니까?"

성큼성큼 걷는 해율을 따라가며 묻는 다겸의 음성에 반가움이 묻어난다. 드디어 해율이 차루벌로 돌아갈 결심을 한 모양이다.

"열흘 후에 떠날 생각이니 그전에 그자와의 자리를 마련해 보거라."

"알겠습니다, 성주님!"

그는 어린아이처럼 신이 나서 해율의 뒤통수에 대고 꾸벅 절을 했다. 원대한 포부를 지녔던 예전의 존경스러운 해율의 모습이 아니어도 좋다. 그저 서릿발 같은 눈으로 죽음을 향해 달리는 그를 보지 않아도 되니 이보다 더 기쁜 일이 어디 있겠는가.

오늘 아침 눈을 뜨며 해율은 드디어 차루벌로 돌아갈 결심을 했다. 섣불리 죽을 수 없다면 세상이 이끄는 대로 흘러가 주는 삶도 나쁘진 않으리라. 책임과 의무를 회피하고 비겁하게 도망다니는 삶은 더 이상 살지 않겠다. 부끄러운 모습으로 사비를 만나고 싶지 않기 때문이다. 죽을 결심을 해보았으니 살 결심을 하는 것은 더욱 쉬울 것이다. 세상을 다 가진 연후에 자신도 가지라던 사비의 말을 들어줄 참이다.

살아보자. 세상을 다 가져보자. 그런 연후에도 이 허망한 마음을 채울 수 없다면 그때에는 널 찾아가리라. 설마 그때도 날 내치지는 않겠지?

그의 눈은 먼 남녘의 바다를 향해 있었다. 그 바다 어딘가에 떠돌고 있을 사비의 혼령에게 자신의 마음을 전하듯.

가리옹성에 노을이 지고 있었다. 깊은 산자락을 타고 발갛게 스러지는 노을이 온 저자를 뒤덮었다. 파장 무렵이라 저자는 몹시도 부산하였다. 해율은 느릿느릿 걸음을 옮기며 저자를 둘러보고 있었다. 장사하는 데 불편한 점은 없는지, 애를 먹이는 불량배들은 없는지 이것저것 물으며 걷고 있는 그의 얼굴에도 마지막 노을이 눈이 부시도록 쏟아졌다. 해율은 시린 눈을 찌푸리며 노을빛을 피해 고개를 돌렸다. 자그마한 사내가 눈에 들어온 것은 그 순간이었다. 사내라고 하기에 아직은 어린 듯 턱밑이 말갛다. 그는 발갛게 쏟아지는 노을에 비단을 들어 비춰보고 있었다.

"보시고 자시고 할 것도 없습니다요, 나리. 그건 대국에서 들여온 최고의 비단입니다. 차루벌에 가시더라도 이런 물건은 구하기 힘들 겁니다요. 금자 두 냥이면 가격도 거저입죠."

장사치의 말을 들으며 사내는 물건을 꼼꼼히 살피고 있었다. 사람들에 가려 옆모습밖에 보이지 않았지만 왠지 그 모습이 한눈에 박혀왔다. 자그마한 체구에 가무잡잡하고 어려 보이는 얼굴이다. 특별히 눈에 띌 것 같지 않은 입성을 하고 있는 사내의 곁에는 칼잡이인 듯 보이는 건장한 사내가 서 있었다. 비단을 들여다보고 있던 사내가 뒤에 서 있는 칼잡이 쪽으로 얼굴을 슬쩍 돌렸다. 사내의 온전한 얼굴이 노을빛에 드러났다. 소년처럼 말간 사내의 얼굴 위로 노을이 금빛 가루처럼 쏟아져 내리고 있었다.

……!

그 얼굴이 한순간에 눈에 박혀온 것은 쏟아지는 노을빛 탓이었을까? 사내의 입가에 미소가 설핏 지어지는 순간 해율은 제 눈을 의심했다. 그것은 한순간도 잊을 수 없었던 사비의 미소였다. 짧은 순간 그는 호흡을 멈추었다.

금자 두 냥이면 화조국에서 거래되는 가격의 반값이다. 이 정도 물건과 가격들이라면 돌아가는 길에도 빈 뗏목으로 돌아갈 일은 없을 것 같다. 며칠 장사치의 눈으로 가리옹성을 돌아보며 단하는 마치 숨겨진 금맥을 발견한 듯 마음이 흥분되었다. 단국과 야로국, 그리고 기란국이 맞닿아 있는 이곳은 차루벌에 버금가는 장시를 형성하기에 충분한 조건을 갖춘 곳이다. 걸로의 대선주인 차불한을 넘어서는 대선주가 되는 것이 소망이었는데 가리옹성의 발견이 그 소망에 불을 지펴주는 것 같다.

"성주를 만나는 일은 어찌 되었소?"

"내일이나 모레쯤 날이 잡힐 것 같습니다. 성주가 차루벌로 돌아가기 전에 우리를 만나고 싶어하신다니 생각보다 일이 잘 될 것 같습니다."

"그래요?"

단하는 건성으로 대답하며 비단 전 옆의 약재상으로 걸음을 옮겼다.

"아, 알고 봤더니 이곳 성주가 대단하신 분이더군요. 별금 집안의 수장으로……"

말을 하던 소연검은 단하의 온몸이 돌덩이처럼 굳어 있는 것을 발견했다.

"왜 그러십니까, 단하님?"

소연검의 음성이 먼 메아리가 되어 사라졌다. 북적이던 저자도 순식간에 눈앞에서 사라졌다. 보이는 것은 오로지 저만치 앞에서 뚫어질 듯 자신을 바라보고 있는 범 같은 사내의 눈뿐이다. 눈앞에 감추어진 진실을 꿰뚫어보려는 듯 그의 눈은 사납고 날카롭게 단하를 향하고 있었다.

수척해진 얼굴, 퀭한 눈자위, 번득이는 눈 속에 허망만이 가득한 해율이 눈앞에 서 있다.

단하는 쓰러지듯 소연검에게 몸을 기대며 속삭였다.

"날 좀 숨겨줘요, 소연검."

그 말조차 겨우 할 정도로 단하의 온몸은 굳어 있었다. 그제야 소연검은 저만치 앞에서 회오리가 이는 얼굴로 자신들을 바라보고 있는 사내를 발견했다. 단하의 음성이 너무나 급박하게 들렸기 때문에 그 사내가 누군지, 무슨 일인지 물을 겨를도 없었다. 소연검은 단하의 몸을 부축해 재빠르게 골목으로 숨어들었다.

헛것을 본 줄 알았다. 몹시도 닮은 사람이려니 생각했다. 그러나 눈이 마주치자 해일처럼 일렁이는 그 눈을 본 순간 해율은 그 조그만 사내가 사비라는 것을 직감했다. 칼잡이에게 무슨 말인가를 하는 것 같았으나 소리가 들리지 않았다. 자신의 가슴에서 절규가 터져 나오나 그것이 목을 뚫고 소리가 되어 나오지 못하는 것처럼 그녀도 아마 그런 듯했다. 그리고 순식간에 시야에서 사라져 버렸다. 방금 전까지 칼잡이와 사비가 서 있던 자리에는 붉은 노을만이 쏟아지고 있었다.

해율은 정신없이 저자를 휘둘러보았다. 북적이는 사람들 사이 어디에도 그들의 모습은 보이지 않는다. 노을빛이 보여준 환각일까? 그러나 환각이라 하기엔 너무나 선명한 그림이지 않았는가!

터질 듯한 붉은 얼굴로 북적이는 사람들 사이를 이리저리 밀치며 저자를 휘돌던 그는 무어라 절규 섞인 소리를 지르더니 다시 어딘가로 달려갔다.

저자를 헤매던 사내가 사라지자 딱딱하게 굳어 있던 단하의 몸이 순식간에 허물어져 내리고 있었다. 소연검은 무너지듯 주저앉는 단하를 붙들었다. 그자가 누구냐고 잠깐 물었지만 상단이 묵고 있는 주막에 들어설 때까지 단하는 단 한 마디도 하지 않았다. 방으로 들어간 그는 문고리마저 걸어버렸다. 말이 입 밖으로 나오지 않으니 혼자 있고 싶은 마음을 그렇게 표현한 것이다.

방 안으로 들어선 단하는 쓰러지듯 주저앉았다. 회오리치던 해율의 얼굴이 떠오르자 두 손으로 얼굴을 감쌌다. 차루벌에 있어야 할 사람이 왜 이곳에 있을까? 그가 이곳에 있으리라고는 상상조차 하지 못했다.

"해율님……."

죽는 순간까지 입 밖으로 꺼내지 않으리라 다짐했던 그 이름이 떨리는 입술 사이로 새어나왔다.

왜 이곳에 계신가요? 왜 이 먼 변방의 저자에서 그토록 수척한 얼굴로…… 허망한 눈으로 서 계셨습니까?

그런 모습을 보고자 떠나보낸 게 아니었다. 왕이 계신 차루벌의 휘경궁이 그가 있어야 할 곳이고 그곳에서 그는 어느 누구보다 당당한 모습으로 살아가고 있으리라고 생각한 것은 다 착각이었을까? 연화궁 마마의 총애를 받으며 가희와 얼굴을 마주하고 간간이 웃을지도 모르고 어쩌면 그를 쏙 빼어 닮은 아이가 그 곁을 아장아장 걸어다닐지도 모른다는 생각에 씁쓸하면서도 안심이 되었던 것은 다 착각이었을까?

단하는 터질 것 같은 가슴을 움켜쥔 채 바닥에 엎드렸다. 걸로의 상인 단하는 어느새 천한 잠녀 사비가 되어 숨 죽인 울음을 토하고 있었다. 그리움과 원망과 안타까움과 절망이 밀려와 가슴이 터져 버릴 것 같다.

칠흑 같은 그 어둠과 치리링, 바위 위에 끌리던 칼날 소리, 뒤통수에서 들려오던 거친 숨결, 어둠 속에 치켜든 칼과 그 칼끝에 흐르던 섬뜩한 살기가 목덜미를 서늘하게 덮친다. 부르르 떨리던 단하의 몸이 순식간에 오그라들었다. 두 해 반이 지난 지금까지 한순간도 머리 속을 떠나지 않았던 그날 밤의 공포가 다시금 밀려왔다. 어머니의 가슴에 박혀 있던 칼을 뽑아내어 피를 닦아내고 가슴에 품던 연화궁 마마의 그림자, 명의 얼굴이 눈앞으로 울컥 밀려오자 단하는 고개를 번쩍 들었다.

'사비로 살고자 한다면 죽을 수밖에 없는 몸, 나는 죽어야만 살 수 있는 몸이다. 해율을 찾는다면 내 몸을 끌어안고 살아가야 할 해율 또한 산목숨이라는 보장이 없다.'

이것은 단하라는 이름을 얻으면서 했던 생각이다. 두 해 반이 지난 지금도 그 생각에는 변함이 없다.

살고 싶다.

하루하루 먹이를 찾아 바다를 헤매던 가련한 사비가 아니라 걸로의 대 상인 단하로.

사내를 잡아먹을 사나운 운명을 타고난 사비가 아니라 사내들과 어깨를 나란히 하고 그 사내들을 이겨내는 장사치 단하로.

원인도 모른 채 자객에게 쫓겨 머리 속이 하얘지도록 달아나던 사비가 아니라 제 목숨 하나쯤 거뜬히 지켜낼 수 있는 단하로.

금전으로 그 부당한 칼날에 맞설 수 있는 대 부호 단하로 살고 싶다.

연화궁 마마를 존경하고 사모하는 마음 하나로 스스럼없이 목숨을 던지던 순결하고 어린 사비는 죽었다.

그러니 이 사랑을 버리는 것쯤, 어렵지도 않을 것이다.

두려워하지 마라, 사비야······ 너는 걸로의 상인 단하다.

젖었던 눈은 어느새 건조하게 말라 어둠 속에서 서늘한 빛을 띠었다.

소연검은 한숨도 자지 못한 채 단하의 방 앞을 지켰다. 그자는 누굴까? 회오리치던 얼굴로 단하를 바라보던 그 사내의 얼굴이 다시금 떠올랐다. 어제, 단하를 알고 난생처음 그의 연약한 모습을 보았다. 다 알아버리고 싶다, 지켜주고 싶다는 마음이 들면서도 쉽게 접근할 수 없었던 것은 너무도 견고한 단하의 모습 때문이었는데 그 사내가 대체 누구기에 단하는 한순간에 무너졌을까?

검푸른 하늘빛이 옅어지면서 새벽이 밝아오고 있었다. 문이 벌컥 열리며 어제처럼 여린 눈빛의 단하가 나올 것 같아 소연검은 두려웠다. 동이 터올 무렵 방문이 열리며 드디어 단하가 나왔다. 단하의 눈빛은 새벽빛처럼 차다. 마치 아무 일도 없었던 듯 여전히 얼음 같은 표정의 그의 주인 단하의 모습으로 방을 나왔다. 소연검은 새어나오는 안도의 숨을 꿀꺽 삼켰다.

"당장 걸로로 돌아갈 길을 알아보세요."

"갑자기 무슨……?"

이유가 뭐냐고 묻고 싶었지만 물을 수가 없었다. 차가움을 가장한 단하의 얼굴이 젖어 있었다. 아닌 척, 강한 척 단호한 얼굴을 하고 있지만 소연검의 눈에는 그녀의 온몸이 젖어 있는 듯 보였다. 그러나 그가 가장한 겉모습은 한없이 가벼워 보인다.

상단을 이끈 이후 단 한 번도 물러섬을 모르던 단하가 단국과의 직교역을 포기한다는 것이 믿어지지 않았다. 어제 만난 그 사내는 도대체 누굴까?

"몸은…… 괜찮으십니까?"

단하는 가볍게 고개를 끄덕였다. 어제의 기억은 소연검에게만 남아 있는 듯하다.

해율은 군사를 풀어 저자를 샅샅이 뒤졌다. 단서는 '곱상하게 생긴 자그마한 사내와 건장한 체구의 칼잡이' 뿐이다. 수십 인의 칼잡이와 어린 사내들이 잡혀왔지만 자신이 찾던 그자들은 눈에 띄지 않았다.

정말 헛것을 본 것일까? 그러나 너무나도 선명한 그 웃음과 해일처럼 일렁이던 눈동자가 잊혀지지 않는다. 이렇게 허망하게 놓칠 수는 없다.

"지금부터 성문을 폐쇄할 것이다. 내 명 없이는 어느 누구도 성밖을 빠져나가지 못하게 하라!"

그가 사비든 사비가 아니든 눈으로 확인하기 전에는 절대 놓아줄 수가 없다.

성문을 닫아건 지 이틀째 되는 날, 남장을 한 계집 하나가 또다시 잡혀왔지만 사비가 아니었다. 정말 헛것을 본 건지도 모른다. 어느 날 문득 사비가 살아 돌아올지도 모른다는 꿈을 늘 꾸었었기에 그 열망이 환각으로 나타났던 건지도 모른다.

차루벌로 돌아가겠다고 약속한 날이 점점 다가오고 있다. 이대로 차루벌로 떠나 버리면 영영, 다시는, 꿈에서조차 사비를 만날 수 없으리란 생각이 든다. 세상이 이끄는 대로 흘러가고자 마음먹은 이상 미련은 철저하게 묻어버려야 하리라.

"차루벌로 돌아갈 차비를 하겠습니다."

며칠 곁에서 서성이던 다겸이 다가와 다그치듯 말했다. 그는 지금 해율의 마음이 바뀌기 전에 얼른 이곳을 떠나고픈 심정뿐이다. 차루벌에는 해율이 돌아간다는 소식이 이미 전해졌을 테니 궁에서도 별금 집안에서도 목을 빼고 기다리고 있을 것이다.

"호위 군사는 오십 명으로 하겠습니다. 그리고……."

"가한성에 있는 진공 장군을 불러들여라. 가리옹성을 그분께 맡길 참이다. 그리고 호위는 필요없다. 혼자 갈 것이니 그리 알아라."

단호한 해율의 말을 들으며 다겸은 입을 다물어 버렸다. 가희 공주가 해율을 맞기 위해 요나성까지 나와서 기다리고 있다는 말도 하지 못했다.

"단하 상단이 걸로로 돌아간다고 합니다."

아, 차루벌로 가기 전에 그들을 만나보려던 일을 잊고 있었다. 그런 대 상단과 연을 맺어둔다면 가리옹성에도 많은 도움이 될 것이다.

"그들을 당장 만나보아야겠다."

"이미 떠났을 겁니다. 새벽부터 물품들이 갯나루로 실려 나가는 걸 봤습니다."

"그래?"

그 많은 물품들을 뗏목에 싣고 이곳까지 올라왔을 때는 분명 자신이 있었다는 뜻인데 별다른 노력도 없이 되돌아 내려가다니 그런 대 상단이 하는 일치고는 쉽게 납득이 가지 않는다. 마치 도망치듯…… 도망치듯……?

양물이 잘린 사내라고 했던가? 그래서 턱밑이 말갛다고? 단하…… 걸로…… 턱밑이 말간……!

순간적으로 말개진 머릿속에 '단하, 걸로, 턱밑이 말간……' 그 말이 뚜렷하게 인식되어 왔다.

"다겸아……."

다겸을 부르는 해율의 음성이 떨렸다.

"예, 성주님."

"갯나루로 가야겠다. 말을 준비해라. 군사를 풀어라!"

며칠 닫혔던 성문이 열리던 날, 상단은 바람처럼 가리옹성을 빠져나왔다. 상인들의 엄청난 반발을 특유의 차가움으로 누르고 갯나루로 향하는 단하의 마음은 착잡했다. 이 물건들을 어떻게 처리할 것인가? 앞으로 상단을 어떻게 이끌 것인가? 무언가 획기적인 활로를 찾아야 한다. 생각을 곱씹으며 물건을 나르는 사이 아침이 밝아왔고 단하의 머리 속도 서서히 맑아지고 있었다.

이 문이 닫히면 저 문이 열린다. 어디에든 길은 있기 마련이다. 없으면 새로운 길을 만들면 되는 것이다. 겨우 두 척의 상선으로 대 선단을 이룩하지 않았는가. 이 정도 일에 절망하면 단하라고 할 수 없다. 주먹이 불끈 쥐어지고 다시금 용기가 생긴다.

느닷없이 맞닥뜨렸던 해율의 모습은 꿈이라고 해두자. 그냥 잠깐, 꿈에서 그를 만난 것뿐이다. 걸로로 돌아가 두어 달 먼 바다를 떠돌고 나면 다시 담담한 얼굴로, 담담한 마음으로 살아갈 수 있을 것이다. 눈꺼풀이 가늘게 떨렸다. 이 마음의 욕심이 고개를 들기 전에 떠나야 한다.

갯나루에 모든 물품이 도착하고 다시 뗏목으로 옮겨 싣는 시간이 오래 걸렸다. 새벽처럼 떠났어야 했지만 시간이 자꾸만 정체되어 갯나루에는 이미 사람들이 북적거릴 시간이 되어버렸다. 단하는 조급한 마음으로 상인들을 독려했다.

뗏목에 묶인 끈이 풀어지고 막 떠나려는 찰나 한 무리의 군사들이 들이닥쳤다. 순식간에 뛰어든 군사들은 턱밑이 말간 곱상한 사내를 찾아 뗏목을 한바탕 휘저었다. 그리고 우락부락한 사내들에게 둘러싸인 단하를 찾아내어 끌어내렸다. 우악스런 손에 잡혀 끌려 내려오면서도 단하는 상황을 다 파악하지 못했다. 울컥 떠밀려 내려오는 그의 앞에 커다란 사내가 우뚝 섰다. 사내는 거친 손으로 단하의 턱을 잡아 올렸다.

환각이 아니었다. 헛것을 본 것이 아니다. 자신의 본연을 사내의 형상으로 숨기고 재물에 목숨을 건 상인 단하가 된 사비가 황망한 눈으로 그를 올려다보고 있었다.

해율의 눈에 불꽃이 튀었다. 바위 위에 흩뿌려져 말라 있던 검은 핏자국들이 살아 요동을 쳤다. 온몸을 찔러오던 전장의 창 칼들, 그 창칼을 타고 울컥울컥 쏟아져 나오던 핏덩이들, 그리고 그 순간에 느꼈던 죽음의 환희를 이 여자는 알까? 그 칼들보다 더 모진 아픔으로 가슴을 파헤치던 죽은 사비의 존재가 순식간에 분노가 되어 치받아 올라왔다. 분노와 원망 앞에 그리움은 숨어들었다.

"어딜 도망치려고……?"

두 해 반 만에 들어보는 해율의 음성이 분노와 원망으로 떨렸다. 턱뼈가 으스러지도록 움켜쥐고 있는 그의 손도 떨렸다. 붉은 눈자위 속에 분노와 원망이 눈앞의 단하를 삼켜 버릴 듯 이글거렸다.

무사히 도망칠 수 있으리라 생각했었는데…… 그저 꿈이려니 생각하며 살아가리라 생각했었는데…… 당신에게도, 나에게도 그게 길일 터인데…….

자신은 사비가 아니라 단하라고, 그러니까 놓아달라고 말하고 싶지만 입이 떨어지지 않았다. 원망스럽게 바라보는 단하의 붉은 눈에서 의지를 외면한 눈물이 흘러내렸다. 흘러내린 눈물이 턱을 움켜쥔 해율의 손가락에 닿았다. 뜨겁고 촉촉한, 살아 있는 눈물이다. 차가운 바다 속을 떠도는 죽은 영혼이 아니다. 이렇게, 멀쩡히, 사비는 살아 있다.

"어딜…… 도망치려고?"

그의 눈에서도 눈물이 흘러내렸다. 분노와 원망의 음성도 흘러내리는 눈물만은 감추지 못했다. 해율은 흐르는 눈물을 닦아 내지도 못한 채 단하의 손목을 잡아당겼다. 소연검이 앞을 막으려 했지만 군사들의 칼이 먼저 그를 막았다.

가리옹성의 갯나루에 차가운 바람이 일었다. 어디로 가는지, 왜 가는지도 잊은 채 해율은 걸음을 옮겼다. 무너지듯 주저앉으려던 단하의 몸이 그의 손에 잡혀 울컥울컥 딸려갔다. 어디든 끌고 가 가두어 버릴 참이다. 다시는 도망 못 가도록, 혼자서는 죽지도 못하도록 꽁꽁 묶어 가두어 버릴 참이다.

사비를 끌어 말에 태우고 성으로 말을 달리고 다시 손목을 잡아끌어 관으로 들어설 때까지 해율의 가슴은 수없이 터지고 부서졌다. 자신의 손에 잡힌 이 자그마한 사내가 사비라는 것이 믿어지지 않아 잡은 손에 힘을 주고 다시 힘을 주고, 손바닥에 전해오는 살과 피의 뜨거움으로 그녀가 살아 있음을 확인하고 또 확인했다. 터질 것 같은 이 가슴은 분노 같기도 하고 원망 같기도 하다. 절망 같기도 하고 희열 같기도 하다.

관을 지키던 병졸들과 노비들이 곱상한 사내의 손목을 움켜잡고 들어서는 성주를 의아한 눈으로 내다보았다. 해율은 붉게 상기된 얼굴로 사내의 손목을 끌고 있고, 끌려가는 곱상한 사내는 금방이라도 울음을 터뜨릴 듯한 표정이다.

"살아 있었으면서…… 이렇게 멀쩡히 살아 있었으면서 왜……!"

별채에 들어서자마자 손목이 부러지도록 움켜쥐며 소리치는 해율 앞에서 사비는 아무 말도 할 수 없었다. 그의 얼굴은 검고 말랐다. 성마른 화를 이기지 못한 채 온몸을 떨고 있다. 핏발이 선 눈은 알아볼 수 없을 만큼 날카롭다. 자신이 알고 있던 해율 같지가 않다.

왜 죽은 척 숨어 지냈느냐고 묻는다면 당신은 왜 이곳에 있느냐고 묻고 싶다. 공주가 있는 차루벌이 아니라 왜 이토록 먼 변방에서 핏발 선 눈으로 내게 소리를 지르느냐고 묻고 싶다.

초췌한 그의 모습에 화가 났다. 자신이 상상한 해율의 모습은 이런 것이 아니었다. 사비는 입술을 앙다물며 잡힌 손목을 뿌리쳤다.

"놓으십시오! 성주님과는 상관없는 일입니다!"

마치 난생처음 보는 사람처럼 낯선 눈동자가 가슴을 찔러왔다.

"약조했지 않았느냐? 언제까지나 기다리겠다고, 그곳을 떠나지 않겠다고! 내내 그곳에 있을 테니 오고 싶으면 오고 가고 싶으면 가라고, 그러지 않았느냐! 그런데 넌……."

"장사치가 어찌 그리 살 수 있겠습니까?"

바람처럼 떠돌아 다녀야 하는 게 장사치라고, 재물이 되는 곳이라면 어디든 달려가야 하는 것이 장사치라고, 낮고 건조한 음성이 그렇게 말했다. 자신을 떠나는 조건으로 연화궁 마마께 많은 재물을 받았다던 사비의 말은 진실이었던 모양이다. 자신을 미치게 만들었던 그날의 모습이 다 진실이었던 모양이다.

붉어 터질 듯한 해율의 얼굴이 눈앞으로 다가왔다. 그는 이성을 잃은 듯 사비의 어깨를 잡아 벽으로 밀쳤다. 짐승처럼 휘몰아쳐 그녀를 안아버렸던 그날처럼 뜨거운 분노가 집어삼킬 듯 덤벼왔다. 전장터로, 바다로 그녀의 혼령을 찾아 헤매었던 지난 순간들이 칼끝처럼 다가와 아픈 상처를 남긴다. 수십 번 죽음을 생각하고 자신의 행동에 분노하며 스스로를 용서할 수 없었던 지난 두 해 반이 다 헛것이었던가!

황홀한 죽음을 꿈꾸며 휘두르던 칼날에 스러져 간 그 주검들과 함께 베어버렸던 내 마음들을 너는 아느냐? 너를 잃음으로써 나는 더 이상 살아 있지 못했다!

해율은 참을 수 없는 분노로 목을 조이듯 사비를 밀어붙였다. 또다시 그런 식으로 자신을 떠나겠다면 죽여 버리리라 생각했다.

죽여 버리면, 그러면 네 혼령을 찾아 미친 듯 전장터를 헤맬 필요도 없고, 참을 수 없는 분노로 칼을 휘두를 필요도 없겠지? 그 칼에 묻은 피비린내에 토악질을 해대었던 그 고통도 이젠 없겠지? 그러니 죽어라. 내 앞에서! 내 손에! 내 분노로 죽어라!

핏발 선 눈이 광포한 짐승처럼 다가왔다. 폐부를 파고들던 피 묻은 칼들이, 그 고통들이 내장을 휘저었다. 오로지 자신만을 향해 눈을 반짝이던 여자는 어디 갔는가? 조그만 금붙이조차 거부하며 밀어내던 순결한 사비는 어디 갔는가? 흥분한 해율의 눈앞에는 재물에 목숨을 건 걸로의 상인 단하만이 서 있다.

커다란 손이 여린 목을 움켜잡았다. 칠흑 같은 어둠 속에서 자객에 쫓기던 그 밤처럼 죽음의 공포가 밀려왔다. 그러나 두렵지가 않다. 다만 슬프다. 핏빛을 닮은 그의 눈이, 검고 마른 그의 얼굴이 슬플 뿐이다.

이성을 잃고 목을 조이던 해율의 손이 문득 멈칫했다. 노랗게 질린 얼굴과는 달리 차가운 듯 담담함으로 가장한 사비의 눈에 스치는 것은 짙은 슬픔이다. 순간 그는 목을 조이던 손을 떨어뜨리며 호흡을 가다듬었다.

그 동굴에서도 이랬다. 순간적 분을 이기지 못하고 짐승처럼 분노하며 사비를 떠났었다. 또다시 그런 어리석은 실수를 범할 뻔했다.

그는 비틀거리며 돌아서 그 방을 나왔다. 사비의 진심이 무엇인지는 모른다. 그러나 자신의 진심은 안다. 어떤 식으로든 무슨 방법으로든 그녀와 함께하고 싶다는 것, 다시는 잃고 싶지 않다는 것, 바라는 것은 그것뿐이다.

두 겹의 군사들이 별채를 둘러쌌다. 개미 한 마리 빠져나갈 구멍도 없는 별채에 단하를 꽁꽁 묶어둔 채 해율은 이틀째 들여다보지도 않았다. 아니, 들여다볼 용기가 나지 않았다. 그곳으로 가면 꿈이 깨어버릴 것 같아, 사비가 꿈처럼 사라져 버릴 것 같아 갈 수가 없다.

어둔 밤, 두려운 발걸음은 중문 앞을 서성이다 마당으로 들어서고, 마당을 서성이다 댓돌 위로 올라선다. 댓돌에 놓인 자그만 사내의 신발이 방 안에 누군가 있음을 상기시켜 주었다. 해율은 심호흡을 하고 마루로 올라섰다.

분명히 사내의 형상이나 사내가 아닌 사내가 침상에서 깊이 잠들어 있다. 해율은 얼른 코 밑에 손가락을 대어보았다. 따듯한 숨결이 손에 전해져 왔다.

살아 있네……?

제 속에서 들리는 그 소리가 믿어지지 않아 다시 나직이 중얼거려 보았다.

"살아 있었어……."

그제야 마음의 평온을 느끼며 침상 곁에 다가앉았다. 그리고 어둠에 눈이 익을 때까지, 밖이 희뿌옇게 밝아올 때까지 고요히 앉아 사비를 들여다보았다. 사내가 되어 그녀를 느끼고 안아보고 싶다는 생각은 떠오르지 않았다. 그저 살아 있는 사비를 느끼는 것만으로도 가슴이 벅찼다. 밤을 꼬박 새운 해율은 이불을 다독여 주고 방을 나왔다.

스륵, 바람을 일으키며 일어서 나가는 해율의 옷자락이 손끝을 스쳤다. 사비는 어둠 속에서 주먹을 그러쥐었다. 참고 참았던 눈물이 귓전으로 흘러내렸다.

성주가 갯나루에서 사내의 손을 잡고 눈물을 흘리고 그 사내를 별채 깊은 방으로 끌어들였다는 소문이 성내에 짜하게 났다. 그것은 그동안 해율이 공주를 외면하고 있다는 소문과 함께 가리옹성에 머무는 내내 독수공방을 해온 사실 때문에 더욱 부풀려 퍼졌다. 성주가 원래는 남색을 즐겼다는 둥, 그동안 알게 모르게 사내를 품었었다는 소문까지 삽시간에 퍼졌다.

당장이라도 차루벌로 떠날 줄 알았던 다겸은 갑작스런 해율의 행동 때문에 안달이 났다. 철이 든 이후, 해율의 곁을 떠난 적이 없으니 그가 아는 사람을 자신이 모를 리는 없는데 단하라는 자는 아무리 생각해 보아도 도무지 누군지를 모르겠다. 더군다나 양물이 잘린 사내라니?

해율의 명을 받고 소연검을 데리고 관으로 들어서니 천동어멈이 살쾡이 눈을 하고 옷자락을 잡아끌었다.

"아, 왜 이러오? 바쁘단 말이오!"

"바쁘고 자시고 이놈아! 성주님을 어쩔 거냐?"

"어쩌긴 뭘 어째요!"

"얼른 차루벌로 모시고 가자니까 왜 미적거려 가지고 일을 이 지경으로 만들었느냔 말이다!"

"성주님 고집을 몰라서 그러우? 나도 지금 속에 열불이 나 죽겠으니 건드리지 마슈!"

눈을 희번득 떠보인 다겸이 다시 소연검을 데리고 걸음을 옮겼다. 성이 난 듯 성큼성큼 걷던 다겸이 갑자기 걸음을 뚝 멈추며 돌아섰다.

"혹, 단하란 자가 남색을 즐기오?"

"이곳 성주는 그런 사람일지 몰라도 우리 단하님은 절대 그런 분이 아니오!"

 버럭 지르는 고함 소리에 다겸은 한숨을 내쉬었다. 이자도 자신만큼 답답하리라. 도저히 이해할 수 없고 용납할 수 없는 일을 벌이고 있는 해율이 안타까울 지경이다.

 그 탓일까? 걸로의 바다에 묻힌 그 여자 탓일까?

 정말 그 탓이라면 참으로 독 같은 여자다.

 사비가 죽은 줄 알았던 지난 두 해 반 동안 그녀를 주인으로 모셨다고 하는 사내. 검은 눈빛의 소연검에게서는 오랜 기간 무예로 닦은 칼 비린내가 건너왔다.

 "사비를 주인으로 모시게 된 경위를 말해줄 수 있나?"

 사비라니? 난생처음 들어보는 이름이다.

 "단하님을 두고 말씀하시는 겁니까?"

 해율은 말없이 고개를 끄덕였다. 성주는 생각하던 것보다 훨씬 묵직해 보였고, 소문처럼 전쟁에 미친 포악한 사람으로 보이지도 않았다. 단하를 주인으로 모시며 늘 궁금했던 것이 그녀를 그토록 차갑게 만든 것이 무엇일까, 하는 것이었는데 어쩌면 성주와 연관있는 일일지도 모른다는 생각이 든다. 자신이 모르는 이름 사비로 살았을 꽃아지의 구 년, 그 속에 이 묵직한 사내가 들어 있을 것이다.

 소연검은 잠깐 망설였지만 곧 입을 열었다.

 "제 아버님이 걸로의 상인 부연이란 사람입니다. 저는 어렸을 적부터 검술을 익혀 고향을 떠나 살고 있었는데 아버님의 부름을 받고 구 년여 만에 걸로로 돌아가니 조그만 상단을 꾸렸으며 제게 그 상단의 선주를 주인으로 모시고 지키라는 명을 내리셨습니다. 그 선주가 바로 단하님이셨습니다."

"처음부터 남장을 하고 있었나?"

"그렇습니다."

"여인이 상단을 이끄는 것도 종종 보았는데 걸로에서 상단을 이끄는 자들은 모두 사내들인가?"

"아닙니다, 여인들도 있습니다."

그렇다면 사비는 처음부터 자신을 피하기 위해 남장을 했던 것일까?

그의 얼굴에 스치는 고뇌를 소연검은 물끄러미 바라보았다. 해율은 한참 만에 다시 입을 열었다.

"한 가지만 더 물어보겠네. 그날…… 자객이 들었던 그날의 일에 대해서 알고 있는가?"

울불이 자객의 칼에 찔려 죽은 그 일에 대해서는 아버지와 단하가 철저히 함구하고 있었기 때문에 소연검은 아는 바가 없다. 다만 그 일로 인해 울불이 죽었고 꽃아지 또한 죽었다고 걸로 사람 모두가 믿고 있다는 것뿐이다.

"소인은 아무것도 모릅니다."

재물을 노린 자객에 의해 울불이 죽고 사비 또한 목숨을 잃은 것으로 알고 있었는데 어째서 그 재물이 사비의 손에 있는 것인지 해율은 알 수가 없다. 단순히 목숨만 노린 자객이었을까? 그렇다면 누가, 왜?

"제 주인님을 어쩌실 생각이십니까?"

소연검이 제법 도전적인 눈으로 물었다. 그의 검은 눈에는 겁이 없다. 이런 자가 두 해 반 가까이 사비 곁에 있었다는 것이 안심이 되면서도 화가 난다. 해율은 다소 비틀린 감정으로 대답을 했다.

"글쎄? 사비가 어찌 나오느냐에 달렸다고 할 수 있겠지?"

"원하는 것이 뭡니까?"

"사비. 내가 원하는 건 그 여자뿐이다."

"그분은 단하님입니다!"

"단하로 살겠다면…… 굳이 막을 생각 없다."

사내여도 괜찮다는 뜻이다. 결코 쉽게 놓아줄 것 같지가 않다. 기란국의 부마도위가 남색을 즐긴다는 소문이 나고도 과연 그 자리를 유지할 수 있을지 의문이다.

"소인도 한 가지만 묻겠습니다."

"뭐든."

"성주님께 단하님은 무엇입니까?"

"내가 그에 대한 대답을 굳이 해야 하나?"

"들어야겠습니다. 그래야 소인도 어찌할지 판단이 설 것 같습니다."

소연검의 검은 눈동자에 복잡한 심경이 엿보였다. 해율은 그것을 용납할 수 없었다. 누구도 사비에게 특별한 마음이 있어서는 안 된다. 용납할 수가 없다.

"지난 두 해 반 동안 난 죽기 위해서 살았다. 하지만 이젠 살기 위해서 죽을 차례라는 걸 알아. 무엇을 버려야 할지, 무엇을 되찾아야 할지 이미 다 알고 있으니까."

소연검으로서는 다 짐작할 수 없는 말이었지만 적어도 단하의 존재가 그에게 있어 삶과 죽음을 생각할 정도라는 뜻으로 들렸다. 감히 접근할 수 없었던 단하의 차가움만큼이나 성주에게서는 거역할 수 없는 단호함이 느껴졌다.

"알았으면 가보게."

단하를 만나보고 싶었지만 소연검은 아무 말도 못한 채 그곳을 나올 수밖에 없었다.

잠에서 깨어난 사비는 낯선 침상을 멍하니 내려다보았다. 이렇게 단잠을 잔 것이 얼마 만인지 모르겠다. 지겹도록 따라다니던 악몽도 꾸지 않은 달고 깊은 잠이었다. 눈에 가득하던 분노가 순간적으로 허물어지며 힘없이 돌아서던 해율의 모습이 떠올랐다. 검고 마른 얼굴과 날카로운 눈빛까지.

이건 아니다. 이런 식으로 그의 곁에 머무르려고 그토록 고통스런 시간을 보내온 건 아니다. 그와 자신은 이미 엇갈린 길을 한참이나 걸어온 사람이다. 되돌릴 수도 없고, 그럴 마음도 없다.

사비는 마음을 다잡듯 옷매무새를 단정히 하고 침상에서 일어났다. 다시 갯나루로 가서 곧장 걸로로 갈 참이다. 그것이 자신이 살길이고 해야 할 일 같았다. 그러나 방문을 채 나서기도 전에 다시 해율의 손에 잡혀 버렸다.

"잘 잤어?"

열아홉 살 그때처럼 따듯하고 다정한 음성이었다. 잊고 있었던 음성, 잊고 싶은 눈길, 그러나 너무도 담담한 눈빛이다.

그는 사비의 손을 끌어 의자에 앉혔다. 사내의 옷을 입고 사내의 형상을 한 사비가 불편한 얼굴을 하고 마주 앉아 있다. 먼 걸로의 푸른 바다 어디쯤에 떠돌아다닐 것이라 생각했던 슬픈 영혼이 더 이상 아니다. 그러니 더 이상 마음 아파할 일도 없고 두려울 것도 없다.

해율은 따듯한 눈으로 사비를 찬찬히 살폈다. 살이 빠진 것인지 사내의 형상을 한 탓인지 훨씬 갸름해진 얼굴은 성숙한 나이가 느껴지고 차가운 듯한 눈은 속 깊은 슬픔을 담고 있다.

가파른 벼랑에서 떨어져 어떻게 살아나왔는지, 자객이 가져간 줄 알았던 재물이 어째서 사비의 손에 있는지, 그리고 남장을 하고 상인이 된 연유는 무엇인지 해율은 아무것도 묻지 않았다. 어찌 살았느냐, 한 마디 묻지도 않았다. 아무것도 궁금해하지 않기로 했다. 그녀의 말은 듣지 않기로 했다. 이제 어떻게 할 것인가, 그것만 생각하기로 했다.

사비는 해율의 담담하고 따듯한 눈을 오래 감당할 수 없었다.

차라리 분에 들끓는 눈이 견디기 쉬울 것이다.

"저희들은 하루가 급한 장사치들입니다. 하루하루가 재물과 연관되어 있으니 이렇게 시간을 허비할 수 없습니다. 그만 가보겠습니다."

"네가 재물에 목숨을 건 자라는 건 이미 들어 알고 있다."

해율은 덤덤한 어조로 그 말을 내뱉고 차를 들이켰다. 차를 가지고 온 어린아이가 호기심 어린 눈으로 두 사람을 살폈다. 성내에 자자한 그 소문을 확인해 오라는 어른들의 다그침을 잔뜩 받고 방에 들어온 참이었다. 아이는 사비의 앞에 찻잔을 놓으며 얼굴을 힐끗 살폈다.

사내는 분명 사내인데 얼굴이 참 곱상하게도 생겼다. 성주를 바라보는 눈이 차고 건조해 보이는 곱상한 사내에 비해 성주는 목마른 아이 같은 표정으로 사내를 응시하고 있다. 해율이 찻잔을 앞으로 밀어주며 단하의 손을 슬쩍 잡아당기자 아이는 화들짝 놀라 붉어진 얼굴로 방을 나가 버렸다. 아이의 행동이 이상하다 생각했는지 사비의 고개가 갸웃 기울었다. 그 모습을 보며 해율이 피식 웃음을 흘렸다.

"가리옹성 성주가 사내를 품었다는 소문이 성내에 자자하다."

놀란 사비의 눈을 보며 해율은 다시 웃음을 지었다.

"네가 단하로 살겠다면 그리 살아라. 말리지 않으마. 단, 또다시 날 떠나는 건 용서치 않겠다. 언제나 내 곁에 있어라. 사내로든 여인으로든 상관하지 않아."

 탁자 위에 놓인 손을 으스러지도록 움켜쥐는 해율에게서 견딜 수 없는 뜨거움이 건너왔다. 눈앞에 앉은 사내는 자신의 한 마디에 상처 입고 무너지던 예전의 해율이 아니다. 예민하고 여린 감성은 세월의 흐름에 무디어진 것일까? 그의 웃음은 여유롭고 장난기까지 느껴진다. 그러나 그 눈빛은 너무나도 단호했다. 사비는 두 번 다시 그에게서 도망칠 수 없을지도 모른다는 생각을 했다.

 "내달 보름에 단국으로 가는 국경을 열어주겠다. 세금도 받지 않을 것이다. 단하 상단이 이곳 가리옹성으로 언제든 물건을 들여오고 내갈 수 있도록 해주마. 이것은 가리옹성 성주가 단하 상단에게만 주는 특권이다."

 그것은 단하 상단이 순식간에 걸로의 대 선주 차불한의 재력을 넘어설 기회가 주어지는 놀라운 제안이었다. 재물에 목숨을 건 단하라면 절대로 놓쳐서는 안 될 기회다.

 "대신 조건이 있다."

 인기척과 함께 다겸이 들어왔다. 그러나 해율은 개의치 않고 말을 이었다.

 "널 내게 바쳐라."

 무슨 말인가? 고개를 갸웃하는 사비를 바라보며 해율은 다시 웃음기 어린 목소리로 말을 이었다.

 "내가 원래 남색을 즐기느니라."

별채에서 꼼짝할 수 없는 사흘을 보내고 바람을 쐬자며 불러내었다. 말에 훌쩍 오른 해율이 사비에게 손을 내밀었다. 줄줄이 늘어선 병사들과 노복들이 신기한 눈으로 내다보았다. 못 볼 꼴을 본 듯 고개를 절레절레 흔드는 이들도 있고, 서로 눈짓을 하며 키득거리는 이들도 있었다. 며칠 내내 저 곱상한 사내의 방에만 들락거리던 성주가 드디어 세상에 드러내 놓고 사내와 사랑을 할 모양이다.

"혹시 저 눈들을 즐기는 것이냐? 그게 아니면 어서 오르거라."

해율은 장난스럽게 웃으며 망설이는 사비를 재촉했다. 무슨 신기한 동물이라도 만난 듯 약간의 혐오와 호기심이 가득한 눈들을 둘러보던 사비는 어쩔 수 없이 해율의 손을 잡았다. 우선은 이 자리를 피하는 것이 상책일 듯싶었다.

곱상한 사내를 품에 안은 성주가 말 위에서 명을 내렸다.

"잠시 바람을 쏘이고 올 터이니 아무도 따르지 마라!"

난감하게 쳐다보는 눈들을 휘 둘러보던 해율은 힘차게 발을 굴렸다.

"핫!"

뽀얀 먼지를 일으키며 순식간에 멀어져 가는 해율을 멍하니 바라보던 다겸이 기병들에게 얼른 따르라는 명을 내렸다. 해율의 곁을 지킨 지 십여 년 동안 이토록 난감하기는 처음이다.

사내를 안다니! 공주는 물론이거니와 이곳 가리옹성에 머무는 동안에도 그 흔한 기생조차 방에 들이지 못하게 하더니 정말 저 곱상한 사내에게 혹한 것일까?

"어서 성주님을 따라잡아라!"

그는 말의 배를 박차며 해율이 사라진 쪽으로 내달렸다. 떠난 사람을 잊지 못해 마음 병을 앓더니 해율이 드디어 미친 모양이다. 정말 남색에 빠진 것이라면 그 앞에서 혀를 깨물며 죽는 시늉을 해서라도 뜯어말려야 한다. 장차 기란국을 이끌 국왕이 되실 분이 남색이라니! 어이가 없어 말이 다 안 나온다. 벌게진 얼굴로 채찍을 휘두르는 다겸의 눈에 혼란이 가득하다.

아랫녘에는 이미 봄이 짙어졌을 터이지만 우슬라의 날씨는 아직도 봄이 묘연하다. 볼을 스치는 차가운 바람에 몸을 웅크리자 해율이 말의 속도를 줄이며 한쪽 손으로 가만 안아왔다. 저만치 달아나려던 마음이 주춤거리는 것 같아 사비는 마음을 다잡듯 더욱 몸을 웅크렸다. 들판을 가로질러 산자락과 맞닿은 언덕에 이르자 그는 말을 세웠다.

"워, 워."

풀쩍 뛰어내린 그가 팔을 벌리고 섰다. 서글한 눈이 가슴을 후비듯 파고들었다.

"내려."

그 단단한 팔에, 너른 가슴에 다정한 웃음을 지으며 안겨 내리고 싶었다. 보고 싶었노라고, 그리웠노라고 젖은 눈시울로 바라보고도 싶었다. 그러나 봄볕 같은 그 꿈은 여전히 꿈일 뿐이다. 다시는 잡아서는 안 될 먼 사람이다.

사비는 작은 주먹을 그러쥐며 말에서 폴짝 뛰어내렸다. 갑작스런 행동에 놀라 한 걸음 물러나는 사이 사비는 이미 땅으로 내려서고 있었다. 그리고 순간 삐끗한 듯 고통스럽게 발목을 움켜쥐며 주저앉았다.

"아······!"

해율의 손이 재빠르게 다가왔다. 그는 달아나려는 사비의 발목을 잡아 신발을 벗기고 커다란 손으로 움켜잡았다. 시큰한 발목이 뜨거운 손에 잡히자 고통이 조금씩 사그라졌다.

"그놈의 고집은 여전하구나. 못났다."

그러게, 생각은 저 멀리 던져 두고 그가 이끄는 대로 따랐더라면 이런 모습으로 만날 일은 없었을 것을······ 참으로 못났다.

사내 옷을 입고 사내 흉내를 내며 해율의 앞에 서 있는 자신의 모습이 속이 상했다. 해율에게는 누구보다 아름답게 보이고 싶었고, 기억되고 싶었다. 사비는 젖은 눈시울을 언덕 너머 멀리 흐르는 서란강으로 돌렸다. 스스로를 향한 은근한 원망이 목소리로 새나왔다.

"제가 못난 줄 이제 아셨습니까?"

"그러게나 말이다. 네가 못난 사람인 걸 진작 알아보지 못했으니 나 또한 못났다."

못난 사내라서 사비를 떠났고, 잃었고, 죽을 자리를 찾아 헤매며 살았다. 못난 스스로를 탓하듯 해율은 입술을 지그시 깨물며 단하를 일으켜 세웠다.

"디뎌보아라."

단하는 절룩이며 두어 걸음 걸어보았다. 시큼함은 여전히 남아 있지만 영 걸음을 못 걸을 정도는 아니다.

"그 정도도 못 견디면 사내가 아니지."

빙긋 웃는 해율의 입가에 장난기가 스쳤다. 여인으로서의 사비가 아름다웠다면 사내로서의 단하는 은근히 귀여운 면이 있다. 차가움을 가장한 그 눈엔 형언할 수 없는 슬픔이 흘러 마음이 아프지만 은근한 재기가 넘쳤고 단정한 이목구비와 꼭 다문 입술이 미소년을 연상케 했다. 게다가 짐짓 사내를 흉내 낸 목소리를 툭툭 내뱉을 때면 가슴이 아찔할 지경으로 귀엽다.

해율은 서란강이 한눈에 내려다보이는 언덕에 자리를 잡고 사비를 옆에 앉혔다. 굽이져 흐르는 서란강은 북에서 남으로 기란국을 가로질러 바다로 뻗어 있다. 그는 종종 이곳으로 와 막막한 마음을 달래며 강을 내려다보곤 했다. 저 서란강 줄기를 따라 남으로 달려 걸로의 바다에 이르면 사비의 혼령이 있다고 생각했다. 그 영혼이 어쩌면 물줄기를 타고 올라와 서란강 끝자락에 닿은 이 우슬라를 기웃거리지는 않을까? 이 못난 해율을 찾지는 않을까? 그런 생각이 들 때면 잠결에도 벌떡 일어나 말을 몰아 강을 따라 달리곤 했었다.

"아느냐? 저 서란강이 내겐 걸로의 바다였다."

지친 꿈속에서 강물을 따라 밤새 남으로 떠내려 보낸 마음이 새벽녘이면 말간 얼굴로 떠올라 오곤 했다. 그것이 하루를 사는 힘이 되었다.

 "걸로의 그 가파른 벼랑 끝에……."

 그 검붉은 핏자국이 아직도 눈에 선하다. 해율은 더 말을 잇지 못한 채 사비를 내려다보았다. 그녀는 한 점 흔들림 없는 차가운 눈으로 먼 강을 응시하고 있었다. 진심으로 그때의 사비는 죽었다고 생각하는지, 그래서 자신을 사랑하는 그 마음조차 죽어버린 건지. 차고 담담한 그녀의 얼굴을 바라보고 있자니 마음이 시리다.

 해율에게 저 서란강이 걸로의 바다였다면 사비에게 바다는 차루벌이고 아리산이었다. 그의 손을 잡고 숨어들었던 연화궁 뒤편의 대밭이기도 했다. 그 망망대해에서 부딪치고 깨지고 부서지는 파도에 모든 것을 묻었다고 생각했는데 다시 이렇게…… 감당할 수 없는 마음이 되어버릴 줄은 몰랐다.

 "내 제의는 생각해 보았느냐?"

 수하가 듣고 있는 상태에서 자신은 남색을 즐긴다며 사내인 단하를 바치라던 해율의 제의는 당황스러웠다. 성내에 떠돈다는 소문을 바로잡을 생각은 않고 오히려 공개적으로 인정을 해 버리겠다는 뜻이 아닌가. 그것이 해율에게 어떤 해를 입힐지는 알 수 없는 일이다.

 "소인은 그럴 마음 없습니다. 보내주십시오."

"싫다고 해도 너와 네 상단은 영원히 이 가리옹성을 떠날 수 없다. 이곳은 차루벌의 힘이 미치지 못하는 곳이야. 어디에도 하소연할 곳이 없을 것이다."

"상단에서 가만있지 않을 것입니다!"

발끈하는 사비를 보며 해율은 얄미울 정도로 여유로운 웃음을 지었다.

"아! 소연검이라고 했던가? 풍기는 칼 비린내로 보아 보통 칼잡이는 아닌 것 같더군. 나랑 붙으면 서른 합은 너끈하겠지?"

꺼내어 든 칼날이 볕에 부딪혀 눈이 부셨다. 칼끝에 부딪힌 해율의 눈빛이 무섭게 반짝였다.

소연검은 이곳 성주를 미친 범, 전쟁에 미친 자라고 했다. 사람들이 그리 말한다고 했다. 그 칼끝에 닿아 살아남은 자는 없다고, 칼을 모질게 휘두르는 자라고 했다.

자신이 아는 해율은 결코 칼을 모질게 휘두르던 사람이 아니었는데 지금 보이는 그의 모습도 그러하다고 말할 자신이 없다. 반짝이는 저 눈빛에 스치는 살의는 무엇일까?

사비는 작은 한숨을 내쉬었다. 걸로를 떠나기 전, 왕의 건강이 심상치 않다는 소리를 풍문으로 들었다. 그것이 사실이라면 그는 곧 차루벌로 떠나야 할 것이다. 그리고 왕좌를 이어받을 것이다. 그런데도 기어이 자신을 붙잡는 것은 그의 이기일까, 욕심일까, 아니면 여전히 끊어내지 못한 사랑일까? 도대체 무슨 생각을 하는지 해율의 뜻을 다 모르겠다.

"보내주십시오. 그것이 해율님을 위해서도 좋은 일일 것입니다."

"나를 위해서 좋은 일이라…… 나를 위해서……. 그럼 널 위해서는? 널 위해서도 내가 널 놓아주는 것이 옳다 생각하느냐?"

해율의 아픈 눈이 심장을 찌르듯 바라보았다. 그가 자신으로 인해 아픈 것이 싫다. 가엽다 생각하는 것도 싫다. 죄책감을 느끼는 것도 싫다. 단하는 단호하게 말했다.

"소인은 단하의 삶이 좋습니다. 하루하루 먹이를 찾아 부나비처럼 바다를 떠돌지 않아 좋고, 천하고 천한 잠녀라 벌레 보듯 하는 눈들이 없어 좋고, 사내를 잡아먹을 사나운 운명을 타고난 계집이라며 피해 다니는 사내들이 없어 좋고, 아무 지은 죄 없이 남에게 고개를 조아리고 부당하게 빼앗기고…… 그런 일을 당하지 않아 좋고, 제 재물 앞에 머리를 조아리는 자들이 있어 좋고, 또……."

"내가 그리 살게 해주겠다. 단하로 살아라. 사내들을 마음껏 부리고 쓸데없이 남에게 머리를 조아리지도 말고…… 그래, 재물을 원한다면 마음껏 쫓아라. 내가 도와주마. 대신 날 떠나지만 마라."

사내의 형상으로 살아도 상관 않겠다니, 막무가내 같고 아이 같은 매달림이다. 까칠한 얼굴과 마른 입술 위로 바람이 불었다. 무엇이 해율을 위하고 자신을 위한 일인지 모르겠다.

"사비야……."

뜨거운 손가락이 볼을 스쳤다. 숨길 수 없는 떨림이 살결에 번졌다. 사비는 순식간에 뜨거워져 올라오는 숨결을 안간힘으로 밀어 내렸다. 까칠한 입술이 닿았다 떨어졌다. 그 떨림을 견딜 수 없어 고개를 돌려 버렸다. 벌떡 일어난 사비는 언덕을 뛰어내려 갔다.

이미 혼인한 몸으로 여전히 자신에게 매달리는 해율이 원망스러웠다. 살점을 떼어내듯 그리 보내주었으면 차대왕 자리를 차고앉아 있어야 하지 않은가. 저토록 마른 얼굴로 차루벌이 아닌 이 먼 변방에 머물고 있는 그가 원망스러웠다.

세상을 향해 번뜩이던 그 눈은 어디 갔을까? 높고 높은 그 포부와 꿈들은 다 어디에다 버려둔 것일까? 그 환하던 웃음은 어디로 가버린 것일까?

칼을 모질게 휘두른다는 그가, 스치는 그 눈에 어리는 살의가 싫었다. 가슴을 뒤흔들어 버린 그 까칠한 입술과 속으로 숨기며 밀어 넣었던 자신의 뜨거운 숨결마저 원망스럽다.

갑작스럽게 도망치듯 언덕을 달려 내려가는 사비를 따라 해율도 달렸다.

도망치게 놔두지 않을 테다. 다시는 놓치지 않는다.

커다란 손이 팔목을 잡아채었다. 울컥 당기는 힘에 사비의 몸이 휘청 비틀리며 고개가 돌려졌다. 그녀의 눈은 흥건히 젖어 있었다. 입술을 앙다문 채 잡힌 팔목을 빼려고 안간힘을 쓰는 그녀의 입에서 신음 같은 울음소리가 새어나왔다. 작은 주먹이 가슴으로 날아들었다. 놓아달라고 애원하는 소리였다. 해율은 잡은 손목을 더욱 옥죄어 당겨 그녀를 품었다.

어떤 애원의 소리도 듣지 않겠다. 네 눈물도 보지 않겠어! 무조건 내 곁에 있어라.

"난 살고 싶으니까……."

기병들을 다그쳐 언덕으로 오르던 다겸은 다급하게 말을 멈추며 기병들을 뒤로 물렸다. 저만치 언덕 아래에 해율과 단하, 두 사내가 한 몸이 되어 꼭 껴안고 있었던 것이다.

며칠 만에 상단이 머물고 있는 주막으로 성주와 단하가 찾아왔다. 성내에 퍼져 있는 소문과 함께 단하를 향한 성주의 묘한 눈길을 확인한 상인들이 난감한 표정을 지었다. 나이는 어리나 그들에게는 절대적이었던 단하다. 단하의 한 마디에 목숨을 건 뱃길도 두려움 없이 따라나설 수 있었다. 그런 단하가 길이 아닌 길을 걷고 있는 모습이 그들을 혼란스럽게 만들고 있었던 것이다.

단하는 난감한 눈으로 바라보는 상인들을 둘러보았다. 하나같이 거뭇하고 험악한 얼굴의 전형적인 바다 사내들이다. 저들을 거칠게 만든 것이 바다지만 그 바다는 저들의 생명줄이자 딸린 식솔들의 생명줄이기도 했다. 식솔들을 먹여 살리기 위해 거칠어질 수밖에 없는 것이 걸로의 사내들이고 장사치들이다. 이 거친 사내들을 이 년 넘게 휘어잡아 온 단하였다. 예의 서늘한 단하의 눈길이 스륵 스치자 어느새 바짝 긴장한 표정들이 되었다.

"나는……."

단하는 표나지 않게 호흡을 가다듬었다. 한순간도 흐트러진 모습을 보이지 않았기에 지금의 상황이 당황스럽기는 그도 마찬가지다. 어떻게 하면 저들의 믿음을 깨뜨리지 않을까, 잠깐 생각했다. 그리고 다시 입을 열었다.

"이번 장삿길의 결과에 따라 우리 단하 상단은 걸로 최대의 상단인 차불한 상단을 능가하는 재력을 지닐 것이오. 무슨 일이 벌어지든 내가 가장 염두에 두는 것은 우리 단하 상단의 운명이고 그대들이란 걸 잊지 마시오. 지금까지처럼 나를 믿고 따를 수 있겠소?"

두려운 마음으로 묻는 질문에 침묵은 놀랍도록 짧다.

"당연하지요. 우린 단하님과 한배를 탄 한운명이지 않습니까?"

지난번 아소성에서 상단을 쫓겨날 뻔했던 그 사내다. 사내의 빠른 대답에 상인들도 고개를 끄덕였다. 무슨 일이 있어도 단하가 상인으로서의 본분을 잊지 않을 것이며 자신들을 외면하지도 않을 것이라는 믿음에는 변함이 없기 때문이다.

단하는 평소와 다름없는 서늘한 눈으로 쌓아놓은 물품들을 살피다가 며칠만 더 기다리라는 말을 남기고 돌아섰다. 소연검이 견딜 수 없는 표정으로 해율의 뒤에 서 있었다. 사비는 그와 잠깐 눈을 마주치다가 얼른 고개를 돌려 버렸다. 자신을 생각하는 그의 마음을 어렴풋이 짐작하고 있다. 마음만 먹으면 그는 무슨 일이든 저지를 것이다. 단하는 다시 고개를 돌려 소연검을 바라보며 고개를 가만 흔들었다. 그가 자신을 위해 아무것도 하지 말기를, 어떤 식으로도 해율의 마음을 건드리지 말기를 바랐다.

언덕을 달려 내려오다 잡혀 품에 안기는 순간 한숨처럼 토해 내던 해율의 말이 아직도 가슴을 떠나지 않는다.

"난 살고 싶으니까……."

지난 두 해 반, 그의 삶이 어떠했었는지 자신은 모른다. 차루벌 소식에는 눈을 감고 귀를 닫고 살았으니까. 해율의 삶이 살아 있으나 산 것이 아닌 삶이었으리라고는 생각조차 안 했다. 아니, 그런 생각을 거부했었다. 모든 것을 잊고 잘살고 있을 것이라고 자신을 세뇌시켜 왔다. 사비란 이름이 그의 기억에서 먼지보다 가벼운 존재로 사라져 버렸기를 바랐을 뿐이다. 그러나 해율은 그리 살지 못한 듯하다. 그것이 사비의 마음을 아프게 했다.

"이제 가도 되느냐?"

그가 다정한 눈으로 물었다. 사비는 고개를 끄덕였다. 그와 동시에 눈앞으로 그의 손이 불쑥 들어왔다. 잡으라는 뜻이다. 사비는 난감한 눈으로 그를 바라보았다. 상인들의 시선이 사비에게로 쏠리는 것을 느끼며 해율은 그녀의 손을 잡았다. 세상의 시선 따위는 상관없었다.

주막을 벗어나 상인들의 시선에서 멀어지자 사비는 해율의 손을 단호하게 뿌리쳤다.

"앞으로 사람들 앞에서는 손을 잡지 마십시오."

"왜?"

"단하로 살라고 하지 않았습니까! 그런데 이리 세상에 다 드러내 놓고 사내인 제 손을 잡고 다니시는 건 저더러 단하로 살지 말라고 강요하시는 것과 같습니다."

"아, 그런가?"

사비의 입장이 난처하리란 걸 그제야 알았다는 듯 해율은 얼른 손을 놓았다.

"그럼 곁에서 걸어라. 대신 아무도 보지 않을 때는 네가 먼저 손을 다오."

해율은 빙긋 웃으며 다시 걸음을 옮겼다. 잠시 머뭇거리던 사비가 빠른 걸음으로 다가와 보폭을 맞추었다.

마음을 고쳐먹은 걸까? 그녀는 며칠새 아이처럼 고분고분 말을 참 잘 듣는다.

"날 떠나지 않기로 마음을 정한 것이냐?"

"모르겠습니다. 어차피 제 맘대로 할 수 있는 일은 아무것도 없지 않습니까?"

뾰로통한 눈으로 되묻는 그녀를 향해 해율은 빙긋 웃으며 고개를 끄덕였다.

"그렇지."

칭…… 칭…… 바위에 끌리는 쇳소리…… 칠흑 같은 어둠…… 그리고 공중을 가르며 떨어지는 번뜩이는 칼날……!

헉! 살려줘!

사비는 달리고 또 달렸다. 천 길 낭떠러지 아래로 몸을 날리며 사비는 마지막처럼 해율을 떠올렸다. 그가 이 죽음을 알지 못하기를…… 그래서 마음 아파하지 말기를…….

하…… 얼음처럼 차가운 바다, 검푸른 새벽 골목에 울리는 자신의 발자국 소리, 그리고 가슴에 단도가 박힌 어머니의 모습이 그림처럼 스쳐 간다. 검푸른 새벽빛 사이로 피 묻은 단도와 명의 얼굴이 드러났다. 그 위로 스치는 연화궁 마마의 따듯한 얼굴…….

마마, 왜 그러셨나이까?

연화궁 마마의 얼굴은 차갑게, 차갑게 굳어만 간다. 그리고 명의 단도가 순식간에 눈앞에서 번쩍였다.

"허억!"

"왜 그러느냐? 사비야, 사비야!"

해율은 허공에서 허우적대는 사비의 손을 꼭 잡았다. 잠이 오지 않아 그녀의 방 앞을 서성이던 중에 신음 소리를 듣고 뛰어들어 온 것이다. 눈을 번쩍 뜬 사비가 치를 떨듯 몸을 흔들며 그의 가슴에 안겼다. 온몸이 흥건히 젖어 있었다.

"악몽을 꾼 것이냐?"

묻는 말에 대답도 않고 그녀는 해율의 목을 끌어안았다. 팔이 떨어져 나가도록 꼭 끌어안았다. 아무리 꼭 껴안아도 손에 든 모래알처럼 자꾸만 빠져나가는 것 같은 해율의 존재에 가슴이 터질 것 같다. 지금이 아니면 영원히 가질 수 없는 존재처럼 가슴이 시리고 안달이 났다.

아침에 다시 만난 사비는 지난밤의 일을 전혀 기억 못하는 것 같았다. 언제나 그렇듯 사내의 옷으로 단정히 차려입고 해율을 맞았다. 표정도 전에 없이 밝고 다정하기까지 하다. 이곳으로 데려온 지 벌써 열흘째, 한 번도 여인으로 품어보지 못했다. 단하의 옷을 벗기는 순간 사비는 순식간에 사라져 버릴 형상 같아서 품기가 두렵다.

"잘 잤느냐?"

해율은 침상에 걸터앉으며 사비의 얼굴을 찬찬히 살폈다. 지난밤의 악몽이 무엇이었는지, 왜 그토록 두려움에 떨며 목에 매달렸는지 물어보고 싶다. 그러나 스륵 올라와 불을 쓰다듬는 그녀의 손길이 말문을 막아버렸다.

"얼굴이 까칠합니다. 잠을 설치셨습니까?"

너무나 그리웠던 사비의 음성, 사비의 눈동자다. 해율은 두근대는 마음을 숨기듯 침을 꿀꺽 삼켰다.

"아니, 잘 잤다. 네가 이곳에서 지낸 후부터 나는 늘 잘 잔다."

사비를 잃은 후, 한 번도 깊은 잠을 자본 적이 없다. 차가운 바다 속을 떠돌 그녀의 혼령을 생각하면 푹신한 침상에 몸을 누이는 것조차 죄 같았다.

설핏 웃던 사비는 약간 망설이며 말을 이었다.

"저도 이곳에 온 후 늘 잘 잡니다."

이곳에 오기 전까지는 잘 자지 못했다는 소리다. 지난밤, 몸을 떨며 목에 매달리던 그녀의 모습으로 보아 아마도 그랬을 것이다. 해율이 안타까운 마음으로 어깨를 당기자 사비는 망설임 없이 얼굴을 기대어왔다.

"이젠 편히 주무십시오."

가슴에 얼굴을 기대고 그의 옷자락을 꼭 쥐며 사비는 그렇게 말했다. 심경에 변화가 온 듯하다. 해율은 그녀의 얼굴을 떼어 진지한 눈으로 내려다보았다.

"무슨 마음이냐?"

"그냥…… 그냥 이리 살아도 괜찮다 싶어졌습니다. 단하로 해율님 곁에 머무르겠습니다. 세상 사람들은 해율님을 가희 공주와 혼인한 부마도위라 생각하지만 제겐 그냥 가리옹성 성주 별금 해율일 뿐입니다. 이곳에서만은…… 이곳 가리옹성에서만은 해율님은 제 사람입니다. 단하라는 이름으로 가질 수 있는 저만의 남자입니다. 그렇지요?"

올려다보는 눈이 바다처럼 흥건하다.

나는 어디서든 너만의 남자다, 모르느냐?

사비의 변화가 너무나도 갑작스러워서 그 말조차 나오지 않는다. 뜨거워진 심장이 그녀를 부르고 있었다. 해율은 떨리는 손으로 그녀의 얼굴을 감싸 당겼다. 목젖에 달라붙어 있던 단내가 후끈 밀려 올라왔다. 촉촉한 입술이 올라와 해율의 마른 입술에 겹쳐졌다. 살짝 닿았다 떨어지며 조그맣게 내뿜는 숨결에 해율은 가늘게 떨었다. 숨결이 멀어지는 느낌에 해율은 다급하게 사비의 얼굴을 당겼다. 그리고 거칠게 입술을 가져갔다. 아프도록 입술을 벌리고 뜨거운 혀를 밀어 넣었다.

입 안을 파고드는 후끈한 열기에 사비는 숨이 막혔다. 짧은 순간, 두려웠던 지난밤의 꿈을 떠올렸다. 눈앞에 번뜩이던 명의 칼보다 모래알처럼 빠져나가던 해율의 존재가 더 두려웠었다. 지금이 아니면 다시는 가질 수 없을 것 같던 그 두려움, 안타까움에 눈물이 쏟아질 것 같았던 지난밤의 그 꿈.

사비는 팔을 둘러 그의 목을 꼭 안았다. 그리고 불처럼 들끓고 있는 그의 혀를 따듯하게 감싸며 받아들였다. 그녀의 혀가 매끈한 앞니를 돌아 붉은 혀를 감싸자 거친 호흡이 잦아들며 해율의 입에서 나른한 신음 소리가 들렸다.

편하고 따듯했다. 불안도, 외로움도, 막막함도 사라졌다. 사비에게 혀를 맡긴 채 가슴을 더듬던 해율의 손이 멈칫했다. 그녀의 가슴 부위가 수십 겹의 천에 감싸여 바위처럼 딱딱했다. 사비의 입술이 순식간에 떨어져 나갔다. 그녀는 당황스러운 얼굴로 가슴 부위를 가렸다. 너무나 속이 상해서 눈물이 쏟아질 것 같다. 잘근 깨문 입술 위에 해율의 손가락이 스쳤다.

"괜찮다."

이렇게 가슴을 숨기고 있든, 사내의 형상을 하고 있든 상관하지 않아.

곁에 머물겠다고 결정한 이유가 자신이 제시한 조건 때문이어도 괜찮고, 그래서 얻을 재물 때문이어도 괜찮다. 재물이 먼저고 자신이 그 다음이라고 해도 괜찮다. 아무래도 괜찮다. 떠나지 마라. 곁에만 있어라.

상단이 머물고 있는 주막으로 다시 단하가 찾아왔다. 이번에는 성주와 함께가 아니라 혼자다. 창고에 쌓아둔 물품들을 다시 점검한 단하는 엿새 후에 단국으로 떠날 것이니 준비하라고 했다.

"일이 잘 해결된 것입니까?"

소연검의 물음에 단하는 아무 대답을 하지 않았다. 성내에 떠도는 소문을 그녀는 알고 있는지 모르겠다. 자신을 바라보는 단하의 시선이 유난히 차다는 것을 느끼며 소연검은 주막을 나가는 그녀의 뒤를 따라붙었다.

"단하님!"

"돌아가서 기다리세요, 소연검."

"다겸이란 자가 다녀갔습니다."

그가 와서 말했다. 자신의 주인인 성주가 사내인 단하를 취할 것이라고, 그러기 위해 단하 상단에 엄청난 제의를 했다고. 그는 소연검이 단하를 빼내어 이곳을 빠져나갈 수 있도록 도와주겠다고 했다. 그러나 오늘 만난 단하는 이미 성주의 제의를 수락한 듯 보인다. 정말 상단의 이익을 위해 성주에게 몸을 바칠 생각일까?

"이곳을 빠져나갈 방도가 있습니다."

단하가 우뚝 걸음을 멈추었다.

"난 도망가지 않을 겁니다."

"다겸이란 자에게 다 들었습니다! 성주가 무슨 제의를 했는지……!"

소연검의 눈빛에 고통이 서렸다. 상단 식구들만 아니었으면 벌써 일을 저질러도 저질렀다. 목숨을 걸고서라도 단하를 빼내어 왔을 것이다. 그러나 주막에 머물고 있는 상단 식구들과 걸로의 상단, 모두를 생각하느라 쉽게 움직일 수가 없었다. 성주는 마음만 먹으면 순식간에 상단의 흔적마저 없애 버릴 만큼의 힘을 가진 자다. 그러나 지금이라도 단하의 결심만 선다면 그런 것과 상관없이 자신은 그녀를 데리고 이곳을 빠져나갈 수 있다. 성주와 단하가 무슨 관계인지는 모르겠지만 스스로 몸을 바치게 버려둘 수는 없다.

"상인들은 지금 당장 뗏목을 태워 내려 보내고 오늘이든 내일이든 어둠을 틈타 제가 관으로 들어가겠습니다."

"그러지 마세요."

"단하님을 지키는 것이 제 임무입니다. 이대로 성주에게 몸을 버리게 둘 수는 없습니다!"

버럭 소리를 지르며 그는 단하의 손목을 움켜잡았다. 단하를 지키는 것이 선단에서 부여 받은 그의 임무다. 그리고 단하에게 품었던 사내로서의 감정도 단하의 결정을 용납하지 못했다.

화조국을 떠날 때부터 그의 감정을 어렴풋이 느끼고 있었다. 그러나 사비에게 소연검은 수하보다는 가깝고, 사내보다는 먼 오라비 같은 존재였다. 사비는 소연검의 손을 떼어내었다.

"날 위해 아무것도 하지 말아요, 소연검."

"누구죠, 그자가? 제가 아무것도 해서는 안 되는 이유를 설명해 보십시오. 이곳 성주가 단하님께 어떤 사람입니까?"

성주처럼 삶과 죽음을 생각할 정도는 아니어도 무슨 말이든 해주기를 바랐다. 그래서 자신의 가슴에서 끓고 있는 사내의 마음을 죽여주기를 바랐다. 자신이 지켜주지 않으면 잠조차 깊이 들지 못하던 단하. 얼음처럼 차가움으로 가장하고 있지만 그 속에는 산산이 부서진 슬픔을 안고 산다는 걸 안다. 자신이 아니면 누구도 알아채지 못할 슬픔이라고 생각했다. 그 차가운 눈에 스치던 슬픔이 너무도 막막하여…… 그래서 지켜주고 싶었다.

불똥이 튀는 소연검의 눈을 보며 사비는 몇 번이나 입술을 달막거렸지만 결국 아무 말도 하지 못한 채 돌아섰다. 두어 걸음 내디뎠을 때 다시 소연검의 화난 음성이 들렸다.

"재물을 위해 몸을 파시는 겁니까!"

그럴 수 있었으면 좋겠다. 차라리 그랬으면 좋겠다. 그럴 수만 있다면 이토록 마음이 아프진 않을 것이다. 신분이 드러나는 순간 자신의 목숨도 끝날 것이다. 언제 끝날지 모를 목숨을 담보로, 그 두려움을 안고서라도 단 한 번이라도 그의 여자이고 싶은 이 욕심을 누가 알까? 어리석은 욕심인 줄 안다. 가당치도 않은 욕심이란 것도 안다. 그래도 욕심을 부려보고 싶다. 이곳에 머무는 동안만, 아주 잠깐만······.

"······그래요. 그러니 더 이상 아무 말도 하지 말아요."

입술을 잘근 깨물며 돌아서는데 눈앞에 해율이 서 있었다. 바로 몇 걸음 앞에 우뚝 서서 그녀를 바라보고 있었다. 잠깐 상단에 다녀오라 하고는 그새를 참지 못해 찾아온 모양이었다.

들었을까?

그의 얼굴에는 조금의 동요의 빛도 없었다. 입가에는 잔잔한 미소까지 지어져 있다. 듣지 못한 모양이다. 사비는 들리지 않게 안도의 숨을 내쉬고 다가갔다.

"돌아가려던 참이었습니다."

그는 애틋한 눈으로 손을 내밀었다. 소연검의 눈이 뒤통수를 따갑게 찌르는 것을 느끼며 사비는 해율의 손을 꼭 잡았다.

해율은 점심나절부터 목욕물을 데워라, 목욕물에 띄울 최고의 사향을 구해오라, 별채 방을 깨끗이 꾸미라, 난리법석도 아니다. 드디어 소문만 무성하던 사내를 안는 일을 감행할 모양이었다.

"애고. 망측해라, 망측해. 쯧쯧쯧."

천동어멈은 단하가 들으라는 듯 몇 번이나 혀를 차며 방 안을 들락거렸다. 단하는 들은 척 만 척 뒷짐을 진 채 천동어멈이 하는 양을 가만히 지켜보았다. 천동어멈은 혀를 끌끌 차며 단하를 훔쳐보았다. 이목구비가 단정하고 말수가 적은 것이 고귀하게 자란 공자 같다. 아무리 살펴도 어디 하나 빠지는 구석 없는 멀쩡한 사내다. 해율이야 마음에 병이 들어 저런다지만 이 곱고 잘난 사내는 무슨 연유로 이런 사람 같잖은 짓을 저지르려는지 모르겠다. 같은 사내 주제에 사내의 물건을 무엇으로 희롱을 해준단 말인지, 아무리 생각하여도 늙은 머리로는 도무지 알 수가 없다.

어미 없이 자라는 도련님이 안쓰러워 자식처럼 생각하며 키워왔던 해율이 공주를 외면하고 차루벌로 돌아오지 않으니 답답한 마음에 이곳까지 찾아온 것이 후회되었다. 죽을 때가 다 되어서 이렇게 못 볼꼴을 볼 줄을 누가 알았겠는가.

유신님이나 해율이나 부자지간에 닮아도 어찌 이리 닮으셨는지 모르겠다.

"그놈의 계집이 뭐라고……."

이렇게 사내 인생을 망쳐 놓을 계집이라면 애초에 안 만나느니만 못하리라. 연화궁 마마도, 걸로의 천한 잠녀였다던 그 계집도 천동어멈에게는 다 원수 같기만 하다. 그 잘나고 잘났던 우리 도련님이 어찌 이리되셨나.

훌쩍, 눈물을 훔치며 태산 같은 한숨을 내뿜던 천동어멈이 갈아입을 옷을 던지듯 넣어주고 방을 나갔다.

발자국 소리가 멀어지는 것을 느끼며 사비는 문고리를 걸었다. 좁은 목간 방에 뿌연 수증기가 가득 끼었다. 속저고리를 벗자 가슴을 단단하게 조인 하얀 천이 나왔다. 그녀는 그것을 조금씩 풀었다. 풀고, 풀고, 또 풀었다. 마지막 한 꺼풀까지 풀어내자 뽀얗고 풍만한 가슴이 드러났다. 그녀는 그제야 깊은 숨을 내쉬었다. 이렇게 한 번씩 푸는 날에야 겨우 편한 숨을 쉴 수가 있다.

다시 해율에게 안긴다는 것이 옳지 않은 일이란 걸 안다. 후회하고 말 거라는 것도 안다. 그러나 견딜 수가 없다. 숨결처럼 가까이 다가와 있는 그가 너무도 그립다.

내내 마당을 서성이던 해율은 별이 하나둘 총총이는 것을 보고서야 별채 쪽으로 걸음을 옮겼다. 목욕물을 데우라 명하고 천동어멈이 별채를 드나드는 내내 가슴이 두근거렸다. 성큼성큼 걷던 해율은 문득 걸음을 멈추었다.

"재물을 위해 몸을 파시는 겁니까!"

소리치던 소연검의 음성이 들렸다.

"……그래요."

나직하고 단호하던 사비의 음성도 들렸다.
그는 어둠 속에서 주먹을 가만 그러쥐었다. 그리고 다시 걸음을 옮겼다.
별채는 어두웠다. 사비가 머물던 방에는 불이 없다. 해율은 마루로 훌쩍 뛰어올라 다급하게 문고리를 잡았다. 그러나 벌컥 문을 열 용기가 나지 않았다.
"안에 있느냐?"
짧은 정적에 두려움이 밀려올 즈음 들어오라는 사비의 음성이 들렸다.
방 안은 어두웠다. 그 어둠 속에 은은한 향이 풍기고 있었다. 침상 끝에 동그마니 앉아 있는 그녀는 단하가 아닌 사비의 형상이었다.
"왜 불을 켜지 않고……?"
사비는 등잔을 만지는 해율을 다급하게 말렸다.
"켜지 마십시오!"
해율이 어둠을 더듬어 손을 뻗었다. 앙상한 어깨뼈가 만져졌다. 해율은 움찔 오그라드는 그녀의 어깨를 꽉 잡았다. 다른 한 손으로 나머지 어깨까지 잡으며 그는 사비의 앞에 무릎을 세워 앉았다. 어둠이 눈에 익으며 그녀의 얼굴이 드러났다. 차갑기만

하던 그 눈에 약간의 흥분과 두려움이 깃들어 있다. 해율은 그 눈이 오직 자신, 별금 해율만을 갈망하는 눈이라고 생각했다. 그녀를 처음 안던 그날, 그 동굴에서도 이런 눈이었던 것 같다. 아무것도 바라는 것이 없었다. 그는 손을 뻗어 그녀의 얼굴을 조금 당겼다. 코끝을 스치는 옅은 살 내음에 가슴이 뜨거워졌다. 갈증처럼 목이 말라 새어나오는 음성이 갈라졌다.

"원치 않으면 지금 말해라."

닿을 듯 바짝 다가온 입술이 그렇게 말했다. 그 뜨거움에 숨이 막혔다.

"저는……."

그러나 입술이 먼저 닿아 그 말을 막았다. 어떤 물음도, 확인도 필요없었다. 서로를 향한 뜨거운 갈망은 마음보다 몸이 먼저 알아채고 있었다. 격정을 숨긴 뜨겁고 붉은 혀가 섬세하게 입 안을 더듬었다. 살아서는 다시는 느낄 수 없을 것 같았던 그 간절한 떨림을 견딜 수 없어 사비는 해율의 목을 꼭 끌어안았다.

"해율님……."

저고리 섶을 헤치고 들어간 손이 풍만한 가슴을 어루만지자 더욱 밀착해 매달리는 사비의 힘을 느끼며 해율은 그녀를 안고 침상으로 쓰러졌다.

동굴 속에서 서로를 꼭 끌어안은 채 밤새 들었던 걸로의 파도 소리가 멀고 먼 이곳 가리옹성으로 따라온 것일까? 침상 위에 쓰러진 두 사람의 귀에는 밤새 파도 소리가 출렁거렸다. 두 개의 뜨거운 불덩이가 하나가 되어 서로의 불을 넘나들며 이글거리는 불꽃의 형상처럼 그들은 스스로를 태워 서로의 것이 되기를 갈망했다.

이대로 흔적 없이 녹아 그의 가슴에서만 살아가는 여자가 되어버려도 좋겠다. 그러면 망망대해 그 끝없는 바다 위에서 둘 곳 없는 마음을 감당 못해 눈물 흘릴 일은 없을 것이다.

휘몰아친 불꽃이 절정으로 치달으며 해율은 뜨거운 입김을 귓가에 불어 넣었다.

"사비야……."

혼곤한 의식 속에서 사비는 생각을 잃었다. 두려움도 잊었다. 가슴에서 튀어 오르는 불꽃이 숨골을 막을 것만 같다. 굴곡진 허리를 훑어 올라온 그녀의 손은 놓을 수 없는 무엇을 잡아채듯 나른하게 늘어지는 해율의 몸을 꼭 끌어안았다.

세상 재물을 한 손에 움켜쥐고 싶었던 것은 그를 놓아버린 허기 탓이었을까?

꽉 차는 충만감에 몸이 나른하게 퍼진다. 이대로 까무룩 잠에 빠져 영원히 깨어나지 않아도 좋겠다.

아득한 꿈에 빠졌다 깨어난 새벽, 푸른 새벽빛 속에서 사비는 해율의 얼굴을 살피고 있었다. 처음으로 마음을 주어버렸던 어린 날의 그때처럼 여전히 그를 바라보면 가슴이 두근거린다.

혼인하던 날, 가희는 아름다웠을까? 그랬겠지? 비단금침에 아름다운 향을 뿜으며 아름다이 안아주었겠지?

순간 사비는 자신의 몸 어딘가에서 비릿하고 짠 바다 내음이 후끈 풍겨오는 것을 느꼈다.

싫었다.

속이 상했다.

그가 혼인을 했다는 사실이, 더 이상 자신만의 남자가 아니라는 사실이, 다른 이를 품었다는 사실이 이토록 아픈 일일 줄 미처 몰랐다.

꿈처럼 그녀를 다시 품은 지 이틀이 지났다. 단국으로 가는 국경을 열어주겠다고 약조한 날이 이제 사흘 남았다. 사비는 어젯밤에도 수줍은 듯 불을 끄고 어두운 방에서 그를 맞았고 뜨거운 몸으로 받아들여 주었다. 간간이 잠을 자면서 두번세번 지치도록 안았지만 여전히 마음이 다 채워지지 않는다. 무언가 부족한, 채워지지 않는 이 갈증은 무언지 모르겠다.

"단국으로 갔다가 돌아오는 데 얼마나 걸리지?"

별채의 뒤꼍에 앉아 검을 닦으며 해율이 물었다.

"한 달 정도 걸립니다."

"한 달……."

얼굴을 스치는 그의 눈빛이 칼끝만큼이나 날카롭다. 한 달 후, 그녀는 이곳으로 돌아올지 아니면 가리옹성이 아닌 다른 곳으로 길을 잡아버릴지 알 수 없다. 그는 지금 사비를 믿지 못하고 있다. 그것은 사비도 마찬가지다. 자신이 다시 이곳으로 돌아올지 아니면 어느 순간 방향을 틀어 차루벌이나 야로국으로 향해 버릴지 그것은 스스로도 알 수 없는 일이다. 아니, 자신의 발길이 어디로 향할지 그녀는 이미 다 알고 있다.

그녀는 단국의 수도 고란을 거쳐 대국으로 갈 것이다. 그리고 걸로에 있는 상단의 본거지를 화조국으로 옮기고 대국과 화조국을 오가는 대 상인이 될 터이다. 그러고 나면 다시는 기란국 땅을 밟을 일은 없을 것이다.

밤새 그를 안으며 생각한 것이 그것이다. 자신의 존재가 드러나는 순간 연화궁 마마의 칼끝이 어디로 향할지 알기에. 이것이 자신이 살고 해율을 살리는 길이다.

사비는 바람에 드러난 그의 손을 가만 잡았다.

"돌아오겠습니다."

마음을 숨긴 눈으로 바람에 흩어져 버릴 말을 하는 그녀를 해율은 불안한 눈으로 바라보았다. 언제까지나 걸로에서 기다리겠다던 그녀는, 그러나 기다려 주지 않았다. 해율의 눈에 슬픈 빛이 스쳤지만 이내 가라앉았다. 그의 손이 차가운 그녀의 볼을 쓸었다.

"기다리겠다. 돌아올 거라고 믿어."

따듯한 입김이 마른 입술을 스쳤다.

六. 사내를 품다

해율이 돌아온다는 소식에 조금씩 나아지던 가희의 몽환병이 다시 시작되면서 이번에는 아예 스스로 가리옹성까지 찾아가겠다고 나섰다.

"소녀가 가겠습니다. 가서 부마도위를 데려오겠습니다."

말하는 가희의 낯빛이 푸르다.

"조금만 더 기다려라. 그러잖아도 가리옹성으로 사람을 보낼 참이다."

"소녀가 가겠습니다. 온다 하고도 안 오는 걸 보면 분명 무슨 일이 있는 겁니다. 소녀를 볼 낯이 없어 못 오는 건지도 모르지요. 그러니 제가 직접 가겠습니다."

금방이라도 눈물이 맺힐 듯 흔들리는 가희의 눈이 연화의 마음을 아프게 했다. 태어나는 순간부터 사랑보다 버림을 먼저 받았었고 그것이 병이 되어 매사가 날카롭기만 한 가희다. 그런 아이가 순한 양이 된 듯한 눈으로 자신을 외면하고 있는 지아비를 찾아가겠다는 것이다. 불쑥 찾아갔다가 또 어떤 상처를 입고 돌아오지나 않을까, 불안했다.

지금까지는 유신을 보아 참았다. 지금도 그를 생각하면 달군 쇠꼬챙이가 지나가는 듯 가슴이 아프기에 해율을 바라보는 마음 또한 부모의 마음 같았었다. 유신이 해율을 바라보듯 연화도 그런 마음으로 용서하고 기다리고, 또 기다렸다.

사랑을 잃은 그 아픔을 모르는 바는 아니다. 그러나 해율⋯⋯ 너의 행동은 너무 과하다. 더 이상 나를 진노케 하지 마라.

힘없이 연화전을 나가는 가희의 뒷모습을 바라보며 연화는 주먹을 발끈 쥐었다.

가리옹성으로 향하는 공주의 행렬이 길게 뻗어 차루벌을 떠나고 있었다. 가희의 성격을 말해주듯 화려하고 거창한 행렬이다.

양옆에 구경을 나온 백성들과 눈을 마주칠 때마다 혼인 첫날에 소박을 맞은 소박데기 공주가 지아비의 사랑을 구걸하러 가리옹성으로 간다고 수군대는 소리가 들리는 듯하다.

'걸로 출신의 천한 잠녀, 바리데기 공주' 수군수군⋯⋯.

'연화궁 마마와는 조금도 닮지 않았네?' 수군수군⋯⋯.

'아무리 화려한 옷을 입혀놓아도 천한 티가 나' 수군수군…….

수군수군…… 수군수군…….

가희는 신경질적으로 휘장을 치고 손톱을 잘근잘근 씹었다. 왕비만 되면 저런 소리를 지껄인 자들을 한 무리로 몰아 쓸어버릴 참이다. 늘 자신을 무시하고 질시하는 5부의 귀족들도 가만두지 않을 것이고, 날마다 뒤에서 저희들끼리 수군대는 시비 년들도 가만두지 않을 테다.

"서둘러라!"

휘장 안에서 빽 지르는 고함 소리에 마차 바퀴가 바쁘게 차루벌 북문을 빠져나갔다.

종일 해율과 단하의 모습을 멀찍이 떨어져 지켜보던 다겸은 받아들일 수 없는 두 사람의 모습에 간간이 진저리를 치며 눈을 질끈 감아야 했다. 종일 손을 잡고 다니는 것은 물론이려니와 다겸의 눈을 피해 나무 뒤로 숨으며 깊은 입맞춤도 서슴지 않았다. 해율은 사내의 손을 잡고, 사내에게 입을 맞추며 그 얼굴에서 눈조차 떼지 못하고 있다. 해율이 드디어 미친 게 분명하다.

벌건 얼굴로 돌아서니 소연검이 팔짱을 낀 채 나무에 기대어 서 있었다. 이자도 내내 제 주인을 따라다닌 모양이다. 그런데 그는 자신처럼 안달을 내지도 않고 걱정도 되지 않는 듯하다. 하긴, 제 주인이 몸을 판 덕에 단국으로 갈 길이 열리고 단국과의 교역으로 상단은 엄청난 재물을 챙길 테니 손해 볼 것이 없어 안달을 낼 필요도 없겠지? 그래도 그렇지! 사내들끼리 몸을 섞고 입술을 비벼대는 꼴을 멀쩡한 눈으로 보고 있다니, 이자의 행실도 미심쩍다.

소연검이 밤처럼 검은 눈으로 뚫어질 듯 바라보자 다겸은 다시 얼굴을 붉히며 버럭 소리를 질렀다.

"그런 눈으로 보지 마오!"

그 소리에 소연검은 피식 웃음을 흘렸다.

"왜 그러시오? 심장이 벌렁거리기라도 하오?"

"이, 이자가 정말!"

다겸이 화가 난 듯 울컥 다가오자 소연검은 칼자루로 그를 밀어내었다. 따가운 봄 햇살도, 나른한 바람도, 그리고 울컥대며 안달을 내는 다겸의 마음도, 모두 성가시다.

"성주가 제게 어떤 사람인가 물었죠? 말해줄까요?"

상단이 머물고 있는 주막에 다시 들른 단하가 단국과의 교역을 포기하자며 앞을 막고 선 소연검에게 먼저 입을 열었다.

"그분은…… 처음으로 내게 삶의 의미를 부여해 주신 분이고, 내가 단하로 살아가는 이유이기도 해요."

얼음처럼 차갑던 그녀의 눈이 처음으로 따듯해 보였다. 자신이 이제껏 알던 단하가 아닌 또 다른 여인이 그녀 속에 살았던 듯 낯설어 보이기까지 했다.

"하지만 내가 다시 사비가 되고자 한다면 그분이 잃을 것이 너무 많아서…… 그걸 지켜봐야 한다는 건 너무 고통스러울 테니까…… 그래서 난 다시 도망치려는 거예요. 나 혼자 편하고 싶어서 도망치려고 해요."

감히 접근조차 할 수 없도록 언제나 차가운 장막을 치고 있던 단하가 소연검 앞에서 어린아이처럼 울고 있었다. 일곱 살 어린 나이에 제 어미에게 떠밀려 사나운 바다 속으로 뛰어들던 그 조그만 꼬마 아이가 소연검의 눈앞에 서 있었다.

소연검은 저도 모르게 그 어린 꼬마 아이를 불렀다.

"꽃아지야……."

"난 지금까지 소연검을 오라비라 생각하며 살았어요. 그래서 오라비라 생각하고 부탁할게요. 나 무사히 도망칠 수 있도록 도와줘요. 그분이 안심하고 나 보낼 수 있도록, 그리고 그분이 다시는 찾을 수 없는 곳으로 숨어들 수 있도록 소연검이 도와줘요."

그러나 나직한 그 목소리는 실은 도망치기 싫다고, 날 좀 주저앉혀 달라고 애원하는 것처럼 들렸다.

성주가 삶의 의미를 부여해 주었고 살아가는 이유라고 하던 단하의 말이 봄날 아지랑이에 떠다닌다. 소연검은 아릿해지는 눈을 깜박였다.

성가시다.

이런 성가신 감정이 싫어서 평생 여자를 마음에 담지 않으려

했었다. 그저 칼이나 휘두르며 바람처럼 세상을 떠돌다가 부끄럽지 않게 생을 마감하는 것이 소망이었다. 그런데 이도저도 못할 처지에 끼인 꼴이 되어버린 것 같다.

단하의 부탁대로 성주를 안심시키고 그녀를 데리고 이곳을 빠져나가 평생 이 성가신 감정과 싸우며 살까? 아니면 단하를 성주 곁에 묶어두고 혼자 도망을 쳐버릴까? 그래서 소원하던 대로 칼을 휘두르며 바람처럼 세상을 떠돌다가 생을 마감할까?

이제는 제법 부드러워진 바람이 살갗을 스친다. 안절부절못하며 목을 빼고 성주와 단하를 기웃거리던 다겸이 그들을 따라 급하게 걸음을 옮기자 소연검도 느릿느릿 걸음을 옮겨 그를 따라갔다.

해율은 다겸과 소연검의 눈을 피해 다시 커다란 나무 뒤로 몸을 숨기며 사비의 손을 잡아당겼다. 울컥 딸려온 몸이 그의 너른 가슴으로 빨려들었다.

"그래서 어찌 되었느냐? 얼마의 이문이 남았지?"

해율은 사비의 허리를 당기며 호기심 어린 눈으로 내려다보았다. 그녀는 지금 처음으로 상선을 이끌고 화조국으로 갔던 때를 이야기하고 있다. 반짝이는 사비의 눈은 걸로의 바다로 쏟아지던 햇살 같다.

"세금을 제하고도 한 배 반의 이문을 남긴 첫 장삿길이었습니다."

사내들도 견뎌내기 힘들다는 화조국 바닷길을 거뜬히 넘나들며 대형 선단을 이끄는 선주가 된 사비가 자랑스러웠다. 이런 일은 아무나 해낼 수 있는 것이 아니다. 화려하게 치장한 꽃 같은 5부의 귀족 여인들로서는 감히 흉내도 못 낼 일들이다.

"장하다."

해율의 눈은 진심으로 사비를 자랑스러워하는 눈빛이었다. 무안한 듯 슬쩍 돌려지는 얼굴을 해율의 손이 붙들었다. 나뭇가지 사이로 스며든 햇살이 사비의 얼굴로 쏟아지자 부신 듯 잠깐 눈을 찡그리던 그는 마른침을 꿀꺽 삼키며 또다시 입술을 부딪쳐 왔다.

흐르는 시간을 붙들어두고 싶다. 이 숲에, 이 입술에, 이 나른한 봄날에…… 지금 이 순간, 이 느낌 속에.

"흐음……."

사비에게서 낮은 신음 소리가 흘러나왔다. 가슴을 밀어내던 손은 어느새 목을 감고 있다. 허비할 수 없는 짧은 시간, 그가 원하는 것은 아무것도 거부하고 싶지 않다. 지금 이 순간 해율이 원하는 것은 또한 자신이 원하는 것이기도 하니까.

다겸의 눈도, 소연검의 눈도, 들리는 소리들도 부끄럽지 않았다. 허리를 꺾을 듯 조여오던 손이 느슨해지자 사비는 탄식 같은 한숨을 토하며 해율의 가슴에 이마를 기댔다.

"하……."

해율의 심장 소리가 이마를 타고 그녀의 심장으로 건너왔다. 어쩌면 도망치지 못할지도 모른다는 불안이 덮친다.

이대로는…… 이대로는 정말 갈 수가 없을 것 같다.

사비는 그의 가슴에 얼굴을 묻었다.

"왜 한 번도 묻지 않느냐?"

사비의 몸을 꼭 안은 그가 물었다.

"무얼 말씀입니까?"

"내가 어찌 살았는지 말이다."

"……."

"혹, 다 듣고 있었던 거냐?"

사비는 고개를 흔들었다. 알고 싶지 않았다. 그래서 차루벌 소식에는 귀를 닫고 살았었다. 지금도 알고 싶지 않다, 아무것도. 그의 입에서 나올 연화궁 마마와 가희의 이야기가 감당이 될 것 같지 않다. 혼인 이야기는 더더욱 견딜 수 없다.

"잘…… 지내셨으리라 믿습니다."

해율은 여강의 칼날이 복부를 찔러오던 그날이 떠올랐다. 울컥울컥 샘처럼 솟아오르던 검붉은 피와 머리를 가르던 통증, 그리고 성큼 다가온 죽음의 그림자를 바라보며 느꼈던 희열을 사비에게 다 말할 수는 없었다. 그는 주먹을 가만 그러쥐었다.

"그래…… 나는 잘 지냈다."

이렇게 무사히 살아남아 사비를 만났으니 그만하면 잘 지낸 것이리라.

단국으로 떠날 날이 이틀 앞으로 다가왔다. 마지막으로 물품을 점검하고 상인들을 다독이기 위해 단하가 다시 주막으로 찾아왔다. 소연검은 초췌해진 얼굴로 단하의 뒤를 따라다녔다.

"얼굴이 좋지 않아 보여요, 소연검."

"잠을 설쳤습니다."

초췌한 얼굴과 흔들리는 눈빛에 복잡한 심경이 담겨 있었다. 그의 말을 무시한 채 창고로 들어간 단하는 물건들을 살피며 다시 입을 열었다.

"먼길을 가시려면 잠을 충분히 자두어야……."

"생각 중입니다."

그는 단하의 말을 끊으며 바짝 다가왔다. 창고문은 어느새 닫혀 버렸고 바짝 다가온 소연검의 눈이 코앞에서 번쩍였다. 그의 눈은 검은 눈이 더욱 검어져 무슨 생각을 하는지 알 수 없었다.

"소연검……."

"평생 이렇게 성가신 마음으로 살지, 아니면 다시 바람처럼 떠돌며 자유롭게 살지……."

"무슨 말이에요?"

"이곳을 무사히 빠져나간다 하더라도, 그리고 다시는 찾지 않는다 하더라도 단하님의 마음에는 늘 이곳 성주가 있겠지요?"

그럴 것이다. 마지막 눈을 감는 순간까지 해율은 그녀의 마음을 떠나지 않을 것이다.

"……그래요."

짧지만 단호한 대답이다.

"누굴 위해서 떠나는 거죠? 성주를 위해선가요, 아니면 단하 님을 위해선가요!"

평생 잊을 수 없는 사람이란 걸 뻔히 알면서 기어이 도망치려는 단하를 이해하기가 힘들다. 이 성가신 감정을 안고 여전히 그녀를 주인으로 모시고 살 수 있을지도 자신이 없다.

"날 위해서 떠나는 거예요. 도와줘요."

눈 속에, 얼굴 속에 온통 해율을 담고 있으면서 무사히 떠날 수 있도록 도와달라고 말하는 단하의 건조한 음성은 소연검에 대한 어떤 연민의 정조차 없다.

해율의 명에 따라 주막으로 단하를 따라왔던 다겸은 소연검으로부터 단국에서 돌아오지 않겠다는 확답을 듣지 못하자 다시 안달이 났다. 단국으로 떠나면 다시는 가리옹성으로 돌아오지 않을 것이며 영원히 해율이 찾지 못할 곳으로 단하를 데리고 떠나겠다는 다짐을 하던 소연검의 태도가 갑자기 바뀌어 버렸다. 오늘 다시 만난 소연검은 피곤한 얼굴로 아무것도 모르겠다고 했다. 단하라는 자의 결심이 바뀐 건지 소연검의 마음이 바뀐 건지 알 수 없는 일이다.

앞서 걷는 단하의 걸음이 유난히 무거워 보인다 생각하며 다겸은 문득 걸음을 멈추었다.

"좀 봅시다!"

흘낏 돌아보는 얼굴이 사내도 반할 만큼 곱상하다. 다겸은 당황스럽게 고개를 돌렸다.

"왜 그러시오?"

투명하고 거침없는 눈빛이 다겸을 살폈다. 소년처럼 맑은 음성과 거침없는 단하의 눈길에 오히려 당황한 사람은 다겸이었다. 자신과 소연검이 내내 따라다니며 그들의 행각을 보고 있었다는 것을 뻔히 알 텐데도 도무지 부끄러움조차 모르는 것 같다.

"아, 저……."

저 곱상한 얼굴을 대할 때마다 두 사내가 서로 안고 입술을 맞대던 것이 생각나니 정말 죽을 맛이다. 사내끼리 끌어안고, 몸을 부비고, 입을 쪽쪽 맞추었으니 어지간하면 부끄러울 텐데 어찌 저리도 뻔뻔할까?

"그, 그러니까…… 흠, 우리 성주님은 마음 병이 있어 그렇다 쳐도 성주님을 향한 댁의 마음은 뭐요?"

"마음 병이라니, 무슨?"

"자세한 건 댁이 알 필요 없고. 하여튼 우리 성주님은 지금 제정신이 아니시라 이 말이오. 그런 분을 꼬드겨 지금 댁이 무슨 짓을 하고 있는지 아시기나 하시는 게요? 아무리 재물도 좋지만 사내끼리 이건 아니지 않소!"

"마음 병이라니…… 무슨 말씀이시오?"

단하는 다시 같은 질문을 했다. 햇볕을 받아서인지 그의 얼굴이 유난스레 노래 보였다.

"그분은 지금껏 내내…… 죽을 자리만 찾아다니시던 분이오.

그런 분이 갑자기 댁 같은 사내와 이런 일을 벌이시는 이유가 뭐겠소? 이 또한 죽을 구실을 만드시려는 것이 아니겠소? 이 일을 연화궁 마마나 별금 집안에서 아는 날에는 댁이나 성주님이나 무사치 못할 것이오. 그러니 목숨을 구하고 싶으시면 얼른 떠나시오. 떠나서 다신 돌아오지 마시오!"

사비는 다겸의 말을 다 이해하지 못했다.

그의 마음 병이란 뭔지, 왜 죽을 자리를 찾아다녔던 건지……?

"부탁이오. 성주님을 생각하는 마음이 조금이라도 있다면 제발 멀리 떠나 다시는 이곳으로 오지 마시오. 아직 혼인 초야조차 치르지 못하신 분이란 말이오. 그런 분이……."

애원 섞인 부탁을 하던 다겸이 다시 고개를 들었을 때 단하는 이미 그곳에 없었다.

성내를 시찰하고 돌아와 상단을 찾아간 사비를 기다리며 목검을 꺼내어 들던 참이었다. 소리 없이 다가온 사비가 해율의 등에 얼굴을 기대어왔다. 작은 한숨 소리와 함께 그녀는 힘을 주어 허리를 안았다.

"왜?"

"그냥요……."

중문을 들어오던 어린 노비가 안고 있는 두 사람을 보고 후다닥 달아났다. 그 모습에 해율은 웃음을 흘리며 사비를 떼어내고 돌아섰다. 그녀는 왠지 고개를 들지 않는다.

"단국으로 떠날 차비는 다 끝났느냐?"

그녀는 대답 대신 고개만 끄덕였다. 해율은 어쩌면 그녀가 떠나고 싶어하지 않은 건지도 모른다는 생각이 들었다. 처음엔 재물을 쫓아 몸을 파느냐고 하던 소연검의 말이 진실이었을지 모르지만 지금의 그녀의 진실은 여전히 별금 해율을 사랑하고 있다는 것이 확연히 느껴진다. 욕심 같아서는 아무 곳에도 가지 못하도록 묶어두고 싶지만 그러지 않을 생각이다. 차불한을 넘어서는 대 상인이 되고 싶다는 사비의 꿈을 꺾어버리고 싶지 않았다. 사비는 충분히 그럴 능력이 있고 가치가 있는 여자다.

"단국의 수도 고란은 이곳보다 훨씬 추운 곳이야. 천동어멈에게 따뜻한 의복을 몇 벌 지어라 해두었다. 내일이면 다 만들어질……."

말이 채 끝나기도 전에 사비가 다시 가슴에 안겨왔다. 목을 뚫고 올라오는 울음을 감추며 그의 가슴에 얼굴을 묻었다. 실은 이곳에 들어서는 순간부터 내내 울고 있었다. 초야조차 치르지 못했다는 다겸의 말을 듣는 순간 해율이 마음 병을 앓고 있다는 그 말이 무얼 의미하는지, 죽을 자리만 찾아다녔다는 말이 무슨 뜻인지 다 알아차렸다. 그리고 자신이 얼마나 바보 같고 이기적인 사랑을 하고 있었는지도 알아차렸다.

그의 꿈과 미래를 위해 떠나보내는 것만이 사랑인 줄 알았다. 자신은 죽을 듯이 아파도 그는 높고 높은 곳으로 치달아 빛나는 사람이 될 거라고 믿었다. 그것이 바로 행복일 거라고, 사랑일 거라고 믿었다. 그러나 아닌 것 같다. 다 제 욕심만 같다. 해율을 위한 행동들이 결국 해율을 죽음의 길로 내몰고 있었다는 사실에 사비는 경악을 금치 못했다.

설사 꿈을 이루고 빛나는 그곳에 선다 하더라도 그 순간 그가 얼마나 슬픈 눈을 하고 있을지는 생각하지 못했다. 그 마음이 지옥 같을 거라는 것도 생각하지 못했다. 자신의 사랑만 진실하고 옳다고 믿어왔던 어리석음이 이제야 가슴을 친다.

나를 버려 그를 사랑한다고?

다 거짓말이다. 이기일 뿐이다.

사랑이란 함께, 같은 곳을 바라보는 것이다.

사비는 해율이 갈아입을 옷을 들고 바쁘게 목간 방으로 가는 천동어멈의 앞을 막았다.

"그 옷, 이리 주오."

불쑥 나타난 단하가 손을 내밀자 천동어멈은 눈을 퀭하니 뜨고 쏘아보았다.

"됐소!"

어째 이 사내는 부끄러운 줄도 모르고 이젠 아예 당당하기까지 하다. 옷가지를 움켜쥐고 쏘아보는 천동어멈의 속마음이 어떨지 알기에 사비는 웃음이 났다. 설핏 지어지는 미소가 어찌나 곱상한지 사낸지 계집인지 분간이 가지 않는다.

"주오."

그리고는 어느새 옷을 낚아채 가버리는 단하를 천동어멈은 멍하니 바라보았다. 목소리도 나긋하고 스치는 손길 역시 그런 것이 참말로 계집 같다. 양물이 잘린 사내라더니 정말 속속들이 계집이 되어버린 걸까? 그러나저러나 망측하기는 매한가지다. 사내가 사내를 품고 희롱하는 그게 어디 사람이 할 짓인가. 한 번 남색에 물들고 나면 영영 못 헤어난다던데 오늘 단하의 곱상한 모습을 보니 아무래도 해율이 그 짝이 날 것 같아 더럭 겁이 났다.

사비는 목간방 앞에서 잠시 머뭇거렸다. 옷가지를 빼앗아 들고 왔지만 막상 들어가려니 망설여진다. 그러나 이내 용기를 내어 안으로 들어갔다. 들고 온 옷가지를 휘장 앞에 두고 다시 망설이다 휘장을 걷고 들어갔다.

"거기 두고 나가게."

자욱한 안개 속에서 해율의 음성이 들렸다. 커다란 나무로 만들어진 목간통 안에 해율이 들어앉아 있었다. 그는 뜨거운 물속에 몸을 반쯤 담그고 두 눈을 감은 채 생각에 잠겨 있었다. 잠깐 사이 시야는 이내 밝아졌다. 통 밖으로 드러난 그의 왼쪽 어깨에 희끄무레한 흉터가 보인다. 사비는 저도 모르게 그곳으로 손을 가져갔다. 손끝이 닿는 순간 화들짝 놀란 해율이 고개를 돌렸다.

"옷을 가져왔습니다."

난감한 기색이 역력한 그의 눈을 피하며 사비는 가까이 다가갔다. 그리고 하얀 김이 피어오르는 물에 손을 담가 한 움큼 퍼 올린 물을 그의 어깨에 끼얹었다.

"흐음……."

그는 기분 좋은 소리를 내며 어깨 위에 놓인 사비의 손을 꼭 쥐었다. 그녀의 손이 맨살에 닿는 느낌은 언제나 좋다. 그는 쭈욱 당겨 내린 손을 가슴에 가져다 대었다.

"여기…… 넌 언제나 여기에 있었다. 죽은 줄 알았던 그 순간에도. 아느냐?"

"……예."

사비는 남은 손으로 그의 목을 안고 어깨에 얼굴을 기대었다. 그의 살에서는 은은한 사향 냄새가 피어올랐다. 언제나 이 가슴에 들어 있어 영원히 달아날 수도 없고, 혼자서는 죽을 수도 없다는 것을 왜 몰랐을까?

"해율님도 언제나 제 가슴에 있었습니다. 단 한순간도 떠난 적 없습니다."

목덜미에 닿은 사비의 입술이 그렇게 말했다. 이곳으로 온 후 처음으로 들어보는 고백이다. 가슴이 뻐근하게 벅차왔다. 밤을 새워 그녀를 안아도 다 채워지지 않던 말 못할 목마름이 한순간 거두어지는 느낌이다. 그는 사비의 손을 울컥 당겼다.

"들어오려무나."

물속에 잠긴 그의 몸이 한눈에 들어오자 사비는 당황한 듯 얼굴을 돌렸다. 해율은 그녀의 손을 잡고 다그치듯 다시 말했다.

"들어와."

입가에 빙긋 지어진 웃음이 가슴을 두근거리게 했다. 그녀는 무언가를 찾는 듯 부끄러움도 잊은 채 해율의 몸을 뚫어지게 살폈다. 이곳저곳 수없이 많은 희미한 상처들은 그가 죽을 자리만 찾아다녔다는 증거이리라. 어깨와 팔, 그리고 가슴 이곳저곳 상처를 훑어 내려가던 사비의 눈이 무언가를 발견하고 경직되듯 흔들렸다. 무너지듯 주저앉은 사비는 일렁이는 물속으로 손을 넣었다. 그녀의 손은 해율의 복부에 난 깊은 상처 자국에 닿았다. 손끝에 닿는 느낌만으로도 상처의 크기와 깊이를 짐작할 수 있을 만큼 흔적이 심하다. 해율이 몸을 비틀어 사비의 손을 떼어내려 했지만 그녀의 손은 떨어지지 않았다. 오히려 손을 더욱 깊이 넣어 또 하나의 흔적을 찾아내었다.

이것들이…… 다 뭔가요?

입 밖으로 꺼낼 수 없는 질문이 경직된 눈을 통해 흘러나왔다. 해율은 물속에서 복부에 놓인 그녀의 손을 꼭 쥐었다. 그녀에게는 정말이지 보여주고 싶지 않았던 상처들이다. 나약하고 바보처럼 살아온 자신의 삶의 흔적들 같아서, 그래서 그녀가 아플 것 같아서 말을 할 수가 없다.

"전쟁을 치르다 보면 상처를 입는 일은 허다하다."

사비의 손이 복부의 상처 위에서 꼼지락거렸다. 여강의 칼이 꽂히던 순간, 몸에서 뜨거운 기운이 빠져나가며 눈앞에 펼쳐지던 짙푸른 바다가 떠올랐다. 그 바다에서 사비의 환영이 걸어와 손을 내밀 때 해율은 황홀한 죽음이 자신에게 다가온 것이라고 생각했었다. 그러나 운명처럼 그는 다시 살아났다. 다시 살아나 이렇게 사비를 만났으니 이깟 상처쯤 이젠 아무것도 아니라고 달래려던 그의 귀에 사비의 젖은 음성이 들렸다.

"다겸이란 사람에게 들었습니다. 죽을 자리를 찾아 다니셨다고요. 이 상처도 그 탓이겠지요?"

흥건히 젖은 눈이 그를 올려다보았다. 다겸이 쓸데없는 말을 한 모양이다.

"사비야······."

"말씀해 주십시오."

"아무것도 아니었다. 그냥 칼끝이 스쳤을 뿐······."

사비는 그의 변명 같은 말은 더 이상 들을 필요 없다는 듯 목을 꼭 안았다.

"왜 그렇게 사셨습니까? 왜 그렇게······."

왜 그렇게 살았을까? 자신도 모른다. 그것은 살아 있는 자의 행동들이 아니었으니까.

"네가 없는 이곳이 내겐 의미가 없었으니까. 널 따라가긴 가야겠는데 무작정 가면 외면할 것 같았어. 그래서 네가 날 밀어내지 못할 정당한 방법을 찾던 중이었다."

"그래서 전쟁에 미친 범이란 말을 들을 만큼 그렇게 무모하게 뛰어드셨습니까?"

사비의 음성은 원망이 서려 있었다.

"무슨 운명인지 칼을 맞아도, 창에 찔려도 죽어지지가 않더구나."

사비는 온몸을 떨며 그의 목을 더욱 꼭 끌어안았다. 자신이 삶을 꿈꿀 동안 그는 죽음을 꿈꾸었다. 자신이 재물을 쫓아 바다를 넘나들 동안 그는 죽을 자리를 찾아 전쟁터를 헤매었다. 사비는 오열을 하며 머리를 흔들었다. 이럴 수는 없다. 이럴 수는 없다! 이토록 나약한 사람이었던가? 이토록 여리고 못난 사람일 줄 몰랐다. 이런 사람을 버려두고 다시 도망치려고 했었다.

"다시…… 도망치려고 생각했었습니다. 단국의 수도 고란을 거쳐 대국으로 갈 생각이었습니다."

움찔한 해율의 손이 뒷목을 아프도록 움켜잡았다. 사비는 고개를 들어 그의 눈을 바로 보았다. 붉어진 눈은 어느새 눈물이 말라 있었고 제법 단호한 빛을 띠었다. 그녀는 불안이 깃든 해율의 얼굴을 안타깝게 쓰다듬었다.

"하지만 이젠 도망치지 않겠습니다. 해율님이 이렇게 나약하고 못나신 분인 줄 진작 알았더라면 걸로에서 그렇게 떠나보내지도 않았을 것입니다."

"그래, 나는 나약하고 못난 사내다."

그는 피곤한 표정으로 설핏 웃었다.

"하지만 제가 곁에 있으면 세상 누구보다 강한 분이 되실 수 있습니다. 맞지요?"

자신이 곁에 있으면 다시 강한 사람이 될 수 있는지, 자신의 존재가 해율에게 그런 힘을 줄 수 있는지 단호한 사비의 눈이 물었다.

사비만 곁에 있다면 뭐든 못할 것이 없을 것 같다. 까마득한 기억이 되어버린 기란국 최고의 장수가 되겠다는 그 꿈도, 단국과 매호국을 넘어 대국에 이르는 저 너른 벌판을 달려보고 싶다는 포부도 다시 뜨거운 핏속에서 들끓을 수 있을 것이다.

"······그래."

해율의 대답을 들으며 사비는 뜨거운 입술을 가져갔다. 이번에는 양보하지 않을 것이다, 절대로. 가희든, 연화궁 마마든 그 누구로 인해 해율을 포기하는 일은 없을 것이다. 더 이상 착한 척하며 살지도 않을 거다. 살아도 함께 살 것이고, 죽어도 함께 죽을 것이다.

혼미하도록 깊고 진한 입맞춤을 해오는 사비를 느끼며 해율은 흥분을 이기지 못하고 사비의 옷을 벗겼다. 그리고 속곳 차림의 그녀를 번쩍 안아 목간통 안으로 들였다. 사비는 약간 당황한 듯했지만 이내 그의 목에 팔을 둘렀다.

세상을 다 가질 수 있었던 남자였는데 아무것도 가지지 않았다. 오직 천하디천한 여자 사비만을 원했다. 사비는 그의 마음이 감당이 되지 않아 눈물이 났다.

"왜 우느냐?"

"소인은 이제부터 나쁜 여자가 될 것입니다."

무슨 뜻이냐는 듯 해율이 고개를 갸웃했다.

"이미 공주의 지아비인 해율님을 빼앗을 것이며 그로 인해 해율님이 연화궁 마마와 전하께 불충을 저지르게 만들 것입니다."

"나는 한 번도 공주의 지아비였던 적이 없다. 그리고 저지를 불충은 이미 다 저질렀어."

"어쩌면…… 목숨을 위협받을지도 모릅니다."

그 말을 하며 그녀의 눈엔 두려움이 일었다. 지금도 밤마다 꿈속을 찾아드는 칼 소리에 소름이 돋는다. 사비는 온몸을 오소소 떨며 해율의 맨가슴에 얼굴을 기댔다. 사비가 느끼는 불안이야 알겠지만 그래도 그녀의 불안은 과하다 싶다. 그는 달래듯 등을 다독였다.

"누가 내 목숨을 위협한단 말이냐? 나는 이곳 가리옹성에서 기란국의 장수로서의 도리를 다할 것이다. 누구보다 앞장서서 전쟁에 참여할 것이며 그 공을 탐하지도 않을 거다."

연화궁 마마가 해율의 뜻을 다 알아주실까? 사비는 여전히 그분이 두렵다. 너무도 사모하고 존경하였기에 그 아픔과 두려움은 더 큰 것인지도 모른다. 그날의 일을 해율이 믿어줄까? 해율 또한 그분에 대한 믿음이 절대적이라는 것을 알기에 더욱 말하기가 어렵다.

망설이던 사비는 물에 젖은 속저고리를 벗었다.

"보여 드릴 것이 있습니다."

그리고 가슴에 수겹으로 칭칭 감긴 천을 거두어내었다. 여인임을 숨기기 위해 아프도록 가슴을 동여매고 있던 천을 한 꺼풀 한 꺼풀 풀어내며 사비의 가슴에는 또 다른 불안이 일었다. 자신조차도 자세히 보지 못한 그 흉측한 상처를 해율이 어찌 받아들일까?

천을 다 거두어내자 하얗고 풍만한 가슴이 눈앞에 드러났다. 잠깐 호흡을 멈춘 해율이 다가오려 했지만 사비가 그것을 제지했다.

"가까이 오지 마십시오!"

사비의 벗은 몸을 이렇게 밝은 곳에서 한눈으로 보기는 처음이다. 그녀를 안을 때는 언제나 어둠 속에서였고 온몸을 구석구석 깊이 탐하는 것도 꺼려했었기 때문에 밤새 안고 나서도 목이 말랐다. 사비는 부끄러워하는 것도 같고, 무언가를 두려워하는 것 같기도 하다.

해율의 눈이 가슴에서 떨어지지 않자 사비는 용기를 내듯 조금 다가왔다. 그리고 해율의 손을 자신의 등 뒤로 가져가 안게 했다.

"놀라지 마십시오."

그녀의 말을 한 귀로 흘리며 해율은 사비의 가슴을 자신의 가슴으로 당겼다. 풍만한 젖가슴이 맨가슴에 닿자 그는 웃음을 지으며 조금 떨었다. 그리고 이내 꼭 품어 안으며 등을 쓸어내리던 해율의 손이 멈칫했다. 손바닥에 닿은 등의 감촉이 이상하다. 미끈하고 울퉁한 살이 만져진다. 해율의 손이 그 느낌을 따라 천천히 움직이자 사비의 몸은 순식간에 경직되었다.

"뭐지?"

떨리는 음성에 순간 달아나려는 사비의 몸을 그는 다시 꼭 품어 안았다. 그리고 순식간에 그녀의 몸을 돌려 앉혔다. 사비의 등에는 흉측한 뱀의 허물처럼 울퉁하고 미끈한 살이 길게 사선으로 그어져 있었다.

해율에게서는 숨소리조차 들리지 않았다. 사비는 몸을 움츠렸다. 그의 눈이 흉터를 바로 보지 못한 채 멀리 돌려져 있을지도 모른다는 생각에 두려움이 밀려왔다. 그녀는 아직 자신의 흉터를 보지 못했다. 다만 그것이 흉측한 뱀의 허물처럼 끔찍하게 보인다는 것만 알 뿐이다. 그녀를 간호해 주었던 부연의 아내, 다래 아주머니가 부연에게 속삭이는 소리를 들었었다. 흉측한 뱀의 허물이 등을 기어가는 것 같다고, 두 번 보기 두렵다고.

등은 오랫동안 찬 기운이 감돌았다. 사비는 절망스러웠다. 이 모습만큼은 마지막까지 해율에게 보이는 것이 아니었다. 내내 어둠 속에서만 그를 안을 걸 그랬다. 참을 수 없는 눈물이 후둑 떨어졌다.

몸을 웅크리며 젖은 속저고리를 집어 드는 순간 뜨거운 손바닥이 상처를 따라 주욱 올라왔다. 그 손끝이 심하게 떨리고 있었다.

분명 이것은 칼자국이다. 이토록 깊게, 긴 상처를 내었다는 것은 그 칼끝에 무서운 살의가 번득였다는 뜻이다. 단순히 금전만 노렸다면 그 먼 벼랑 끝까지 따라가 칼을 휘두르진 않았을 것이다. 이 생각을 왜 이제야 한 것일까?

"뭐냐, 이 상처는?"

그는 여전히 상처에서 눈을 떼지 못한 채 물었다. 사비는 대답을 못한 채 떨고만 있었다. 해율이 다가가 등을 품자 그녀는 다시 온몸을 오소소 떨었다.

"네 어미를 죽인 그 자객의 짓이냐? 이토록 깊은 상처를 내다니 단순한 자객 같지가 않다. 네가 죽은 척 숨을 수밖에 없었던 이유도 여기에 있을 거야. 그렇지? 숨김없이 말해라."

뒤에서부터 그녀를 품은 채 해율은 분노에 찬 음성으로 물었다. 누가, 무엇 때문에 사비에게 이토록 모진 칼을 휘둘렀단 말인가. 아무것도 모른 채 떠나 버린 그녀를 원망하며, 스스로를 원망하며 죽음만을 생각하고 살아온 자신의 어리석음에 화가 치밀었다.

오래도록 망설이던 사비가 침을 꿀꺽 삼키고 입을 떼었다.

"죽을 각오를 하고 벼랑에서 뛰어내렸는데 다행히 목숨을 건졌습니다. 새벽이 되기를 기다려 저는 다시 집으로 갔습니다. 어머니가 걱정되어 등에 난 상처 따위는 생각조차 나지 않았습니다. 방으로 들어서니 피비린내가 진동을 했고 어머닌 이미…… 목숨이 끊어진 후였습니다. 전 어머니를 부여잡고 울었습니다. 슬펐습니다. 제게는 너무나 모질고 원망스런 분이었지만 그래도 절 낳아주신 분이니까요. 한참을 울고 있는데 밖에서 인기척이 들리더군요. 저는 얼른 뒷문으로 빠져나가 몸을 숨겼습니다. 긴 칼을 차고 방에 들어온 사내는 어둠 속에서 절 쫓던 그림자였습니다."

한번 시작한 말은 거침없이 쏟아져 나왔다. 마지막까지 그 그림자의 존재만은 해율에게 알리고 싶지 않았지만 사비는 말을 멈추지 않았다. 그것은 해율도 알아야 할 일이었다. 그래야 연화궁 마마의 위협으로부터 스스로를 보호할 수 있을 테니까.

"그자는 어머니의 가슴에 꽂혀 있던 단도를 뽑아 피를 닦아내고는 다시 품속 깊이 넣었습니다. 이미 아침이 밝아오고 있었기 때문에 저는 그자의 얼굴을 자세히 볼 수 있었습니다."

"누구냐, 그자가?"

"그자는……"

말을 잇지 못하고 머뭇거리자 해율은 사비의 몸을 돌려 눈을 똑바로 바라보았다. 그리고 다그치듯 어깨를 흔들었다.

"아는 자냐?"

"그자는…… 주명이라는 사람이었습니다."

해율은 자신의 귀를 의심했다. 사비가 뭘 잘못 본 것일 테지. 주명이 사비에게 칼을 들이댈 이유는 전혀 없다. 있다고 하더라도 그는 그렇게 비열한 방법으로 칼을 휘두를 사람이 아니다.

"그럴 리가 없다. 주명이 널 죽일 이유가 없지 않느냐?"

"그 사람의 주인에겐 절 죽일 이유가 있었겠지요."

사비의 해율의 말에 대항하듯 단호한 목소리로 말했다. 그녀는 연화궁 마마를 지목하고 있었다. 그러나 해율로서는 상상조차 할 수가 없는 일이다. 너무나 따듯하시고 바른 분이시다. 그런 분이 사비에게 그런 일을 저지르실 리가 없다. 설사 자신이 초야조차 치르지 않고 떠나 버렸다 하더라도, 그리고 두 달 만에 차루벌로 돌아가 또다시 변방으로 떠나 버렸다 하더라도 차라리 자신에게 벌을 내렸으면 내렸지 사비를 해코지하실 분은 아니다.

"그럴 리가…… 연화궁 마마께서 그러실 리가 없다. 네가 잘못 본 거다."

"제 두 눈으로 똑똑히 봤습니다. 그 사람은 제 어머니의 가슴에 단도를 꽂고 방에서 나오며 저를 향해 긴 칼을 빼들었습니다. 저는 칠흑 같은 어둠 속을 달리고 또 달렸습니다. 살고 싶다는 생각 외엔 아무것도 떠오르지 않았습니다. 바람을 가르던 그 칼 소리가 아직도 제 귀에 생생합니다. 밤마다 바위에 부딪히던 그 칼 소리가 머리를 가르는 듯……."

말을 다 잇지 못한 채 사비의 눈은 이미 공포에 질려 떨리고 있었다. 양손으로 어깨를 감싼 채 떨고 있는 사비를 해율은 꼭 품어 안았다. 그 순간의 공포가 얼마나 큰 것이었는지 짐작이 갔다. 가끔 악몽을 꾸는 날이면 매달리듯 안겨오던 것이 다 그 때문이었던 모양이다.

"괜찮아. 괜찮다, 사비야."

떨고 있는 사비를 다독이는 손바닥에 미끈하게 만져지는 흉터 자국에 해율도 가슴이 떨렸다.

"살고 싶었습니다. 죽어서라도 살 수만 있다면 그리 살고 싶었습니다. 그래서 단하로 살았습니다."

해율은 사비가 더 이상 말을 잇지 못하도록 꼭 껴안았다. 그녀가 혼자서 겪었을 그 두려움과 고통의 시간들이 그를 견딜 수 없게 했다.

"왜 날 찾지 않았느냐?"

"연화궁 마마, 그분의 칼끝이 해율님께로 향할까 봐 두려웠습니다."

가장 절박한 순간에도 사비는 그의 안전을 먼저 떠올렸던 모양이다. 코끝이 찌르르해진다.

"정말 그분이 그랬다고 생각하는 것이냐?"

"전 지금도 그분이 두렵습니다. 한없이 따뜻하신 분이지만 무서운 분이기도 하다는 걸 알았으니까요."

사비는 정말 연화궁 마마가 자신을 해치려 했다고 믿는 모양이었다. 그러나 해율은 여전히 믿을 수가 없다. 무서운 분이시긴 하지만 도의를 저버리는 분은 아니다. 당신의 목숨을 구해준 사비에게 그런 짓을 하실 분은 절대 아니다. 그러나 지금은 그 일에 대해서는 입을 다물어야 할 것 같다. 사비를 달래고 마음을 안정시키는 것이 우선이었다.

해율은 사비를 꼭 안은 채 따뜻한 물을 끼얹었다. 끼얹은 물은 어깨를 타고 흉터가 있는 등으로 흘러내렸다. 스칠 때마다 미끈한 감촉이 마음을 저리게 했다. 어느새 사비의 몸에서 은은한 사향이 피어올랐다. 그는 사비를 번쩍 안아 들었다.

처음에는 그의 꿈을 위해 떠나보냈고, 두 번째는 그를 살리려 숨어 지냈다. 그러나 그는 꿈을 이루지도, 살아 있지도 못했다. 참으로 나약한 사람이다.

사비는 미소를 머금은 채 잠이 든 해율의 볼을 쓰다듬었다. 자신이 함께 있으면 그는 다시 강해질 것이고, 예전의 높고 빛나던 꿈을 가진 해율로 돌아올 것이라는 확신이 들었다. 싸워야 할 일이 있으면 함께 싸울 것이고 기어이 죽어야 한다면…… 함께 죽을 것이다.

다시는 도망치지 않을 거야…….

목을 꼭 안는 그녀의 힘을 느낀 듯 실눈을 뜬 해율이 다시 허리를 감아왔다.

"바다 사내라 그런가? 지치지도 않는군."

그는 짐짓 힘든 표정을 지으며 짓궂게 중얼거렸다. 지난밤의 흥분이 채 가시지 않은 나른한 목소리였다. 그의 눈을 빤히 바라보던 사비가 장난스럽게 속삭였다.

"저는 5부의 귀족들처럼 그리 얌전하고 조신한 사내가 아니랍니다."

그리고 진한 입맞춤을 시작으로 그의 온몸을 탐하기 시작했다. 아직 잠에서 다 깨어나지 못한 해율의 몸이 사비의 입술을 따라 움찔움찔 깨어났다. 순식간에 부풀어 오른 남성이 자신을 품어줄 바다를 갈망하고 있었다. 촉촉하고 뜨거운 사비의 바다가 그것을 품었다. 그가 살아나고, 깨어나고, 숨 쉴 바다. 그 속에서 해율은 비로소 평안을 느낀다. 어머니의 품 같은 그 속에서 그의 세상은 다시 자라날 것이다.

  단국으로 향하는 상인의 행렬이 길게 줄을 이어 성문으로 향하고 있었다. 단하 상단의 행렬에 묻어 단국으로 향하는 가리옹 성의 상인들까지 합쳐져 평소에 국경을 개방할 때보다 두세 배에 가까운 숫자가 성문이 열리기를 기다리고 있었다. 성루와 그 주변에는 많은 사람들이 몰려나와 서성거리고 있었다. 온 성안에 떠들썩하도록 소문이 번진 성주의 연인 단하의 얼굴을 보기 위해 몰려나온 백성들이다. 기란국에 속해 있다고는 하나 기란국 왕이 아닌 별금의 수장인 해율을 자신들의 왕으로 알고 있는 사람들이니 단하의 존재가 그들에게는 특별날 수밖에 없다. 그러나 수십 명에 이르는 상인들 틈새에서 그들은 단하를 쉽게 찾아내지 못했다. 백성들의 시선이 헤매는 사이 소연검은 단하를 감싸고 재빠르게 성문을 빠져나왔다.
  국경에 이르렀을 즈음 미리 나와 있던 해율이 그들 앞을 가로막았다. 해율은 다짜고짜 사비의 손을 잡아끌고 사람들의 시선이 없는 언덕으로 향했다.

말끔하게 남장을 차려입은 사비가 해율의 앞에 섰다. 이제부터 그녀는 단하 상단의 선주로서 수십 명에 이르는 상인을 이끌고 단국으로 넘어가 그곳 상인들과 어려운 협상을 벌일 것이다. 잔 거래는 하지 않는다. 소상인들의 권리를 침해하지 않는 것이 단하의 원칙이었다. 그래서 더욱 어려운 협상이 될 것이다. 그러나 늘 그렇듯 그녀는 잘해낼 자신이 있다. 해율의 사랑을 안고 가니 더더욱 두려울 것이 없다.

사비는 초롱하게 빛나는 눈으로 해율에게 작별 인사를 했다.

"다녀오겠습니다."

곱상하게 생긴 자그만 사내가 세상 무서움을 모르는 당당한 얼굴로 그를 올려다보고 있었다. 그 당당한 모습이 걸로의 바다 위에서 부서지던 햇살처럼 눈이 부셨다. 그는 가슴속에서 이는 작은 전율을 숨기며 사비의 손을 꼭 잡았다.

"조심해."

따듯한 눈이 얼굴을 스치자 사비는 그의 가슴에 얼굴을 기댔다. 걸로에서 그를 떠나보내며 세상을 다 가진 연후에 자신도 가지라고 했었던 말이 거짓 마음 같다. 이제는 세상 모든 것을 버리고서라도 자신을 가지라는 말을 하고 싶다. 그만큼 욕심이 생겼고 자신감이 생겨서일까?

"제 생각만 하십시오. 티끌만큼이라도 다른 사람을 마음에 두시는 거 싫습니다."

안은 팔에 더욱 힘을 주며 사비는 그렇게 말했다.

사내를 품다

진작 이랬어야 했다. 그를 위한다는 생각으로 모든 것을 포기하고 자신을 밀어내던 사비는 마음에 들지 않았었다. 차라리 당신을 놓을 수 없다며 매달리는 사비였기를 바랐었다. 욕심을 내고 질투를 하며 싸워서라도 빼앗을 줄 알아야 한다. 사비를 생각하는 자신의 마음이 그러하기에 자신을 생각하는 사비의 마음도 그렇기를 바란다.

"흠…… 나는 소연검이 무서워서 그런 짓 못한다."

빙긋 웃으며 장난스럽게 하는 말이지만 뼈가 들어 있다. 사비는 잠깐 당황한 표정을 짓다가 뾰로통하니 대답했다.

"소연검은 제게 오라비 같은 사람입니다."

"오라비 같은 사람이지 오라비는 아니다."

"해율님!"

발끈하는 사비를 보며 해율은 결국 웃고 말았다. 소연검에 대한 사비의 마음을 모르는 것은 아니다. 사비의 마음이 움직이지 않는 한 소연검 또한 어떤 마음도 드러낼 사내가 아니란 걸 믿는다. 하지만 그가 사비의 곁에 있는 것이 안심이 되면서도 마음이 쓰이는 건 어쩔 수 없다. 어쨌든 자신이 아닌 누군가가 사비의 곁에 있다는 건 질투가 나는 일이다. 이건 성주의 직위를 내던지고 단하의 호위무사 자리를 꿰차지 않는 한 내내 겪어야 할 마음고생 같다.

그는 끙, 신음 소리를 내며 사비를 품어 안았다.

보내기 싫다, 정말.

"빨리 와야 한다?"

"예."

거래가 끝나는 대로 바람처럼 달려와 이 가슴에 안길 것이다.

✱

가희 공주가 가리옹성을 찾아온 것은 단하 상단이 떠난 지 스무 날이 지나서였다. 먼저 차루벌로 찾아가 그녀와의 관계를 마무리 지었어야 했는데. 해율은 낭패감이 들었다. 한층 화려해지고 날카로워진 외모, 입가에 지어진 미소가 여전히 생경하다.

생전처음 보는 낯선 사람을 보듯 뻣뻣하게 서 있는 해율을 향해 그녀는 미소를 지었다.

"잘 지내셨습니까?"

"예. 마마께서도 그간 무고하셨겠지요?"

가볍게 목례까지 하며 예를 갖추는 해율이다. 변한 것이 아무 것도 없다. 가희는 입술을 잘근 깨물며 조소 어린 미소를 지었다.

"그럼요. 부마도위께서 밤마다 먼길을 달려와 찾아주시니 잘 지낼 밖에요."

"……?"

무슨 뜻인지 묻는 해율의 눈을 무시하고 그녀는 관으로 들어섰다. 그 모습을 잠깐 바라보던 해율은 다겸을 시켜 성에서 가장 화려한 전각인 경운관을 치우라 명하였다.

"이곳은 협소하고 누추해서 공주께서 머물 곳이 못 된다."

성주의 거처가 아닌 곳으로 자신을 보내는 해율이 원망스러웠지만 초라하고 누추한 곳은 싫었다. 경운관의 화려함을 확인한 가희는 결국 해율의 거처가 아닌 경운관에서 여장을 풀었다.

공주의 행렬을 호위해 온 비연이 관으로 찾아왔다. 한때는 대장군의 좌우를 보필했던 전장터의 동지로서, 절친한 벗으로서 마음을 나누던 사이였지만 지금은 기란국의 차대왕과 궁궐 무사라는 하늘과 땅 같은 처지로 다시 만난 것이다.

비연은 예를 갖추며 연화의 친서를 내밀었다.

"연화궁 마마의 친서입니다."

종이 위의 단정한 글씨체가 해율을 꾸짖고 있었다.

부마도위로서 차대왕의 소임을 다하지 못한 점, 지아비로서 책무를 다하지 못한 점, 당장 돌아오라는 왕의 명을 거역한 점, 공주를 외면함으로써 왕실과 공주의 모후인 연화 자신을 능멸한 점. 그 모든 것은 죽어 마땅한 죄이나 유신을 보아 용서하노라고 했다. 모든 것을 용서하니 당장 돌아오라고 했다.

해율은 말 없이 서찰을 접으며 물었다.

"내가 밤마다 먼길을 달려가 찾아준다는 공주의 말은 무슨 뜻인가?"

그 소리에 뒤에 서 있던 시비가 나서 대답을 했다.

"공주마마께서는 몽환병에 시달리십니다."

"몽환병?"

"밤마다 부마도위께서 다녀가시는 꿈을 꾸십니다. 깨어나셔서도 그것을 꿈이라 여기시지 않습니다."

그것이 이미 반년이 되어간다고 했다. 자신의 외면이 공주에게 병이 될 만큼 그토록 큰 아픔이 될 줄은 몰랐다. 자신의 아픔이 너무나 컸기에 그 누구의 아픔도 눈에 보이지 않았었다. 순간적으로 죄책감이 해율을 덮쳤다. 혼인을 단호히 거절했었어야 했다. 그러나 무슨 방법으로 거절을 할 수 있었단 말인가. 걸로를 떠나 차루벌로 들어서는 순간 자신은 이미 한 걸음도 마음대로 움직일 수 없는 족쇄가 채워진 몸이 되고 말았었는데.

일 년 내내 텅 비어 있던 경운관이 대낮처럼 불을 밝히고 사람들로 북적였다. 공주 한 사람의 행차에 따라온 시비만도 스물이 넘었고 삼십여 명의 호위무사와 그에 딸린 짐꾼들과 말꾼들이 서른이 넘었으니 가히 조그만 궁을 하나 옮겨왔다고 해도 과언이 아닐 지경이다. 해율은 이맛살을 찌푸리며 돌아섰다.

관으로 돌아온 해율은 별채로 발길을 옮겼다. 그는 텅 빈 침상을 가만 쓸어보았다. 사비가 떠나며 약속한 한 달이 이제 열흘 남았다. 그는 주먹을 가만 그러쥐었다. 온몸을 엄습하듯 덤벼드는 공주에 대한 죄책감도 사비를 향한 마음을 가볍게 할 수는 없다.

가희는 경운관에서 묵는 첫날밤부터 해율이 오기를 기다렸다. 아무리 모진 사람이라 해도 불원천리 달려온 자신을 외면하진 못하리라 생각했다. 두 해 반이나 흘렀으니 사비를 향한 마음도 어느 정도 누그러졌으리라.

그를 향한 이 마음이 오기인지 사랑인지 모르겠다. 하지만 놓아버릴 수 없는 것만은 분명하다. 놓아주지 않을 거다. 밤마다 해율이 찾아온다며 거짓 몽환병을 앓는 것은 어쩌면 씻을 수 없는 첫 밤의 수치심에 대한 복수심인지도 모른다. 빙긋 웃음 짓는 가희의 입가가 파르르 떨린다.

해율을 기다리다 까무룩 잠이 들어버린 새벽, 가희는 시비가 흔드는 손길에 눈을 떴다. 또다시 온몸이 축축이 젖어 있다.

"괜찮으십니까, 마마?"

눈을 끔벅거리던 가희는 정신이 온전히 들자 시비의 손을 신경질적으로 떨쳐 내었다.

"지키지 말라 하지 않더냐!"

빽 지르는 고함 소리에 놀란 시비가 잡고 있던 가희의 팔을 놓았다.

"비연님께서 하도 다그치시기에……"

비연이 또 밤새 방문 앞을 지킨 모양이다. 가희는 불안한 마음으로 입술을 잘근잘근 씹었다. 한 번씩 악몽을 꿀 때마다 자신의 입에서 무슨 말이 나올까 두렵다. 그래서 시비의 접근을 꺼리는 것이다. 그런데 차루벌을 떠나는 순간부터 비연이라는 자가 방문 앞을 떠나지 않는다. 무슨 말을 듣지는 않았을까? 두려움이 울컥 밀려온다.

꿈은 언제나 똑같았다. 피투성이의 울불이 살려달라고 매달리는 꿈이다. 피투성이 손으로 머리채를 잡으며 짐승만도 못한 년이라고 패악을 부린다. 착해 빠진 사비는 단 한 번도 꿈에 나타나지 않는데 말이다. 죽어서까지 제 성질을 버리지 못하는 울불이다, 쯧.

가희는 이제 죄책감마저 없다. 그저 꿈속의 울불이 성가시고 미울 뿐이다.

다음날 아침 이른 시간에 가희가 관을 찾아왔다. 그녀는 약간 상기된 얼굴에 왠지 기분이 좋아 보인다.

"잠자리가 편했습니다. 경운관이 아주 마음에 듭니다."

묻지도 않은 얘기를 하며 그녀는 생글생글 웃기까지 한다.

"마음에 드신다니 다행입니다. 며칠 쉬시다가 차루벌로……"

"성안 구경을 시켜주십시오. 부마도위께서 계시는 곳이 어떤 곳인지 내내 궁금했습니다."

말하는 눈에 어린아이 같은 호기심이 가득하다.

마차를 준비시켰지만 가희는 기어이 해율과 함께 말을 타기를 원했다.

백옥같이 하얀 얼굴과 가녀린 몸매를 지닌 공주가 말을 타고 나서자 성안 백성들이 구름처럼 몰려들었다. 먼 변방의 땅인 이곳 가리옹성에서 기란국 공주를 본다는 것은 평생에 한 번 있을까 말까 한 일이다. 더구나 혼인 첫날에 성주로부터 소박을 당한 공주라는 말이 공공연히 나돌고 있었기 때문에 더욱 호기심을 불러일으켰다.

두 사람을 따르며 다겸은 뚱한 얼굴로 말 위에 앉아 있는 해율을 살폈다.

참으로 알다가도 모를 일이다. 도대체 공주의 무엇이 마땅찮아 해율이 저토록 외면하는 것일까? 그 곱상한 사내와 말을 탈 때는 세상을 다 가진 듯 밝은 표정이더니 지금은 꼭 말라 버린 풀 모양 버석거리는 얼굴이다.

그날 밤 해율이 경운관을 찾아왔다. 놀라움과 반가움으로 어쩔 줄 모르는 시비들을 내보내고 가희와 마주 앉았다.

공주도 알고 보면 참 가엾은 여인이다. 태어나자마자 해를 가린 달이란 이유만으로 버림을 받았고, 혼인 첫날에 지아비에게 버림을 받았으며, 그 후로도 눈길조차 한 번 받아보지 못했으니 말이다. 해율은 난생처음 가희에게 측은한 마음이 생겼다.

"돌아보시니 어떻습니까? 차루벌보다는 못하지만 그래도 사람 살 만한 곳은 되지요?"

해율에게서 난생처음 듣는 다정한 음성이다. 그리고 그는 처음으로 눈을 똑바로 마주쳐 주었다. 가희는 홍조 띤 얼굴로 대답했다.

"예, 아주 못 살 곳은 아닙니다."

가벼운 농담에 피식 웃음까지 흘리는 해율이다. 순간 가희는 눈물이 날 것 같았다. 한 번만 저렇게 얼굴을 바로 보아주었더라면, 단 한 번이라도 저렇게 웃어주었더라면 이토록 가슴 깊이 원망의 마음이 생기진 않았을 것을…….

해율은 편한 얼굴로 차루벌 소식을 물었다. 전하와 연화궁 마마는 잘 계시는지, 연화궁의 복원은 어느 정도 진행되었는지, 그리고 곧 다가올 아리산 꽃놀이에서는 어느 집 아가씨가 5부의 청년들 가슴을 뛰게 만드는지…… 그런 질문들을 아주 가볍게 했다. 서글한 눈빛과 따뜻한 표정은 가희를 더욱 견딜 수 없게 했다.

가희는 젖은 눈을 감추며 태무의 얘기를 꺼냈다.

"전하께서 요즘 새로운 사랑에 빠지셨습니다."

해율은 호기심 가득한 얼굴로 가희가 들려주는 이야기에 귀를 기울였다. 못난 얼굴 때문에 감히 어느 전에도 배속되지 못한 채 시비전에서 허드렛일이나 하던 율하라는 시비가 어쩌다 왕의 눈에 띄었고, 지금은 단 하루도 곁을 떠나지 못할 만큼 붙잡혀 있다고 했다.

"처음에는 전하께서 모진 소리를 많이 하셔서 율하를 많이 울리셨는데 그게 다 마음이 있으셔서 그랬던 겁니다. 전하께서 하도 못났다, 못났다 노래를 부르고 다니시기에 얼마나 못나 저시나 싶었는데…… 못나긴 정말 못났더이다."

그 소리에 해율은 소리 내어 웃었다. 공주의 말로 보아 정말 못나긴 못난 모양이다. 그러나 어딘가 태무의 마음을 끄는 구석이 있었을 것이다.

"연화궁 마마께서는 뭐라 하십니까?"

"처음엔 어마마마께서도 율하의 모습을 보고 언짢아하셨는데 지금은 아주 어여삐 여기십니다. 전하나 어마마마나 참으로 이해할 수가 없습니다. 5부의 어여쁜 귀족 처자들을 다 버려두고 못나고 못난 시비 아이라니요? 제가 다 낯을 못 들 지경입니다."

뾰로통한 얼굴로 투덜대는 가희다. 사실 아무 배경 없고 못난 율하가 왕의 곁에 있으니 처음에는 가희도 신경 쓸 일이 없어 편하고 좋았다. 그런데 못난 것이 구르는 재주는 있는지 하루하루 태무의 사랑을 받더니 급기야는 연화궁 마마의 사랑까지 받아내는 것이었다. 게다가 처음에는 곱지 않은 시선을 보내던 시비들까지 율하의 말에 순종적으로 변했다. 아직 아무 첩지도 받지 못한 그저 시비일 뿐인 율하에게 굽실거리는 꼴들이 아니꼬워 죽겠다. 자신에게는 바리데기, 소박데기 공주라고 쑤군거리면서 말이다.

가희의 이런저런 투덜거림을 해율은 가만 들어주었다. 조금은 어린아이 같고, 영악해 보이기도 한다. 그러나 그 영악이 눈에 빤히 보이니 문제다. 시비 하나가 달인 약을 들고 오자 가희는 인상을 찌푸리며 까만 탕약을 먹었다. 그 몽환이란 것이 기가 허하여 생긴다고 하니 기를 보하는 약을 먹으면 나을 거라고 전의가 제조해 준 약이다. 가희는 말짱한 정신으로 그 약을 받아먹었다. 힘든 것은 병이 아니라 그 병을 연기해야 하는 것이란 걸 누구도 알 리가 없다.

"몸이 많이 좋지 않습니까?"

"아니, 말짱합니다. 어마마마께서 괜한 걱정을 하시는 겁니다. 내일은 서란강으로 나가 뱃놀이나 할까 합니다. 함께 가주실 거지요?"

가희는 정말 아무렇지도 않다는 듯 홍조 띤 얼굴로 물었다. 그녀의 말처럼 겉으로 보는 그녀의 상태는 말짱해 보였다. 눈빛도 또렷했고 정신도 맑아 보였다. 해율은 잠깐 망설였지만 이내 결심을 굳히고 입을 열었다.

"내일 날이 밝는 대로 차루벌로 돌아가십시오. 이곳은 공주께서 오래 계실 곳이 못 됩니다."

한껏 기분 좋아 생글거리던 가희의 얼굴이 순식간에 새파랗게 굳었다. 방금 전까지 따듯하고 부드러워 보이던 얼굴은 어디 가고 낯선 얼굴의 사내가 자신 앞에 앉아 있는 것 같다.

그럼 그렇지! 두 해 반이 넘도록 눈길 한 번 주지 않던 모진 사람이 하루아침에 변했을 리가 없지!

그것도 모르고 바보처럼 해죽해죽 웃은 것이 분해 죽겠다. 탁자 위에 놓인 주먹을 바르르 떨면서도 그 마음을 드러내지 않으려 안간힘을 쓰는 가희의 눈에 어쩔 수 없는 눈물이 잘금 고였다.

"혼자서는 가지 않겠습니다. 함께 돌아가겠다고 어마마마께 약조했습니다."

"마마."

"그리 부르지 마십시오! 부마도위께서 저를 부를 이름은 부인이지 공주마마가 아닙니다!"

참을 수 없는 눈물이 후둑 떨어져 내렸다. 그러나 그녀는 해율은 말을 멈추지 않았다.

"달아날 방도가 없어 혼인을 했기에 전 한 번도 마마의 지아비가 되어주지 못했습니다. 앞으로도 그럴 것입니다. 그러니 이제 그만 못난 소인을 버리시고 마마의 행복을 찾으십시오. 차루벌에는 저보다 훌륭한 청년들이 많습니다. 마마를 진심으로 아껴주고 사랑해 줄 지아비를 찾으십시오. 마마를 위해서, 그리고 기란국을 위해서……."

"그만!"

가희는 분노에 찬 눈으로 해율을 노려보았다. 지금껏 어느 누구도 자신을 이토록 비참하게 만든 사람은 없었다. 비참하고 비참해서 내팽개쳐 버리고 싶지만 곱게 버려주고 싶지는 않다. 자신이 당한 만큼, 자신이 비참했던 만큼, 딱 그만큼만 돌려주고 버릴 것이다.

"제가 부마도위를 그리 쉽게 놔줄 거라 생각했습니까? 그럴 생각이 눈곱만큼이라도 있었다면 이 먼 변방까지 찾아오지도 않았을 겁니다. 산짐승이나 살 만한 이런 곳을 말입니다. 흥! 꿈도 야무지셔라?"

가희의 입가에 차갑고 비릿한 웃음이 번졌다. 난감한 얼굴로 앉아 있는 해율의 얼굴에 침이라도 뱉고 싶었다.

이럴 거면 처음부터 멀리멀리 달아나든지 했었어야지 제 발로 차루벌로 돌아와 혼인을 치른 그 마음은 무언가? 참으로 잘난 사내인 줄 알았더니 그것도 아니구나. 죽은 여인 하나 끊어내지 못해 손에 쥐어주는 왕의 자리까지 마다하는 사내 따위는 나도 필요없다, 흥!

자리에서 발딱 일어나 방 안을 서성이던 가희가 웃음을 터뜨렸다.

"풋, 하하하! 아하하하."

마치 해율을 조롱하듯 그의 얼굴을 바라보며 웃고 또 웃었다. 웃고 또 웃으며 눈가에 번져 나온 눈물을 손가락으로 찍어내었다.

해율은 착잡한 마음으로 경운관을 나섰다.

공주의 분노가 깊다. 안다, 어떤 식으로도 풀어주지 못할 분노인 것을. 하지만 어쩔 수 없다. 자신은 처음부터 그녀에게는 나쁜 사내였고, 앞으로도 좋은 사내가 되어줄 마음은 한 자락도 없다. 좋은 사내는 세상에 사비 한 사람에게만으로도 충분하다.

"잠깐 얘기 좀 나눌 수 있겠습니까?"

어둠 속에서 다가온 얼굴은 비연이었다.

비연은 예전부터 말수가 적은 친구였다. 같은 별금 출신이지만 한미한 집안이었고 아주 먼 친척뻘이라 촌수를 따지지 않고 그저 친구처럼 지냈다.

그는 해율이 건네는 술을 두 손으로 공손히 받아 마셨다.

뛰어난 재주와 든든한 배경을 가진 해율에 비해 그는 재주도 모자랐고 뒤를 받쳐 줄 배경도 없었다. 그래서 늘 2인자의 위치에 있었다. 해율은 언제나 훌륭했고 뛰어난 장수였다. 그러나 지금의 해율의 행동들은 이해할 수가 없다. 아무리 생각해도 좋게 보아줄 수가 없다.

지난 두 해 반 동안 그가 본 것은 측은하고 가엾은 가희 공주였다. 궁궐 무사로 궁을 드나들 때마다 신경질적으로 찡그린 공주의 얼굴이 그의 눈에는 가엾게 보였다. 늘 무언가 불안해 보였고, 그것을 감추기 위해 화려한 치장을 하고 시비들을 들볶는 것으로 보였다. 백성들 사이에서는 '바리데기', '소박데기' 공주라는 말이 공공연히 나돌았고, 가끔 얼굴을 대하는 왕실의 여인들도 알게 모르게 공주를 무시하였다. 남에게 무시당하고 외면받는 것이 얼마나 견디기 힘든 일인지 알기에 비연은 공주를 이해하고 지켜주고 싶었다. 이번 가리옹성 행차를 호위하겠다고 스스로 나선 것도 그 때문이었다.

연거푸 술을 마시던 그는 제법 붉어진 얼굴로 입을 열었다.

"자네를 부마도위가 아니라 오래된 벗으로 생각하고 한마디 하겠네."

해율은 말없이 고개를 끄덕였다.

"이곳에 오기 전까지만 하더라도 그래도 난 자네에게 일말의 기대를 가지고 있었네. 내가 아는 별금 해율은 그리 작은 사내가 아니었으니까."

 여자 하나에 목숨을 걸고 세상을 포기하듯 살아가던 그의 모습은 잠시의 방황일 거라 생각했었다. 그는 곧 다시 예전의 해율로 돌아올 것이고 대장군 무영의 기대처럼 기란국을 대국으로 이끌 정복 군주가 되어줄 거라고 믿었다. 이 믿음은 자신뿐만 아니라 한때 해율과 함께 몸을 담고 있었던 궁궐 무사대의 모든 무사들의 믿음이었고 바람이었다. 그런데 이곳에 도착해 듣게 된 그에 대한 소문은 비연으로 하여금 어이를 상실하게 했다.

 사내를 품다니…… 이제 더 이상 해율에게는 아무 기대도 하지 말아야 하는 것인가!

 "성내에 떠도는 소문을 들었네. 자네의 행동이 도저히 납득이 가지 않아. 내가 아는 별금 해율은 절대 남색을 즐길 사내가 아니야."

 해율은 피식 웃음을 흘렸다.

 "세월이 날 변화시켰네."

 비연은 술잔을 꽉 움켜쥐었다.

 "함께 차루벌로 가시지요."

 그의 음성에는 비장함마저 느껴진다.

 "싫다면?"

 "싫어도 가셔야 합니다. 제가 모실 겁니다."

 "기어이 싫다면?"

움찔하는 그의 눈을 보며 해율은 말을 이었다.

"칼이라도 뽑을 텐가?"

"못 뽑을 것도 없지요."

칼로 위협해서라도 그는 진심으로 해율을 데리고 가고 싶다. 나라나 그 누구를 위해서가 아니라 가엾은 공주를 위해서, 그 이유만으로도 그를 끌고 가고 싶다.

"내일 날이 밝는 대로 공주를 모시고 차루벌로 떠나도록 하게. 내가 후일 연화궁 마마를 뵙고 모든 정리를 할 걸세."

아무 반항도 하지 말라는 듯 비연을 바라보는 그의 눈빛은 차갑고 단호했다.

"한 번이라도 공주마마의 심정을 헤아려 보신 적 있습니까? 여인으로서 느꼈을 그 참담함을 말입니다."

그것은 한 번도 마음에 닿지 않았던 감정이다. 새삼스럽게 헤아리지도 않겠다.

"그것에 대한 벌은 달게 받을 참이네."

"우리가 함께 꾸었던 꿈들은 다 잊으셨습니까? 함께 말을 달려 야로국과 단국을 넘고 매호국을 넘어 저 너른 대국의 벌판을 달리자 하지 않았습니까!"

"잠시 덮어두었을 뿐, 잊지 않았네. 난 이제 이곳에서 기란국의 장수로서 그 꿈을 펼쳐 볼 생각이네."

해율은 지금 어떤 말도, 회유도 통할 것 같지 않다. 무엇이 그를 이토록 단호하게 만드는 것인지, 답답하고 모진 사람으로 만드는 것인지 알 수가 없다. 겨우 죽어버린 여인 하나 때문이라고 하기에는 그가 잃을 것이 너무도 많지 않은가.

가희의 명을 받아 저자를 샅샅이 살피고 돌아온 금오단은 자신이 들은 충격적인 이야기를 소상히 들려주었다. 새파랗게 질려가는 가희의 얼굴을 보면서도 그는 말을 멈추지 않았다. 열일곱이던 그해, 막 궁에 들어가 꿈에 부풀어 있던 자신을 요나성으로 쫓아버렸던 해율에 대한 원망을 그는 아직도 거두지 못하고 있다. 결국 자신이 탐내었던 그 천한 잠녀를 해율이 가졌다는 것을 알았을 때의 분노를 어찌 잊겠는가. 가희 공주의 부름을 받아 다시 궁으로 들어가고 나서야 형인 금랑이 공주의 사람이 되었으며 그 덕으로 자신이 궁으로 돌아올 수 있었다는 것을 알았다. 저자를 돌며 사내를 품은 해율의 이야기를 듣는 순간 그는 회심의 미소를 지었다. 해율은 이제 더 이상 빠져나갈 구멍이 없는 구렁텅이로 빠져들고 있는 느낌이다. 철저한 공주의 사람이 되어 그의 몰락을 지켜볼 참이다.

가희는 새파래진 입술을 바르르 떨었다. 수치스러워 견딜 수가 없다. 죽은 여자를 잊지 못해 떠도는 것도 모자라 이제는 양물이 잘린 사내를 안았다. 그러고도 자신에게는 눈길 한 번 주지 않는 해율. 그에게 자신의 존재는 과연 무엇일까? 저자를 떠도는 비렁뱅이 아낙들도 이런 대접은 받지 않을 것이다.

"걸로의 장사치라 했느냐?"

"예, 마마."

누구지, 단하라는 자는?

아무리 생각해 보아도 모르는 이름이다. 걸로에는 그 정도의 상단을 이끌 만한 재력을 가진 자가 없다. 떠나온 지 네 해가 되었다고는 하나 그곳 사람들의 이름 하나하나까지 다 기억하고 있는 가희다. 다른 곳에서 떠돌아 들어온 자일까?

"그자를 보아야겠다."

"이미 단국으로 떠나고 없습니다. 상단이 머물던 주막에는 어린 상인 놈 하나만 남아 있습니다."

"그놈을 잡아들여라, 당장!"

공주가 마차를 화려하게 꾸며 아침부터 서란강으로 나갔으며 이른 아침 강으로 나와 있던 고기잡이배들을 모두 끌어내고 뱃놀이를 하고 있다는 전갈이 들어왔다. 공주의 마차가 지나는 길가의 백성들은 모두 흙바닥에 코를 박고 엎드려야 했으며 고기를 잡다가 갑작스럽게 끌려 나온 어부들이 울상이 되어 강가에 서 있다는 소리였다.

해율은 거친 걸음으로 관을 나섰다.

"서란강으로 갈 것이다, 말을 준비시켜라!"

서란강가에 도착하자 여남은 명의 어부들이 억울함을 호소하듯 해율의 앞에 머리를 조아렸다. 하루 벌어 하루 먹고 사는 어부들이다. 하루 일을 공치면 딸린 식구들까지 몽땅 굶어야 할

판이다. 해율은 어부들에게 쌀말과 은전 한 닢씩을 나누어 주어 돌려보냈다.

넓은 강 가운데쯤에 돛을 단 배가 서너 척 떠다녔다. 그들은 열을 지어 아래로 위로 떠다니고 있었다. 악공의 노랫소리가 강을 건너왔다.

저녁이 되자 경운관에서는 밤새 불을 밝히고 악공이 켜는 음악 소리가 울려 퍼졌다.

그 후, 사나흘 얌전하던 가희가 또다시 일을 벌였다. 이번에는 가리옹성 밖에 있는 천수산으로 꽃놀이를 가겠다는 것이었다. 이곳은 차루벌보다 훨씬 북쪽이라 아직 꽃이 봉오리도 생기지 않았다. 더구나 천수산은 언제 어느 쪽에서 비적들이 급습을 할지 모르는 위험한 곳이다. 공주가 단단히 작정을 하고 일을 벌이고 있는 것이다.

해율은 곧장 경운관으로 향했다.

경운관 마당에는 화려한 마차가 준비되어 있었고 수십 인의 시비들과 시종들이 꽃놀이를 떠날 차비에 여념이 없었다. 해율은 사람들 사이에서 이것저것 지시를 내리고 있는 비연을 발견하고 성큼 다가갔다.

"지금 뭐 하는 짓인가!"

공주가 철없는 짓을 하면 달래고 말려야 할 위치에 있는 비연이 연일 아무 거리낌 없이 그녀의 뜻을 좇고 있는 것이다.

"공주마마께서 천수산으로 꽃놀이를 가신답니다."

"꽃은 아직 봉오리조차 맺지 않았네!"

"참 답답하십니다. 공주마마께서 정말 꽃을 보러 가시는 것으로 생각하십니까?"

비연은 답답한 듯 한숨을 내쉬었다. 공주는 지금 자신으로서도 어찌해 볼 수 없을 만큼 독이 오를 대로 오른 독사나 같다.

"부마도위께서 함께 차루벌로 가시겠다고 하실 때까지 공주께서는 이런 일을 멈추지 않을 것입니다."

그때 마침 가희가 방에서 나왔다. 그러나 그녀는 해율을 힐끔 쳐다보고는 그대로 마차에 올랐다.

"가자! 마차 앞에서는 어느 누구도 고개를 들지 못하게 해라!"

공주가 탄 화려한 마차와 수십 인이 산에서 먹고 즐길 물품들을 가득 실은 마차들, 그리고 무사들과 시비, 시종들이 열을 지어 경운관을 빠져나갔다.

순식간에 길을 치우고 몸을 낮추어야 하니 시도 때도 없이 지나는 공주의 행렬에 가리옹성 저잣거리는 늘 긴장해 있었다. 변방의 성에서는 듣지도 보지도 못한 화려한 치장을 한 공주의 모습과 밤마다 대낮처럼 불을 밝힌 채 악공의 노랫소리가 끊이지 않고 들려오는 경운관의 모습에 성안 백성들의 민심이 흉흉해졌다. 이러지도 저러지도 못한 채 지켜보는 사이 단국으로 떠났던 단하 상단이 돌아올 날이 다가오고 있었다.

단국의 수도 고란에서는 이미 단하 상단의 명성이 알려져 있었다. 차루벌을 거쳐 들어오는 물품 중 가장 믿을 만한 물건은 단하 상단의 인장이 찍힌 것들이고 덕분에 다른 물건들보다 월등히 높은 가격에 거래되고 있었던 것이다.

소년 같은 새파란 얼굴의 사내가 건장한 장사치들을 대동하고 나타나 스스로를 단하라고 하자 고란의 장사치들은 믿을 수 없다는 표정들이었다. 그동안 고란에서 단하에 대해 떠돈 소문들은 적어도 십수 년은 장사판에서 굴러먹은 능구렁이 같은 사내이며 재물이라면 물불을 가리지 않고 덤빌 정도로 피도 눈물도 없는 모진 사람이라는 것들이었다. 말을 하는 걸 보니 단하가 아닐 거라며 쑥덕이는 사람도 있었다. 단하의 말수가 워낙 적었던 탓인지 반벙어리라는 소문까지 떠돌았던 모양이다.

"정말 그대가 단하 상단의 그 단하요?"

"그렇소."

고란의 대 상단인 태운방의 만지라는 자가 직접 나와 단하를 맞는 것을 보고서도 긴가민가하던 장사치들은 물건에 찍힌 인장을 보고서야 단하의 존재를 인정했다. 그 다음부터는 모든 일이 일사천리였다. 순식간에 물건은 동이 났고 단하 상단은 단국의 특산품인 호피를 사들이기 시작했다. 단국의 호피는 화조국의 귀족들이 가장 갖고 싶어하는 물건이다. 최고가 아니면 사들이지 않는다는 단하 상단의 철칙을 고란의 장사치들도 이미 알고 있는지라 스스로 알아서 최고의 물건들을 들고 왔다. 최고의 호피들을 직접 제 손으로 고르며 단하는 짜릿한 전율을 느꼈다.

장사는 신용이고 그 신용은 품질과 가격에서 나온다. 어떤 물건이든 품질만 인정된다면 그 품질에 맞는 적정한 가격을 책정해 주어야 한다. 대상인들이 간혹 소상인들을 상대로 힘으로써 폭리를 취하는 경우가 있는데 그것은 결국 자신의 신용과 물건의 품질을 떨어뜨리는 결과를 가져온다.

차루벌을 거치는 중간 단계가 사라지니 사는 자도, 파는 자도 충분히 만족하는 가격에 값이 매겨졌다. 결국 이번 장삿길에서 단하 상단은 최고품질의 호피만 산 것이 아니라 고란의 장사치들의 신뢰까지 산 것이다. 고란 최고의 상단인 태운방의 방장 만지는 앞으로도 이 거래가 지속되기를 원했으며 필요한 모든 지원을 아끼지 않겠다고 했다.

"태운방의 모든 물품의 우선권을 단하 상단에 주겠소. 그대가 우리를 외면하지 않는다는 조건으로 말이오."

머리가 희끗한 만지의 얼굴에 웃음이 번졌다. 그는 단하를 통해 장사치로서 한 걸음 도약하는 계기를 삼으려 한다. 화조국에서든 기란국에서든 한 치의 의심도 없이 거래되는 물품들은 오직 단하 상단의 물품뿐이다. 거래하는 것이 힘들고 까다로운 만큼 남는 이문 또한 크다. 남는 것이 어디 이문뿐이겠는가. 장사치로서 가장 소중한 신용까지 얻을 수 있는 기회다.

단하는 무엇을 가늠하는 듯 말이 없었다. 만지는 오랜 장사치의 생활에도 불구하고 닳고 닳은 상인의 느낌이 나지 않았다.

큰 상단의 규모에 비해 사저도 단출하고 소박하다.

처음 장사꾼이 되겠다고 마음먹으면서 다짐했던 것은 차불한 처럼 제 배 불리기에 급급한 장사꾼은 되지 않겠다는 것이었다. 세상으로부터 벌어들인 돈이니 언젠가는 세상으로 다시 돌려주겠다는 것, 그것이 단하의 생각이다. 단하가 다시 돌려줄 세상이란 힘없고 가엾은, 굶주리는 사람들을 뜻한다. 굶주린다는 것이 어떤 것인지 너무도 잘 아는 단하다. 굶주려 본 사람만이 굶주리는 사람의 절박함을 이해하니까. 그래서 함께 손잡고 일할 사람도 그런 사람이길 원한다.

"태운방의 방장께서는 장사의 기본이 무어라 생각하십니까?"

새파랗게 어리고 곱상한 얼굴에서 뿜어져 나오는 기운이 예사가 아니다. 게다가 어린 입에서 나오는 소리가 대답하기 만만찮은 어려운 질문이다.

서늘하고 처연한 단하의 눈은 마치 자신은 그 답을 알고 있다는 듯 만만하다. 만지는 그 당돌함에 피식 웃음을 흘렸다. 십여 세에 아버지를 따라 장사에 뛰어들어 오십 년을 굴러먹고도 찾지 못한 답이거늘 겨우 삼사 년 굴러먹은 자가 그 답을 찾으려 하다니? 하긴, 세상을 오래 살았다고 하여 더 많이 아는 건 아니니까.

"이 늙은이는 아직 그 답을 찾지 못했소. 그래서 모은 걸 다 버리고 있는 중이라오."

갸웃 고개를 기울이는 단하에게 옆에 앉아 있던 서기가 그 말의 뜻을 설명했다.

"고란의 빈민들 중 우리 태운방 밥을 먹지 않는 자가 없습니다. 한 해에 그렇게 소비하는 쌀이 수천 가마에 이르니 상단을 키울 여력이 딸릴 밖에요. 이러다간 결국 마도방에도 꼬리를 잡힐……."

"흠, 관두게!"

만지는 역정을 내며 서기의 말을 막았다. 답을 모른다고 하나 만지는 이미 단하가 생각하는 답과 같은 삶을 살고 있는 사람이다. 단하는 만지의 손을 잡았다. 그리고 대국을 향한 중간 기착점의 동업자로 태운방을 택했다. 화조국을 거쳐 서란강을 타고 올라와 걸로와 가리옹성을 잇고 다시 단국으로 이어지는 커다란 장삿길이 트여지는 순간이다. 언젠가는 다시 단국과 대국을 잇는 장삿길까지 틀 생각이다. 그 길을 단하 상단이 개척하는 것이다. 그리되면 차루벌의 상권은 현저히 위축될 것이다. 단하는 보일 듯 말 듯 회심의 미소를 지었다. 이런 식으로 서서히 기란국 상권의 중심을 가리옹성으로 옮기는 것이다. 연화궁 마마에 대적할 수 있는 힘을 기르는 것, 그것만이 자신과 해율이 살 길이다.

상단을 다시 꾸린 단하는 망설임없이 가리옹성으로 길을 잡았다. 손꼽아 자신을 기다리고 있을 해율에게로, 어쩌면 다시 떠나 버릴까 두려워하고 있을지도 모를 해율에게로 그녀는 돌아간다.

소연검은 침울한 얼굴로 뒤를 따랐다. 어쩌면 단하가 가리옹성이 아닌 대국으로 들어갈지도 모른다는 일말의 기대를 했었나 보다. 가리옹성으로 향하는 그녀의 얼굴에는 추호의 의구심도 없어 보인다. 내내 차갑고 어둡던 얼굴이 어느 순간 따듯해지고 평화가 깃든 듯 고요해졌다.

 그자, 가리옹성 성주의 힘일 테지?

 소연검은 가리옹성을 떠나던 날 자신에게 슬쩍 다가와 말을 건네던 해율을 떠올렸다.

 "내가 함께 따라가려던 계획을 포기했어. 왜냐……?"

 말을 하다 말고 소연검의 얼굴을 뚫어질 듯 바라보던 해율의 입가에 빙긋 미소가 지어졌다.

 "사비는 그댈 오라비라 여기더군. 그래서 나도 그리 믿기로 했어. 누이처럼 생각하고 털끝 하나 다치지 않게 잘 지켜주리라고 말이야."

 은근한 부탁 같기도 하고 경고 같기도 한 그 말을 하며 성주는 다시 빙긋 웃었다.

 언뜻 보면 전혀 변한 것 같지 않지만 소연검은 단하가 변했다는 걸 느낀다. 바라보기만 해도 시리던 단하가 온화해졌다. 그녀에게서 따뜻한 기운이 느껴진다.

 자신이 좋아했던 사람은 차고 시린 단하였다. 너무나 시려서 온기가 필요해 보였고, 밤마다 시달리던 악몽으로부터 지켜주어야 했던 단하. 그러나 그녀는 더 이상 시리지도 않고 악몽을 꾸지도 않는다. 이제 그녀를 위해 할 일이 또 하나 줄었다.

소연검은 이번 장삿길이 마무리되고 나면 자신은 어쩌면 단하를 떠날지도 모른다는 생각이 들었다. 그러면 다시 바람처럼 세상을 떠돌며 살 것이다. 그러다 자신을 알아주는 주인을 만나면 그를 위해 목숨을 바쳐 칼을 휘두를 것이다.

칼잡이의 운명이 원래 그러한 걸.

"성주님은 차루벌로 떠나셨소."

관을 지키는 늙은 병사는 표정 없는 얼굴로 그렇게 말했다.

"무슨 말이오?"

"아, 내 말 못 알아듣겠소? 성주님은 차루벌로 돌아가셨단 말이오. 공주마마가 직접 오셔서 모셔가셨소."

이 늙은 병사가 뭘 잘못 안 것이다. 살아도 함께 살고 죽어도 함께 죽자고 약조한 그가 떠났을 리 없다. 단하는 아무것도 믿지 않았다.

내가 없으면 당신은 죽은 목숨이잖아?

늙은 병사를 울컥 밀치며 관으로 들어서려는 그녀의 앞을 다른 병사의 칼날이 막았다. 소연검은 순식간에 칼을 뽑아 단하의 가슴께에 놓인 그 칼날을 쳐내었다.

"감히 어디다 칼을 대는가!"

무서운 기세에 움찔 물러나는 병사의 뒤에서 굵직한 음성이 들려왔다.

"너야말로 누구기에 감히 관의 병사에게 칼질이냐?"

큼직한 키와 덩치를 지닌 백발의 장수다. 그는 한눈에 단하를 알아보았다. 성주의 마음을 혼란스럽게 만들었던 그 곱상한 장사치다. 어린 나이지만 늘 존경해 마지않던 해율에게 난생처음 실망을 느끼게 만들었던 자.

그는 몸을 살짝 비키며 들어오라고 했다. 그를 따라 걸음을 옮기려던 단하가 휘청했다. 소연검은 재빨리 허리를 받쳐 안았다. 단하의 몸은 순식간에 허깨비가 된 듯했다.

백발의 장수 진공은 곱상한 사내 단하가 성주의 집무실로 침실로, 그리고 별채로 다급하게 뛰어다니는 것을 지켜보았다. 단지 제 이득을 위해서만 성주와 그런 몹쓸 짓을 저지른 사내 같지는 않다. 미칠 것 같은 사모의 정이 없으면 저런 행동을 하진 않을 것이다. 정말 사내끼리도 그런 마음이 생기는 걸까?

닷새 전, 밤새 불을 밝힌 채 악공의 피리 소리가 끊이지 않고 들리던 경운관을 바라보며 잠을 이루지 못하던 해율이 다음날 아침 갑작스럽게 찾아와 가리옹성을 부탁했었다.

"공주와 함께 차루벌로 가려고 합니다. 진공 장군께서 가리옹성을 맡아주셔야겠습니다."

어제까지 수심이 가득하던 해율의 얼굴이 맑아 보였다. 그는 소맷춤에서 무언가를 꺼내어 내밀었다.

"그 사람이 오면 이걸 좀 전해주십시오."

그것은 아사금 집안의 왕녀를 표식하는 반월 목걸이였다.

진공은 하얗게 질린 얼굴로 앉아 있는 단하에게 해율이 남기고 간 반월 목걸이를 건네주었다.

"성주님께서 전해주라 하신 것이오."

단하는 손바닥에 놓인 그것을 멍하니 바라보았다. 그것은 예전에 가희가 공주임을 증명해 주었던 것이랑 꼭 같이 생긴 반월 목걸이다.

"그것은 아사금 집안의 왕녀를 표식하는 목걸이요."

해율의 목에 늘 걸려 있던 것이다.

"성주님께서 왜 그걸 그대에게 남겨주셨을 것 같소?"

그는 왜 이걸 남겨두고 갔을까? 모르겠다, 아무것도. 그가 떠났다는 것이 여전히 믿어지지 않을 뿐이다. 단하는 여전히 멍한 얼굴로 목걸이만 내려다보았다.

"그것은 성주님의 어머님이신 아사금 한비님의 것이오. 성주님은 늘 돌아가신 어머님을 안타까워하셨소. 성주님의 아버님인 유신님으로부터 단 한 번도 사랑받지 못하신 분이시지요. 성주님은 외면받는 여인의 아픔을 누구보다 잘 아시는 분이오. 그러니…… 공주마마를 끝내 외면하지 못하신 것이오. 마음은 그대에게 주었을지 모르나 당신이 계셔야 할 곳은 차루벌, 공주마마 곁이란 걸 이제야 깨달으신 것이오. 내 말 무슨 뜻인지 알겠소?"

단하는 반월 목걸이를 움켜쥐었다. 앞에 앉은 백발의 장수가 하는 말은 하나도 귀에 들어오지 않는다. 다만 손바닥에 느껴지는 싸늘한 목걸이의 감촉뿐.

여독이 풀리는 즉시 걸로로 떠나야 했지만 단하는 여전히 방문을 열고 나오지 않았다. 닷새째 꽁꽁 닫힌 방문 앞에서 소연 검은 주먹을 쥐었다, 폈다 하며 서성이고 있었다.

단하는 반월 목걸이를 움켜쥔 채 진공 장군이 하던 말을 수없이 되새겨 보았다. 그러나 아무리 생각해도 해율이 외면받는 여인의 아픔을 누구보다 잘 아는 사람이라 이곳까지 찾아온 공주를 끝내 외면하지 못했다는 그의 말이 받아들여지지 않는다.

해율은 사비에게는 한없이 뜨겁지만 다른 여인에게는 얼음처럼 차가운 사내다. 가희에게 미안한 마음은 있겠지만 죄책감 때문에 그런 결정을 할 사람은 아니다.

연화궁 뒤편의 대숲에서 그는 말했었다.

"아버님을 진심으로 존경하지만 내 마음 깊은 곳에는 여전히 원망의 마음이 있어."

댓잎 사이로 스며든 얇은 햇살이 그의 얼굴에 가느란 빛 그림자를 그렸다. 사비는 그의 마음이 안타까워 얼굴을 만져 주었다.

"어머니 때문인가요?"

해율을 낳다 돌아가셨다는 어머니, 얼굴조차 모르고 이국을 떠돌아다닐 때는 아버지 유신의 외면으로 그 존재조차 희미했다는 어머니. 해율은 늘 그 어머니를 그리워했다.

"생각하면 자꾸 마음이 아파. 내 마음속에 어머니의 얼굴이 연화궁 마마로 그려지는 것도 죄스럽고…… 그래도 내 목숨을 지켜주시는 분은 늘 어머니라는 생각을 한 번도 잊은 적 없어. 당신의 목숨을 버려 날 낳아주셨듯이 지금도 언제 어디서든 그분은 내 목숨을 지켜주고 계셔. 그래서 난 전쟁이 무섭지 않고 적이 두렵지 않다."

이 반월 목걸이가 어머니처럼 느껴져 한순간도 떼어놓을 수 없다고, 언제든 이것이 있는 곳에 자신의 목숨도 함께 있을 거라고…….

목에 걸린 반월 목걸이를 소중하게 움켜쥐며 그는 그렇게 말했었다.

아……!

그제야 머리를 스치는 생각에 단하는 반월 목걸이를 꽉 움켜쥐었다.

그는 전쟁을 치르러 떠난 것이다. 족쇄처럼 묶여 있는 부마도위, 차대왕의 지위를 스스로 버리기 위해 떠난 것이다. 자유로운 몸이 되어 그녀, 사비에게 돌아오기 위해 떠난 것이다! 언제 어디서든 자신의 목숨을 지켜주던 어머니의 존재인 반월 목걸이를 사비에게 남김으로써 이제 자신의 목숨을 지켜주는 이는 '어머니가 아니라 바로 사비, 너'라고 말하는 것 같았다.

다음날 새벽, 단하는 언제 그랬냐는 듯 벌떡 일어나 상인들을 다그쳐 뗏목에 짐을 실었다.

어디에서 그런 힘이 나는지 사내들도 들기 힘든 보통이들을 거뜬거뜬 들어내며 서두르는 모습이 막 소생한 나무처럼 생기가 넘쳐 보였다.

"스무 날 안에 장하루에 당도해야 하니 어서어서 서두르시오."

걸로에서 잠시의 쉼도 없이 바로 화조국으로 떠날 심산인 모양이다. 뗏목이 열을 지어 서란강을 타고 내려가는 모습이 장관이었다. 상인 하나가 멀어지는 가리옹성을 보며 장난처럼 주막 여인에게 섭섭한 마음을 드러내자 단하의 밝은 음성이 들려왔다.

"서너 달 후면 다시 올 터이니 섭섭해하지 마시오."

"다시 이곳으로 온단 말입니까?"

소연검이 다소 놀란 눈으로 물었다. 마음을 완전히 털고 떠나는 것이 아닌가?

"이제 이 장삿길이 우리 단하 상단을 먹여 살릴 거예요."

"차루벌은요?"

그래도 여전히 가장 돈이 되는 것은 차루벌과의 교역일 텐데?

단하는 피식 웃으며 멀고 먼 강 하류를 내려다보았다. 왠지 희망에 찬 듯 긴장한 얼굴이다. 무언가 새로운 일을 결심할 때면 단하는 늘 저런 표정이었다. 호기심 가득한 얼굴로 그 새로운 일에 겁 없이 덤비며 즐기는 것이다.

"차루벌과는 더 이상 교역을 하지 않습니다. 우리 단하 상단의 모든 물건은 가리옹성으로 올라올 것이며 소상인들은 가리옹성과 단국의 고란에서만 우리 물건을 구입할 수 있을 거예요. 아, 이 서란강의 물줄기를 좀 더 편하게 이용할 수 있는 방법을 생각해 보세요. 우리를 따르는 소상인의 수가 만만찮으니 그들이 쉽고 편하게 이용할 수 있는 뱃길 말입니다."

쏟아져 내리는 아침 햇살에 반짝이는 물비늘처럼 단하의 눈도 얼굴도 그렇게 반짝였다. 그녀의 목에 걸려 있는 반월 목걸이도 햇살을 받아 반짝였다.

七 당신이 슬플 때 나는 사랑한다

명이 다시 버들내의 흔적을 접한 곳은 소 서란강의 마지막 줄기 고하의 땅에서였다. 서란강에서 낚싯배로 고기를 잡아 생계를 이어간다는 늙은 노인은 두어 해마다 한 번씩 눈먼 노파가 이곳을 들르며 작년에 오지 않았으니 올해는 분명 올 것이라고 했다.

"정신이 오락가락하는 노인네가 아는 것은 얼마나 많은지 그이가 한 번씩 올 때마다 내게 아주 좋은 말벗이 되어준다오."

"정신이 오락가락한다 했소?"

"그렇소. 멀쩡한 노인네 같다가도 한 번씩 자기 나이를 서른 안팎으로 알기도 하고, 스무 해가 다 되도록 아기 바구니가 강을 떠다닐 거라 생각하는 게 어디 말짱한 정신이겠소?"

그래, 말짱한 정신이면 여태껏 서란강을 떠돌아다닐 리도 없 겠지.

"내가 사는 것이 하도 적막하여 젊을 때는 여러 번 같이 살자 고도 해봤지만 고집이 어찌나 센지 죽어도 들어먹어야 말이지 요."

농담 섞인 늙은이의 말을 뒤로하고 명은 말을 돌렸다. 자신이 떠난 사이 그 소경이 찾아오면 반드시 붙들어두라는 부탁을 남 기고 그는 차루벌로 향했다.

율하는 무얼 하는지 며칠째 연화궁 뒤편의 조그만 언덕에 쪼 그리고 앉아 땅을 헤집으며 다니고 있다.

또 무슨 재미난 것을 발견한 건가? 태무는 쪼그리고 앉은 율 하의 뒤로 살금살금 다가갔다. 떡 벌어진 어깨와 펑퍼짐하게 퍼 진 엉덩이가 한 팔에 다 안을 수도 없겠다.

"뭐 하느냐?"

"에구머니나!"

엉덩방아를 찧으며 넘어지는 율하의 모습에 태무는 소리 나 게 웃음을 터뜨렸다. 저 커다란 엉덩이로 쿵, 넘어지는 모습이 왜 귀여울까?

"그곳은 개미굴이 있는 곳이니 얼른 일어나거라. 그 너른 엉 덩이에 깔렸으니 족히 수백 마리는 죽었겠다."

곱상하게 생기신 분이 말은 어찌 저리도 모질게 하실까?

율하는 자신의 큰 엉덩이가 부끄러워 쉬이 일어나지도 못하고 고개를 푹 숙이며 새어나온 눈물을 얼른 숨겼다. 그리고 이내 발딱 일어나며 동그란 눈을 뜨고 종알거렸다.

"사람이 오면 온다, 가면 간다, 표를 내셔야 할 거 아닙니까? 도둑괭이처럼……!"

쏘아붙이듯 종알거리던 율하는 저도 모르게 순간 튀어나오는 말에 놀라 두 손으로 입을 가린 채 울상이 되었다.

오냐오냐해 주시니 이 미친 것이 전하 앞에서 못하는 말이 없구나!

제 입을 쥐어뜯기라도 할 듯 울상이 된 율하를 보며 태무는 다시 하하, 웃음을 터뜨렸다. 율하와 함께 있으면 뭐든 즐겁다. 스륵 다가온 손이 율하의 엉덩이를 툭, 털고 지나갔다.

"흙이 묻었어."

"저, 전하……."

율하는 다시 울상이 되어 태무를 바라보았다. 만날 못났다, 못났다 하지만 사실은 왕이 자신을 얼마나 아껴주는지 다 느껴진다. 그리고 자신에게 얼마나 의지하고 있는지도 다 안다. 왕은 범 같은 무영 대장군의 눈을 피해 율하의 치마폭으로 숨어들고 있다. 뱀같이 감아오는 5부 귀족의 눈을 피해 율하의 치마폭으로 숨어들고 있다. 바람이 불면 꺼질까, 비가 오면 젖을까, 노심초사하는 연화궁 마마의 그늘을 마다하고 율하의 치마폭으로 숨어들고 있다. 율하는 왕이 누구에게든 큰소리를 치고 싶어한다는 생각이 들었다. 그래서 못나고 못난 자신을 선택한 것이 아닐까? 그녀 앞에서는 무슨 소리든 마음대로 할 수 있을 테니까. 율하는 왕이 가슴속에 쌓인 말을 다 해버렸으면 좋겠다. 다 들어줄 거니까. 언제나 이 너른 치마폭으로 감싸줄 것이다.

한참 웃던 태무는 다시 장난스런 눈으로 얼굴을 가까이 가져왔다.

"그래, 여기서 뭘 하고 있었느냐?"

뭘 하느라고 며칠 동안 언덕을 기듯이 쪼그리고 다닌 걸까? 태무는 궁금한 눈으로 물었다.

"도라지요."

"응?"

"도라지 순이 보이나 찾고 있었습니다."

"그건 뭐에 쓰려고?"

"그것이 기침병에 좋다기에……"

태무는 아릿한 눈이 되어 율하를 바라보았다. 일 년 내내 떨어지지 않는 기침병 때문에 쓰디쓴 도라지 물은 질리도록 먹었는데 낫지를 않았다. 그래서 더 이상 싫다며 거절해 버린 지 반년이 되었다. 기란국 최고 품질의 도라지가 왕궁 약재창에 쌓여 있을 터인데 이제 겨우 새순이 돋는 도라지를 찾아 언덕을 기듯이 며칠을 헤매다니, 화가 버럭 날 것 같지만 태무는 화를 낼 수 없었다. 제 손으로 그것을 해먹이고 싶었을 율하의 마음 때문이다.

"흠, 궁 안의 조그만 이런 언덕에 도라지가 있을 턱이 있느냐? 깊은 산으로 가야 제대로 된 도라지를 캐지."

"소인은 궁을 나가본 적이 없습니다."

"한 번도 말이냐?"

태무는 놀란 눈으로 물었다. 자신만큼 이 궁에 갇혀 산 사람이 또 있었던가?

궁궐 시비가 궁을 나갈 수 있는 것은 제 주인의 행차를 따라나서는 것이 유일한 것이었는데 율하는 그것조차 해보지 못했다.

"예, 다섯 살에 궁에 들어와 지금껏 단 한 번도 나가보지 못했습니다. 얼굴이 못나 어느 전에도 배속을 받지 못했기 때문에……."

"누가 너를 못났다 하더냐!"

갑작스럽게 버럭 지르는 해율의 고함 소리에 놀란 율하가 고개를 번쩍 들었다.

그런 소리를 하는 사람이 당신 말고 지금 이 궁에 누가 있다고 저리 큰소리실까?

"소인더러 못났다 하는 사람은 오직 한 분뿐이지 않습니까?"

율하는 뾰로통한 얼굴로 볼멘소리를 했다.

"흠, 또다시 그런 소리를 지껄이는 자가 있으면 내게 말을 해라, 혼을 내줄 터이니."

뒷짐을 지고 헛기침을 하는 왕의 모습이 귀여웠다.

"그리고…… 다음에 아바마마의 제를 올리러 갈 때는 널 꼭 데리고 가마. 아리산에 가면 도라지가 많을 거다."

"정말요? 정말 데리고 가시는 겁니까?"

율하는 너무 좋아 못 견디겠다는 듯 태무의 손을 잡고 폴짝폴짝 뛰었다. 뭉뚱그려 보면 못났을지 몰라도 하나하나 뜯어보면 어느 곳 하나 못난 구석이 없는 율하다. 눈도 동그랗고, 코도 나직하고, 입술도 뭐 좀 크긴 하지만 예쁘다. 볼에 잔뜩 붙은 저 오동통한 살들도 태무의 눈엔 예쁘다. 쿵쿵 뛰어대는 저 덩치도 다 예쁘다.

"그만 뛰어라. 땅 꺼지겠다."

퉁명스런 말을 내뱉은 태무는 빙긋 웃으며 언덕을 내려갔다. 갑자기 뒤가 조용하다. 방금 들은 소리가 서러워 또 혼자 잘금 눈물을 찍어낼 거다. 그리고는 아무 소리도 듣지 못한 척 쫄랑쫄랑 따라올 테지?

"전하!"

그리고 이내 콩콩 뛰어오는 소리가 들린다.

저 봐!

언덕을 걸어 내려오는 태무의 얼굴이 웃음을 감추느라 찡그려졌다.

다시 온전한 제 모습을 되찾은 연화교 위를 거닐며 연화의 눈은 내내 멀리 보이는 언덕 위의 태무와 율하에게 꽂혀 있었다.

무어라 얘기를 나누던 태무가 휘적휘적 걸어 언덕을 내려가자 율하도 이내 쫄랑쫄랑 따라 내려가고 있다. 율하의 곁에만 있으면 태무의 몸이 유난히 가볍고 경쾌해 보인다. 시시때때로 면박을 주어 올리니 피할 만도 하건만 율하는 그저 보이는 것이 태무뿐인 사람처럼 황홀에 겨운 눈으로 졸졸 따라다니고 있다.

처음에는 제 처지를 비관하여 율하 같은 못난 아이에게 관심을 보이는가 싶었는데 지켜보니 율하는 결코 못난 아이가 아니고 태무를 생각하는 마음씀씀이가 누구보다 고운 아이였다. 율하를 알고부터 태무가 많이 변했다. 중신들 앞에서는 늘 꿀 먹은 벙어리 같았는데 요즘은 간간이 제 목소리를 내기도 한다. 걷는 모습도 씩씩해졌고 연화의 눈길을 피하는 모습도 훨씬 줄어들었다. 율하가 태무에게 주는 편안함, 자신감 때문일 거다.

생각해 보면 태무에게 아로는 오르지 못할 나무 같은 여자였는지도 모른다. 남녀로 만나 사랑을 하기엔 너무도 맞지 않았던 상대였다. 태무도 아로도 권력에 얽매여 희생된 가련한 아이들이다.

연화는 멀리 태평전 쪽으로 사라져 가는 태무와 율하를 보며 자신이 정말 지키고 싶었던 것이 무엇일까 생각했다.

자식이었을까? 아니면 권력이었을까?

태무를 지킨다는 명목으로 태무를 끝없이 칼날 위로만 몰았던 것 같다. 이제는 놓을 수도 놓아지지도 않는 왕의 모후 자리. 이것을 지키기 위해 놓아버렸던 소중한 것들이 얼마나 많았는지…….

　유신…….

　사비…….

　생각만 해도 참을 수 없는 통증을 일으키는 두 사람이다. 그렇게 떠난 후 단 한 장의 소식도 주지 않고 있는 유신은 다시 만남이 두려운 통증이고, 사비는 살아생전에는 만날 수 없다는 것이 통증이다.

　유신을 다시 만나면 그를 향한 이 마음을 들키지 않을 수 있을까?

　능혜가 스쳐 간 그 자리에 이제는 유신이 들어와 있음을 들키지 않을 자신이 없어 돌아오라는 말을 할 수가 없다.

　사비는…… 그 아이는 어째서 이토록 마음을 떠나지 않는 것일까?

　시간이 흐를수록 사비에 대한 기억이 짙어진다. 더 이상 잡힐 것 같지 않는 해율에 대한 미련이 조금씩 식어가면서 더욱 그리워지는 사비다. 그 시원스런 이목구비와 긴 목이 어디서 본 듯한 느낌을 주던 토굴에서의 사비 얼굴이 왜 이토록 뚜렷한지?

　"천한 것이 감히 마마를 존경하고 사모하였나이다."

　담담한 얼굴로 들려주던 그 말이 연화를 부끄럽게 했다. 엄청난 희생을 치르며 회복한 왕권을 다시 흔들리게 하고 싶지 않았고 오라버니 무영 대장군의 뜻을 거역할 수 없었다. 아니, 자신의 권력을 지키기 위해 장차 별금의 수장이 될 해율의 존재가 반드시 필요했다는 말이 옳겠다. 그녀는 해율이 필요했다. 가희를 위해서 사비를 떠나보내야만 했다. 그래서 두 번 생각하지도 않고 사비를 내쳤다.

그런데 이제 와 느끼는 이 마음은 뭔가? 가희에게서 느낄 수 없었던 이 짙은 아픔의 실체는……?

"마마."

굵직한 음성이 깊은 상념에 빠진 연화를 깨웠다. 버들내의 흔적을 찾아 길을 떠났던 명이 돌아왔다.

"무슨 생각을 그리 골똘히 하십니까?"

"아……."

돌아보는 연화의 얼굴이 편치 않아 보인다.

"잘 다녀왔느냐?"

수염이 희끗한 명을 여전히 아이 대하듯 하대를 하는 자신이 서먹하여 연화는 설핏 웃었다. 세월이 아무리 흘러도 명은 여전히 그림자처럼 능혜를 따라다니던 새파란 무사로만 느껴진다.

"소 서란강 줄기를 따라가다가 고하의 땅에서 버들내를 기억하는 늙은 어부를 만났습니다."

"그래?"

"그자의 말이 버들내가 서너 해에 한 번씩 그곳을 다녀간다고 하기에 오는 즉시 그곳 촌장에게 알리고 붙잡아두라 했습니다."

이번엔 아주 희망적인 소식이다. 연화의 얼굴에 반가움이 번지는 것을 보며 명은 다시 입을 열었다.

"그곳에 갔다가 잠시 걸로에 들렀었습니다. 지척처럼 가까운 곳이라……."

연화는 나직이 한숨을 쉬었다.

"고혼제라도 올려주어야 하지 않을까 싶다."

"예?"

"사비 말이다. 그 넋이 많이 서러울 테니……."

"……예."

"그런데 말이다."

"예, 마마."

"참 이상하지? 그 아이가 왜 이토록 마음을 떠나지 않을까? 시간이 지날수록 더욱 뚜렷해져. 내가 참으로 몹쓸 짓을 하였다."

"마마."

"사람의 마음이 인력으로 되지 않는다는 것을 잘 알면서 그런 어리석은 일을 벌였으니…… 하지만 이젠 후회해 봐야 다 소용 없는 일이겠지? 사비는 이미 저세상 사람이 되었고 가희는 해율을 놓을 생각이 없으니. 나 또한 이젠 해율을 놓을 수도 없고 놓아줄 수도 없구나."

연화는 잠시 품었던 나약한 마음을 떨쳐 내기라도 하듯 주먹을 꽉 그러쥐었다.

"가리옹성으로 떠났던 공주가 해율과 함께 돌아온다는구나. 공주가 결국 해율의 고집을 꺾은 모양이다."

그 소식을 전하며 잠시 어둡던 연화의 얼굴이 밝아졌다. 오랜만에 보는 환한 모습에 명도 가벼운 마음으로 그곳을 물러났.

연화교를 건너 태평전으로 들어서니 어린 시비 하나가 쪼르르 달려왔다. 모란전에 심어둔 시비 소아다.

"공주마마의 행차에 따르지 않았더냐?"

"주명님이 언제 돌아오실지 몰라 아프다 핑계 대고 일부러 빠졌습니다."

"무슨 일이 있었느냐?"

잠깐 주위를 살피던 시비가 주명의 옷자락을 끌어 전각 모퉁이로 숨어들었다.

"공주마마께서 가리옹성으로 떠나기 며칠 전에 한 사내를 만나셨습니다. 그 사내는 마마께서 궐 밖으로 몰래 행차하시는 길에 따라붙었던 모양입니다."

"무슨 일로 몰래 행차를 한 것이냐?"

"공주마마께서는 모룡촌에 있는 마홍이라는 무녀를 찾아가는 길이었습니다."

"공주께서 무녀를 찾아다녔단 말이냐?"

"예, 두어 해 전부터 다니셨다 합니다."

왕실에서 궐 밖의 무녀를 접하는 것은 금지되어 있다. 다만 연초에 일관을 통해 한 해의 길흉화복을 점치고 불운을 대비하는 것만 허락되었다. 그러나 왕실의 여인네들이 그 금기를 깨고 무녀를 찾는 일은 간간이 있어왔던 일이다.

"마마께서 무녀를 만나고 계시는데 웬 사내가 불쑥 나타나 공주마마를 뵙기를 청했습니다. 당장 돌아가라고 했지만 막무가내로 버티기에 나중에 마마께 알렸습니다. 그런데 마마께서는 그자를 아시는 듯했습니다. 그자와 방에서 한참 동안이나 얘기를 나누다가 궁으로 돌아왔는데……."

소아는 한 호흡을 고른 후 다시 반짝이는 눈으로 말을 이었다.

"하온데 공주마마께서 가리옹성으로 떠나기 전날 그자가 죽었습니다. 소인의 외가가 모룡촌인데 먼길 떠나기 전에 잠깐 인사차 들렀다가 그자의 죽은 얼굴을 보았습니다. 시체가 있던 곳은 모룡촌의 솔숲이었고 복부 가운데에 단도가 박혀 있었습니다."

명은 말을 잃은 채 서 있었다. 조사해 보지 않아도 그자의 죽음 뒤에는 가희 공주가 있을 것이다. 그러나 공주가 왜 그자를 죽여야만 했는지 그 이유를 도무지 짐작할 수가 없다. 그자는 도대체 누굴까? 길러준 어미를 죽이고 형제를 죽이고 이름을 알 수 없는 사내까지 죽였다. 공주가 그토록 모진 마음을 먹도록 만드는 것이 뭘까?

밤이 깊도록 생각에 생각을 거듭하던 명은 다시 한 번 걸로에 다녀오기로 마음먹었다. 그곳에 가면 무언가 답이 나올 것도 같다. 사비의 모습이 마음을 떠나지 않기는 명도 마찬가지다. 한 번도 자세히 살피지 않았던 그 얼굴이 지금에 와서 어찌 이리도 뚜렷이 떠오르는지 신기한 일이다. 직접 목도했던 울불의 주검 탓일까? 아니면 시체조차 찾지 못한 그 아이의 마지막이 안타까워서일까?

차루벌은 폭풍전야처럼 고요히 가라앉아 있었다. 야로국을 향한 무영의 정복전쟁은 여전히 진행 중이었고 오랜 전쟁으로 백성들의 삶은 피폐해졌다. 모든 중신들의 반대에도 정복을 향한 무영의 행보는 멈추어지지 않고 있다. 백성들은 굶어도 전쟁터로 향하는 군량미의 행렬은 끊이지 않으니 왕과 연화궁 마마를 향한 원성은 날로 높아만 갔다.

해율은 다시 차루벌로 왔다. 2차 야로국 정벌군에 합류하기 위해 찾아온 이후 열 달 만이다. 단하 상단이 돌아올 날을 코앞에 두고 가리옹성을 떠난 것은 공주가 있는 그곳에서 사비를 만나고 싶지 않아서였다. 그녀에게 어떤 고통도 죄의식도 심어주고 싶지 않았다. 이것은 해율 스스로 죗값을 치러 떨쳐 내어야 할 짐이고 풀어야 할 숙제다. 어머니의 유품인 아사금 여인의 반월 목걸이를 사비에게 남김으로써 그는 자신의 반려가 될 여인은 사비뿐임을 다시 한 번 확인했다. 이제 다시 찾아온 이 차루벌에서 자신은 온전히 자유로운 몸이 되어 당당하게 사비를 찾을 것이다. 그때까지 사비는 잘 견뎌줄 것이다.

총명한 여자니까.

그 어떤 사내보다도 강인한 여자니까.

해율은 죄인의 몸이 되어 연화의 앞에 꿇어앉았다. 부마도위로서의 책무를 다하지 못하였고 혼인한 몸으로 다른 사람을 품었다. 그것도 여인이 아니라 사내를.

"벌을 내려주십시오."

그는 연화의 앞에 머리를 조아렸다. 멀찍이 떨어져 있지만 연화에게서 건너오는 차가움이 선명하게 느껴졌다. 들려오는 음성 또한 나직하고 차갑다.

"사내대장부로서 채울 수 있는 모든 욕심을 채울 수도 있었는데…… 어리석구나."

해율은 호흡을 고르고 고개를 들었다. 연화의 얼굴은 차가운 분노와 여전히 어리석은 미련과 차마 떨쳐 낼 수 없는 안타까움이 얽혀 고통스럽게 일그러졌다.

한 여자를 잊는다는 것이 그토록 힘이 들었을까?

"그토록 견디기 힘들었더냐?"

"예."

해율은 망설임없이 대답했다.

여전히 욕심 하나 없는 얼굴로 자신을 놓아주기만을 바라고 있는 해율의 모습이 마치 잡히지 않는 그녀만을 끝없이 쫓던 유신을 보는 듯해서 연화는 마음이 아팠다. 지독히도 닮은 부자다. 해율이 무슨 행동을 하든 끝없이 기다리고 용서할 수 있었던 것은 그가 유신의 아들이었기 때문이다. 자식처럼 사랑하는 마음이 짙었다. 그러나 이제 해율은 돌이킬 수 없는 길을 가고 있다.

연화는 마음을 다잡듯 주먹을 발끈 쥐었다.

"여전히 이 혼인을 지속할 마음이 없는 것이냐?"

"송구하옵니다."

"사비는 이미 죽었다. 죽은 아이 때문에 네 생을 포기하려느냐!"

해율은 순간 고개를 발끈 들었다. 자객을 보낸 사람이 연화궁 마마라는 사실을 정말 믿을 수 없지만 사비의 말을 믿지 않을 수도 없다.

마마께서 정말 명을 보내셨을까? 사비를 죽이라 명하셨을까? 사비를 죽이고 나면 내가 가희 공주에게 돌아오리라 생각하셨을까?

해율은 입술을 발끈 깨물었다. 살기 위해서 죽은 사람일 수밖에 없는 사비의 운명에 분노가 일었다. 그래서 나오는 말도 격하다.

"예, 사비는 죽었습니다. 그러나 또한 죽지 않은 사람입니다. 제겐 영원히 살아 있는 사람입니다. 저는 생을 포기하지 않으려고 부마도위 자리를 내어놓으려 합니다!"

사비를 잃은 그의 생이 살아도 산 것이 아니었다는 뜻이다.

당신이 슬플 때 나는 사랑한다 *247*

연화는 망연한 눈으로 해율을 내려다보았다.

"가리옹성에서 안았다는 그 사내는……."

"그 사람은……!"

마마께서 죽이고자 하셨던 사비는 살아 있습니다. 이 사실을 아시면 또 죽이시렵니까?

해율은 목까지 치솟은 그 말을 안간힘으로 밀어 넣었다.

"그 사람이 사비처럼 느껴졌습니다. 사내였으나 처음 보는 순간부터 사비를 보는 듯 제 마음이 그렇게 동했습니다."

해율은 두려움 없이 자신이 사내를 안았음을 인정했다. 이제는 더 이상 보아주지 않는다. 해율에게는 더 이상 희망을 걸 수가 없다. 종기는 하루라도 빨리 잘라내는 것이 좋을 것이다. 그녀의 머리는 순식간에 차가워졌다. 5부 회의에 상정된다면 해율은 회생하기 힘들어진다. 자신의 명으로 5부 귀족이 납득할 만한 벌을 내려 가장 빠른 시간 안에 차루벌에서 내보내는 것이 자신에게도 해율에게도, 그리고 가희에게도 좋을 것이다.

"나는 네게 벌을 내릴 것이다."

연화의 단호한 음성이 말했다.

"어떤 벌이든 받겠습니다."

해율은 담담히 대답했다.

"먼저 가희에게 진심으로 사죄를 해라. 이유야 어찌 되었든 너는 가희에게 용서받지 못할 일을 저질렀다."

"마음으로 깊이 사죄를 드리겠습니다."

"그리고 네가 가진 별금의 수장 자리를 내놓아야겠다. 나는 그 자리를 현충이 이었으면 한다."

현충은 연화가 지금 현재 가장 신뢰하는 별금의 사람이다. 그가 별금의 수장이 된다면 나름의 힘을 가지고 권력을 양분하고 있는 아사금과 별금의 균형은 급격히 아사금 쪽으로 기울어지고 만다. 그렇게 되면 이 기란국에 아사금 연화를 대적할 세력은 이제 더 이상 없어지는 것이다.

"그 결정을 네가 해주었으면 좋겠다. 나의 뜻이 아니라 너의 뜻으로."

해율은 두려운 마음으로 연화를 올려다보았다. 여전히 따듯함을 거두지 않는 눈, 그러나 그 속에 숨긴 깊은 속내는 감히 가늠하기가 힘들다. 따듯하지만 무서운 분이라던 사비의 말이 떠올랐다. 과연 그 말은 옳았다. 연화는 지금 해율을 놓아주는 조건으로 기란국의 권력을 한 손에 움켜쥐려는 것이다.

왜 이토록 모든 것을 가지려고 하시는 것일까? 그것은 아마도 두려움에서 비롯된 것일 거다. 스물세 살 나이에 혼인을 하여 궁에 들어오던 그 순간부터 능혜왕과 연화궁 마마는 매일 밤 잠자리를 옮겨가며 잠을 잤다고 들었다. 위태로운 왕좌와 끝없이 목숨을 위협하던 5부의 귀족들, 그 틈에서 갓 태어난 핏덩이 공주를 버려야 했다. 그리고 능혜왕은 결국 의문의 죽음을 맞았다. 이제 더 이상 불안해하지 않아도 될 만큼 안정된 왕권을 구축했지만 그녀는 끝없이 두려워한다.

어릴 적부터 해율은 유신에게 별금의 사내이기 이전에 기란국의 사내가 되라는 가르침을 받으며 자랐다. 그래서 연화의 제의를 받아들이는데도 그다지 망설임이 없었다. 결국은 강력한 왕권 아래에 하나가 되어야 할 나라다.

"예, 소인의 뜻으로 그리하겠습니다."

연화는 들릴 듯 말 듯 한숨을 내쉬고 다시 말을 이었다. 아직 해율에게 내려야 할 벌은 끝나지 않았다.

"일을 마무리 짓는 즉시 무영이 있는 전장으로 떠나거라. 그가 네게 싸울 자리를 마련해 줄 것이다."

해율이 무영의 분노를 이겨낼 수 있을까? 연화의 얼굴이 잠깐 어두워졌다. 어쩌면 영원히 유신의 얼굴을 바로 보지 못할 일이 생길지도 모른다. 그러나 그 무엇도 가희가 당한 아픔에 비할 수는 없다.

연화는 차가운 가슴으로 해율에게 마지막 벌을 내렸다.

"그리고 이제 너는…… 내 허락 없이는 평생 차루벌에 발을 들여놓을 수 없을 것이다."

짐작하고 있었던 말이지만 그 말의 파동은 온몸을 집어삼키고도 남을 만큼 크고 아프다. 5부의 귀족이 차루벌에 들어올 수 없다는 것은 그 생명의 절반을 빼앗기는 것이다. 전쟁에서는 언제나 최전방으로 뛰어들어야 할 것이며 그 공을 인정받을 수도 없다. 영원히 변방을 떠도는 무관의 용병처럼 삶도, 죽음도 더 이상 자신의 것이 되지 못한다.

해율은 입술을 깨물었다. 그리고 사비를 잃었던 그 순간을 떠올렸다. 어느 쪽이든 견딜 수 없는 아픔이라면 사비와 함께하는 삶을 택할 것이다.

해율은 느리고 천천히, 그러나 단호하게, 한 점 후회도 없는 얼굴로 대답했다.

"……예."

연화는 주먹을 움켜쥐고 바르르 떨었다. 지금 자신의 마음이 자식을 떼어내는 심정일 줄 해율은 모를 것이다. 어리석다고 해야 할지, 모질다고 해야 할지 모를 해율의 모습에 숨이 막힐 것 같다. 그의 얼굴에 겹쳐지는 유신의 형상 때문이다. 젊은 날 자신을 향했던 유신의 마음도 저러했다.

"싫어, 싫어! 이러실 수는 없습니다! 어찌 소녀에게는 한마디 상의도 없이 이혼을 결정하신답니까? 소녀는 싫습니다. 받아들일 수 없습니다!"

가희는 붉은 얼굴로 두 팔을 허우적거리며 어찌할 바를 몰라 파들파들 떨었다. 걸로의 집에서 지낼 때 분한 일이 생기면 제 성을 주체하지 못한 채 파들파들 떨다가 거품을 물며 넘어가던 울불의 모습이 떠올랐다. 자신도 꼭 그 짝이 날 것만 같다.

연화는 시비들을 시켜 가희를 데려가게 했다. 며칠을 어르고 달래고 하여도 매번 똑같은 고집만 부려대고 있는 가희다. 어리석은 미련으로 스스로를 괴롭히고 있는 가희가 안타까웠다.

해율을 사모하느냐, 물으니 아니란다. 이혼이 부끄러우냐, 물으니 그것도 아니란다. 화가 난다고 했다. 외면받은 그 시간들이 분하고 억울하다고 했다. 자신이 당한 만큼, 딱 그만큼만 비참하게 만들어주고 싶다고 했다. 사통을 저지른 여인네들처럼 저잣거리에 끌어내어 욕이라도 보이고 싶다고 했다. 해율이 여인네였다면 충분히 그러고도 남았을 죄다.

모든 일 처리를 마무리 짓는 달포의 기간 동안 해율은 하루도 빠지지 않고 모란전을 찾았고 아사금 왕족과 궁궐무사, 그리고 시비들이 지켜보는 앞에서 가희에게 자신의 잘못을 사죄했다. 그것은 귀족의 사내로서 감당할 수 없는 비참한 모습이었다. 연화는 그 모습에서 해율의 진심을 보았다. 더 이상 해율을 건드리는 것은 그는 물론 유신을 욕되게 하는 일이다.

해율은 연화와 약조한 대로 주변의 반대를 무릅쓰고 별금의 수장 자리를 현충에게 물려주었고 혐오에 가득 찬 5부 귀족의 눈을 뒤로한 채 무영이 있는 전장으로 떠났다. 해율은 스스로의 힘으로는 회생할 수 없을 만큼 충분히 비참해졌다.

유신과 무영, 그리고 연화 자신의 욕심이 만들어놓은 갈고리에 목이 끼인 채 끝없이 달아나려 몸부림치던 어린 노루가 회복할 수 없는 깊은 상처를 입은 채 드디어 자유의 몸이 되어 놓여났다. 자유라고 하나 결코 자유일 수 없는 그 생이 앞으로 또 어떤 족쇄에 얽매이게 될지는 알 수 없는 일이다. 연화는 떠나는 해율을 아픈 마음으로 지켜보았다.

이혼을 인정할 수 없다고 억지를 부려대던 가희도 연화의 단호함에 서서히 고집을 꺾는 듯 보였다. 밤마다 그녀를 찾아와 괴롭힌다던 몽환병도 거짓말처럼 나았고, 분을 이기지 못한 채 시비들에게 패악을 부려대던 버릇도 없어졌다.

해율은 이미 날아간 새다. 날아간 새를 잡기 위해 허공을 향해 팔을 허우적거리는 어리석은 짓은 그만 할 것이다. 원하던 만큼은 아니지만 그래도 충분히 비참하도록 날개를 꺾어놓았으니 반분은 풀렸다.

가희는 조용히 몸을 낮추고 제 앞길을 가늠하고 있었다.

태무는 여전히 간당간당한 모습으로 목숨 줄을 이어가고 있다. 어제까지 죽을 것 같던 사람이 오늘은 또 멀쩡한 얼굴로 율하를 따라다니는 모습을 볼 때면 그 명줄이라는 것이 참으로 알 수가 없다. 저런 몸으로도 쉰, 예순까지 고령으로 사는 사람을 간간이 본 적이 있다. 어쩌면 태무의 몸이 그런 몸이 아닐까 걱정이 된다. 오래 살아보아야 그녀에게 덕 될 것이 조금도 없는 사람이다. 하루라도 빨리 연화궁 마마에 버금가는 권력을 틀어쥐어야 한다. 그래야 안심하고 살 수 있다. 언제 어디서 지마와 같은 사람이 튀어나올지 알 수 없는 일이다.

가희는 이마를 찌푸리며 가리옹성으로 떠나기 전 모룡촌의 무녀 마홍의 집에서 만났던 그 사내를 떠올렸다.

번들거리는 사내의 눈과 마주친 순간, 가희는 그가 누군지 단번에 알아보았다. 어릴 적, 골목을 뛰어다니며 놀다가 가끔 마주쳤던 지마라는 사내다. 빙긋 웃으며 등 뒤에 감추고 있던 누룽지를 손에 쥐어주기도 했었던 고마운 아저씨다.

"울불과 저는 아주 젊을 적부터 애틋한 사이였습니다."

지마의 말은 그렇게 시작되었다. 아주 오래전부터 달검 몰래 사통을 하고 있었다는 얘기였다. 울불의 행실이 곱지 못하다는 것은 짐작하고 있었지만 사통한 사내가 있었다는 얘기는 처음이었다. 그는 다시 걸로로 돌아온 울불과도 자주 밤을 함께 보냈다고 했다.

"그 사람이 그렇게 비명에 갈 줄 알았다면 좀 더 일찍 마마를 찾아왔을 겁니다."

게슴츠레한 사내의 눈이 가까이 다가왔다.

"공주마마와 사비의 운명이……."

가희는 거기까지만 듣고 발딱 일어나 버렸다. 울불이 입을 함부로 놀린 모양이라고 생각했다. 하늘 아래 그 비밀을 알고 있는 사람은 자신뿐이라더니 잠시 떨어져 있는 그새를 참지 못하고 사내의 품에 안겨 온갖 소리를 지껄였던 모양이다.

"마마!"

사내가 발딱 일어난 가희의 옷자락을 잡았다. 꼭 할 말이 있는 듯했다. 그러나 가희는 어떤 말도 듣고 싶지 않아 그의 손을 매몰차게 떨쳐 내었다.

"더 이상 아무 말도 하지 마시오. 모레…… 솔밭으로 나오시오. 그때 다 듣겠소."

그리고 지마와 약속한 그날, 금랑의 아우인 모란전의 무사 금오단을 솔밭으로 내보냈다.

울불과 사비를 처치하고 올라온 금랑에게 추나성으로 잠깐 나가 있으라 하며 가희는 그의 아우인 금오단을 궁으로 불러들였다. 금랑이 입이 무겁고 충심이 있는 자라면 금오단은 눈치가 빠르고 날렵하다. 게다가 해율에 대한 좋지 못한 감정이 있어 가희의 말이라면 물불을 가리지 않고 덤볐다. 제가 살길은 공주에게 빌붙는 방법밖에 없다고 판단한 모양이었다. 솔숲으로 보내며 아주 성가신 자라 했으니 그 성미로 보아 뒤처리는 깔끔하게 했을 것이다. 그리고 지금도 금오단은 상인 행세를 하며 단하 상단에 끼어 배를 타고 있다.

가리옹성의 주막거리에서 금오단이 잡아온 어린 상인의 입을 통해 들은 단하의 신상이 아무래도 의심스러웠다. 단하란 자와 동업을 한다는 부연을 너무나 잘 알기에 더욱 의심스러웠다. 그저 밥이나 굶지 않고 사는 것을 다행으로 여기며 살던 부연이 무슨 재주로 그 큰 상단의 동업자가 되었는지, 삼 년 전 갑자기 걸로에 나타났다는 단하라는 자는 어디서 흘러들어 온 자인지, 그리고 사내의 몸으로 단숨에 해율의 마음을 사로잡았다는 것도 심히 의심스럽다.

모룡촌은 대대로 천인들이 모여 사는 곳이다. 그들이 이곳을 벗어날 수 있는 길은 궁궐의 시비나 일꾼으로 들어가거나 귀족들의 사병으로 들어가는 길이다. 그러나 그것은 극히 드문 경우이고 대부분은 자손대대로 그 신분을 이어받으며 힘겨운 삶을 이어가고 있는 자들의 마을이다.

모룡촌의 무녀 마홍은 앞날을 내다보는 재주가 신묘한 것으로 소문이 자자하여 5부의 많은 귀족 아낙들이 신분을 숨기고 그녀를 찾고 있다고 했다. 명은 모란전에 심어둔 어린 시비 소아가 일러준 대로 마홍의 집을 찾아 은자 세 닢을 내밀었다.

"내 운명을 점쳐 보려고 왔네."

마홍은 콧방귀를 뀌며 손바닥에 올려진 은자를 명에게 훌쩍 던졌다.

"피 묻은 은자는 싫소."

"피 묻는 은자라니!"

발끈하며 은자를 움켜쥐는 명을 향해 마홍이 다시 중얼거렸다.

"댁 몸에서 피 냄새가 풀풀 나오. 장가 못 간 총각 귀신, 사내가 그리운 처녀 귀신, 재물에 눈먼 재물 귀신, 영감 잃은 할망 귀신, 핏덩이 같은 아기 귀신, 눈알 빠진 눈먼 귀신……."

마치 명의 칼에 죽어나간 사람의 수를 세듯 그녀는 손가락을 꼽아가며 귀신들의 이름을 불러대었다. 명은 저도 모르게 바짝 다가앉으며 목소리를 낮추었다.

"눈알 빠진 눈먼 귀신?"

섬뜩하게 다가오는 명의 눈에 움찔하던 무녀는 얼른 말을 돌렸다.

"아, 아직 그런 귀신이 없다면 언젠간 생길 것입니다. 댁의 사주에 그런 귀신도 있소."

명은 긴장이 풀린 듯 조그맣게 한숨을 내쉬었다. 소문대로 영험하기는 한 모양이다. 자신의 칼에 죽어간 사람들이 어디 한둘이던가. 소리 소문 없이, 흔적 없이 명줄을 끊어버린 사람이 수십은 된다. 억울한 그 원혼들이 곁을 떠돌 것이다. 무녀는 그것이 명의 운명이라 말하는 것 같다.

"알아볼 일이 있어왔네. 지난달 스무날 즈음에 아사금 집안의 젊은 여인네가 이곳을 찾았던 적이 있는 것으로 알고 있네. 그날 낯선 사내를 이곳에서 만난 것으로 아는데?"

"소인은 이곳에 어떤 분들이 드나드는지 알지 못합니다."

무녀의 말은 단호했다. 하긴, 모두들 쉬쉬하며 드나드니 그 신분 하나하나를 다 알고자 한다면 이렇게 멀쩡히 살아남아 있지도 못할 것이다. 칼을 뽑아 알아낼까, 구슬려서 알아낼까? 잠깐 망설이던 명은 소맷자락에서 은전이 가득 든 묵직한 주머니를 꺼내어 툭 던져 주었다. 그러나 마홍은 여전히 콧방귀를 뀌며 주머니를 쳐다보지도 않는다.

평생 이 짓을 하며 살았지만 단 한 번도 손님의 비밀을 발설한 적은 없었다. 그것은 남의 앞날을 점쳐 주는 자의 책임이고 도리다. 또한 목숨을 부지하는 방법이고 자존심이기도 했다.

목에 칼을 들이대기 전에는 어떤 대답도 들을 수 없을 것 같은 생각이 들자 명은 칼자루를 바짝 움켜잡고 금방이라도 목에 칼을 들이댈 듯 험악한 눈으로 노려보았다. 그러나 무녀에게서 앞으로도 들을 말이 더 있기에 설불리 칼을 뽑을 수가 없다. 명에게서 건너오는 살기를 느꼈는지 그제야 마홍은 떨기 시작했다.

"그럼 한 가지만 묻지. 그날 찾아왔던 자를 아는가? 차루벌 사람인가? 아니면……."

"소, 소인은……."

명은 움찔 물러나며 떨고 있는 마홍의 눈앞에 다시 은자 주머니 하나를 더 들어 보였다.

"혹…… 걸로에서 온 자인가?"

마홍은 눈앞에서 대롱 이는 은자 주머니를 보며 힘겹게 고개를 끄덕였다.

"예, 거, 걸로에서 왔다고 들었습니다. 그 외에는 정말 아무것도 모르오."

명은 은자를 던져 주고 그곳을 나왔다. 점점 미궁으로 빠져드는 기분이다. 공주가 사비모와 사비를 죽인 데에는 해율의 외면 외에 분명히 또 다른 이유가 있을 것이다. 그 낯선 사내를 죽인 것과 같은 이유가.

그게 뭘까? 뭘까?

머리 속을 떠도는 혼란을 감당하기가 힘들다.

단하 상단이 서란강을 타고 올라가 가리옹성을 거쳐 단국까지 단숨에 들어간 사연은 장하루의 상인들도 이미 알고 있었다. 남으로는 기란국과 막혀 있고 북으로는 대국에 막혀 있는 단국과의 직교역은 상상조차 못하던 일이었다. 반드시 두 나라를 거쳐야만 들어갈 수 있는 위치에 있었기에 위험한 국경을 넘어 그 먼 거리를 이동한다는 것은 득보다는 실이 많았다. 그래서 단국의 물품들은 주로 차루벌을 통해서 만날 수 있었다. 그 교역에서 실질적으로 가장 이득을 얻는 사람들은 중간 무역을 하는 차루벌의 상인들이었다. 그들을 거치지 않은 직교역이 얼마만큼의 이윤을 남길지는 아무도 예측할 수 없는 일이다.

장하루와 아소성을 거쳐 단하 상단은 한 달여 만에 다시 걸로로 향했다. 그 배에는 장하루의 소상인 수십 인이 함께 타고 있었다. 아직 검증되지 않은 그 길을 과감히 따라나선 것은 순전히 단하에 대한 신뢰 때문이었다.

바다는 잔잔했다. 단하는 뱃머리에 서서 먼 바다 끝을 응시하고 있었다. 언제나 막막하던 그곳이 이젠 더 이상 막막해 보이지 않는다. 벅찬 무엇이 그 너머에 있을 것만 같다.

차루벌로 간 해율은 어떻게 되었을까? 여전히 놓아주지 않는 가희와 연화궁 마마에 묶여 답답한 시간을 보내고 있을까, 아니면……? 어쩌면 연화궁 마마께 내침을 당해 이미 가리옹성에 돌아와 있을지도 모르겠다.

생각이 거기에 이르자 마음이 다급해졌다. 얼른 가리옹성으로 달려가 그를 품어주고 싶었다. 거침없이 강인한 남자일 거라 생각했던 해율이 실은 너무도 여리고 나약한 남자란 것을 알았을 때 사비에게는 여인의 마음을 넘어선 어미와 같은 깊은 마음이 생겨 버렸다. 요염하고 아리따운 여인이 되어 안기고 싶었고, 어미와 같은 넓은 마음으로 품어주고 싶기도 했다. 지쳐 쓰러지면 일으켜 세워주고 잘할 수 있다고 격려도 해줄 것이며 오로지 그밖에 모르는 여인이 되어 무한한 믿음으로 바라보아 줄 것이다.

그는 나의 가장 강인한 군주이며 지아비이며 사랑이며 아픔이니까.

걸로에 도착하니 해율의 소식이 당도해 있었다.

이제 자신은 더 이상 부마도위도, 차대왕도 아니라고 했다. 그러나 온전히 자유의 몸이 되기 위해서는 아직 치러야 할 죗값이 있다고 했다. 그래서 전장으로 떠나는 길이라고. 그곳에서 어떤 임무가 주어질지, 얼마간을 머물게 될지 아는 것은 아무것도 없다고 했다.

〈나는 이제 스스로 가질 수 있는 것이 아무것도 없다. 권력도, 재력도, 귀족의 지위도 이젠 내 것이 아니다. 이름은 가리옹성의 성주이나 실제는 전쟁터를 떠돌아다니는 무관의 용병일 뿐이다. 이렇게 초라해진 나를, 너는 여전히 사랑해 줄 것

이냐?〉

　마지막 구절을 읽으며 사비는 고인 눈물을 삼켰다.
　잃어버릴 수 있는 모든 것을 다 벗어버린 당신, 더 이상 낮아질 수 없을 만큼 낮아져 버린 당신, 당신이 가장 슬픈 순간에도 저는 당신을 사랑합니다. 지금보다 더 처참해지고 못난 모습이어도, 아픔이 커질수록 제 사랑은 더 깊어질 것입니다.
　사비는 눈을 깜박여 고인 눈물을 털어내었다. 나약하게 눈물이나 흘리는 여자는 되고 싶지 않았다.
　며칠만 노독을 풀고 떠나라는 부연의 만류를 뿌리치고 가리옹성으로 향했다. 멈추지 않는 강행군에 지쳐 떨어지는 상인들이 속출했다. 그러나 그들을 몰아치는 단하의 차가움은 섬뜩할 지경이다. 그것을 지켜보는 소연검의 마음은 슬픔을 넘어 안타까움마저 일었다. 단하를 지치지조차 못하게 만드는 해율이라는 사내가 부러웠고, 차대왕의 자리까지 박차고 나온 그의 용기가 두려웠다. 자신으로서는 감히 흉내 낼 수 없는, 그래서 단하를 향한 아주 조그만 마음조차 드러낼 수 없게 만들어 버리는 무서운 자다.
　토막 잠을 자며 밤낮없이 뗏목을 몰아 닷새 만에 가리옹성의 갯나루에 닿았다. 그곳을 떠난 지 채 석 달이 지나지 않아서였다.
　절반의 물품을 가리옹성에서 풀고 나머지 물품을 들고 다시 단국으로 넘어가 거래를 마친 단하 상단은 단국의 특산품인 최상품의 호피를 싹쓸이하듯 사들였다. 호피는 차루벌의 상인들이 가장 많은 이문을 남기며 거래하는 물품 중 하나이다.

이번 장삿길도 아주 흡족한 거래였다. 그것은 단하 상단을 따라온 장하루의 소상인들도 마찬가지였다. 말로만 듣던 단하 상단의 힘을 다시 한 번 확인하는 계기가 되었고 그들의 믿음은 한층 더 단단해졌다. 단하 상단을 따르면 처음은 힘들지만 결국엔 재물을 얻는다던 장하루의 정설이 딱 들어맞았다.

가리옹성에 당도하니 해율이 보낸 소식이 당도해 있었다. 백발의 진공 장군은 여전히 못마땅한 눈으로 단하에게 서찰을 내밀었다. 별금의 수장께서 모든 것을 잃고 전장으로 쫓겨난 것이 바로 본인 때문이란 것을 이 곱상한 사내는 아는지 모르는지 그저 해율의 서신이 반가운 모양이다. 빼앗듯 서신을 받아 드는 단하를 보며 그는 끙, 신음 소리를 내었다. 마음 같아서는 당장이라도 가리옹성 밖으로 내치고 싶지만 해율의 영을 거스를 수가 없다.

해율은 진공에게 따로이 영을 내렸다. 그 영은 단하 상단의 장삿길을 방해하지 말 것이며 도움을 요청하면 언제든 편의를 봐주라는 것이었다. 그리고 자신을 대하듯 단하를 존중할 것이며 섣부른 마음으로 어떠한 위해라도 가하는 자가 있다면 자신이 도착하는 즉시 목숨으로 그 값을 치르게 할 것이라는 엄포도 들어 있었다.

해율은 기란국의 서북 지방에 있는 조그만 산성에 머물고 있으며 곧 야로국과의 전쟁이 치러질 것이라고 했다. 단정하게 쓰인 글씨들이 그의 단정한 마음과 의지를 보는 듯했다.

장사를 하려면 글을 알아야 한다는 부연의 권고에 글을 배워 둔 것이 참으로 다행이다. 그의 마음을 눈으로 읽고 가슴으로 느낄 수 있는 것이 얼마나 다행인지.

단하는 서찰을 고이 접어 가슴에 품었다. 해율은 어쩌면 서찰의 내용보다 훨씬 험한 곳에 머무르고 있는지도 모른다는 생각이 들었다.

"해율님이 가 계신 곳이 어떤 곳입니까?"

그는 생각보다 담담한 어조로 물었다. 겉모습은 나약하나 속내는 강인한 사내란 느낌이 들었다. 무슨 행동이든 가벼이 할 자 같지는 않다. 그러니 해율과의 관계도 섣부른 장난이 아니라는 뜻이리라.

"그곳은 지금 한창 전쟁 중인 야로국과 창칼을 맞대고 있는 곳이오. 한 달 동안 수십 번 주인이 바뀌기도 했던 곳이지요. 지금 기란국의 성이 되었다고는 하나 언제 또다시 주인이 바뀔지 모르는 곳이오."

진공은 해율이 있는 곳이 단 하루도 전쟁이 끊이지 않는 곳이며 무영 대장군으로부터 더 이상 지원 받을 군사도, 군량도 없는 최악의 상황이라는 말까지는 차마 하지 못했다.

단하는 진공의 말을 담담한 표정으로 들었다. 그러나 그 얼굴은 담담하지만 두려움과 아픔이 느껴지고, 무한한 믿음과 희망도 엿보인다. 정말 어이없고 인정할 수 없는 일이지만 해율의 글에서도, 앞에 앉은 단하라는 자의 얼굴에서도 그들의 진심이 느껴졌다.

두 사내는 진정으로 서로를 사모하고 있다.

육십 평생을 살면서 사내와 사내가 서로를 사모하는 모습을 보는 것은 처음이다. 애초에 조물주가 사람을 만들어낼 때 암수를 구분지어 놓으신 것은 서로가 짝을 지어 세상과 조화를 이루며 살라는 뜻이었으리라. 그런데 그것을 거스르고 사내가 사내를 마음에 두고, 품고, 아파하는 모습을 어떻게 받아들여야 할까? 그것은 결코 조물주의 뜻이 아니니 옳지 않다고 막는 것만이 옳은 일일까? 그럴 거면 조물주께서는 애초에 사람에게 마음이란 걸 주지 말았어야 옳지 않을까? 사람의 마음은 흐르는 물과 같아 억지로 막고 길을 돌리면 홍수가 나고 병이 든다. 몸을 만들어낸 것은 조물주이시나 마음을 만들어낸 것은 사람이다. 사람이 사람을 그리워하고 사모하는데 남녀노소의 구분은 다 무어란 말인가!

깊은 생각에 빠진 듯 느린 걸음으로 관을 나가고 있는 단하를 보며 진공은 마음이 울컥해졌다. 이렇게 나약해지다니, 죽을 날이 멀지 않은 모양이다.

해율을 위해 할 수 있는 일이 아무것도 없다는 사실에 사비는 밤새 잠을 설쳤다.

차대왕의 지위를 잃는 것에 더하여 그는 별금의 수장 자리까지 내놓았다고 했다. 연화궁 마마의 허락 없이는 살아생전 차루벌에는 발을 들여놓을 수조차 없다. 대장군의 부름을 받으면 어떤 위험한 곳도 달려가야 하며 전장에서는 언제나 앞장을 서야 하고 아무리 뛰어난 전공을 세워도 인정을 받지 못한다고 했다. 그것을 어찌 살아 있다고 할 수 있겠는가.

사비는 진공 장군의 말을 하나하나 되새기며 가슴을 움켜쥐고 있었다. 또 뭐라고 하더라? 아, 그래. 그는 또 이렇게 말했다.

삶도 죽음도 이제는 더 이상 그분의 것이 아니라고, 스스로 선택하신 길이니 누구도 원망할 수 없다고, 그러나 나는 그 선택의 중심에 있었던 그대가 몹시도 원망스럽다고…….

백발의 늙은 장수가 자식을 사지에 보내놓은 부모의 얼굴을 하고 단하에게 그렇게 말했다. 해율이 얼마나 많은 것을 잃었는지 짐작이 갔다. 귀족으로서 누릴 수 있는 모든 권리를 그는 다 잃었다. 더 이상 꿈을 꿀 수도, 희망을 품을 수도 없는 무장이 되어 가리옹성 성주로 생을 마감할지도 모른다. 연화궁 마마의 무서운 결단에 사비는 치를 떨었다. 자신을 떨쳐 낼 때도 연화궁 마마는 차갑고 무서웠었다. 이토록 차갑고 무서운 분인 줄도 모르고 참 많이도 사모했었다. 연화궁 마마가 자신을 죽이고자 했다는 것을 알고도 마음을 온전히 떨치지 못했었는데 이제는 정말 그분을 마음에서 완전히 떨쳐 낼 수 있을 것 같다. 그분이 내치고 꺾어놓은 해율의 꿈을 자신의 손으로 다시 일으키고 키워줄 것이다.

사비는 두 손으로 가슴을 움켜쥐었다.

연화궁 마마…… 당신이 죽이고자 했었던 사비가 이렇게 멀쩡히 살아 있듯이 당신이 꺾어놓은 해율님의 꿈, 제가 다시 일으킬 것입니다. 두고 보십시오!

원망과 분노가 서린 사비의 눈은 어둠 속에서 도전적으로 반짝였다. 연화궁 마마가 가진 권력의 힘만큼 자신은 재력을 가질 것이다.

해율은 모든 것을 잃었다. 만약 이 가리옹성마저 외면한다면 그는 더 이상 설 땅이 없어지고 만다. 지금까지 자신이 지켜보아 온 해율은 누구보다 훌륭한 장수였고 성주였다. 그의 사랑이 세상의 이치와 다르다 하여 그의 모든 것을 부정할 마음은 없다.

밤새 생각에 생각을 거듭하며 진공 장군은 해율의 마음을 이해하기로 했다. 그리고 해율의 마음을 가져간 이 사내, 단하를 지켜보기로 했다.

단하 상단이 떠나는 날 아침 진공 장군이 주막으로 찾아왔다.

그는 가리옹성 군사들이 곧 해율이 머물고 있는 산성으로 갈 것이라고 전하며 군량미와 의복을 지원해 달라고 했다. 야로국과의 전쟁이 길어지면서 지금 전쟁터에서는 창칼보다 더 시급한 것이 군량미와 의복이다. 전쟁의 승패는 그것이 가늠할 것이다.

"대신 우리 가리옹성은 단하 상단이 이곳을 드나드는 동안 신변을 보호해 줄 것이며 마음 놓고 장사를 할 수 있도록 모든 지원을 아끼지 않을 것이오."

진공의 말이 채 끝나기도 전에 단하는 반갑게 고개를 끄덕였다. 진공 장군의 뜻이 무엇이든, 해율을 위해 무언가를 할 수 있다는 것이 기뻤다.

"우리 단하 상단이 있는 한 가리옹성 군사들이 헐벗거나 굶주리는 일은 없을 것입니다. 그곳이 어디든, 군사의 수가 얼마나 되었든, 그분이 계신 곳에서라면 말입니다."

해사랑금의 몰락 후, 차루벌의 상권은 왕실과 아사금이 모두 장악했다. 그러나 그들은 장사 수완이 밝지 못했고 국가에 귀속된 장사치들은 이문이 아무리 많이 남는 거래가 생기더라도 위험을 감수하면서까지 나서는 것을 꺼려했다. 모든 것을 나라가 관장을 하니 소상인들은 더 이상 설 땅이 없어졌고 차루벌의 상거래는 자연히 주눅이 들 수밖에 없었다. 한때는 대국의 수도에 버금가는 화려한 장시를 이루었던 저자는 점점 허드레 물건으로 채워졌고, 물건 값은 점점 오르니 화조국의 상인은 물론, 푸른 눈의 서역 상인들의 발길마저 뚝 끊겨 버렸다. 상인들을 독려하려 세금을 깎아주고 각종 지원책을 내놓았지만 좀처럼 활기를 띠지 못했다.

"상인들이 차루벌을 떠나고 있습니다."

별금의 수장으로 나라의 재무를 맡고 있는 현충이 걱정스런 얼굴로 찾아와 의논을 했다.

"차루벌에서는 더 이상 좋은 물건을 구할 수가 없습니다. 그러니 자연 대 상인들이 차루벌을 찾지 않게 되고, 시전들은 문을 닫습니다."

"원인이 뭔가요?"

"나라에 귀속된 상인들이 위험을 감수하려 하지 않습니다. 그리고 걸로와 가리옹성을 잇는 장삿길이 트였습니다. 화조국에서 들어온 물건들은 멈춤 없이 가리옹성으로 오르고 그곳을 거쳐 단국과 대국까지 곧장 들어가고 있습니다."

"걸로에서 가리옹성까지 그 엄청난 거리를 어찌 오른단 말입니까?"

가리옹성은 걸로에서 차루벌까지의 거리보다 서너 배가 넘는 거리이며 그 길 또한 거친 산맥을 넘어야 한다.

"지금 서란강에는 대형 뗏목들이 쉴 새 없이 오르내리고 있습니다."

"그들이 뗏목을 이용해 가리옹성까지 오르내리고 있단 말이오?"

"예, 마마. 서란강은 깊지는 않으나 강폭이 넓어 뗏목을 이용하기에 알맞은 곳입니다. 빠르면 이레, 늦어도 열흘이면 가리옹성에 닿을 수 있다고 합니다. 값싸고 좋은 물건들이 넘쳐 나니 가리옹성은 지금 불야성을 이루던 시절의 차루벌을 보는 듯하다는 소문도 자자합니다."

몇 해 전까지만 해도 차루벌 거리는 불야성을 이루었고 저자에는 화려한 옷차림으로 밤을 즐기려는 사람들이 북적였었다. 그러나 해사랑금이 몰락하면서 서서히 힘을 잃어가던 차루벌의 상업이 이제는 거의 몰락의 길을 걷고 있다. 차루벌은 상업이 중심인 곳이고 그것이 무너지면 백성들은 결국 살길을 찾아 떠날 것이다. 뭔가 대책이 필요하다.

"그 장삿길이 열린 것은 지난봄부터이고 걸로에 본거지를 두고 있는 단하 상단이 주도하고 있습니다."

"단하 상단?"

"상단을 이끄는 단하라는 자는 아주 새파랗게 젊은 자인데 재물이 되는 곳이면 어디든 간다고 하여 재물에 목숨을 건 자라고 부른답니다. 서란강을 타고 오르는 장삿길을 개척하면서 단숨에 걸로 최고의 대상인인 차불한의 재력을 넘어섰다고 합니다. 그자를 따르는 소상인의 수가 이미 수백이 넘는다고도 하고 화조국에서는 단하 상단의 인장이 찍힌 물건이라면 검시조차 하지 않고 다투어 사들일 만큼 신뢰 또한 두텁다고 합니다."

단하라는 자, 현충의 말만으로도 보통 장사치는 아닌 것 같다. 누구도 상상 못한 일인 뗏목을 이용해 서란강을 오른 것도 그렇고 인장만으로 검시조차 하지 않고 앞 다투어 물건을 사들일 만큼 신뢰를 쌓은 것도 그렇고.

"어떡하든 장시를 번성하게 할 방법을 강구해 보시오. 그리고 단하라는 자에 대해 좀 더 알아보오. 그자와 연을 맺을 방법도 알아보고."

"예, 마마."

거두어들일 수 있는 세금은 점점 줄어들고 무영은 여전히 전쟁 중이다. 곧 겨울이 닥치면 군사들은 혹한과 굶주림을 견뎌내지 못할 것이다. 더 이상 그의 요구를 들어줄 여력이 없다는 것을 아는지 모르는지 무영은 전쟁을 멈출 마음이 없어 보인다. 왕실도 백성들도 전쟁에 지쳐 있지만 태무에게도 자신에게도 무영을 멈추게 할 힘이 없다.

차루벌에서 내려왔다는 상인들이 심심찮게 단하 상단을 찾아왔다. 그들은 단하를 직접 대면하기를 원했지만 단하는 한 번도 그들을 만나주지 않았다. 그들이 찾아온 목적은 뻔했다. 차루벌로 장삿길을 돌려달라는 부탁을 하러 온 것일 것이다. 그러나 서란강 물길이 트이면서 장사치들에게 차루벌은 이제 매력을 잃었다.

한동안 새파랗게 젊은 무사가 단하의 뒤를 캐고 다니더니 이번에는 매의 눈을 닮은 그 사내가 걸로에 나타났다. 예전에 차루벌에서 사비와 울불을 데리고 궁에서 왔다던 그 사내다. 다행히 단하가 화조국으로 떠난 뒤였다. 그는 며칠 동안 바다를 서성거렸다. 부연은 숨어서 그를 지켜보았다. 사내는 사비가 뛰어내린 그 벼랑 위에서 바다를 내려다보고 있었다. 부연은 사비를 죽이려 했던 자객을 떠올렸다. 사비가 그토록 두려워하던 자, 죽은 듯 숨어살아야 하는 이유를 저자는 알고 있지 않을까, 하는 생각이 들었다.

명은 바다를 내려다보며 생각에 잠겨 있었다.

공주가 사비와 사비모를 죽여야 했던 진정한 이유는 뭘까? 그리고 걸로에서 왔다던 그 사내를 죽인 이유는……?

잡힐 듯 잡힐 듯하면서도 잡히지 않는 그 무엇이 안개처럼 머리 속을 떠다닌다. 바람이 불어오자 집채만한 파도가 바위에 부딪혀 부서졌다. 알 수 없는 두려움이 엄습했다. 자신은 왜 이 걸로에서 서성이고 있는지, 무엇을 확인하고자 이곳까지 달려왔는지, 머리를 떠도는 한 가지 생각이 쉬이 꺼내지지 않는다. 두려움 탓이다.

명은 며칠 만에 다시 걸로를 떠났다. 두려움을 깨뜨려 줄 확실한 증거를 잡지 못하는 한 다시는 걸로를 찾지 않을 생각이다.

八 폭설

여름이 가고 가을을 지나 겨울이 다가오고 있었다. 유유히 흐르는 서란강가에도 꽃이 지고 잎이 지고 연록의 풀들이 갈빛을 머금기 시작했다.

단하는 산자락으로 떨어지는 노을을 바라보며 뗏목 위에 서 있었다. 지난 열 달은 숨 쉴 틈도 없이 몰아쳐 달려온 시간들이다. 상단을 서너 패로 나누어 장하루로, 아소성으로, 대국으로, 그리고 가리옹성으로 끝없이 물건을 실어 날랐고 어느새 단하 상단은 걸로의 대 선주 차불한 선단을 능가하는 선단을 형성하였고 따르는 소상인과 재력에서도 그를 넘어섰다. 이렇게 되기까지에는 가리옹성의 도움이 컸다. 군사들에게 군량미와 의복이 지원되는 만큼 세금이 감면되었고, 언제든 안심하고 국경을 넘나들 수 있도록 철저한 신변보호를 해주었다.

단국을 거쳐 대국으로 넘어가는 장삿길을 개척하겠다는 야무진 꿈은 생각보다 쉽게 이루어질 것 같다. 화조국과 대국은 물론 푸른 눈을 가진 먼 이국의 장사치들까지 가리옹성을 기웃거리고 있으니 말이다. 장사꾼이 이문이 남는 곳에 몰리는 것은 당연한 이치가 아니겠는가.

단하는 설핏 미소를 지으며 따듯한 손으로 아랫배를 감쌌다. 매달 비치던 붉은 꽃이 열흘이 넘도록 비치지 않고 있다. 이 안에, 지난달 바람처럼 가리옹성을 다녀간 해율이 남기고 간 소중한 선물이 자라고 있으리라.

순식간에 가슴이 벅차올랐다. 이번에 가리옹성에 가면 상단의 모든 일은 부연에게 맡기고 당분간은 그곳에서 머물 참이다. 어차피 겨울이 닥치면 서란강이 얼어붙을 테고 그렇게 되면 서너 달 동안은 이 장삿길도 동면에 들어갈 테니 말이다.

단하는 지난달 해율을 만났던 순간을 다시 떠올렸다. 그 뜨거웠던 밤들을 떠올리며 노을이 내려앉듯 낯이 붉어졌다.

걸로에서 올라와 짐을 막 부리던 그날, 느닷없이 해율이 나타났었다. 반년 만에 만난 해율은 피부는 구릿빛으로 변해 있었고 눈빛은 살아서 반짝였다. 열일곱 어린 나이에 걸로의 바다에서 처음 보았던 바로 그 눈빛이었다. 걸로의 천한 잠녀에게는 신기하게까지 느껴졌던 그 환한 웃음을 다시 웃고 있었다. 그는 이제야 진심으로 살아 있는 듯 보였다.

사흘 밤을 보내고 해율은 다시 전쟁터로 떠났다. 사비는 가리옹성을 벗어나 우슬라 지방의 밖까지 따라 나갔다.

몸조심하라는 말에 그는 입을 맞추어주었다. 승리하라는 말에도 그는 입을 맞추어주었다. 마지막으로 빨리 돌아오라는 말에도 그는 뜨겁도록 입을 맞추어주었다. 수행하는 군사들을 무시하고, 세상의 눈도 귀도 무시하고 입을 맞추고 사랑한다고 속삭였다. 목마른 아이처럼 갈증이 가득한 얼굴로 돌아서는 그를 웃으며 담담히 보냈지만 실은 사비의 눈은 그의 옷자락에 매달렸으며 더 깊은 갈망으로 목이 말랐다는 것을 해율은 모를 것이다. 밤마다, 꿈마다 그를 안는 부끄러운 꿈에 시달린다는 것도 모를 것이다.

돌아오면 다 말해주어야지. 눈을 감을 때도, 뜰 때도 보고 싶었다고. 가슴이 뜨겁도록 당신을 사랑한다고. 당신을 생각하는 매 순간 내 몸은 뜨거워진다고.

사비는 뜨거워진 얼굴을 붉은 노을에 가렸다.

왕실 곳간은 텅텅 비었는데 모란전에는 온갖 진귀한 선물들을 실은 마차가 문턱이 닳도록 드나들고 있었다. 누가 될지 모를 새로운 부마도위를 기다리며 공주에게 미리 눈도장이라도 찍어두려는 5부의 귀족들이 진상하는 선물들이다. 그러잖아도 왕실을 바라보는 백성들의 시선이 곱지 않은데 날로 심해지는 가희의 사치와 모란전으로 향하는 진상 행렬이 곱게 보일 리가 없다. 연화궁으로 불러 처신을 조심하라는 꾸지람을 내리기도 하고, 달래보기도 했지만 가희의 행동은 고쳐지지 않았다. 급기야 공주에게 뇌물을 바치는 자는 엄벌에 처할 것이라는 연화의 엄명이 떨어졌다.

아무리 보아도 가희는 국모의 자질을 갖추지 못했다. 가희의 사치와 어리석은 욕심을 눌러줄 강한 사내로 짝을 지어주어야 할 것 같은데 연화의 눈에 차는 청년이 없다. 기란국을 안심하고 맡겨도 될 만한 자를 찾기란 참으로 어려운 일이다. 연화는 서두르지 않기로 했다.

해율을 내치고 금방이라도 진행될 것 같던 재혼이 혼처가 쉬이 정해지지 않으면서 시간만 끌게 되자 가희는 점점 초조해졌다. 금방이라도 쓰러질 것 같던 태무는 여전히 멀쩡하고, 아니, 오히려 없던 힘이 넘치고 즈음에 와서는 눈빛까지 총명해졌다. 못난이 율하가 무슨 재주를 부리는 것일까?

태무의 몸이 저렇게 멀쩡하니 연화궁 마마로서는 답답할 것이 없을 것이다. 이런 시간이 길어지면 그녀의 마음이 어찌 변할지 모른다. 더군다나 대장군 무영이 돌아오면 모든 것은 그가 원하는 대로 돌아갈 것이다. 혼처도 그가 원하는 곳으로 정해질 테고 또다시 지난번 같은 일이 없으란 법이 없다. 다시는 해율 같은 사내는 만나고 싶지 않다. 잘난 사내도 싫고 충성스런 사내도 싫다. 오로지 그녀만 바라보고 그녀만 아는 사내, 나라보다 백성보다 그녀를 우선으로 생각해 주는 사내를 원한다. 재물로 권력으로 자신이 휘두를 수 있는 사내, 그러면서도 차대왕의 지위를 차지할 수 있는 욕심이 있는 사내. 그런 자가 누굴까? 가희는 지금 그것을 가늠 중이다.

다른 것은 아무것도 바라지 않는다. 오로지 이 궁에서 살아남는 것, 진실의 눈을 가리고 영원히 공주로 살아남을 수 있는 것, 그것뿐이다. 도와줄 수 있는 사람은 아무도 없다. 이젠 오로지 혼자 힘으로 스스로를 지켜야만 한다.

울불…… 어머니……. 그녀만 살아 있었어도 이토록 외롭고 두렵지는 않을 것 같다. 남들에겐 우악스럽고 모질다고 손가락질을 받았어도 자신에게는 하늘 아래 둘도 없는 어머니였다.

그러게…… 비밀은 혼자 지고 가실 일이지 왜 제게 말을 하셨습니까? 왜 욕심을 부려 저를 이 자리에 앉히셨습니까? 어머니…… 어머니…… 흑흑.

흐르는 눈물을 이불깃에 숨기며 가희는 이를 악물었다.

진공 장군은 백발의 수염을 휘날리며 저자를 순시하고 있었다. 서란강 물길이 열리고 일 년도 안 된 사이 저자에는 시전이 줄줄이 들어서고 곳곳에서 몰려오는 장사치들과 백성들로 가리옹성 거리는 활기에 넘쳤다. 새로운 집들이 들어서고 도로가 정비되고 백성들의 얼굴과 의복은 기름기가 흐른다. 진공은 젊었을 적에 잠깐 머물렀던 차루벌의 그 화려했던 거리를 떠올렸다.

가리옹성이 그런 화려함을 따라가는 것은 바라지 않는다. 그저 백성들이 배곯지 않고 사는 것, 그것이면 족하다.

얼굴이 곱상하고 장사 수완이 좋은 자라고만 생각했던 단하가 보통의 사내가 아니라는 것을 알아채는 데는 많은 시간이 필요하지 않았다.

그는 도의를 알고 의리를 아는 통 큰 사내다. 아프고 굶주리는 백성들의 서러움을 살필 줄 아는 자다. 그리고 돈 냄새를 기가 막히게 맡을 줄도 아는 자다. 아, 단하가 보통의 사내가 아닌 이유는 또 하나 있다. 그것은 바로 그가 사내가 아니라 여인이라는 것이다. 진공이 그것을 눈치 챈 것은 지난번 해율이 갑작스럽게 가리옹성을 다녀갔을 때였다.

해율은 기란국의 서북 끝인 전장터에서 이곳 동북 끝인 가리옹성까지 몇 날 밤을 새워 단숨에 달려왔다고 했다. 몽롱한 눈으로 말에서 내린 그는 주위에 가득한 사람들의 시선도 아랑곳 않고 단하의 품으로 쓰러지듯 안겼다. 단하 또한 주변의 시선을 아랑곳 않고 해율을 품어 안았다. 사내들끼리 안고 있는 모습이 아무래도 적응이 안 되는 듯 모두들 고개를 돌렸지만 진공은 등을 다독이는 모습이 마치 어미의 손길처럼 느껴지는 단하의 행동을 유심히 살폈다. 해율을 안아 다독이던 그가 고개를 들어 해율을 살폈다. 그 눈이 어찌나 당돌한지 진공의 늙은 주먹이 저도 모르게 불끈 쥐어질 지경이다. 한참 후, 미소년 같은 그 얼굴에 미소가 지어졌다. 사내는 분명 사내이나 사내로 느껴지지 않는 미소다. 그는 단하가 사내가 아닌 여인일지 모른다는 생각을 했다. 그제야 그때까지 단하에게서 느끼지 못했던 여성스런 면모들이 하나하나 눈에 띄는 것이다. 갸름한 턱과 좁은 어깨, 그리고 설핏 짓는 미소까지 여인네의 그것이었다. 그는 남장을 한 여인이었던 것이다.

해율이 이끄는 가리옹성 군사는 단하 상단이 내놓은 군량미와 의복으로 무장을 하고 어떤 부대보다 용맹하게 싸워 승승장구하고 있다. 이런 기세라면 2차 야로국 정벌도 곧 끝이 날 것이고 해율은 다시 이곳으로 돌아올 것이다. 그러면 다시 전쟁이 터질 때까지 한동안 두 사람은 함께할 수 있으리라.

저자를 한 바퀴 돈 진공은 단하가 머물고 있는 곳으로 향했다.

단하 상단은 가리옹성 내에 커다란 창고가 딸린 집을 하나 마련하였다. 그리고 단하는 그곳에서 겨울을 보낼 예정이라고 했다.

대문 밖 저 멀리서부터 분주히 움직이는 단하의 모습이 눈에 잡혔다. 하여튼 잠시도 나태하지를 못하는 사람이다. 진공은 저도 모르게 스며오는 미소를 감추며 집으로 들어섰다.

"흠, 아직도 할 일이 남았소?"

어제 걸로로 떠나는 뗏목에 물건을 실어 보냄으로써 이곳에서의 일은 마무리된 것으로 알았는데 아직도 창고 안에는 물건들이 산더미처럼 쌓여 있다. 헛기침 소리를 듣고서야 고개를 돌린 단하가 다가왔다. 손끝이 떨어져 나갈 듯 찬 날씨인데도 그녀의 콧등에는 땀방울이 솟아 있다.

"아, 오셨습니까?"

짐짓 사내의 음성을 흉내 내는 모습이 진공의 눈에는 귀여워 보인다. 자신이 그녀의 실체를 짐작하고 있다는 것을 전혀 모르는 모양이다.

"서너 달 쉰다 하지 않았소? 헌데 어찌 아직도 창고 속이 그득하오?"

"장사치에게 물건이 떨어지면 그걸 어찌 장사치라 하겠습니까? 뗏목은 올라오지 않아도 저자는 열어야지요. 저자가 휑하면 그만큼 굶는 자들이 늘어나는 법입니다."

창고의 천장 끝까지 빼곡히 들어찬 물건들을 진공은 놀란 눈으로 살폈다. 서너 달 혹한의 겨울을 기다리며 그래도 올해는 벌이가 좋았으니 얼어 죽고 굶어 죽는 백성들이 조금은 줄어들겠구나, 생각했었는데 단하는 그 겨울마저도 미리 대비하고 있었던 모양이다. 환갑이 다 된 나이에도 생각지 못한 것을 새파랗게 젊은 여인이 대비하고 있는 것이 새삼 놀랍고 그 마음이 고맙다. 도대체 단하의 속에는 얼마나 큰 바다가 들어 있을까, 문득 궁금해진다.

"우리 가리옹성 군사들이 또 승전보를 보내왔소. 이번에는 야로국이 가장 자랑한다는 개운성에서라오. 들으셨소?"

"아, 아니요. 처음 듣는 얘깁니다."

"성주님께서 돌아오실 날도 멀지 않았소."

단하의 눈에 순식간에 흥분이 일었다. 붉어지는 얼굴을 감추듯 얼른 고개를 돌리는 것을 보며 진공은 다시 혼잣말처럼 중얼거렸다.

"돌아오셔도 걱정, 오지 않으셔도 걱정이오. 지금 돌아오시면 그대를 만날 것이고 그럼 다시 풍속을 문란하게 할 것이니 거참……."

난감한 표정으로 끙, 신음 소리까지 내는 진공 장군이다. 백발이 성성한 늙은 장수의 얼굴에 가득한 수심을 보며 단하는 은근 죄스러운 마음이 들었다. 늘 마땅찮은 얼굴로 자신을 대하지만 은근히 깊은 정을 주신 분이다. 이제껏 자신을 지켜주었고, 해율을 지켜주신 분이다.

"저기……."

"어리석은 백성들이 따라할까 무서워서 그러오. 그래서 해율님이 돌아오시면 어떡하든 해결을 보라고 할 참이오."

"해결요?"

"그렇소, 해결. 흠."

잔뜩 심각하고 근엄한 표정으로 집을 휘둘러보던 진공이 그만 가야겠다며 돌아섰다. 말에 훌쩍 오른 그는 다소 걱정이 서린 단하의 눈과 마주쳤다. 단하에게 부모가 없다면 자신이 아비가 되어서라도 해율이 돌아오는 즉시 혼인을 종용할 참이다. 단하를 보고 있으면 신분 따위가 다 뭔가 싶다. 그녀는 5부의 어떤 귀족들보다 훌륭하고 귀한 마음을 지닌 사람이다. 이런 사람이 가리옹성의 안주인이 되어준다면 더 바랄 것이 없겠다.

"창고 귀퉁이를 조금 비워두시오. 겨울을 나려면 땔감이 많이 필요할 게요. 내일 수하들을 보낼 터이니…… 흠. 이럇!"

버릇처럼 헛기침을 하며 진공은 말을 몰아나갔다. 걱정이 서려 있던 단하의 눈이 순식간에 따듯해졌다. 언제나 저렇게 퉁명스러움으로 따듯한 마음을 표현하시는 분이다. 그나저나 해율이 돌아오면 해결을 보라고 하겠다는 말이 무슨 뜻인지 못내 궁금하다.

서란강의 물길을 트고 가리옹성과 걸로를 잇는 장삿길을 연단하라는 자는 해율이 안았던 사내, 바로 그 장사치라고 했다. 해율은 그에게서 사비를 느꼈다고 했다. 그래서 마음이 동했다고. 양물이 잘린 사내라고 했던가?

현충의 보고에 의하면 단하 상단은 차루벌과 교역하던 상단 중 몇 손가락 안에 드는 큰 상단이었다고 했다. 그런 자가 가리옹성으로 발길을 돌린 후 순식간에 차루벌과는 모든 교역을 끊어버렸다는 것이다. 서란강을 통해 가리옹성으로 오르면 단국을 통해 대국으로 가는 길이 순식간이다. 장사에 대해서는 아는 것이 없는 연화지만 장사치라면 누구나 욕심을 낼 만한 장삿길이라는 생각이 든다. 중간 상인을 두세 번씩 거쳐야만 물건이 들어오는 차루벌과는 비교할 수 없는 조건을 가진 곳이다. 그래도 이렇게 소상인들까지 순식간에 빠져나가 버렸다는 것은 어떤 식으로든 그자의 입김이 작용했다는 뜻이다.

　계획적이었을까? 해율의 일로 앙심을 품고?

　차루벌의 상권은 나라와 왕실이 장악하고 있으니 그 상권이 무너지면 왕실과 나라의 재정기반이 무너진다. 그자는 그것을 알고 있었을 것이다.

　"그자를 만날 방도를 알아보라 했는데 그 일은 어찌 되었습니까?"

　"여러 번 사람을 보냈지만 만날 길이 없었습니다. 걸로 상인들 말로는 그자는 한곳에 머무는 법을 모를 만큼 잠시도 쉬는 법이 없다고 합니다. 그런데 올 겨울은 가리옹성에서 보낼 모양입니다. 서란강이 얼어붙으려면 아직 한 달은 남았는데 이미 그곳에 터전을 마련하고 내려오지 않고 있습니다. 걸로에는 그 상단 식구들만 있습니다."

　"그래요?"

　"서란강이 얼어붙으면 떠났던 상인들이 다시 차루벌로 돌아올 것입니다."

　"그래 봐야 겨우 두세 달입니다."

　"지금은 그자를 차루벌로 불러들일 명목이 없습니다. 누구보다 정직한 세금을 내고 있고 밀무역 쪽은 손도 대지 않고 있으니……."

　무서운 자라고 해야 할까, 대담한 자라고 해야 할까? 하는 행동이 꼭 자신에게 대적해 오는 느낌이다. 차루벌 상권을 약화시켜 버리면 아사금 연화의 힘이 그만큼 줄어든다는 것을 간파하고 있는 것이다. 연화는 입술을 잘근 깨물었다.

감히 이 연화에게 대적하려 들다니…….

현충이 사라져 가는 연화교 위로 흰 눈이 분분하는 매화꽃처럼 흩날린다. 때 이른 눈이다. 북쪽의 변방에는 이미 혹한의 겨울이 시작되었을 것이다. 무영이 이 겨울을 버틸 수 있을까? 아니면 그전에 야로국 정벌을 마무리 지을 수 있을까? 그가 돌아오면 이 힘겨움이 조금은 덜어질 것도 같다. 이 자리를 지켜 나가기가 점점 힘이 든다.

유신은…… 그는 지금 어느 먼 이국땅을 떠돌고 있을까?

해율을 떠나보내고 연화의 마음속에는 다시 실낱같은 희망이 싹 트고 있다. 어쩌면 이 생을 놓기 전에 유신에게 자신의 마음을 전할 수 있을 지도 모른다는 희망이다.

훔쳐 만들어준 철쭉꽃 목걸이에 마음이 무너졌다고 말을 해줄까? 아니면 처음부터…… 아주 처음부터 내 마음에 당신이 살고 있었다고 말을 해줄까?

생각이 많다.

그가 돌아오면 함께 홀연히 이곳을 떠나 버릴까?

그런 생각도 해본다.

"부질없는……."

나직한 음성은 흩날리는 눈발에 녹아버렸다. 멈추지 않는 생각처럼 눈은 하염없이 내린다.

시비 하나가 흩날리는 눈발을 뚫고 연화교 위를 바람처럼 달려오고 있다. 의아한 마음으로 보고 있는 사이 전각들에 가려 잠깐 사라졌던 시비가 어느새 연화전으로 뛰어들었다.

"전하께서 혼절하셨습니다!"

"……!"

반란군 진압 후 고열에 시달리며 혼절을 한 후 삼 년 만이다.

한 번 오른 열은 좀처럼 진정되지 않았다. 태무는 사흘 낮, 사흘 밤을 앓으며 땀을 쏟아내었다. 그리고 앓는 내내 율하만 찾았다. 떨리는 손도, 땀에 젖은 이마도 율하의 차지였다. 연화는 난생처음 태무에게서 떨어져 앉은 생소한 자신을 발견했다. 고물거리는 몸으로 태어나 스물두 해 만에 태무는 드디어 연화의 품을 벗어나고 있는 것이다.

"율하야……."

율하는 다시 뻗어 올라오는 태무의 손을 꼭 잡았다.

"예, 전하. 소인 여기 있습니다."

"아무 데도 가지 마라."

가늘게 뜬 태무의 눈은 짙은 상처에 베어 있었다.

율하는 마음이 찢어질 듯 아팠다. 태무는 여전히 떠나 버린 아로 부인을 생각하는 것일까?

"소인이 전하를 두고 어딜 가겠습니까? 소인은 전하 것입니다. 언제까지나 전하 곁에 머물 것입니다."

"내 것인 여자는 싫다. 넌 너고 난 나니라. 넌 너인 채로 내 곁에 머물러라."

태무는 힘을 주어 율하의 손을 꼭 잡았다.

못생긴 율하, 그러나 그를 생각하는 마음만은 세상에서 가장 아름다운 율하. 그녀가 스스로의 의지로, 마음으로 자신의 곁에 머물러 주기를 바란다. 율하는 태무가 하는 말의 뜻을 다 모르겠다. 다만 왕이 자신을 믿고 있다는 것만은 알 것 같다.

율하는 야무지게 고개를 끄덕였다.

"예, 전하. 아무리 못났다 구박하셔도 도망치지 않겠습니다. 스스로 떠나지도 않겠습니다. 아니, 이제는 소인이 전하를 놓아드리지 않을 것입니다."

태무는 그제야 희미한 미소를 지으며 잠이 들었다. 며칠을 들끓던 신열이 조금씩 가라앉고 있었다.

"아직도 열이 떨어지지 않고 있단 말이냐? 당장 의원을 부르라 하지 않았느냐!"

수하를 다그치며 성큼 들어서는 진공의 앞을 막고 선 사내는 단하의 호위무사 소연검이다. 밤처럼 검은 그의 눈동자가 흔들리고 있었다.

"가리옹성에서 최고가는 의원을 불러주십시오."

"어제 의원이 오지 않았던가?"

왔었다. 그러나 단하가 의원을 거부했다. 그리고 밤새 온몸이 불덩이처럼 들끓더니 아침부터는 정신까지 혼미해졌다. 지난 삼 년간 단 한 번도 앓은 적이 없는 단하다. 건장한 사내들도 견디내기 힘들다는 바닷길을 잠시도 쉬지 않고 떠다녔고, 가리옹성을 드나들면서부터는 정말 쉴 틈이 없었다. 건장한 상인들도 대부분 한두 번씩 몸살을 앓으며 드러누웠지만 단하만은 멀쩡했다. 그런 그녀가 잠깐 쉬는 사이 앓아누운 것이다. 긴장이 풀린 탓일까?

의원을 불러오자 소연검은 따라 들어오려는 진공의 앞을 가로막았다.

"소인 외엔 아무도 들어갈 수 없습니다."

"자네 주인의 일이라면 내가 몰라야 될 것은 아무것도 없네. 내 주인의 명이니까."

그리고 막을 틈도 없이 의원을 따라 방으로 들어갔다. 백발이 성성한 노장군을 끌어낼 수도 없고 난감하다. 재빠르게 따라 들어온 소연검은 의원의 옆에 바짝 다가앉았다.

"신열이 오른 지 사흘째요. 평소 자잘한 고뿔조차 잘 걸리지 않으시는 분인데……."

진공 장군은 근심이 뚝뚝 흐르는 소연검을 못마땅한 눈으로 노려보았다. 저렇게 깊고 검은 눈을 가진 사내가 단하의 곁에 그림자처럼 붙어 있다는 것이 영 마땅찮다. 단하를 딸이라도 삼아 해율과의 혼인을 추진해야겠다고 마음먹은 순간부터 진공은 안달이 났다. 이리 보아도 예쁘고, 저리 보아도 잘났고, 어느 한

군데 나무랄 데 없는 단하의 모습에 넋을 놓아버린 것이다. 마음 같아서는 당장이라도 관으로 데리고 가고 싶지만 백성들의 눈이 있으니 그럴 수도 없고 마음만 바짝바짝 탄다. 얼른 해율이 돌아와야 이 안달 병이 나을 것 같다.

오랜 진맥 끝에 물러나 앉은 의원이 고개를 갸웃했다.

"왜 그러시오!"

"무슨 일인가?"

진공과 소연검이 동시에 의원을 다그쳤다.

"그게……."

의원은 여전히 머뭇거리며 고개를 갸웃거리기만 했다.

"무슨 일인가? 중한 병이라도 든 것인가?"

"이분이 단하 상단의 단하님 아니십니까? 그러니까 우리 성주님이 그, 그……."

뒷말을 잇지 못한 채 의원의 얼굴이 벌게졌다.

"맞네. 성주님이 사모하시는 분이지."

근엄한 얼굴의 노 장수의 입으로 내뱉기는 간지러움이 느껴질 말을 진공 장군은 아무렇지도 않게 내뱉었다.

"궁금증이 풀렸으면 병명이나 말해보게."

의원은 고개를 갸웃하며 미심쩍은 얼굴로 말했다.

"지금껏 제가 의원 노릇을 하며 맥을 잘못 짚은 적은 한 번도 없는데……."

"그런데?"

폭설

"소인이 짚은 바로는 고뿔입니다. 그리고……."

그는 다시 말을 멈추고 난감한 눈으로 진공을 바라보았다. 분명히 사내인데 잡히는 맥은 여인의 그것이다.

"어서 말을 해보게! 몹쓸 병이라도 걸리신 겐가?"

소연검이 답답한 듯 다그치자 의원은 진땀을 빼듯 머뭇거리다가 마지못해 입을 열었다.

"……태기가 있습니다."

"태기!"

진공와 소연검의 눈이 공중에서 부딪쳤다. 소연검은 재빠르게 일어나 문을 열고 밖을 살폈다. 그리고 다시 진공 장군 앞으로 다가왔다. 단하가 자신이 여인임이 밝혀지는 것을 그토록 두려워했던 것은 분명 이유가 있을 것이다. 성주가 돌아오기 전까지는 어떡하든 이들의 입을 막아놓아야 한다. 그러나 소연검이 무어라 말하기 전에 진공의 입에서 의외의 말이 먼저 나왔다.

"성주님이 돌아오시면 아주 기뻐하시겠군?"

그의 표정이 너무도 담담하여 오히려 소연검이 당황했다.

"알고 계셨습니까?"

"내가 나이를 헛먹은 건 아니라네."

진공은 그 말로 자신이 이미 알고 있었음을 넌지시 암시했다. 의원에게 열을 내릴 방도를 찾아보라 이르고 단단히 입단속을 시킨 진공은 마치 자신이 단하의 부모라도 되는 듯 소연검에게 이것저것 잔소리 섞인 부탁을 수없이 하고는 돌아갔다.

소연검은 멍한 눈으로 단하를 내려다보았다. 열이 올라 발간 단하의 얼굴이 그제야 완연한 여인의 모습으로 보인다. 당분간 쉬면서 가리옹성에서 겨울을 나겠다는 그녀의 속셈을 이제야 알겠다. 단하는 이제 정말 온전히 여인이 되는 거다.

소연검은 걸로에서 처음 만났던 얼음처럼 차가운 그 미소년을 떠올렸다. 처음 보던 순간부터 얼음으로 겹겹이 싸인 듯한 서늘한 단하가 마음에 들었다. 깊은 잠을 자지 못하던 그의 예민함이 좋았다. 이렇게 여인의 모습이 완연히 드러난 단하가 아닌, 차갑고 단호하고 도무지 두려움을 모르던 미소년 같은 그 단하를 사모했었다. 여인이 아니라 사내인 단하를 사모했던 모양이다.

소연검의 입가에 씁쓸한 웃음이 지어졌다. 어쩌면 자신은 평생 여인을 사모할 수 없을지 모른다는 생각이 문득 들었다.

꿈에 연화궁 마마를 뵈었다. 그녀는 너무나 따듯한 눈으로 손을 내밀었다.

"나의 가장 가까운 곳에 있어라."

녹아내릴 듯 보드라운 손으로 거친 사비의 손을 꼭 잡았다. 가장 가까운 곳에서 그녀의 따듯한 시선을 느끼며 살 수 있다면 아무리 천한 일이 주어진다 해도 상관없었다.

왜 그토록 그분이 좋았을까? 모르겠다. 아무 이유도 없다. 아무 이유 없이 마음이 저리도록 그분이 좋았다. 걸로로 돌아가라며 차갑게 떨쳐 내던 그 순간에도 원망보다 슬픔이 앞섰다. 한 번만 그 따듯한 품에 안겨보고 싶었다. 그 품에 안기면 단 한 번도 느껴보지 못했던 어머니의 품이 어떤 것인지 알 수 있을 것 같았다.

아, 그래! 그런 느낌이었어!

어머니…….

그래서 사모했었나 보다.

울불에게서는 어머니를 느낄 수 없었다. 부연의 말처럼 날마다 자신의 피를 빨아먹는 악귀 같았다. 그래서 도망쳐 버릴까 하는 나쁜 마음도 먹었지만 그럴 수 없었다. 어쨌거나 낳아준 어머니니까, 가슴은 느끼지 못하지만 머리로는 아니까.

온몸을 돌아 오른 열 덩어리가 머리로 치달아 오르자 단하의 입에서 신음 소리가 새어나왔다.

"마마……."

왜 그러셨나이까? 어찌하여 소인을 죽이려 하셨나이까?

치유할 수 없는 상처가 다시금 가슴을 헤집고 나왔다. 해율을 잃은 슬픔만큼이나 견딜 수 없었던 슬픔이다. 새 장삿길을 트고, 상인들을 끌어모으고, 물건을 선점해 버림으로써 차루벌 상인들을 죽여 나갔던 것은 연화궁 마마에 대한 원망에서였다. 해율에게 가한 가혹한 형벌에 대한 원망, 자신을 버리고 죽이려

했던 것에 대한 원망이다.

이 원망이 다 풀릴 때까지 조이고 조일 것이다. 그분에게 대적할 수 있는 것이 금전뿐이니 금전의 힘이 얼마나 무서운지 보여줄 테다.

발끈 쥐는 주먹 안에서도 열기가 화끈거린다.

"해율……."

따듯한 물수건이 이마에 올려졌다.

"에구. 정신 좀 차리시오. 성주님이 오신다오. 야로국 정벌을 끝마치고 돌아오고 계신다오. 그러니 얼른 기운을 내시오."

관을 드나들 때마다 못마땅한 얼굴로 눈을 흘기던 천동어멈의 목소리였다.

조금 나아지던 태무의 열이 재차 오르며 궁궐 안은 또다시 술렁거렸다. 귀족들 사이에서는 새로운 부마도위에 대한 이야기가 공공연히 떠돌았다. 이대로 태무가 일어나지 못할지도 모른다는 불안이 연화를 두렵게 했다. 가희의 혼인을 서두른다는 것이 태무의 죽음을 서둘러 인정하는 것 같아 두려웠다.

태무는 하얗게 마른 입술로 물을 찾았다. 율하의 재바른 손이 그의 입술에 젖은 수건을 가져다 대었다. 숨을 쉴 때마다 태무의 입에서는 뜨거운 열기가 뿜어져 나왔다.

일어나거라, 태무야. 이 어미를 보아 이리 가서는 안 된다.

꼭 잡은 손에 뼈마디가 만져지자 연화의 눈에 눈물이 고였다.

태무만 아니었다면 능혜가 떠나던 그날 그녀의 생도 끝을 내었을 것이다. 지난 오 년, 목숨줄처럼 잡고 있던 이 손을 이렇게 허망하게 놓을 수는 없다.

잡은 손에 촉촉이 땀이 배일 즈음 태무가 눈을 떴다. 그는 눈앞에 앉은 연화를 알아채지 못하고 율하를 찾았다.

"율하야……."

앞에 앉은 연화를 의식해 율하는 선뜻 나서지 못한 채 안타까운 눈으로 태무를 살폈다. 자신이 잠시만 보이지 않아도 왕의 눈은 우울해진다. 연화는 뒤에 앉은 율하의 손을 당겨 태무의 손에 쥐여주었다.

"어미를 아주 서운하게 하시는구려."

그러나 그녀의 눈에는 전혀 서운한 빛이 없다. 오히려 태무의 손을 꼭 잡고 있는 율하를 보며 안도의 빛을 띠었다. 태무는 그제야 연화를 발견하고 희미한 미소를 지었다.

"어마마마."

"정신이 드오?"

며칠 만에 보는 연화의 얼굴이 몰라보도록 초췌하다. 영원히 늙을 것 같지 않던 그녀의 얼굴에 희미한 그림자처럼 그어진 저 주름은 다 자신이 만들어놓은 것이리라.

"송구하옵니다."

"그럼 얼른 일어나시오."

"공주의 혼인은 어찌 되었습니까?"

정신이 혼미한 가운데에서도 그것이 걱정인 모양이었다. 차대왕 문제는 태무에게도 늘 무거운 짐이었을 것이다. 자신의 뒤를 이을 후사가 없는 것도 짐이었고, 연화와 가희를 지켜줄 누군가를 세워두지 않은 것도 그에게는 태산처럼 무거운 걱정거리였을 것이다. 연화는 태무의 손을 꼭 잡았다. 그런 걱정 따위는 하지 말라고 말해주고 싶었.

연화는 태무가 앓아누워 있는 동안 단 한 번도 찾아오지 않고 있는 가희의 행동이 너무도 괘씸하다. 그러면서도 얼른 혼인을 하고 싶다는 말은 날마다 노래를 부르며 다닌다. 가희가 바라는 것이 진정 무얼까 의심이 들 지경이다. 연화는 불쾌한 마음을 떨쳐 내며 율하의 손을 당겨 태무의 손과 함께 꼭 잡았다.

"이번에 일어나시면 율하에게 첩지를 내릴까 하오."

"어마마마!"

"비어 있는 휘령전을 치우라 해두었소. 율하의 거처를 그곳으로 할까 하오."

태무와 율하는 놀란 눈으로 연화를 바라보았다. 휘령전은 휘경궁에서도 가장 화려한 전각으로 왕비 아로가 지내던 곳이다. 언제든 새 왕비가 들어오면 비워주어야 할 전각이다.

율하는 어찌할 바를 몰라 고개만 푹 숙이고 있었다. 자신은 첩지고 무엇이고 아무것도 필요없다. 그저 태무의 곁에 오래오래 있을 수만 있으면 그것으로 족하다. 아리따운 새 왕비가 들어오고 나면 못난 자신은 언제든 버려질 것이 뻔하니까.

폭설 *293*

"그곳은 율하에게 과합니다. 그저 저 아이 마음 편히 지낼 수 있는 곳이면 족합니다. 그러니……."

"언제까지고 휘령전을 비워둘 수는 없소. 그리고 난…… 휘령전의 주인을 정하는 일은 신왕의 뜻에 따르려고 하오."

"어마마마."

"권력도 무엇도 다 필요없소. 신왕만 행복하다면…… 너만 행복하다면 이 어미는 아무것도 필요없다. 귀족의 여인, 그게 다 무어야? 네게 상처만 주고 달아나 버린걸?"

연화의 음성은 어느새 젖어 있었다. 태무를 지키기 위해 힘이 필요했고, 그 힘을 키우기 위해 해사랑금 건승과 사돈을 맺었고, 또 그를 반란군으로 이끌어내어 축출했다. 그 와중에 가장 상처 입은 사람은 자신이 가장 힘들게 지키고자 했던 태무였다.

태무는 실로 오랜만에 연화의 눈을 똑바로 쳐다보았다. 지아비를 사랑하고 자식을 사랑하는 것밖에 할 줄 몰랐던 그 옛날 따뜻한 어머니의 모습, 너무나 그리웠던 모습이다. 태무는 연화의 손을 잡고 다시 율하의 손을 잡았다. 세상에서 자신을 가장 사랑하는 두 여인이다. 이젠 이대로 생을 놓는다 하더라도 슬프지 않을 것 같다. 솜덩이 같은 눈이 세상을 집어삼킬 듯 쏟아지는 밤이었다.

그 밤, 명은 거품을 무는 말을 다그쳐 눈 속을 뚫고 고하로 달리고 있었다. 고하의 촌장으로부터 버들내가 나타났다는 전갈이 당도한 것이다. 그 전갈이 자신에게 닿았으니 버들내가 고하의 땅에 나타난 지는 이미 여러 날이 지났다는 뜻이다. 또다시 어디로 사라져 버리기 전에 그녀를 잡아야 한다. 꼭 잡아서 확인해야 할 것이 있다.

흩날리는 눈발은 그의 마음속 혼란을 보는 듯하다.

새벽녘에 서란강 줄기에 닿아 근처 주막에서 잠깐 눈을 붙이고 일어나 보니 온 세상이 눈에 덮여 어느 곳이 산인지 길인지 분간이 가지 않았다. 꼼짝없이 눈 속에 갇힌 것이다.

눈은 사흘이 지나도록 멈추지 않았다. 방문을 열고 멍하니 앉아 보고 있자니 소리 없이 내리는 그것이 문득 두려워진다. 그것은 마치 아무것도 알려고 하지 말고, 파헤치지도 말고 이대로 저 눈 속에 다 파묻어두라고 종용하는 것 같다. 저 하얀 것에 덮여 버리고 나면 아무도 모를 거라고, 아무도 다치는 이 없이 아름다운 시간이 흐를 거라고 속삭이는 것 같다.

흩날리는 눈발 속에 연화의 얼굴이, 태무와 가희의 얼굴이, 그리고 승하하신 능혜왕의 얼굴이 혼란스럽게 일렁인다. 그리고 또 한 사람, 자객의 칼에 죽은 사비의 얼굴이…… 그 시원스런 이목구비와 반짝이던 눈이 무섭도록 명의 뇌리 속을 덤벼온다.

무엇이 잘못된 것인가?

그는 마음속에 가득 찬 의문이 두려워 고개를 흔들었다. 눈은 앞을 분간하기도 힘들 정도로 끝없이 쏟아진다. 이 눈이 멎고 다시 길을 떠날 수 있기까지는 족히 이십여 일은 걸릴 것 같다.

해율의 부대가 서북 지방을 떠난 것은 한 달 전이었다. 2차 야로국 정벌에 종지부를 찍으며 해율은 모든 공을 뒤로하고 군사들을 독려하여 우슬라로 길을 잡았다. 일곱 개의 성을 순식간에 함락시킨 공도, 고립에 처해 있던 무영 대장군의 목숨을 구한 공도 그는 가볍게 버렸다. 차루벌에는 더 이상 그의 자리가 없다. 자신이 향해야 할 곳은 우슬라의 가리옹성이고 그곳에 가면 영원한 꿈이 되어줄 사비가 있다.

허리까지 차는 눈을 헤치고 가리옹성 군사들이 돌아온 것은 원정을 나선 지 꼭 여덟 달 만이었다.

핼쑥하고 말간 얼굴의 사비가 눈을 맞으며 그를 기다리고 있었다. 마치 세상을 다 가지고 돌아온 남자를 바라보듯 사비의 눈은 경외감마저 담은 채 해율을 우러러보았다. 어느 개선장군이 그처럼 황홀한 눈빛을 받을 수 있을까?

"장하십니다."

마치 장한 아들을 바라보는 어머니의 음성처럼 따듯하고 푸근한, 그리고 사내를 그리듯 뜨겁고 목마른 눈빛이 얽힌 사비의 모습에 해율의 심장은 무섭도록 날뛰었다. 눈 속을 뚫고 천리를 달려온 피로가 눈 녹듯 사라져 버렸다.

말에서 훌쩍 뛰어내린 해율이 성큼 다가왔다. 조금 마른 듯 보이지만 그는 훨씬 건장해졌고 커졌다. 절걱이는 갑옷에서 비린내가 풍겼다. 그는 기댈 곳을 찾는 아이처럼 말했다.

"몹시도 추워."

사비는 두 팔을 벌려 그를 안았다. 차디찬 서북 땅의 바람이 가슴으로 울컥 밀려왔다. 건장한 체구와 두꺼운 갑옷 탓에 그는 품 안에 다 들어오지도 않는다.

진공 장군의 손짓에 따라 성 안 군사들이 재빠르게 해율과 사비의 몸을 에워쌌다.

온몸이 꽁꽁 언 군사들에게 뜨거운 밥과 국을 먹이고 술과 고기를 내어주었다. 풍악이 울리고 노랫소리가 들리며 관내 곳곳에 마련된 술자리는 밤새 이어졌다.

흩날리던 눈발은 더욱 굵어져 솜덩이 같은 눈이 까만 밤하늘을 하얗게 뒤덮었다.

세상은 처음부터 순백의 진실만을 가진 곳이라고, 그 순백의 땅에서 역사는 새로이 시작될 것이라고, 그러니 눈 속에 잠긴 이전의 것들은 모두 잊으라고……

꽃 같은 흰 눈을 토해내며 하늘은 그렇게 말하고 있었다.

아침부터 다겸이 술병을 들고 소연검을 찾아왔다.

"이것봐. 일어나 봐."

바짓자락에 묻은 눈을 털어내고 방으로 들어온 그는 이불을 뒤집어쓰고 누운 소연검을 발로 툭툭 찼다. 속에서 불이 나 죽을 것 같은데 천하태평으로 잠들어 있는 소연검을 보자 부아가 났다.

가리옹성으로 돌아오자마자 단하와 함께 관의 별채로 들어간 해율은 열흘째 얼굴조차 볼 수가 없다. 해율은 정말 이대로 살 작정일까? 언제든 다시 전쟁이 터지면 무관의 용병처럼 최전방으로 뛰어들어 싸워야 하고 그 공조차 인정받지 못하며 승리의 북을 울리고 차루벌로 돌아가는 개선군의 뒷모습을 쓸쓸히 바라보아야 하는 이 삶을 말이다. 모두가 우러러보던 기란국의 차대왕이 하루아침에 냉대 받는 야인이 되어버렸다. 게다가 사내를 안고 뒹구는 인간 같잖은 짓을 하며 백성들의 손가락질을 받는데도 누구 하나 나서서 말리는 사람조차 없다.

"얼른 일어나 봐, 이 친구야!"

다겸은 소리를 지르며 소연검의 허리를 냅다 찼다.

"아, 왜 그러슈?"

걷어차인 허리가 아픈 듯 소연검은 이마를 찌푸리며 게슴츠레한 눈으로 돌아보았다.

"지금 잠이 오는가? 두 사람이 별채에 들어간 지 열흘이 지났단 말일세!"

거품을 물듯 소리 지르며 붉으락푸르락 변해가는 다겸의 얼굴을 보니 어지간히 안달이 난 모양이다.

"그분들이 같이 밤을 지새운 게 어디 한두 번이오? 새삼스럽게 왜 그러슈?"

소연검은 귀찮다는 듯 다시 눈을 감아버렸다. 해율이 돌아왔으니 이제 자신이 단하의 곁을 떠날 때가 되었다고 생각했다.

그래서 그동안 못 잔 잠이나 푹 자둘 참이다.

다시 소리라도 지르려던 다겸은 이미 이불 속에 숨어 들어가 버린 소연검을 보고 식식거리며 그 자리에 털썩 주저앉았다. 그는 들고 온 술을 벌컥벌컥 들이켰다. 해율이 사내를 품고 희롱하며 날밤이 바뀌는지도 모르고 들어앉아 있다고 생각하니 복창이 터져 죽을 지경이다. 누구 하나 나서서 말리는 사람도 없고 소연검마저 제 주인을 포기한 듯하다.

이럴 때 유신님이라도 계셨다면 이리 답답하진 않을 터인데, 그분의 한 마디면 아무리 고집이 센 해율님도 어쩌지 못할 터인데…….

다겸은 너무 속이 상해서 어린아이처럼 눈물이라도 왈칵 쏟아질 것 같다. 철든 이후부터 해율을 지켜왔다. 다섯 살 차이지만 유신을 대신해 업고도 다녔고, 그가 나서는 전쟁터라면 죽음을 불사하고 따라다녔다. 오로지 해율이 잘되기만을, 그것이 제 인생의 소명인 양 살아온 다겸이다.

훌쩍이는 다겸의 소리가 들리자 소연검이 부스스 몸을 일으켰다. 그는 다겸의 안달이 이해되지 않는다는 눈으로 멀뚱히 쳐다보았다.

"그리 안달이 나면 댁네 주인한테나 가서 하소연할 일이지 왜 자는 사람은 깨우고 난리요?"

그놈의 주인이 도대체 말을 들어먹어야 말이지!

"여기 주인이 붙잡고 놓아주지 않으니 우리 성주님께서 저러시는 거 아닌가!"

 술기운이 올라 벌건 얼굴로 내뱉는 다겸의 말에 소연검은 심장이 상해 버렸다.

 "입은 삐뚤어져도 말은 바로 하랬다고, 누가 누굴 잡았다는 얘기요! 애초에 우리 단하님을 붙잡고 매달린 건 이곳 성주였지 않소!"

 "아니, 이놈이! 누가 붙잡고 매달렸다고! 사내자식이 생겨먹은 건 계집 뺨치듯이 생겨 가지고 꼬리를 살랑거리니 우리 성주님께서 차대왕 자리까지 박차고……."

 순간 소연검의 주먹이 날아와 다겸의 눈두덩을 쳤다. 서로를 선택하면서 해율이 잃은 것이 많다면 단하가 던진 것도 많다. 해율을 선택하고 가리옹성으로 발길을 돌리면서 단하는 상단의 운명은 물론 그녀 자신의 목숨까지 걸었다는 걸 안다.

 좁은 방 안에서 두 사내가 한 덩어리가 되어 엉겼다. 술병이 넘어지고 문짝이 떨어져 나갔다. 소연검의 힘에 밀려 저만치 떨어져 나갔던 다겸이 다시 허우적거리며 덤벼들었다. 다리에 매달리고 목을 조아오다가 가슴팍으로 얼굴을 디밀고 들어오자 머뭇거리던 소연검의 주먹이 모질게 얼굴을 가격했다. 저만치 밀려 벽에 머리를 쿵 박은 다겸이 꼼짝도 않고 있었다. 걱정이 된 소연검이 다가가 어깨를 흔들어보았다.

 "괜찮수? 그러게 되도 않는 힘으로 왜 죽어라 덤벼들고 그러슈?"

훌쩍거리며 우는 소리가 들렸다. 어디 모질게 다친 건가 싶어 어깨를 돌리려는데 울음 섞인 그의 음성이 들렸다.

"그냥 이대로 보고만 있어야 하는 거요? 왜 아무도 말리지들 않는 게요? 내가 당장 달려가 뜯어말리고 싶지만…… 난 그럴 수가 없소. 흑…… 날마다 죽을 자리만 찾아 헤매시던 분이 여기 주인 만나고부터 살고자 마음을 바꾸셨는데 그걸 아는 내가 어찌 말리겠소?"

다겸은 아이처럼 주먹으로 눈물을 훔쳐 내었다.

"그 여자가 원망스럽소. 걸로 바다에서 빠져 죽은 그 잠녀만 아니었어도 우리 도련님이 이리 모진 삶은 살지 않았을 텐데……."

아이처럼 버둥거리며 엉엉 울음을 토해내는 다겸을 바라보던 소연검은 고개를 돌려 떨어져 나간 문짝 사이로 흩날려 들어오는 눈을 바라보았다. 그들의 연은 그렇게 오래된 것이었나 보다. 사비란 이름으로 살 때부터 이미 삶과 죽음이 그들 사이에 있었고, 그 애틋한 사랑은 결국 단하란 이름으로 얻은 것일까? 아직도 눈은 하염없이 쏟아진다.

시퍼런 눈두덩으로 진공 장군을 찾아간 다겸은 아무 말 말고 기다려 보라는 소리에 식식거리며 별채로 향했다. 믿었던 진공 장군마저 저리 나온다면 나설 사람은 자신밖에 없다 싶었다. 그러나 서너 걸음을 옮기기도 전에 천동어멈에게 목덜미를 잡히고 말았다.

"이놈아, 똥강아지마냥 어딜 그렇게 싸돌아다녀?"

휙 돌아보는 다겸의 서슬에 움찔 물러나던 천동어멈은 시퍼런 눈두덩을 보자 풋, 웃음을 터뜨렸다. 대낮부터 한 잔 걸쳤는지 술 냄새를 풍기는 벌건 얼굴에 시퍼런 눈두덩이 가관이다.

"서방질 못한다고 기생년한테 얻어터졌냐? 그러게 이놈아, 어지간히 마셔야지……."

"저리 비키쇼!"

천동어멈을 울컥 밀어젖힌 다겸은 다시 별채로 발길을 옮겼다.

"어딜 가?"

"보면 모르슈? 별채로 가오! 가서 단하란 놈을 내 손으로 끌어낼 참이오!"

"이놈이 미쳤나? 끌어내긴 누굴 끌어낸다고……."

"미친 건 내가 아니라 성주님이고 단하라는 자요! 눈 멀쩡히 뜨고 말리지도 않는 아줌니고 진공 장군님이요!"

"내 말 좀……."

"아줌니도 그러는 게 아니오. 우리 성주님 핏덩이 때부터 젖 물려 키운 사람이 어찌 이리도 무심하오? 참말로 성주님을 생각하신다면 혀를 깨물고라도 뜯어말려야지 어찌 이리 구경만 하고 있단 말이오!"

천동어멈은 눈물을 질질 흘려대는 다겸을 난감한 눈으로 바라보았다. 단하가 사내가 아니라 여인이란 사실은 해율이 먼저 입을 열기 전까지 절대 함구하라는 진공 장군의 명을 받은지라 함부로 입을 뗄 수가 없다. 해율의 목숨이 제 목숨인 줄 아는 다겸이니 아무것도 모르는 그로서는 얼마나 답답할까 싶다. 천동어멈은 짐짓 화를 내며 다겸의 옷자락을 당겼다.

"구경하지 않으면 어쩌겠다는 게야? 성주님 성미를 몰라서 그런 말을 하느냐, 이놈아! 우리 같은 것들은 그저 굿이나 보고 떡이나 먹는 게 상책이란 걸 왜 몰라?"

"에잇!"

다겸은 천동어멈의 손을 뿌리치고 별채로 내달렸다. 이대로 뛰어들어 가 단하를 끌어낼 참이었다. 천동어멈의 잰걸음도 그를 잡지는 못했다.

별채의 중문을 울컥 밀고 발을 내딛던 다겸은 얼어붙은 듯 그 자리에 서버렸다. 별채 마당 한가운데에 두 사내가 하얀 눈사람이 되어 꼭 껴안고 있었던 것이다.

한동안 움직임이 없던 두 사람의 몸이 떨어지고 서로를 바라보며 웃음을 터뜨리는 모습이 보였다. 그 웃음은 그냥 웃음이 아니었다. 아리산에서 흩날리던 꽃잎 같았다. 해율을 따라다니며 보았던 이국의 바람 같았고, 걸로 바다의 햇살 같았다.

저토록 환하게 웃는 해율의 모습은 처음이다. 저토록 행복해하는 모습도 처음이다. 죽음을 향해 내달리던 검고 짙푸른 눈빛은 어디에도 없다. 전장에서 묻어왔던 피비린내의 흔적도 찾아볼 수가 없다. 무엇이 해율을 저리도 말갛게 만드는 것일까?

다겸은 어린아이처럼 눈물을 줄줄 흘리며 두 사내를 바라보았다. 감히 그들 속으로 뛰어들 수가 없다.

해율은 떨고 있는 사비를 침상에 앉히고 뜨거운 물이 담긴 커다란 그릇을 들고 왔다. 아무도 없는 별채 마당에서 아이들마냥 뒹굴며 장난치며 서로를 안은 채 눈사람이 되었다가 추위를 이기지 못해 뛰어들어 온 참이었다.

그는 젖은 버선을 벗기고 달아나려는 사비의 발을 잡았다. 조그만 발이 빨갛게 얼어 있었다. 뜨거운 물을 조심스럽게 끼얹자 부끄러운 듯 사비의 발이 오그라들었다.

"제가……."

"가만있어. 꽁꽁 얼었다."

해율은 발을 당겨 뜨거운 물에 담그고 두 손으로 조몰락거렸다. 떨어져 나갈 듯 차가웠던 발이 금세 열기가 피어올랐다. 사비는 한쪽 무릎을 구부린 채 자신의 발을 매만지고 있는 해율을 물끄러미 내려다보았다. 세상이 우러러보는 왕이 되었을지도 모를 남자가 무릎을 꿇은 채 천한 여자의 발을 씻기고 있는 모습이 어이가 없다. 어이가 없어서 슬펐고, 슬픔이 차 올라 마음이 벅찼다. 자신으로 인해 잃어버린 모든 것을 되찾아주고 싶었다.

"……하자."

피어오르는 후끈한 온기를 따라 해율의 음성이 들려왔다. 그러나 그는 고개를 숙이고 있었기 때문에 잘 들리지 않았다. 한참 만에 해율이 고개를 들었다. 그의 얼굴은 왠지 상기되어 있다. 사비는 고개를 갸웃하며 무슨 말인지 물었다.

해율의 눈은 오래오래 사비의 반짝이는 눈동자를 응시했다. 오랫동안 기다려 왔고 생각했던 말이지만 그 말을 입 밖으로 꺼낸다는 것은 여전히 가슴 떨리는 일이다.

"우리…… 혼인하자고."

그리고 그는 쑥스러운 듯 싱긋 웃었다. 사비의 이마가 아픈 사람처럼 찡그려졌다. 해율은 그녀가 내켜하지 않는 것은 아닌가 하는 생각이 들었다. 전쟁에서 돌아와 열흘 동안 함께 지내면서 그녀는 밤만 되면 왠지 자신을 피하는 것 같았고 조심스러워했다. 끝없이 도망만 치려던 예전의 사비가 떠올랐다.

"……싫어?"

그의 눈은 두려움에 흔들렸고 어두워졌다. 흔들리는 눈동자에 사비의 젖은 눈이 들어왔다. 그것은 기쁨에 찬 눈물이었다. 그제야 해율의 얼굴에 안도의 웃음이 지어졌다.

사비는 가슴이 벅차서 말이 잘 나오지 않았다. 영원히 그냥 이렇게 성주의 연인으로도 괜찮다고 생각했었다. 사내의 옷을 벗지 못하니 어쩌면 그건 당연한 일인지도 몰랐다.

"혼인을 하여도 저는 이 옷을 벗지 못합니다. 여전히 배도 탈 것입니다."

"벗을 필요 없다. 배도 타라. 난 걸로의 대 상인 단하와 혼인을 하려는 거다."

그는 상인으로서의 단하가 자랑스러웠다. 재물을 가늠할 줄 아는 영특한 머리와 장사치로서의 신념과 의리, 그리고 사람을 가엾이 여길 줄 아는 따뜻한 마음을 가진 여자다. 그래서 그녀의 길을 막고 싶은 생각이 없다.

사비는 그의 넓고 너른 마음에 말을 잊었다. 다만 따뜻한 입술로써 답을 했다. 그의 입술은 아직도 눈의 흔적이 남은 듯 차가웠다.

"드릴 말씀이……."

그러나 이번에는 해율의 입술이 그녀의 말을 막았다. 더 이상의 말은 허용하고 싶지 않았다. 혼인을 하자, 생각은 거기까지만 하면 된다. 젖은 발을 침상으로 들어 올리고 그대로 사비의 몸을 무너뜨렸다. 그녀는 몸을 사리듯 웅크렸다. 전장에서 돌아온 후, 그녀는 내내 이런다. 맘에 들지 않는다.

해율은 가슴께에 웅크린 그녀의 손목을 바닥으로 끌어내렸다.

"맘에 들지 않아."

양손이 잡힌 사비는 무방비 상태로 그의 무게를 감당해야 했다. 뜨거운 입김이 옷깃 사이로 스며들었다. 아직도 찬 기운이 남아 있던 몸이 순식간에 불에 덴 듯 뜨거워졌다. 사비의 입에서 옅은 신음 소리가 새어나왔다. 해율의 입술이 순식간에 옷섶을 헤치고 들어왔다. 그의 입술은 아이처럼 가슴을 찾았다. 그는 다소 격해 있었다. 사비가 열흘 내내 몸을 사렸기 때문에 더욱 조급증이 났다. 다급하게 파고들어 오는 해율을 감당하지 못한 사비가 몸을 비틀며 그를 옆으로 돌려 안았다. 해율의 입에서 한숨 섞인 신음 소리가 흘러나왔다. 그의 볼멘 음성이 들렸다.

"왜 그러느냐?"

사비는 그를 달래듯 꼭 껴안았다. 서운함이 조금씩 사라질 즈음 사비의 음성이 들렸다.

"아기를……."

"응?"

해율이 눈을 감은 채 되물었지만 그녀는 한동안 말이 없었다. 그가 돌아오던 날, 그 가슴에 안겨 이 기쁜 소식을 알려주고 싶었다. 그러나 상처투성이의 몸을 보는 순간 입이 떨어지지 않았다. 채 아물지 않은 상처를 갑옷 속에 감추고 그는 오로지 자신이 있을 가리옹성을 향해 그 먼길을 눈을 헤치고 달려온 것이다. 그런 그에게 오로지 자신만 주고 싶었다. 아이가 생긴 기쁨은 나중으로 미루었다. 그러나 은연중에 몸을 사리게 되니 그는 자꾸만 안달을 내었고 급기야 마음까지 상하게 만들었다.

사비는 그가 눈을 뜨기를 기다렸다. 사비의 손이 볼에 닿자 해율은 천천히 눈을 떴다. 반짝이는 눈이 그를 응시하고 있었다. 그가 고개를 갸웃하자 사비의 얼굴에 홍조가 일었다. 살짝 떨어지는 입술 사이로 들리는 음성이 떨렸다.

"아기를…… 가졌습니다."

해율의 동공이 멈추었다. 머리 속이 텅 비어버린 듯 아무 말도 떠오르지 않았다. 사비가 그의 손을 잡아 아랫배로 가져가자 그제야 정신이 든 듯 화들짝 몸을 일으켰다. 그녀가 왜 그토록 몸을 사렸었는지 그제야 이해한 것이다. 그는 사비가 이끄는 대로 손을 뻗어 그녀의 배를 가만 쓰다듬었다. 그 속에 자신의 분신이 들어 있다고 생각하니 마음이 다 아찔할 지경이다.

"지난번 다녀갔을 때 생긴 건가?"

사비가 고개를 끄덕이자 믿을 수 없는 눈으로 그녀의 배를 살피고 얼굴을 살피던 그의 입가에 참을 수 없는 웃음이 비어져 나왔다. 자신의 분신을 갖는다는 것이 이토록 가슴이 떨리는 일인 줄 몰랐다. 그는 쏟아질 것 같은 눈물을 삼키며 고개를 숙여 귀를 가져갔다.

"아직 아무런 표식도 없습니다."

"가만있어 봐."

귀를 가져다 대다가 다시 들여다보았다가 하던 그가 벌떡 일어나 침상을 내려갔다.

"의원을 불러야겠어. 천동어멈더러 맛난 것도 만들라 하고 아, 진공 장군에게 일러 혼인부터 서둘러야겠다."

나가려는 그의 옷자락을 사비가 급히 잡았다. 그런 것들은 나중에 해도 된다. 자신은 지금 해율이 필요했다. 들떠 있는 해율을 보자 그동안의 불안이 순식간에 사라져 버렸다. 한 번쯤 격하게 안는다고 하여 이미 자리 잡은 아이가 잘못되는 일은 없을 것이다. 해율은 사비의 힘에 끌려 침상으로 쓰러졌다. 하여간 감당 안 되는 여자다.

※

 눈 때문에 서란강변 마을 태고에서 발목이 묶여 있던 명은 스무 날 만에 다시 길을 떠날 수 있었다. 태고의 촌장을 찾아 말을 얻은 그는 다시 채찍을 휘둘렀다. 아무리 서둘러도 고하 땅까지는 족히 사흘은 걸린다.
 그곳에서 다시 만날 버들내와 가희 공주의 모습과 죽은 사비의 모습이 엉켜 가슴이 터져 버릴 것 같다.
 사흘 만에 고하의 땅에 도착한 명은 촌장으로부터 놀라운 사실을 전해 들었다.
 명에게 버들내의 소식을 전한 며칠 후 웬 칼잡이가 찾아왔으며 그는 눈먼 노파를 찾고 있었다고 했다. 그리고 이틀 후 함박눈이 쏟아지던 날, 소 서란강에서 고기를 낚던 늙은 어부는 싸늘한 시신으로 발견되었고 버들내도 흔적없이 사라졌다는 것이다.
 "그자가 데려갔다는 건가?"
 "소인도 모르겠습니다. 워낙 눈치가 빠른 노파라 무슨 낌새를 채고 도망을 친 건지, 아니면 그 칼잡이에게 잡힌 건지……."
 "그 칼잡이가 어떻게 생겼는지 기억하는가?"

"턱밑은 거뭇했지만 아직 솜털도 다 벗겨지지 않은 어린 자 같았습니다. 하지만 신체가 건장하고 한눈에 봐도 무예로 단련이 된 자였습니다."

 솜털이 가시지 않은 어린 나이에 무예로 단련된 자라면 5부 귀족, 특히 궁궐무사일 가능성이 가장 높았다. 기란국에서 일반 백성들이 무예를 익힐 기회는 극히 드문 일이니까.

 명은 촌장의 도움을 받아 주변의 지리에 밝은 젊고 날랜 사람을 모았다. 멀리 가지는 못했을 것이다. 도망을 쳤다고는 하나 버들내는 결국 눈 속에 갇혀 있을 것이다. 칼잡이에게 잡혔던 잡히지 않았던 그녀의 목숨은 위험한 상태일 거란 생각이 들었다.

 "눈알 빠진 눈먼 귀신……."

 모룡촌 무녀 마홍의 말이 귓전에 울렸다. 고하 땅을 찾아왔다는 칼잡이가 노린 목숨은 바로 눈먼 버들내였을 것이다. 버들내의 목숨이 필요한 자가 누굴까? 버들내를 없애야 할 절박한 이유가 있는 사람.

 명의 머릿속에는 이미 한 사람의 얼굴이 그려지고 있었다. 하얗고 여린 얼굴에 늘 불안한 눈빛으로 주위를 살피던 가희 공주다. 사비 모녀를 죽이고 걸로에서 왔다는 낯선 사내를 죽여야만 했던 이유도 버들내를 없애고자 하는 이유와 같을 것이다. 그들은 드러나서는 안 될 진실을 알고 있었던 것이리라.

전하……!

명은 말을 달리며 능혜왕을 불렀다. 그의 혼령이 있다면 제발 이 진실을 밝힐 수 있도록 도와달라고 외치고 싶었다.

추나성에서 돌아온 금랑은 자신 앞에 놓인 묵직한 금전 주머니를 난감한 눈으로 내려다보았다. 이런 것을 바라고 공주의 뜻을 따른 것은 아니다. 그러나 결국은 이것이 목적이 되어버렸다. 아우인 금오단은 이미 완전한 공주의 사람이 되어 자객의 길로 접어든 듯하고 병든 노모와 어린 누이는 천민보다 못한 삶을 살고 있다. 그야말로 그들은 말뿐인 귀족이다. 탁자 위의 주머니를 노려보던 그는 그것을 챙겨 가슴에 품었다.

이번에 공주가 지목한 자는 사내다. 해율이 공주를 버리고 차대왕의 지위까지 버리며 선택했다는 그 사내. 그 일로 해율은 귀족으로서의 모든 것을 잃었다. 왕좌를 포기하고 스스로 고난의 길로 들어선 해율이나 기어이 이런 복수의 칼을 꽂으려는 공주의 마음이나 그로서는 다 헤아리지 못하겠다.

가희는 불안하게 방 안을 서성거렸다. 해율이 안았다는 사내가 걸로 출신의 장사치라는 말을 듣는 순간부터 무언가 불안했었다. 상인으로 변장을 하고 걸로 갔던 금오단으로부터 전해 들은 단하의 신상 또한 온통 알 수 없는 것들뿐이었다. 단하에 대해 알려진 것은 단 한 가지도 없었다. 다만 삼 년이 지난 지금도 처음 상단을 꾸리던 그때처럼 턱밑이 말갈 정도로 새파랗게 어린 자라는 것뿐.

순간 가희는 사비를 떠올렸다. 사비의 시신은 해율이 걸로 바다를 한 달을 헤매고도 끝내 찾지 못했다고 했었다. 어딘가에 살아 있었던 것일까? 걸로에서 돌아온 해율은 무작정 이혼을 요구했었고 받아들여지지 않자 떠나 버렸다. 그리고 이 년의 세월, 그는 단 한 번도 자신을 보아주지 않았다. 사비가 살아 있다는 믿음이 없었다면 그러지 못했을 것이다.

가희는 두 사람이 완벽하게 자신과 연화를 속여왔던 것이라고 생각했다. 차루벌을 떠날 때 연화궁 마마가 하사한 재물 정도면 상선 두 척은 충분히 마련하고도 남을 것이다. 사비는 그렇게 죽은 척 숨어 상단을 만들고 결국은 해율이 있는 가리옹성까지 찾아 들어간 것이리라. 그렇게 둘이서 미래를 만들어가는 동안 바보처럼 기다리는 자신의 꼴이 얼마나 우스웠을까?

수그러들었던 치욕이 다시 고개를 들었다. 잠잠하던 두려움이 되살아나 온몸을 집어삼킬 것만 같다. 사비는 죽은 듯이 숨어 해율을 빼앗아갔듯이 소리 없이 다가와 언젠가는 이 공주의 자리마저 앗아가 버릴 것 같다.

"아악!"

가희는 머리를 감싸고 주저앉았다. 울불이 그리웠다. 이럴 때 둘이 머리를 맞대면 언제나 묘안이 떠오르곤 했었다.

"어머니, 어머니…… 흑흑."

연화는 문밖에서 그 소리를 다 듣고 있었다. 태무가 앓아누운 한 달 가까이 문병 한 번 오지 않은 가희의 행동이 괘씸하여 야단이라도 칠 심산으로 찾아온 길이었다. 그러나 어미를 찾는 서러운 울음소리를 듣고 있자니 괘씸했던 마음에 죄책감이 인다. 버림받은 설움이 켜켜이 쌓여 상처가 된 것이리라. 그래서 어미를 어려워하고 태무에게도 살가운 정이 없다. 그것을 어찌 저 아이 탓이라 하겠는가.

방으로 들어가니 가희는 침상에 엎드린 채 울고 있었다.

"어찌하여 그리 서럽게 울고 있느냐?"

느닷없는 연화의 목소리에 가희는 화들짝 놀라 눈물을 감추었다. 자신의 속내를 다 들켜 버린 듯 당황스럽다.

"어, 어마마마."

"가희야."

따듯한 손이 볼을 쓰다듬었다. 눈치를 살피던 가희는 무너지듯 연화의 가슴에 얼굴을 묻었다.

"으흐흑, 어마마마!"

어린아이처럼 가슴을 파고들며 우는 모습에 연화의 눈시울도 젖었다.

"저는 이 궁이 싫습니다, 어마마마. 외롭고 두렵습니다."

더 말을 하지 않아도 가희의 마음을 다 알 것 같았다. 어미도 낯설고, 궁 생활은 더더욱 낯설었을 것이고, 지아비라 짝 지어 준 해율에게 철저하게 버림받았다. 세상이 외롭고 두려웠을 것이다. 이 아이의 생이 어찌 이리도 풍파가 심할까 싶어 마음이 찢어질 듯 아팠다.

"이 어미가 있는데 무엇이 두려우냐? 아무 걱정 마라. 대장군이 돌아오면 너의 혼인을 서두를 참이다. 이번엔 아무것도 보지 않을 참이야. 오로지 너 하나면 족하다는 사내로 짝을 지어주마."

"소녀는 다 싫습니다. 어마마마만 계시면 됩니다. 으흐흑……."

눈물을 쏟으며 매달리는 모습이 어찌나 애달픈지 뒤에 늘어선 시비들마저 눈시울이 붉어졌다.

정벌군이 돌아왔다. 전쟁에서 승리했다고는 하나 패한 야로국만큼이나 기란국의 손실도 컸다. 군사들은 굶주림과 추위에 지쳐 초췌한 몰골이었다. 먼 북방으로 쫓겨난 야로국은 겨우 명맥만 남았지만 무영은 여전히 마지막 숨통을 끊어놓지 못한 것을 아쉬워했다. 얘기하는 내내 망설이던 무영은 어렵게 해율의 얘기를 꺼내었다.

"해율과 가리옹성 부대가 없었다면 이루지 못했을 일이었습니다."

"해율 얘기는 하지 마십시오."

"마마."

"이미 끝난 일입니다. 그러잖아도 대장군께서 돌아오시면 새로운 부마도위에 대해 의논할 참이었습니다."

연화의 뜻은 단호했다. 무영은 해율에 대해 기대가 컸던 만큼 실망도 컸지만 이번 전쟁을 치르며 지켜보았던 해율의 모습에 미련은 더더욱 커져 버렸다. 해율은 야망은 크지만 욕망이 없다. 그것이 그를 지금의 모습으로 내몰지 않았을까? 참으로 어리석다. 무영은 해율을 그 어리석음 속에 두고 싶지 않았다. 그의 행보가 여전히 괘씸했지만 쉽게 해율을 놓아버린 연화도 마땅치가 않다.

"제가 가리옹성으로 가서 해율을 데려오겠습니다."

"아니, 그러지 마십시오. 더 이상……."

해율을 괴롭히고 싶지 않다. 사람의 마음을 강제로 어쩌지 못한다는 것을 알면서도 처음부터 욕심을 냈었다. 욕심낸다고 해율의 마음이 가희 것이 될 수는 없다. 처음부터 해율은 사비의 것이었고 사비가 죽은 지금도 그 사실은 변함이 없다. 그 사내가 사비처럼 느껴져 안았다고 하지 않던가.

"가희도, 나도 더 이상 그럴 마음이 없습니다. 우린 이미 그를 버렸습니다. 곧 혼인을 치른다 하더군요."

"누가? 해율이 말입니까?"

"예."

"양물이 잘린 사내라는 그 장사치와 말입니까?"

"예."

무영은 말문이 막혀 버렸다. 해율은 이제 돌아오지 못할 강을 건너가고 있는 듯하다.

태평전 주춧돌 아래에서 수십 개의 대바늘이 꽂힌 헝겊 인형이 발견된 것은 태무가 다시 신열이 오른 지 이틀째 되는 날이었다. 어린 시비 하나가 새파랗게 질린 얼굴로 보자기에 싸인 물건을 내밀었다. 무어냐고 물었지만 그녀는 감히 대답하지 못했다. 늙은 시비 마염이 보자기를 빼앗듯이 받아 탁자 위에 펼쳤다.

헝겊 인형은 사내를 흉내 내어 만든 것이었고 수십 개의 대바늘이 머리끝에서 발끝까지 촘촘하게 꽂혀 있었다.

"마마!"

기함을 하듯 물러나는 마염을 보며 연화는 떨리는 마음을 가다듬었다.

"주위를 물려라."

마염은 보자기를 들고 온 어린 시비만 남기고 문밖의 시비들까지 멀리 물렸다. 어린 시비는 탁자 아래에 코를 박은 채 녹은 눈 사이에서 우연히 보자기를 발견했노라고 했다. 눈이 녹으면서 드러난 것으로 보아 한창 눈이 쏟아지던 지난달에 누군가 파묻어놓은 모양이었다. 그때는 태무가 가장 위독할 때였다.

이 궁에 태무의 목숨을 노릴 자가 누굴까? 아무리 생각해 보아도 도무지 짐작이 가지 않는다. 대바늘이 박힌 헝겊 인형을 보고 있자니 오소소 소름이 돋아오른다. 얼마나 모진 마음이면 손끝, 발끝까지 대바늘을 찔러 넣었을까?

"누가 만든 건지 짐작이 가느냐?"

연화의 물음에 마염은 헝겊 인형을 살폈다. 궁 생활 삼십여 년에 볼꼴 못 볼꼴을 다 보아왔지만 이토록 섬뜩한 주술은 처음이다.

"일관을 불러 알아볼까요, 마마?"

"그건 안 된다! 조용히, 아무도 몰래 알아보아라. 그리고 이런 것이 더 있을지 모르니 태평전 주위를 샅샅이 뒤져라."

연화의 눈은 불꽃이 일듯 매섭게 번득였다.

이것은 태무의 목에 칼을 들이댄 것이나 진배없다. 용서할 수가 없다, 그것이 누구든!

비방은 동서남북 네 주춧돌에서 발견되었다. 하나같이 수십 개의 대바늘이 박힌 채 태무의 죽음을 기원하고 있었다. 연화의 분노는 하늘을 찔렀다. 이제껏 자신이 살아온 목적이 태무를 지키는 것이었고, 그것을 위해 얼마나 많은 이들을 죽이고 떼어내고 외면했던가. 자신의 삶의 이유이고 목적이었던 그것을 비웃기라도 하듯 네 개의 헝겊 인형이 탁자 위에 나란히 누워 있다. 연화는 그 섬뜩한 모습을 참담한 마음으로 노려보았다.

인형을 찾아낸 그날, 신기하게도 태무의 신열이 떨어졌다. 오랜만에 침상에서 일어나 앉은 그는 율하가 떠먹여 주는 미음을 받아먹었다. 율하의 눈은 빨갛게 충혈되어 있었다. 사흘 밤낮으로 태무의 곁을 지킨 탓이다. 그러고 보니 살까지 빠진 듯하다.

지난 한 달 사이 벌써 세 번을 앓아누웠으니 저 여린 속이 까맣게 탔을 것이다.

"가서 눈 좀 붙이고 오려무나."

태무는 짐짓 무심한 척 말했다.

"싫습니다."

딴에 무심한 척 대답하지만 뾰로통한 입술이 파르르 떨린다.

"간이 커졌구나, 감히 내 말을 거역하다니."

"이제 전하의 말씀은 듣지 않겠습니다. 제 맘대로 하렵니다."

정말 간이 커진 것인지 싫다는 미음을 기어이 떠먹이는 술도, 야무지고 쏟아내는 말들도 거침이 없다.

율하는 정말 이젠 태무의 말 따위는 듣지 않을 참이다. 혼을 빼놓을 듯 무섭도록 앓고 일어난 그는 혼자 두지 않겠다, 약조한 며칠 뒤 다시 금방이라도 떠나 버릴 사람처럼 신열이 들끓었다. 이번에는 정말 끝인가 보다 싶었다. 태무를 떠나보내고는 살 수 없을 것 같았다. 그래서 율하는 혼자 비상을 준비했었다. 그의 숨이 멎는 순간 자신도 비상을 털어 넣을 생각이었다. 못나고 못난 것이 혼자 더 살아 무엇 하나 싶었던 것이다.

기적처럼 신열이 떨어지면서 율하는 오기가 생겼다. 자신이 태무를 따라갈 것이 아니라 태무가 자신을 따라오게 만들어야겠다 싶었다. 가진 거라고는 못나고 튼실한 몸뿐이니 건강하게 오래 사는 것만큼은 자신있었다. 자신처럼 거친 음식을 먹고 거칠게 살아가면 몸은 더 튼실해진다. 병이 들까 무서워 겁먹고 웅크리고 있는 태무를 끌어낼 것이다. 산으로, 들로, 세상 밖으로.

제 마음대로 할 겁니다. 그러니 이젠 마음대로 아프지도 마십시오, 떠나 버릴 듯 겁도 주지 마십시오.

율하는 마지막 남은 미음을 긁어 태무의 입 안으로 밀어 넣었다.

궐 밖 무녀들을 수소문해 보았지만 비방을 만든 무녀는 쉬이 찾을 수 없었다. 연화는 그 비방을 한 주인이 해사랑금의 잔당이거나 왕실에 불만이 많은 자의 소행일 것이라 생각했다. 건승에 동조하지 않았던 해사랑금 세력들은 다행히 살아남았지만 철저하게 외면을 당하고 있었다. 그 외, 같은 아사금이면서 왕실로부터 외면을 받고 있는 아사금 집안들도 의심해 볼 수 있다. 어쩌면 혼자 감당하기 버거운 세력일지도 모른다. 그러나 섣불리 무영에게 의논을 할 수가 없다. 그가 이 사실을 안다면 또다시 피바람이 불어닥칠 것이 뻔하기 때문이다. 그는 강력한 왕권을 위해서는 아직도 제거해야 할 세력이 많다고 믿고 있는 사람이다. 연화는 이 일을 자신의 선에서 조용히, 그러나 단호하게 마무리되길 바란다.

사흘째 되는 날, 늙은 시비 마염이 어린 시비 하나를 데리고 들어왔다. 공주를 모시는 모란전의 시비라고 했다.

"내게 했던 말을 하나도 빠뜨리지 말고 말씀드려라."

마염은 엄한 목소리로 명을 내렸다. 어린 시비는 이런 자리가 처음인 듯 몹시도 떨고 있었다.

"소, 소인은 모란전의 시비 소아라 하옵니다. 시비전에서 허드렛일을 하다가 모란전으로 배속된 지는 한 해가 조금 못 됩니다."

떨고 있는 것에 비해 목소리는 또렷했다.

"어찌하여 내게 데려온 것이냐?"

연화는 의아한 눈으로 물었다. 가희에게 무슨 일이 있는 것일까? 그러나 아침 문후를 온 가희의 모습은 평소보다 밝았었다.

"이 아이가 그 비방을 만든 무녀를 안다고 하옵니다."

그리고 마염은 소아에게 얼른 고하라고 다그쳤다.

"소인은 어려서 부모를 여의고 외가가 있는 모룡촌에서 자랐습니다. 모룡촌에는 마홍이라는 무녀가 있는데 영험하기로 소문이 나서 아주 오래전부터 많은 귀족 여인네들이 찾고 있습니다. 제 외조모께서 마홍의 집에서 허드렛일을 거들었기 때문에 저는 어려서부터 그 무녀가 하는 여러 주술들을 다 보아서, 알고 있습니다."

마염은 보자기 속의 헝겊 인형들을 풀어 탁자 위에 펼쳐놓았다.

"살펴보아라."

소아는 떨리는 손으로 대바늘이 촘촘히 꽂힌 헝겊 인형을 들고 구석구석 살폈다. 대바늘은 정수리와 심장 부근에 집중적으로 꽂혀 있었고 손끝 발끝까지 꽂혀 있었다. 모진 마음이 느껴져 목덜미가 섬뜩했다. 세심히 살피던 소아는 헝겊 인형을 조심스럽게 내려놓았다. 그녀는 마른침을 꿀꺽 삼키며 입을 열었다.

"이것은 마홍의 것이 분명하옵니다."

"만약 틀릴 시에는 무고죄를 면치 못할 것이다."

마염의 으름장에 소아는 당돌한 눈으로 빤히 쳐다보았다. 자신있다는 뜻이다.

"당장 그것을 잡아들일까요?"

마염의 말을 들으며 연화는 소아란 시비를 유심히 살폈다. 소아는 헝겊 인형을 보지도 않은 상태에서 그것이 마홍의 것이라고 미리 짐작을 했다. 게다가 어린 나이답지 않게 침착하고 당돌하기까지 하다. 연화의 얼굴을 몇 번이나 훔쳐보며 머뭇거리는 모습으로 보아 무언가 따로 할 말이 있는 듯 보였다. 연화는 소아가 이번 일에 대해 뭔가 깊이 알고 있다고 직감했다. 연화는 소아만 남긴 채 주위를 물렸다.

마염이 물러가고 혼자서만 연화를 대하자니 소아는 더욱 떨렸다. 명이 돌아올 때까지 눈 감고 입 닫고 있었어야 옳지 않았을까, 후회까지 되었다. 그러나 그가 돌아올 때까지 입을 다물고 있기에는 너무나 큰 사건이었고 무엇보다 공주가 두려웠다. 명은 차루벌을 떠난 지 한 달이 다 되어가도록 소식이 없다. 그동안 엄청난 눈이 내렸고, 그가 낯선 곳에서 변을 당했을지도 모른다는 엄한 생각까지 들자 두려움이 밀려왔다. 이대로 자신도 공주의 손에 쥐도 새도 모르게 죽는 것이 아닐까 두려웠다. 요 며칠 자신을 살피는 가희 공주의 눈이 예사롭지 않다.

"내게 할 말이 있는 거냐?"

"……."

소아는 입술만 잘근잘근 깨물고 있었다. 이대로 모란전으로 돌아갔다가는 쥐도 새도 모르게 죽을지도 모른다. 그리고 지금 이 자리에서 말 한마디 잘못했다가도 죽어나갈지도 모른다. 아무리 머리를 굴려보아도 살길이 보이지 않는다.

소아는 주먹을 터질 듯이 쥐고 바들바들 떨고 있었다.

"두려워하지 말고 말을 해보아라. 여긴 너와 나, 둘뿐이니라."

"마마……."

"그래."

"살려주십시오, 마마!"

소아는 눈물을 쏟으며 쓰러지듯 머리를 조아렸다.

연화와 소아의 독대는 밤이 늦도록 끝나지 않았다. 자정이 가까워질 무렵 소아는 연화의 지시에 따라 죄지은 시비들을 가두어두는 시비전 골방에 갇혔다. 연화의 허락없이는 단 한 발자국도 그곳을 나설 수 없으며 물과 하루 두 끼의 식사만 제공하라는 영이 떨어졌다.

연화전은 무사들이 겹겹이 에워싸 개미 한 마리 들어올 틈 없이 철통같이 막혔다. 그것은 태무와 율하가 있는 태평전과 가희가 머무는 모란전도 마찬가지였다.

연화의 칩거는 열흘이 넘어가고 있었다. 대장군 무영까지 물리치니 귀족들 사이에서는 연화궁 마마가 큰 병을 얻은 것은 아닌가 하는 말까지 나돌았다.

"그 비방은 공주마마께서 마홍을 찾아가서 마련한 것입니다. 공주마마께서 태평전에 심어놓으라고 하셔서 그곳 시비 노항이가 한 짓입니다. 그 아이를 잡으시면 다 발설할 것입니다. 저를 모란전으로 보낸 사람은 주명님입니다. 주명님은 잠시도 한눈을 팔지 말고 공주마마 곁을 살피라 하셨습니다. 그것이 연화궁 마마와 전하를 지키는 길이라고, 일거수일투족 놓치지 말라 하셨습니다. 주명님이 돌아오시면 다 말씀드리려고 했었는데 안 오십니다. 서란강으로 떠나신 지 한 달이 지나고 또 반달이 다 되어가는데 안 오십니다. 흑흑, 소인은 무섭습니다. 지난번 걸로에서 왔던 그 사내를 죽인 것도 공주마마께서 보낸 자객의 짓이란 걸 소인은 다 압니다. 그 사내처럼…… 주명님이 잘못되셨을까 봐 두렵습니다."

연화는 이성을 잃은 사람처럼 쏟아내던 소아의 말들을 되새기고 또 되새겨 보았다. 아무리 곱씹어보아도 이해가 가지 않는다.

어째서 가희가 태무를 죽이고자 비방을 쓴 것이며, 어째서 명은 가희를 감시하라 한 것일까? 소아는 무슨 연유로 가희를 모함하는 것일까? 저 눈이 다 녹으면 이 거짓도 다 녹아 없어질까?

조그맣게 열어놓은 문틈으로 보이는 것은 온통 하얀 눈뿐이다.

하루에도 서너 번씩 시비들이 태평전의 소식을 들고 왔다. 태무는 이제 어지간히 기력을 회복한 듯하다. 태무의 곁에는 율하가 있으니 걱정이 되지 않았다. 가희는 느닷없는 금족령에 몹시도 짜증을 내고 있다고 했다. 가희를 보는 것이 두렵다. 소아가 모함을 한 것이라고 스스로를 달래보지만 좀처럼 마음이 잡히지 않는다. 모룡촌의 마홍과 모란전의 시비 노항을 잡아들여 문초를 하면 사실은 밝혀질 것이다. 만약 소아의 말이 사실이라면 그 다음은 어찌해야 하나? 가희는 살아남지 못할 것이다. 해를 가린 달…… 정녕 그것은 벗어날 수 없는 운명의 굴레일까?

저도 모르게 가희를 의심하고 있는 스스로에 놀라 연화는 머리를 흔들었다.

시비전 골방에 갇혀 있던 소아가 사흘 만에 감쪽같이 사라졌다. 도망쳤다고는 생각되지 않았다. 소아는 그곳에 갇히는 것을 오히려 다행스러워하는 눈치였었으니까. 마치 시비전의 삼엄한 감시 속으로 숨어들기라도 하는 듯. 몹시도 죽음을 두려워하던 소아의 모습이 떠올랐다. 명에게서는 여전히 소식이 없다. 명이 돌아올 때까지 마냥 이렇게 기다릴 수는 없다. 상대는 태무의 목숨을 노렸다. 결단을 내려야 했다.

연화는 모룡촌의 무녀 마홍과 시비 노항을 은밀히 잡아들였다. 가희를 의심하여 그들을 잡아들인 것이 아니라 누명을 벗기기 위해 잡아들인 것이라고 스스로를 달랬다.

시퍼런 칼날이 목에 닿자 마홍은 바들바들 떨며 고개를 들었다. 막 잠이 들려던 찰나에 느닷없이 들이닥친 칼잡이들에게 끌려온 참이라 정신이 하나도 없었다. 이곳이 어디인지, 그리고 앞에 앉은 아리따운 귀부인이 누구인지도 알 수 없었다. 무사 하나가 보자기 하나를 들고 와 그녀의 눈앞에 들이대었다.

"이것은 네가 만든 것이렷다?"

수십 개의 대바늘이 꽂힌 헝겊 인형이 눈앞으로 불쑥 들어오자 마홍은 기겁을 하며 고개를 가로저었다.

"모릅니다. 소, 소인은 모르는 물건입니다."

무사는 마홍의 팔을 뒤로 꺾으며 칼날을 더욱 깊이 들이대었다.

"바른대로 불어라. 거짓을 고했다가는 네 목이 달아날 것이다!"

"정말입니다. 소인은 모르는 물건입니다. 살려주십시오. 그저 남의 운명이나 점치며 먹고 사는 이 천한 것을 불쌍히 여겨……."

눈물 콧물이 범벅이 된 얼굴로 두 손을 모아 빌고 있는 마홍을 바라보던 연화는 이마를 찌푸렸다. 성가시고 피곤하다. 얼른 소아의 거짓말을 확인하고 싶었다.

"노항이를 데려오너라."

천으로 눈이 가려진 노항이 엉덩이를 뺀 채 끌려왔다. 노항을 마홍의 옆에 꿇어앉힌 무사가 눈을 가린 끈을 풀어주었다. 두리번거리던 노항은 앞에 앉은 연화를 보자 황급하게 이마를 땅에 박았다.

"마, 마마."

"고개를 들어라."

옆에 선 무사가 칼집으로 노항의 턱을 들어 올리자 마염이 헝겊 인형이 든 보자기를 그녀의 눈앞으로 가져왔다.

"그것이 무언지 아느냐?"

연화의 질문에 노항은 아무 말도 하지 못했다. 닿을 듯 가까운 곳에 앉아 있는 연화의 존재와 빙 둘러선 칼 찬 무사들의 모습에 그녀는 이미 반쯤 정신을 놓고 있었다. 태무가 앓는 내내 이미 악몽에 시달리던 그녀였다.

"마마…… 마마……."

아무것도 모른다고 해야 할 노항이 넋을 놓은 채 떨고 있는 모습에 연화는 두려움이 밀려왔다.

"……아느냐?"

"살려주십시오, 마마."

마염은 수그러드는 노항의 머리를 왈칵 뒤로 젖히며 다그쳤다.

"감히 어느 안전이라고 술수를 쓰려는 거냐? 바른대로 말해라!"

"소인은, 소인은 그냥 공주마마께서……."

마홍은 발발 떨고 있는 노항과 눈이 마주치자 그제야 무언가 잘못되었다는 것을 깨달았다. 노항이 마마라고 부르는 저분은 말로만 듣던 연화궁 마마가 분명할 것이다. 기란국 어느 귀족도 저분 앞에서는 고개를 들지 못한다고 했다. 무예로 단련된 무사들이 겹겹이 둘러싸고 어느 누구든 그 명을 어기는 자는 단칼에 목이 달아난다고, 전하마저도 저분 앞에서는 어린아이와 진배없다고, 천인들이 모여 사는 모룡촌에서는 연화의 존재가 그렇게 소문이 나 있다. 발발 떨며 까무러치는 노항의 모습에 마홍은 오줌을 지리며 주저앉았다.

마홍은 어느 귀족 여인의 청에 따라 숨골을 막고 심장을 멈추게 하는 비방을 만들어주며 평생 만져 보지 못할 만큼의 금전을 받았다고 했다. 그 귀족 여인은 노항을 통해 심부름을 시켰으며 그녀가 공주일 줄은 꿈에도 몰랐다고 했다. 마홍이 토설하는 말을 들으며 연화는 거의 이성을 잃었다. 가희는 연화의 삶의 이유였고, 목적이었던 태무의 목숨을 앗으려고 했다. 그 사실을 확인하는 순간 연화에게 가희는 더 이상 아프게 놓아버린 딸이 아니었고 공주도 아니었다. 당장 가희를 잡아오라 명하는 그녀의 눈에 불꽃이 튀었다.

느닷없이 무사들이 들이닥치고 연화궁으로 끌려오는 순간까지도 가희는 사태를 파악하지 못했다. 연화의 앞에 엎드려 있는 마홍과 노항을 보자 그제야 그녀는 정신이 아찔해졌다. 자신이 무슨 짓을 저질렀는지 생각나자 눈앞이 아득해졌다. 상인 단하가 사비일지도 모른다는 생각이 든 순간 이성을 잃었었다. 아무것도 떠오르지 않았다. 태무의 목숨이 위태해지면 혼인을 서둘러 주실 것이고 그렇게 해서 왕좌만 차지한다면 그 다음엔 누구도 어쩌지 못하리라 생각했었다. 가희는 사비의 존재 외엔 세상에 무서울 것이 없었다.

"어마마마! 어찌 이러십니까?"

연화의 마음이 얼음처럼 차가워져 있는 것을 모른 채 가희는 어린아이처럼 울먹였다. 무어든 자신의 한 마디면 다 들어주던 연화였다. 지금도 자신의 눈물에 순식간에 마음이 녹아내리고 아무 일도 없었던 듯 따듯이 안아주시리라 믿었다.

"어마마마……"

연화는 차가운 눈으로 가희를 내려다보았다. 자신이 과연 가희를 사랑했던 적이 있었을까 싶을 만큼 마음이 얼음처럼 차갑다. 난생처음 보는 낯선 아이처럼 멀고도 멀게 느껴지는 가희다.

연화의 턱짓에 따라 마염은 다시 헝겊 인형이 든 보자기를 가희의 눈앞에 들이대었다. 대바늘이 촘촘히 박힌 섬뜩한 인형이 눈앞에 들어오자 가희는 아뜩해지는 머리를 흔들었다.

"그것이 무언지 아느냐?"

"모르옵니다. 이런 험한 물건을 어찌 제게 보이시나이까?"

"모른다? 그럼 저것들이 지금 내게 거짓을 말한 모양이구나."

오라에 묶인 노항과 마흥을 가리키며 물었다. 노항은 가장 믿고 아껴주었던 시비였다. 사가의 아비 어미가 살기 힘들다 하여 금전을 주어 장삿길을 터주었으며 집까지 마련해 주었다. 간이라도 빼줄 듯 아양을 떨던 것이 순식간에 배반을 하고 모든 것을 토설한 것일까? 그것이 사실이라면 자신이 살아날 길은 없어 보인다. 태무를 향한 연화의 집착이 어느 정도인지 알기에.

거짓을 말할 때면 언제나 도망가던 가희의 눈빛을 기억한다. 지금의 가희의 눈빛이 딱 그렇다. 연화는 가희에게 더 이상 아무것도 묻지 않았다. 아무것도 확인하고 싶지 않았다. 소아의 거짓이든, 마흥과 노항의 거짓이든, 그리고 가희의 거짓이든.

마염을 가까이 부른 연화는 나직이 명을 내렸다.

"공주를 토굴에 가두어라."

"마마, 거긴!"

연화궁 뒤편 언덕의 토굴을 아는 이는 극히 드물다. 건승의 반란군이 연화궁으로 쳐들어왔을 때 연화가 몸을 숨겼던 곳으로 대낮에도 빛조차 들지 않는 곳이다.

"가두어라!"

차고 단호한 연화의 음성에 마염은 더 이상 입을 떼지 못한 채 물러났다. 쉽게 풀릴 분노가 아니다. 공주의 목숨은 어쩌면 쥐도 새도 모르게 사라져 버릴지도 모른다.

 돌아서는 연화의 걸음이 휘청 흔들렸다.

九 진실

세상을 집어삼킬 듯 눈이 쏟아지던 날, 해율과 단하는 진공 장군을 비롯한 관내 식구들과 상단 식구들이 보는 앞에서 혼례를 치렀다. 두 사람은 모두 흰 천으로 만든 대메포와 바지를 입고 갖신을 신었다. 그것은 귀족의 복장이 아니었다. 기란국 동북지방의 큰 땅, 우슬라를 다스리는 가리옹성의 성주이자 한때는 차대왕의 지위에까지 올랐던 별금 해율이 걸로의 대 상인 단하를 짝으로 맞으려 스스로 평민의 복장을 차려입은 것이다. 어느 쪽도 아내도 아니요 지아비도 아닌, 그저 서로를 갈망하는 짝일 뿐인 두 사람. 그들이 하늘의 이치를 거스르며 천지신명 앞에 하나가 되는 혼약을 맺고 있는 것이다.

두 사내가 부부의 연을 맺으며 맞절을 하고 술잔을 건네는 모습을 지켜보며 사람들은 그저 할 말을 잃었다. 이것은 옳은 일이 아니니 당장 그만두라고 말할 용기를 가진 자도 없었다. 말릴 만한 지위를 가진 진공 장군조차 그저 묵묵한 얼굴로 지켜보고 있을 뿐이다.

세 번의 술잔이 오가고 마지막 네 번째 술잔이 해율에게로 건네졌다. 그는 술을 단숨에 들이켰다. 그리고 걸치고 있는 대메포처럼 하얀 이를 드러내며 싱긋 웃었다. 그녀를 가지기 위해 가질 수 있었던 모든 것을 버린 남자가 사람들의 따가운 시선을 받으며 웃고 있다. 사비는 목젖까지 차 오른 눈물을 꿀꺽 삼켰다.

그를 위해 상단의 운명과 하나뿐인 목숨까지 건 여자가 사내의 형상으로 술을 받아 마신다. 사람들의 따가운 시선 따위 아랑곳 않는다는 듯 뭇 사내처럼 단숨에 술을 들이키고 당돌한 눈으로 그를 건네다 본다. 그 눈에는 두려움이나 걱정 따위는 없다. 그 눈은 단국과 야로국, 매호국을 넘어 광활한 벌판으로 말을 달릴 그의 꿈을 살핀다. 화조국과 가리옹성을 잇고 단국을 넘어 대국으로 이어질 큰 장삿길을 틀 꿈을 꾼다. 해율은 그 눈에 부응하듯 사비에게 벅찬 눈길을 보냈다. 혼인을 축복하듯 솜덩이 같은 눈은 하염없이 내린다.

관내의 가장 깊은 별채에 신방을 차리고, 목욕 물을 데우고, 술상을 준비하고 하는 동안 천동어멈은 입을 다물지 못하고 병글거리고 있었다. 해율이 차대왕의 지위를 놓아버린 것은 아무리 생각해도 아깝지만 대신 단하 같은 사람을 만난 것은 하늘이 주신 복이다 싶다.

패악스럽고 사치스럽던 가희 공주는 처음부터 해율의 짝이 아니었던 게다. 권력을 잡고 세상을 가져야만 잘사는 길이겠는가. 아무리 세상을 다 가져도 마음이 지옥 같으면 그건 절대 잘 사는 것이 아니다. 칠십이 다가오도록 살아보니 이제야 세상이 빼꼼히 보이기 시작한다.

유신님을 보아라. 청춘을 다 허비하며 헤매고도 평온을 찾지 못해 또다시 헤매고 있지 않는가. 해율이 그리 살지 않아도 되니 이보다 더 기쁜 일이 어디 있겠는가.

혼례식 내내 사라져 보이지 않던 다겸이 눈이 벌게져서 돌아왔다. 그는 실실거리며 웃고 있는 천동어멈을 보자 잡아먹을 듯 노려보더니 식식거리며 관을 나가 버렸다. 조금만 눈여겨보면 단하가 여인이란 걸 알아챌 텐데 눈치코치가 없어도 어찌 저리 없을까 싶다.

우슬라의 산하는 여전히 흰 눈에 덮여 마치 세상과 단절된 꿈속에 사는 듯하다. 어느 곳의 소식도 그 험준한 산을 넘어올 수는 없었다.

해율은 이 눈들이 영원히 녹지 않기를 바라며 구르듯 언덕을 내려오고 있었다. 건너편 비탈의 나무 사이로 날랜 소연검의 그림자가 비치자 그는 급기야 눈밭으로 나르듯 몸을 던졌다. 노루의 심장에 박히는 화살이 소연검의 것이 되게 할 수는 없었다.

다겸이 이끄는 몰이꾼들의 노랫소리가 점점 가까이 들리는 것으로 보아 먹잇감이 근처까지 내몰린 것이 분명했다. 그는 활에 살을 채우고 주위를 살폈다. 그리고 비탈길을 따라 나 있는 노루의 발자국을 발견했다. 적어도 두 마리 이상은 된다. 워낙 눈이 쏟아져 산에서는 먹이를 구할 수 없으니 배고픔을 이기지 못한 녀석들이 낮은 산으로 내려왔다가 사냥감이 된 것이다.

비탈을 미끄러져 내려오던 해율은 미끈한 나무 사이로 내달리는 노루를 발견하고 달리기 시작했다. 녀석들도 어지간히 지친 듯 달아나는 걸음이 빠르지 못하다. 달리며 화살을 재고 쏘려는 순간 맞은편 소연검의 화살이 먼저 날아드는 것이 보였다. 덩치 큰 노루의 다리가 휘청 꺾이는 것을 보며 해율이 화살을 쐈다. 그리고 비호처럼 날아들어 퍼덕이는 노루의 목에 단도를 꽂았다. 시뻘건 피가 솟아오르고 마지막 비명 소리를 지르던 노루가 풀썩 고꾸라졌다.

얼굴에 튀긴 피를 옷자락으로 스윽 닦고 있는데 소연검이 씩씩거리며 달려왔다.

"이런 법이 어디 있습니까! 이놈은 소인의 살이 먼저 맞춘 겁니다!"

단단히 골이 난 음성이다.

"무슨 소릴 하는 건가? 자네의 화살은 겨우 뒷다리를 스쳤지만 내 건 복부에 꽂혀 있네."

그의 말처럼 화살은 정확히 복부 가운데에 꽂혀 있었다. 정말 놀라운 솜씨다. 그렇지만 자신이 먼저 맞추어 녀석을 고꾸라뜨리지 않았다면 이렇게 정확하게 쏘지는 못했을 것이다.

"하지만……!"

무어라 더 따지려는데 다겸이 몰이꾼들을 이끌고 달려왔다. 해율은 여전히 골이 나 있는 소연검을 무시한 채 다겸을 다그쳤다.

"피가 식기 전에 얼른 옮겨라. 관으로 돌아간다!"

해율이 저만치 멀어지자 소연검은 피식 웃음을 흘렸다. 하여튼, 단하를 위한 일이라면 목숨 걸고 덤비는 사람이니 이겨낼 재간이 없다. 오늘도 단하에게 노루고기를 먹여야겠다고 자고 있는 소연검을 부추겨 사냥을 나온 길이었다.

단하는 여전히 자신이 여인임이 드러나는 것을 꺼려했다. 거친 뱃사람들과 장사치들을 상대해야 하니 사내로 남아 있는 것이 나을 테지만 꼭 그것만이 이유는 아닌 듯했다. 단하를 저토록 사내 속에 숨게 하는 무언가가 분명 있을 것이라고 소연검은 생각했다. 곧 배가 불러올 테고, 그러면 숨기려야 숨길 수 없는 사실이 되어버릴 그때까지 그는 사내로 남아 있을 것이다. 자신이 단하 곁에 머물 수 있는 기간도 그때까지가 아닐까, 생각한다.

생각에 잠겨 있던 소연검은 날랜 걸음으로 해율 일행을 따라

내려갔다. 산 아랫자락 이르렀을 즈음, 한 사내가 지친 걸음으로 산을 내려오는 모습이 보였다. 한눈에 보아도 칼잡이의 그것임이 분명한 날랜 눈매와 건장한 체구를 가진 사내다. 온통 눈에 덮여 세상과 단절된 곳인 줄 알았는데 그래도 이 험한 산맥을 넘나드는 사람이 있는 모양이다.

해율은 관에 도착하자마자 푸줏간에 들러 노루고기를 잘 손질하여 가장 맛난 부분을 가져오라 명하고 천동어멈이 마련해 둔 뜨거운 물속에 몸을 담갔다. 얼어 있던 손발 끝이 화끈거렸다.

"봄이 오면 단국과의 국경을 개방하려고 해."

말끔하게 씻고 나온 해율이 사비의 뒤에서 허리를 안으며 중얼거렸다. 한 달에 두 번으로 제한되어 있는 국경을 완전히 개방하겠다는 것이다.

"그러지 않으셔도……."

"아니, 이건 단하 상단을 위해서가 아니라 우리 우슬라 지방을 위해서, 나아가서는 기란국을 위한 조치다. 단국의 수도 고란에는 대국의 상인뿐 아니라 멀리 서역의 상인들까지 드나든다고 들었다. 그들이 우리 가리옹성에 들어오기 위해서 열흘씩 스무날씩 그곳에서 머물며 쓰는 금전이 욕심이 난단 말이야. 우리 가리옹성에 객점을 차리고 서란강을 거쳐 화조국으로 마음껏 넘나들게 해준다면 그 돈은 고스란히 우리 가리옹성 백성들의 돈이 될 것이 아니냐?"

"제가 객점을 차리고 싶어하는 걸 어찌 아셨습니까?"

놀란 눈으로 빤히 쳐다보는 사비의 눈을 보며 해율은 사비의 머리를 톡톡 두드렸다.

"흠, 내가 너의 머리 속을 들여다보았다."

스윽 다가온 해율의 눈에 웃음기가 가득하다.

피비린내 나는 전투를 치르고 돌아오면 한동안 울렁증에 시달렸다. 그렇게 하여 땅을 넓히는 것에 대해 회의도 밀려왔다. 피로써 얻은 땅은 언제든 피 값을 치르고 빼앗길 수 있다. 뺏고 빼앗기고, 죽이고 죽고, 또 죽고 죽이고……. 그런 전쟁의 끝에 남는 것은 피폐한 땅과 굶주리는 백성들뿐이다.

무엇을 위해 전쟁을 치르는가?

전쟁을 치르는 내내 그런 회의가 해율을 힘들게 했다. 이번 겨울에는 분명히 피폐하고 굶주린 수만의 백성들이 눈 속에서 얼어 죽어갈 것이라고 생각했었다. 그러나 돌아온 가리옹성에서 그는 전쟁을 치른 백성의 모습이 아닌 평화로운 가리옹성 백성들의 모습을 보았다. 그것은 단하 상단의 힘이었다. 그들이 드나들면서 장시가 활성화되고 가리옹성의 살림은 윤택해졌다. 겨울만 되면 늘어나던 도둑과 살인, 비적의 수가 현저히 줄어들었다. 배를 곯지 않으니 모든 문제는 사라졌다. 삶이란 이렇게 단순한 것이다.

"모든 상인들이 이 가리옹성을 자유롭게 드나들 수 있도록 할 참이다. 그것이 전쟁을 치르고 수십 개의 성을 빼앗는 것보다 우리 기란국에 더 큰 도움이 될 수 있는 길이란 생각이 들었어."

"과연 장사치의 지아비다우십니다."

농담을 건네며 생긋 웃는 웃음이 귀엽다. 해율은 사비의 목에 코를 박으며 숨을 깊이 들이마셨다. 안온한 평화로움이 가슴 가득 들어찼다. 모든 것을 가지고도 한 번도 충만하지 못했던 삶이 사비가 들어옴으로써 마음이 벅차도록 꽉 찼다. 아주 어릴 적부터 자신을 늘 안타깝게 하던 아득한 그리움의 대상이 어머니였다면 지금은 사비로 변했다. 그 대상이 사비로 변하면서 비로소 그는 어른이 되었다.

천동어멈이 노루고기를 삶아 들고 왔다. 해율이 종일 눈밭을 뛰어다니며 잡아온 모양이었다. 사비는 순간 울렁거리는 속을 숨기느라 인상을 찡그렸다. 지난번에는 아주 맛나게 먹었지만 이번에는 도저히 넘어갈 것 같지가 않다. 하루하루 입맛이 달라지니 자신도 도무지 알 수가 없다.

선뜻 집어 먹지 못하는 사비를 보며 해율은 걱정스러운 얼굴이 되었다.

"어제도 별 먹은 것이 없지 않느냐? 한 점이라도 먹어봐. 내 화살이 이놈의 심장에 정통으로……."

그때 인기척과 함께 소연검이 들어왔다. 그의 손에는 묵직한 장부가 들려 있었다. 해율에게 먼저 목례를 한 그는 단하에게 장부를 내밀었다. 거처를 이곳으로 옮기면서 소연검은 상단 장부를 날마다 들고 와 단하의 수결을 받고 상단의 일을 지시 받아 갔다.

소연검의 눈이 탁자 위에 놓인 노루고기를 향해 있는 것을 보고 사비는 얼른 그에게 젓가락을 내밀었다.

"드시겠어요, 소연검?"

소연검은 해율의 눈치를 잠깐 살피다가 의자에 앉으며 젓가락을 받아 들었다. 잠깐 장부를 들여다보는 사이 소연검은 노루고기 한 접시를 게 눈 감추듯 먹어버렸다. 안달이 난 해율이 달아오른 얼굴로 방을 나가고서야 사비는 소연검이 해율의 애간장을 태우려고 일부러 노루고기를 다 먹어치운 것을 알았다. 사비를 가운데에 두고 해율은 어린아이처럼 안달을 내고 소연검은 그것을 즐긴다. 두 사람은 늘 이런 식이다.

"성주님께서 단단히 화가 나신 것 같은데요?"

"그만 하세요, 소연검."

"단하님을 향한 마음이 아이 같은 분이십니다, 성주님은."

소연검은 재밌다는 듯 빙긋 웃었다. 단하를 향한 해율의 마음은 어미를 향한 아이의 마음처럼 절대적이다. 시리도록 차가웠던 단하가 뜨거워질 수밖에 없도록 만드는 사내다.

"해율님이 정말 화가 나면 어쩌려고 그러세요?"

"그땐…… 도망을 쳐야지요."

그 소리에 단하의 얼굴이 일순 어두워졌다. 요즘 소연검은 내내 떠날 궁리만 하는 사람 같다. 오라비처럼 든든한 사람인데,

그가 있어 걸로의 상인 단하는 어딜 가도 두렵지가 않은데, 정말 곁에 있기 괴로운 마음일까? 자신에게 향했던 그의 마음을 알기에 드러내 놓고 붙잡을 수도 없다.

"정말…… 떠나실 건가요?"

"아마도……."

어렵게 묻는 말에 소연검의 대답은 가볍다. 바람처럼 세상을 떠돌던 그때가 행복했던 것 같다. 아무것도 그리운 것이 없었으니 어딜 가든 마음이 아플 일도 없었다. 함께 배를 타고 다니던 지난 삼 년이 그립고, 곁에서 지켰던 그 밤들이 그립고, 얼음처럼 차고 짙푸르게 슬프던 미소년 같은 그 얼굴이 그리운 지금은 마음에 알 수 없는 슬픔이 차 올라 있다. 애초에 아버지의 부탁을 받아들이는 것이 아니었다. 한곳에 뿌리를 내리고 사는 것은 자신의 운명 같지가 않다.

명은 고하의 땅을 벗어나 비름곡에 이르렀다. 언젠가 그곳에서도 버들내의 흔적을 발견한 적이 있기에 한가닥 남은 희망을 여전히 접지 못하고 달려온 것이다. 얼어붙은 서란강을 거슬러 올라오며 곳곳에서 맞닥뜨린 것은 버들내를 쫓고 있는 죽음의 그림자였다. 그것은 집요하게 버들내를 쫓고 있었고 교묘하게 명의 추적을 피하고 있었다. 고하의 젊은이들을 돌려보낸 그는 다시 비름곡 부근의 지리에 밝은 청년들을 샀다. 이번에는 반드시 버들내를 찾고 말겠다는 절박한 심정이었다. 자신이 짐작하고 있는 이 사실이 진실이라면 오직 버들내만이 그것을 증명해 줄 수 있을 것이다.

비름곡은 사방이 돌산으로 둘러싸인 분지형의 마을이다. 그 눈 덮인 돌산을 며칠 동안 헤매는 사내가 있다는 제보에 따라 명은 일행을 데리고 마을 뒤편의 산으로 올랐다. 이 가파른 산을 넘으면 다시 서란강이 흐르는 드넓은 벌판이 나온다. 산은 아직도 눈으로 덮여 잠깐만 발을 헛디뎌도 벼랑으로 굴러 떨어지고 말 아주 위험천만한 곳이었다. 다행히 그들은 비름곡에서 나고 자란 청년들이라 길을 잘 알았다. 그들은 산중턱에 이르면 제법 큰 동굴이 있는데 이 눈 덮인 산에서 사람이 살아 있을 만한 곳은 그곳뿐이라고 했다. 한참을 오르다 보니 입구가 어딘지도 알 수 없는 곳에서 연기가 피어오르고 있었다. 한 청년이 다가와 손가락으로 가리키는 곳에 동굴의 조그만 입구가 보였다. 가까이 다가가자 동굴 입구에 사람이 드나든 흔적이 보였다. 그들은 소리를 죽여 동굴로 들어섰다.

동굴 벽에 칼 찬 사내의 그림자가 모닥불에 비쳐 일렁이고 있었다. 칼집에서 칼이 뽑아지고 옆으로 비켜 치켜드는 모습까지 명의 눈에 선명히 박혀왔다. 그리고 살려달라는 늙은 여자의 절규 소리가 들렸다. 명은 본능적으로 단도를 뽑아 그림자의 주인을 향해 던졌다. 날아간 단도가 어깨에 박히며 칼잡이가 고꾸라지는 모습이 보였다. 그러나 채 얼굴을 확인하기도 전에 그는 동굴의 반대편 입구 쪽으로 달아났다.

"잡아라! 저자를 잡아!"

청년들이 뛰어가는 곳을 따라 명도 달렸다. 동굴의 반대편 입구를 나오니 깎아지른 절벽이 눈앞에 펼쳐졌다. 눈 덮인 바위 위를 구르듯 내려가는 청년들의 모습이 보였다. 명은 그들을 뒤로하고 다시 되돌아 동굴로 들어왔다. 그런데 방금 전까지 무어라 소리를 지르던 노파가 보이지 않았다. 도망을 친 모양이다. 명은 재빠르게 맞은편 입구 쪽으로 달렸다. 눈 덮인 바위 사이를 넘어질 듯 더듬거리며 달아나는 노파의 모습이 보였다.

"멈추시오!"

명은 소리를 지르며 달렸다. 그녀의 걸음은 명이 따라잡기 힘들 만큼 빠르다. 앞이 보이지 않는 사람이라는 것이 도저히 믿어지지 않을 지경이다. 미끄러운 눈 위를 기듯이 달아나는 그녀의 걸음은 절박하기까지 했다. 명은 서너 개의 바위를 풀쩍풀쩍 뛰어 그녀의 앞을 가로막았다.

"잠깐만!"

명이 앞을 가로막은 것을 알았는지 노파는 재빨리 돌아서 또 달아나기 시작했다. 도망친다는 생각 외에는 아무 생각이 없는 사람 같았다. 명은 성큼 걸음을 옮겨 그녀의 옷자락을 잡았다.

"나 좀 봅시다!"

명의 손을 떨쳐 내려 발버둥치던 노파는 어쩔 수 없는 듯 주저앉으며 두 손을 모아 싹싹 빌었다.

"살려주오. 제발 이 늙은이를 살려주시오. 앞 못 보는 이 늙은 것을 불쌍히 여겨……."

 움푹 들어간 눈자위는 주름으로 골이 졌고 듬성듬성 빠진 이 사이로 바람이 빠지듯 말이 새었다. 산발을 한 머리칼은 온 산을 뒤덮은 눈을 보는 듯 새하얗다. 자신보다 두어 살은 어린 버들내가 십 년도 더 늙은 노인이 되어 있다. 그러나 명은 그녀가 버들내라는 걸 한눈에 알아보았다. 갸름하게 뻗어 있던 고운 턱선과 오뚝한 콧날, 그리고 복스럽던 귓불이 한눈에 들어왔다.

 "버들내야……."

 그러나 그녀는 도망가려고 막무가내로 발버둥을 치느라 명의 말을 듣지 못한 듯했다. 명은 허공에서 허우적거리는 그녀의 손목을 꽉 움켜잡았다.

 "나다, 주명이다!"

 순간 버들내의 주름진 얼굴이 공포에 질려갔다. 스물 몇 해 전 그때처럼 맑은 눈은 없지만 명은 그 눈에 들어 있던 공포가 고스란히 느껴졌다. 이까지 딱딱 부딪치며 떨고 있던 그녀는 재차 몸부림을 치며 손목을 잡고 있는 명의 손을 떨쳐 내려고 발버둥을 쳤다.

 "사, 살려주십시오. 소인은 아무것도 모릅니다. 아무것도 보지 못했소!"

 "난 목숨을 거두러 온 것이 아니다."

 "제발 살려주오! 난 죽을 수 없어, 죽으면 안 된단 말이오!"

 허우적거리던 손이 명의 얼굴을 살쾡이처럼 할퀴고 그의 몸을 밀어댔다. 건드리면 허물어질 것 같은 늙은 몸 어디에서 그런 힘이 솟아나는지 버들내의 힘에 울컥 밀린 명이 엉덩방아를 찧는 사이 그녀는 다시 바위를 더듬으며 달아나기 시작했다. 앞이 보이지 않는지라 까딱 잘못하다가는 그대로 돌밭으로 굴러떨어질 자세다. 다시 달려간 명이 그녀의 손목을 움켜잡고 소리를 질렀다.

"정신 차려라! 궁으로 돌아가자. 연화궁 마마께서 널 찾으신다!"

"살려주오! 살……!"

허우적거리던 버들내의 팔이 문득 멈추었다.

"궁으로 돌아가자."

"연화궁 마마? 연화 아씨?"

"그래, 그분께서 널 애타게 찾으신다."

"전하께서 절 죽이실 것입니다."

그 말과 함께 그녀는 부르르 떨었다.

"능혜왕 전하는 승하하셨다. 모르느냐?"

버들내는 차루벌 소식을 전혀 모르는 모양이었다. 아니, 그녀의 의식은 이십 몇 년 전의 그날에 멈추어 있는 듯 보였다.

"그럼 우리 아기씨는……? 아기씨를 찾아야 합니다. 내가 강물에 띄웠는데 어디로 가버렸는지 아무리 찾으려고 해도 찾을 수가 없습니다. 찾아야 하는데…… 우리 연화 아씨께서 찾으실 텐데……."

그녀는 다시 눈 덮인 바위를 더듬더듬 짚어 내려갔다.

매가 내 눈을 파먹었네.
보지 말 걸 보아버린 죄였다네.
파버린 내 눈은 어디로 흘러갔을까
바구니를 따라갔겠지.
에헤이에…….

흥얼흥얼 흘러나오는 노랫소리에 명의 눈이 붉어졌다.

더듬더듬…… 눈먼 노파가 짚어가는 저 길에는 아리따운 누이 같은 젊은 날의 버들내와 매의 눈을 가진 청년 무사 주명이 있을 것이고, 그들이 하늘처럼 모시는 아름다운 두 주인이 여전히 사랑을 하고 있을 것이다. 두 주인이 숨어든 꽃밭으로 생각 없이 뛰어들던 버들내와 그런 버들내를 험한 눈으로 꾸짖던 청년 무사 주명이, 생글 웃으며 다가와 꽃송이 하나를 내밀던 버들내와 당황스러움에 버럭 화를 내던 무정한 주명이 있을 것이다.

주명은 성큼 걸어가 버들내를 들쳐 업었다. 여남은 살 먹은 아이의 무게다.

"소경 주제에 뭘 찾는단 말이냐?"

퉁명스런 음성이 예나 지금이나 무정도 하다. 바람에 흩날린 눈발이 뜨거워진 눈시울에 녹아내렸다.

진실 345

사비는 해율의 무릎을 베고 잠이 들어 있었다. 한동안 입덧으로 고생하더니 즈음에 와서는 잠이 늘었다. 잠든 얼굴을 가만 내려다보던 해율의 입가에 웃음이 번진다. 사비를 꼭 닮은 딸을 낳으면 좋겠다. 당차고 총명한 아이로 자랄 것이다.

그는 다시 조심스럽게 배 쪽으로 손을 가져갔다.

이 배는 언제쯤 불러올까? 봄이 오면? 여름이 오면? 그땐 운동 삼아 산자락으로 데리고 가 꽃구경도 함께할 것이고 가리옹성의 자랑인 화류폭포의 시원한 물에 몸도 씻어주어야지.

행복한 상상을 하며 그는 사비의 배에 귀를 가만 대었다. 마치 아이의 노는 소리라도 들리는 듯 입가에 웃음이 번지며 눈을 감았다. 너무나도 평화로운 나날들이다. 할 수만 있다면 영원히 이렇게 살고 싶지만 그럼 사비는 분명 몸살을 내겠지? 걸로든 화조국이든, 그리고 단국이든 돈 냄새를 맡으면 어디든 단숨에 달려갈 사비다. 그의 입가에 다시 나른한 웃음이 번진다.

그렇게 살짝 잠이 든 모양이다. 스치듯 들리는 사비의 신음 소리에 그는 번쩍 눈을 떴다.

"흐으……."

사비가 이마를 찌푸린 채 신음 소리를 내고 있었다.

"왜 그래, 어디 아파? 사비야!"

어깨를 잡고 흔들자 그제야 그녀는 눈을 떴다. 이마에 땀이 송골송골 맺혀 있다.

"왜 그러지? 나쁜 꿈이라도 꾼 건가?"

"아…… 마마……."

"뭐라고?"

"꿈에 연화궁 마마를 뵈었습니다."

사비는 이마를 짚으며 다시 눈을 감았다. 꿈속의 풍경이 너무나도 선명하다.

그곳은 연화궁의 연못 건너편 언덕이었다. 건승의 반란군이 쳐들어왔을 때 함께 숨어들었던 그 토굴이 있는 언덕이다. 그 언덕 가운데쯤에 무화과나무가 있었고 탐스런 열매가 달려 있었다. 많은 사람들이 함께 있었지만 아무도 무화과를 못 본 모양이었다. 사비는 탐스런 열매를 바라보며 언덕에 올랐다. 가장 잘 익은 무화과 열매 두 개를 딴 사비는 그것을 품속에 숨겼다. 그리고 언덕에 서서 연화전 마당을 내려다보았다. 마당 한가운데에 연화궁 마마가 서 있었다. 신기하게도 멀리서도 얼굴이 또렷하게 보였다. 그녀는 너무도 따뜻한 얼굴로 사비를 바라보고 있었다. 그리고 가까이 오라는 듯 손짓을 했다. 당장 달려가 그 품에 안기고 싶었다. 그러나 천한 잠녀가 지엄한 연화궁 마마께 그럴 수는 없다. 자꾸만 달려 내려가는 마음을 붙드느라 힘이 겨워진 사비의 입에서 울음소리가 새어나왔다.

꿈 얘기를 마치며 사비의 눈이 붉어졌다. 해율은 땀에 젖은 그녀의 머리를 당겨 꼭 품어주었다.

"너무도 따뜻하셨습니다. 그런 분이 왜 절 죽이려 하셨을까요? 당신의 딸인 가희 공주를 위해 그러셨겠지요?"

 젖은 음성을 들으며 해율은 말없이 등을 다독였다. 언제쯤이면 사비의 상처가 다 아물까?

 한참 동안 등을 다독이던 그는 그녀를 안고 벌떡 일어났다.

 "씻겨주마."

 말릴 사이도 없이 성큼성큼 걸어 목간방으로 향했다. 그녀가 일어날 시간을 맞춘 듯 자욱하게 피어오른 습기 속에 따듯한 물이 준비되어 있었다. 해율은 싫다는 그녀의 손을 기어이 뿌리치고 옷을 벗겼다. 손가락 하나 까딱하지 말라는 듯 엄한 눈이다. 사비는 어쩔 수 없이 모든 것을 해율에게 맡겼다. 사실, 슬픈 꿈의 뒤끝이라 말릴 힘도 없었다.

 속곳 하나까지 깨끗하게 벗겨낸 그는 사비를 안아 조심스럽게 조금씩 물속에 넣었다. 따듯한 물이 잠식해 오자 사비의 입에서 나른한 숨소리가 들렸다. 한참 있다 눈을 떴는데 해율이 여전히 나가지 않고 있다. 사비는 쑥스러운 듯 가슴을 가리며 나가라고 했다. 그러나 그는 오히려 등 뒤로 다가와 물을 끼얹었다. 하지 말라고 하고 싶지만 그의 손길이 너무도 진지하다.

 해율은 물을 조금씩 끼얹으며 사비의 어깨를 쓸었다. 그리고 그의 손은 왼편 어깨에서부터 길게 사선으로 뻗어 있는 흉터를 따라 쓰다듬어 내려갔다. 사비의 몸이 움찔 움츠러들었다. 시간이 아무리 흘러도 해율에게 그런 흉한 모습은 보이는 것은 견디기가 어렵다. 상처 위로 따듯한 입술이 닿았다 떨어졌다.

"난 아무렇지 않다. 그러니…… 그 일은 그만 잊어라."

지금도 여전히 연화궁 마마의 따듯함을 그리워하면서도 그 끔찍한 일을 또렷하게 기억하고 있으니 스스로도 괴로울 것이다.

"그런데 연화궁에서 무화과를 따다니 신기하지 않느냐?"

사비의 침울을 깨뜨리기 위해 해율은 짐짓 밝은 음성으로 물었다.

정말 신기하게도 꿈에서 보았던 그 열매가 아직도 눈앞에 생생하다.

"너도 나도 제대로 된 태몽을 꾸지 않았는데 그것이 혹시 태몽은 아닐까?"

말을 하던 해율의 손이 멈칫했다. 궁에 있는 무화과를 따는 꿈을 꾸다니, 그것도 둘씩이나. 꼬투리를 잡자면 죽고도 남을 꿈이다. 자신의 불안을 사비도 느낀 모양이었다. 그녀의 얼굴이 굳어지는 것을 보며 해율은 짐짓 가볍게 웃어 넘겼다.

"그 꿈 얘기는 평생 입을 다물어야겠다."

그는 앞으로 자리를 옮겨 그녀의 가슴에 물을 끼얹었다. 그의 손이 문득 허벅지 안쪽으로 스윽 들어오자 사비는 기겁을 하며 다리를 오므렸다.

"거기 뭐가 묻어 있어."

"묻은 것이 아니라 원래 그런 겁니다."

"원래? 근데 왜 난 한 번도 못 봤지? 어디 보자."

해율은 오므리며 피하는 사비의 다리를 기어이 벌리고 장난 치듯 들여다보았다. 깨알 같은 점들이 모여 새알만한 크기의 희미한 무늬를 그리고 있었다. 이렇게 많은 점이 한자리에 모여 있을 수 있다니 신기하다. 해율은 그것을 손가락으로 만져 보았다.

"이렇게 표식이 있으니 잃어버릴 일은 없겠다."

싱긋 웃으며 바라보는 그의 눈이 들떠 있다. 그의 손은 어느새 비밀스런 숲으로 들어오고 있었다. 난감한 기색으로 그의 손을 밀어내려 했지만 그는 쉽게 물러나지 않았다. 조심 또 조심하라는 의원의 말이 있었던지라 안지 못한 지 보름이 지났다. 입 맞추고 손 잡고 그렇게 자는 것이 얼마나 고역인지 사비는 다 모르는 것 같다.

"조심할게."

부풀어 오른 가슴을 움켜쥐며 뜨거운 입김이 입술을 덮었다. 목 안으로 끼쳐 오는 마른 열기는 해율의 목마른 열망 같았다. 입술이 조금 벌어지자 그 순간을 놓칠세라 해율의 혀가 다급하게 입속을 파고들었다. 정말 떼쟁이 같은 남자다. 사비는 젖은 팔로 그의 목을 감아 안았다.

해가 바뀌는 첫날, 가리옹성 저자에서 놀이가 벌어졌다. 올해도 작년만큼만 풍요롭기를 빌면서 그들은 집집마다 찾아다니며 쌀을 한 홉씩 걷어 떡을 하고 술을 나누어 마셨다. 밤이 되자 곳곳에 모닥불이 피워지고 남녀노소 어울려 손을 잡고 춤을 추었다. 아이들은 무등을 타고 악공의 피리 소리에 맞추어 앙증맞게 어깨를 들썩이곤 했다.

해율은 사람들 사이에 섞여 사비의 손을 잡고 구경을 하고 있었다. 뭇 백성들 앞에 함께 나서기란 여간 어려운 일이 아니었지만 해율은 개의치 않았다. 사비의 배가 불러오기 시작하면 어차피 다 알려질 일이다. 아이의 존재를 숨기고 싶은 생각은 추호도 없으니까. 지금도 간간이 단하 상단의 단하가 실은 여인이라는 소문이 은근히 나돌고 있다는 것을 안다. 이렇게 내내 숨기며 사비가 사람들의 눈총을 받게 하고 싶지 않았다. 그녀는 당당한 가리옹성의 안주인으로서 존경과 사랑을 받을 자격이 있다.

아이들이 무등을 타고 재주를 부렸다. 한 아이가 어른의 어깨 위에 꼿꼿이 일어서서 앙증맞은 춤을 추며 해율의 눈앞에 바구니를 불쑥 내밀었다. 은자 한 닢을 꺼내어 바구니에 풀쩍 던져주자 환호성이 터져 나왔다. 아이는 다시 옆에 선 단하에게도 바구니를 내밀었다. 사람들의 시선이 한꺼번에 그녀에게로 쏠렸다. 단하가 당황하며 돌아서려 하자 해율이 손을 꼭 잡았다. 그대로 있으라는 뜻이었다. 그녀는 두려운 눈으로 사람들을 살폈다. 단하는 그들이 왕처럼 여기며 존경하던 성주를 단 한 번에 바닥으로 추락하게 만든 장본인이다. 그래서 단하는 가리옹성 백성들 앞에서 절대로 당당할 수 없었다. 누군가 돌을 던진다 해도 피할 수 없다고 생각했다. 그런데 의외로 그들의 눈빛이 따듯하다.

그들은 혐오스러움이 아닌 따듯한 눈으로 단하를 바라보고 있다. 가리옹성 백성들 중 단하 상단의 도움을 받지 않은 자가 과연 누가 있을까? 그토록 큰 전쟁을 치르고도 이렇게 배부른 겨울을 보내고 있으니 말이다. 그들에게 왕보다도 연화궁 마마보다도, 그리고 전쟁보다도 더 무섭고 힘센 것은 밥이다. 그 밥을 해결해 준 단하에게 어찌 따가운 눈총을 보낼 수 있겠는가.

사비는 용기를 내어 은전 다섯 닢을 꺼내어 그중 두 닢을 바구니에 던져 넣어주었다. 그리고 남은 세 닢의 은전을 아무도 몰래 해율의 손에 쥐어주었다. 해율이 빙긋 웃으며 그 세 닢을 바구니에 던져 넣어주자 다시 환호성이 터지며 악공의 피리 소리가 울려 퍼졌다.

해율은 사비의 손을 잡고 또 다른 곳으로 자리를 옮겼다. 사람들이 빙 둘러싼 그곳에는 화조국에서 들여온 신기한 짐승이 재주를 부리고 있었다. 개만한 크기의 그 짐승은 사람의 옷을 입고 사람 같은 얼굴 형상을 하고 있었다. 주인의 회초리가 공중을 가를 때마다 짐승은 빙글 돌며 재주를 부리고 먹이를 던지자 사람처럼 앞발을 들고 먹이를 받아먹었다. 그 모습에 아이도 어른도 웃음을 터뜨리며 즐거워했다.

해율도 사비의 손을 잡고 그 신기한 동물을 구경했다. 어릴 적, 아버지와 이국을 떠돌 때 잠깐 보았던 듯도 하고 언젠가 차루벌 저자에서도 만난 듯한 짐승이다. 주인의 회초리에 따라 짐승이 다시 재주를 부리기 시작했다. 공중에서 빙글빙글 도는 것이 두 바퀴, 세 바퀴, 네 바퀴, 다섯 바퀴…….

해율은 흥분을 하며 사비의 손을 울컥 당겼다.

"저것 봐!"

그리고 돌아보니 잡혀 있는 손이 사비의 손이 아니다. 해율은 당황하며 주위를 두리번거렸다. 방금 전까지 옆에 있던 사비가 흔적 없이 사라져 버렸다. 무리를 빠져나와 두리번거리던 그는 건너편에서 다겸과 함께 놀이판에 빠져 있는 소연검을 발견하고 다가갔다. 그리고 그의 어깨를 울컥 당겼다.

"사비는?"

"함께 계시지 않았습니까?"

"함께 있었는데……."

당황한 빛이 역력한 해율의 얼굴을 보며 소연검은 목을 뻗어 주위를 둘러보았다. 군데군데 모닥불이 일렁이는 저자는 온갖 사람들로 북적여 누가 누군지 분간이 가지 않았다.

"성주님은 관으로 가보십시오. 저희들이 저자를 둘러보겠습니다."

소연검과 다겸이 사람들 속으로 사라지는 것을 보고 해율은 관으로 달렸다. 말없이 혼자 그곳으로 돌아갔을 거라고는 생각하지 않으면서도 다급한 발길은 멈추지 않았다.

사람들이 모두 저자로 나가 버린 관은 쥐죽은 듯 고요했다.

별채로 뛰어들어 빈방을 확인하고 나오는 그의 다리가 후들거렸다. 무언지 모를 불안이 마음을 흩트려 놓는다.

소연검과 다겸이 빈손으로 돌아오자 해율은 군사를 풀었다. 백성들이 눈치 채지 못하도록 조용히 찾으라는 명을 내렸지만 아침이 되자 이미 성내에 소문이 자자해졌다. 하루 종일 성안이 발칵 뒤집히도록 찾고도 사비의 흔적을 발견하지 못했다. 너무도 갑작스럽게 일어난 일이라 그녀가 왜, 어디로 사라져 버린 것인지 해율은 납득이 가지 않았다. 삼 년 전 그녀를 잃었던 걸로의 바다가 눈앞에 넘실대는 것 같았다. 해율은 강하게 고개를 흔들었다. 또다시 그따위 어리석은 행동을 할 사비가 아니다. 그렇다면 이유는 단 하나, 누군가에 의해 사라진 것이리라. 누군가 사비에게 해코지를 해야 할 이유가 있는 사람에 의해…….

그는 입술을 깨물며 칼을 들었다.

"다겸아!"

"예, 성주님!"

"군사들에게 당장 소집령을 내려라! 지체없이 모이라 해라!"

거침없는 명령을 내리는 해율의 얼굴에 단호한 결의가 서렸다.

사비에게 무슨 일이 생기면 용서치 않는다, 그게 누구든……!

다음날 이른 새벽, 단단히 차려입은 군사들이 훈련장에 정렬한 채 해율을 기다리고 있었다. 지난번 서북 지방의 전투에 참가했던 군사들이다. 새벽같이 소집되었지만 눈빛만은 반짝였다. 그들은 해율이 어떤 장수인지 잘 안다. 한없이 온화하지만 한번 몰아칠 때면 끝을 보는 장수이다. 이번 일도 그럴 것이다. 그는 단하를 찾기 전에는 눈 덮인 저 천수산을 내려오지 않을 것이다.

해율은 군사들에게 세 끼 분의 주먹밥을 나누어 주도록 했다. 새벽빛이 거두어지고 산자락이 밝아올 무렵 그들은 성문을 나섰다. 수많은 군사들이 양팔 넓이만큼의 거리를 두고 촘촘히 늘어서서 산을 오르기 시작했다. 눈은 여전히 녹지 않아 발목이 푹푹 빠졌다.

무언가 딱딱한 것이 머리에 부딪히는 것을 느끼며 정신을 잃었었다.

얼마의 시간이 흘렀을까? 오싹한 추위를 느끼며 그녀는 눈을 떴다. 조그만 모닥불이 타닥타닥 소리를 내며 타고 있는 그곳은 동굴 안이었다. 머리를 흔들며 일어나는데 어둑한 곳에서 사내의 음성이 들렸다.

"살고 싶은가?"

"누, 누구요?"

반대편 벽에 기댄 사내의 얼굴은 잘 보이지 않았다.

"살고 싶으면 해율의 곁을 떠나라."

"당신은……?"

사비는 그가 별금 집안에서 보낸 사람인지도 모른다고 생각했다. 해율의 행동은 그들 가문의 수치일 테니 말이다.

사내는 몸을 기우뚱 기울이더니 일어서서 성큼 다가왔다. 그리고 사비의 앞에 한쪽 무릎을 세우고 앉았다. 거친 사내의 손이 그녀의 턱을 들어 올렸다.

"사내라더니…… 구역질나게 곱상하구나."

번득이는 사내의 눈을 바라보던 사비의 얼굴이 하얗게 질렸다.

이 사내를 안다. 연화궁에서 간간이 보았던 무사, 자신을 겁탈하려다 해율에게 쫓겨났던 금오단의 형 금랑이다. 금오단이 쫓겨난 후 해율을 찾아와 불만을 터뜨리던 그를 아주 가까운 곳에서 본 적이 있다.

"이런, 겁을 먹은 모양이군? 바다를 오가는 장사치라기에 대담한 놈인 줄 알았더니?"

그는 성가시다는 듯 사비의 턱을 밀치며 모닥불 곁으로 다가갔다.

이렇게 얼굴을 부딪치고 싶지는 않았다. 쥐도 새도 모르게 죽여 버리면 그것으로 다 끝날 일이다. 그러나 차마 죽이지 못했다. 걸로에서 죽였던 그 잠녀가 떠올라서다. 그것은 궁궐무사로서 해서는 안 될 짓이었다. 자신의 칼에 다시는 쓸데없는 피를 묻히고 싶지 않았다. 이자가 이대로 해율의 곁을 떠나주기만 한다면 자신의 칼에 피를 묻히지 않아도 될 것이다.

"어떠냐? 목숨을 살려줄 테니 해율을 떠나겠느냐?"

"난…… 난, 그분 곁을 떠날 수 없소."

장사치라기에 말이 잘 통할 줄 알았더니 앞뒤가 꽉 막힌 자가 아닌가!

금랑은 이마를 찌푸리며 단하를 노려보았다. 도대체 해율을 이해할 수가 없다. 아무리 곱상하다고 하나 사내는 사내다. 그는 도대체 무슨 마음으로 저 사내를 안은 걸까? 정말 사랑하기라도 하는 건가? 그리고 이미 모든 것이 끝난 마당에 기어이 저 사내를 찾아 죽이라고 하는 가희 공주의 모진 마음도 받아들이기가 힘들다.

금랑은 왕과 연화궁 마마를 위해 목숨이라도 바칠 궁궐 무사다. 궁궐에 머물 때 보았던 그들의 충성심을 잘 안다. 사비는 그가 연화궁 마마의 명을 받고 찾아왔다고 짐작했다. 연화궁 마마는 여전히 해율을 포기하지 않았고, 그래서 걸로의 장사치 단하가 사비임을 알고 다시 자객을 보낸 것이리라. 지난 가을 걸로를 떠나기 전 차루벌의 장사치들이 여러 번 단하 상단을 찾아왔던 적이 있었다. 그 과정에서 자신의 정체가 탄로난 모양이다.

해율을 떠나면 살려주겠다라니, 그 어수룩한 제의에 쓴웃음이 났다. 죽이고자 마음만 먹는다면 자신이 어디에 있든 목숨은 이미 제 것이 아닌 것이다. 그렇다면 자신이 죽을 자리는 해율의 곁이다.

사비는 차가워진 손으로 배를 감싸다가 다시 두 팔을 오므려 배를 감쌌다.

"마마께서 그리 말씀하시던가요? 제가 해율님을 떠나면 살려주라고?"

금랑은 무슨 말인가 하고 단하를 돌아보았다. 일렁이는 모닥불 빛 탓에 단하의 얼굴은 더욱 곱상해 보였다. 불빛을 받아 눈이 반짝였다. 아니, 그것은 분명 물기에 젖은 눈이었다.

"무슨……?"

"다 압니다. 연화궁 마마께서 보내지 않으셨습니까, 당신을? 저는 삼 년 전에 이미 한 번 죽었던 목숨입니다. 두려운 것은 해율님을 잃는 것이지 제 목숨을 잃는 것이 아닙니다."

단호한 입에서 나오는 놀라운 말에 금랑은 벽에 기대며 어둠 속에 얼굴을 숨겼다. 단하는 지금 자신이 삼 년 전에 죽었던 사비라고 실토하고 있는 것이다.

"전 절대로 해율님 곁을 떠나지 않을 것입니다. 그러니 처분대로 하십시오. 다만, 제가 죽고 난 다음 해율님이 어떤 대응을 하실지는 저도 장담 못합니다."

그것은 아주 당돌한 말이었다. 해율이 마치 연화궁 마마에 대적이라도 할 것이라는 뜻으로 들렸기 때문이다. 금랑은 칼자루에 손을 가져갔다. 이대로 단칼에 베어버리면 모든 것은 끝이 난다. 이 여자가 누굴 오해하든, 자신이 누구의 명을 받았든 중요하지 않다. 그러나 그는 칼을 뽑아 들지 못했다. 궁궐무사로서 비열한 짓은 하고 싶지 않았다.

"날 보낸 사람은……."

그때, 동굴 밖에서 요란한 소리가 들렸다. 단하의 이름을 부르는 소리였다. 소리는 점점 가까이 다가오고 있었다. 금랑은 재빨리 동굴 입구 쪽으로 갔다. 산 아래쪽에서부터 군사들이 새까맣게 몰려 올라오고 있었다. 여기 있다가는 꼼짝없이 잡히고 말 형국이다. 다시 돌아온 금랑은 칼자루를 옴켜잡았다. 혼자라면 얼마든지 저들을 따돌리고 달아날 수 있다.

치링, 칼집에서 칼이 뽑아져 나오는 소리가 들렸다. 칼끝에 서린 싸늘한 냉기에 목덜미가 서늘하다. 사비는 주먹을 발끈 쥐었다.

이대로 죽을 순 없다. 걸로에서는 자객의 칼을 피해 까마득한 절벽 아래로 몸을 던지며 삶도 죽음도 하늘의 뜻에 맡겼지만 이제는 자신의 삶과 죽음을 하늘에만 맡기진 않을 것이다. 소중한 생명을 품고 있으니 그럴 순 없다. 반드시 살 방법을 찾아야 한다.

사비는 순간적으로 일어나 모닥불에 타고 있는 나무토막을 집어 금랑에게 던지고 달아나기 시작했다. 사람들의 소리가 너무도 가까이서 들렸기 때문에 두렵지 않았다. 해율이 그들 속에서 자신을 찾고 있을 것이다.

동굴을 뛰쳐나온 사비는 눈 속을 달렸다. 그러나 정강이까지 푹푹 빠지는 눈 탓에 속도를 낼 수가 없다.

"서랏!"

금랑의 우악스런 손이 뒷덜미를 잡아채는 순간 아래에서 올라오던 군사들의 속도가 갑자기 빨라지는 것이 보였다. 사비를 발견한 모양이었다. 금랑은 사비의 목을 잡아채어 끌어당겼다. 그는 동굴을 두고 눈으로 뒤덮인 나무 숲으로 달아나기 시작했다. 안간힘을 쓰며 버티는 그녀 탓에 속도는 점점 느려졌다. 이제는 그녀를 두고 혼자 달아날 수도 없는 처지가 되었다.

정신없이 달아나던 그는 바위투성이의 절벽이 가로막은 막다른 곳까지 몰렸다. 그는 사비의 목을 감고 칼을 들이댄 채 돌아섰다.

"다가오면 이자의 목숨은 없다!"

둘러선 군사들을 헤치고 해율이 앞으로 나왔다. 그는 재빠르게 사비의 모습을 살피고 칼을 든 사내를 살폈다. 그가 궁궐 무사인 금랑인 것을 확인한 해율은 놀라움을 감추지 못했다.

"무슨 짓이냐, 금랑?"

금랑은 해율의 눈을 마주하지 못한 채 다시 소리를 질렀다.

"가까이 다가오면 이자의 목숨은 없다! 물러나라!"

칼에 힘이 주어지는지 사비의 목이 뒤로 휘청 꺾였다.

"그만둬!"

해율은 칼자루를 잡은 채 한 걸음 다가섰다. 사비의 눈과 마주쳤다. 그녀의 눈은 겁을 먹기는커녕 오히려 담담하기까지 하다. 걱정 말라는 듯 해율에게 고개를 잠깐 끄덕였다. 그러나 해율은 눈앞이 아찔할 정도로 긴장을 하고 있었다. 금랑이 딛고

선 바위는 잠깐 발이 미끈하면 그대로 가파른 벼랑으로 떨어져 버릴 위험한 곳이었다.

"금랑, 그 사람을 놔줘라."

"난 명을 받았고, 명을 행할 뿐이다. 날 원망하진 마라."

금랑은 사비의 목을 당기며 벼랑 쪽으로 한 걸음 물러났다. 솔가지에서 눈들이 후드득 떨어져 내렸다. 사비의 손은 내내 아랫배를 감싸고 있었다. 해율은 다시 한 걸음 다가갔다.

"금랑, 제발……."

해율은 둘러싼 군사들을 잠깐 돌아보다가 다시 말을 이었다.

"내 아이를 가진 여자다."

목을 감은 금랑의 팔이 순간적으로 느슨해졌다. 그 순간을 놓치지 않고 뒤편에서 뛰어내리는 그림자가 있었다. 뒤로 돌아 기회를 엿보고 있던 소연검이었다. 그의 칼이 금랑의 등에 깊숙이 박혔다.

뛰어든 해율이 사비를 품어 안았다. 싸늘한 몸이 휘청 기대어 왔다. 긴장이 풀린 그녀의 눈은 그제야 두려움이 드러났다. 해율은 눈 위에 선연하게 뿌려진 핏방울을 따라 금랑을 돌아보았다. 그의 숨소리가 거칠었다. 해율은 그의 멱살을 잡아당겨 얼굴을 가져갔다.

"누구냐, 단하를 죽이라고 네게 명한 내린 사람이?"

끄르륵, 넘어가는 숨소리는 곧 끊어질 듯 가느다랗다. 해율이

진실 361

다시 멱살을 울컥 흔들자 금랑이 눈을 떴다.

"누구냐? 설마…… 연화궁 마마신가?"

금랑은 가물 꺼지는 눈을 감았다가 다시 떴다. 그의 입이 달싹였다.

"연화궁 마마가 아……."

그리고 더 이상 아무 소리도 들리지 않았다. 금랑의 고개가 옆으로 툭 떨어졌다.

가희는 토굴에서 다시 모란전으로 옮겨졌다. 그러나 여전히 모란전 밖으로는 한 발자국도 나설 수 없었고, 누구와의 접촉도 허락되지 않았다. 가희는 이제 될 대로 되라는 듯 배짱이 생겨버렸다. 막다른 골목에 몰렸으니 뭐든 물고 늘어져 살길을 찾아야겠는데 사방을 둘러보아도 지푸라기 하나 보이지 않는다. 이대로 평생 갇혀서라도 살 수 있다면 다행이고, 그것이 아니면 아로부인처럼 저자로 끌려 나가 돌팔매질을 당하고 죽을 일밖에 더 있겠는가?

점심상에 들어온 닭고기를 뜯으며 가희는 이리저리 머리를 굴려보았다. 여태껏 그랬던 것처럼 죽어라 발뺌하는 수밖에 도리가 없다.

연화는 오동통하게 살이 오른 가희의 얼굴을 어이없는 눈으로 바라보았다. 뭐든 잘 먹고 잘 잔다는 시비의 보고를 들었지만 막상 살이 오른 얼굴을 보니 정말 어이가 없다. 눈곱만큼의 반성의 기미조차 보이지 않는다. 가희의 머리 속에 들어 있는 생각을 도무지 짐작할 수가 없다.

가희는 여전히 그 비방에 대해서는 모르는 일이라고 발뺌을 했다. 마홍과 노항, 그리고 소아까지 모두가 한목소리로 내는 진실을 모른다는 소리로만 일관하는 가희의 모습이 가증스럽기까지 하다. 차라리 잘못했다고 울며불며 매달린다면 이토록 분노가 일지는 않을 것 같다.

"어마마마는 어찌하여 소녀를 이토록 미워하십니까!"

오히려 발악하듯 덤벼들었다.

"어마마마의 마음속에는 전하뿐이십니다. 오직 전하만이 어마마마의 자식이지요? 저 같은 것, 천한 잠녀의 자식으로 자라든 말든 둘 것이지 왜 찾으셨습니까? 흑흑, 한 번도, 단 한 번도 따듯한 눈으로 바라보지 않았습니다. 소녀를 어찌 이토록 미워하신 답니까!"

저를 어찌 생각하는지 잘 알면서 어떻게 이런 억지를 쓰는 것인지, 연화는 말조차 나오지 않는다. 도저히 말이 통하지가 않는다.

"나는 너를 미워한 적이 없다. 언제나 사랑했어. 하지만 이젠…… 사랑할 자신이 없구나."

차마 자식에게 해서는 안 될 말이지만 그 말만이 진심이었다. 정말 더 이상 가희를 진실한 마음으로 사랑할 자신이 없다. 저만치 멀어져 버린 연화의 눈빛에 가희는 겁이 났지만 말을 멈추지 않았다.

"그년, 사비에게라면 이러지 않으셨겠지요? 그년에게는 그리도 따뜻한 눈빛을 건네셨으면서 친딸인 제게는 얼음 같으신 분이셨습니다. 그거 아세요?"

"그런 적 없다."

"늘 그러셨습니다!"

"이미 죽고 없는 아이다."

"그래요, 사비는 이미 죽었습니다. 죽었다고요!"

그리고 갑자기 웃음을 터뜨렸다. 희번득 돌아가는 가희의 눈동자는 제정신인 사람의 눈 같지가 않다. 소름 끼치는 웃음소리도 정상 같지가 않다. 연화는 전의를 부르라 명하고 모란전을 나왔다.

내 죄다. 핏덩이 같은 그 아이를 버린 것도, 저렇게 삐뚤어지고 모질게 자란 것도, 다시 찾은 저 아이를 바른길로 이끌지 못한 것도, 모든 것이 다…… 나의 죄다.

명이 돌아왔다. 차루벌을 떠난 지 두 달 만이다. 마염으로부터 그간 궁에 있었던 이야기를 전해 들은 그는 참담한 심정으로 연화를 찾았다. 무슨 이야기를 어디에서부터 꺼내야 할지 막막하다. 무엇이 진실이고 무엇이 거짓인지 아직도 혼란스럽고, 진실을 밝히는 순간 연화에게 찾아올 회오리 같은 슬픔을 어떻게 감당해야 할지 눈앞이 아득했다.

"이번에는 아주 오래 걸렸다."

"예, 마마. 오랜 시간이…… 걸렸습니다."

서로에게 너무나 할 말이 많다는 것을 알았다. 연화는 조용한 눈으로 명의 말을 기다렸다. 그가 아는 것이 자신이 알고 있는 사실보다 훨씬 더 많을 것이라는 것을, 그리고 그것이 자신에게 충격을 줄지도 모른다는 것을 명의 얼굴을 보면서 직감했다. 오랜 침묵 끝에 드디어 명이 입을 열었다.

"마마."

"말해보아라."

"소인의 말이 끝난 후, 소인을 벌하여주십시오. 소인이 죽어서도 씻지 못할 죄를 저질렀습니다."

스무 살 이후 모든 생을 능혜와 연화, 그리고 태무를 위해 바친 명이다. 그가 지은 죽을죄란 무엇일까? 명은 깊은 숨을 내쉬며 말을 이었다.

"삼 년 전, 사비 모녀가 죽던 날 저는 걸로에 있었습니다."

"무슨…… 말이냐?"

"마마께서 사비의 소식을 궁금해하시기에 버들내를 찾던 중에 걸로에 들렀었습니다. 이른 새벽에 당도한 그곳에서 단도가 꽂힌 울불의 시신을 발견했습니다. 그런데 놀랍게도 그 시신에 꽂힌 단도는 바로 우리 궁궐무사대의 것이었습니다."

연화의 놀란 눈이 명의 얼굴에 꽂혔다. 그가 하려는 말이 무엇인지 짐작이 가지 않는다.

"처음에는 해율님의 일로 마음이 상하신 마마께서 자객을 보내신 건가, 그리 생각했습니다."

"난 그런 영을 내린 적이 없다."

"소인도 마마께서 그런 분이 아니란 걸 알기에 조용히 뒷조사를 했었습니다."

"그래서, 그자를 찾았느냐?"

명은 잠깐 망설이다가 대답했다.

"예."

"누구냐?"

"북쪽 국경지대에 있는 추나성의 성주 금랑입니다."

금랑? 연화는 그를 모른다. 워낙 많은 무사들이 오가는 궁인지라 특별한 몇 사람 외에는 그들 하나하나를 다 기억할 수가 없다. 그런데 그가 왜 사비 모녀를 살해한 것일까? 역시 자신이 하사한 금전 때문이었을까? 그러나 명의 입에서 나오는 소리는 너무나 뜻밖이다.

"마마, 금랑에게 사비 모녀의 살해를 명한 사람이 지금 이 궁 안에 있습니다."

명의 음성은 떨렸다. 연화에게 전해야 할 참담한 진실이 그를 자꾸 떨게 만들었다. 그러나 그의 말은 거침이 없었다.

"금랑에게 그 명을 내린 사람은 공주마마십니다. 제가 금랑을 직접 만나 확인한 일입니다."

"그게……."

"공주마마는 초야조차 치르지 않은 채 떠나 버린 해율님께 분노했다고 했습니다."

연화는 넋을 놓은 사람처럼 앉아 있었다. 가희의 실체를 보는 듯하다. 사람이 얼마만큼 모질으면 키워준 어미와 형제에게 칼을 들이댈 수 있을까? 제 형제가 죽으라고 주술을 할 수 있을까? 명은 아직 할 말을 다 못한 듯 연화의 정신이 돌아오길 기다리고 있었다. 그의 입에서 또 어떤 무서운 사실이 드러날지 두려울 지경이다.

"그리고 지난봄 한 사내가 차루벌을 찾아왔습니다. 소아의 말로 그는 걸로에서 왔으며 공주마마도 그를 알아보았다고 했습니다. 그 사내 또한 공주마마를 만난 다음날, 칼을 맞고 죽었습니다. 소인은 그자의 죽음 또한 공주마마의 사주였다고 믿습니다."

낯선 사내의 죽음에 대해서는 소아에게 들은 바가 있다.

"어째서 그리 생각하느냐?"

"마마······."

명은 더 이상 말을 잇기 힘든 듯 망설였다.

"어서 말을 해보아라, 어째서 그리 생각하는지."

"그들은······ 공주마마 외에 그 누구도 알아서는 안 될 진실을 알고 있었을 것입니다."

명의 얘기는 점점 알아들을 수 없다. 누구도 알아서는 안 될 진실이란 무엇이며 왜 그것이 공주로 하여금 살인의 충동까지 일어나게 만든 것인지.

"마마, 버들내를 찾았습니다. 하온데 버들내 또한 자객에게 쫓기고 있었습니다. 일촉즉발의 순간 소인이 구해내어 지금 마마를 뵙기를 기다리고 있습니다."

"찾았구나! 헌데 버들내를 해하려 한 자는 또 누구냐?"

"……"

"그 또한…… 공주냐?"

"그자를 잡지는 못했지만 소인은 그자를 보낸 사람 역시 공주라고 생각합니다. 버들내야말로 공주에게는 세상에 알려져서는 안 될 진실을, 그 열쇠를 쥐고 있는 사람일 테니까요."

"도대체, 공주가 숨기려는 진실이 무엇이란 말이냐?"

"마마."

"말해라."

"마마……!"

명은 이마를 바닥에 박으며 눈물을 토했다. 도대체 이 참담한 진실을 어떻게 전한단 말인가.

"답답하구나, 어서 말을 해보아라."

"서란강에서 울불 일행을 만났을 때, 소인의 마음은 너무도 조급했습니다. 하루빨리 공주마마를 찾겠다는 일념에 눈앞의 진실을 알아보지 못했습니다. 울불의 손가락이 향한 그것이 진실이라고 믿었고 그리 보였습니다. 그리고 어떤 확인절차도 밟지 않은 채 차루벌로 달려왔습니다."

"도대체 무슨 말을 하려는지 모르겠구나."

"사비, 그 아이의 얼굴을 기억하십니까?"

"새삼스럽게 그 아이는……."

연화는 아픈 마음으로 사비의 얼굴을 떠올렸다.

"가무잡잡한 얼굴에 시원스런 이목구비를 가졌었지. 늘씬한 키도 아름다웠고, 반짝이는 그 눈은……."

"떠오르는 분이 없으십니까?"

명의 눈이 간절하게 연화를 향했다. 그의 눈이 전하려는 말이 아주 천천히 연화의 눈앞으로 다가왔다. 세상을 집어삼킨 눈들이 녹아내리며 눈앞을 가린 장막이 천천히 거두어지고 있었다. 명의 음성이 이명처럼 그녀의 귀를 울렸다.

"능혜왕 전하의 모후이신 창명부인은 가무잡잡한 얼굴에 큰 키를 가지셨습니다. 이목구비는 시원스러우셨고, 그 눈은 별빛처럼 반짝여……."

"아!"

연화의 얼굴이 흙빛처럼 변하며 가슴을 움켜쥐었다. 그리고 숨통이 막힌 듯 노란 얼굴로 몸을 옆으로 기울였다. 기우뚱 흔들리는 연화전 기둥 너머 시어머니인 창명부인의 얼굴이 스친다. 그 얼굴을 몹시도 빼어 닮은 사비의 환한 웃음도 스친다.

연화는 무거운 눈꺼풀을 천천히 떴다. 눈앞이 흐리다. 참을 수 없는 통증이 명치를 타고 올라왔.

진실

볕에 그은 검은 얼굴과 오랜 물질에 거칠 대로 거친 손, 가벼운 목례만 하고 꼿꼿이 들고 있는 고개.
참으로 당돌한 아이가 아닌가?

"네 소원이 무엇이냐?"
"소인은 걸로로 돌아가고 싶습니다. 소인은 바다가 좋습니다."
"돌아가거라. 너와의 연은 여기까지인가 보다."
"천한 것이 감히 마마를 존경하고 사모하였나이다."

사비의 얼굴이 점점 흐려져 멀어진다.
안 돼…… 안 돼…… 안 돼!
"아아아악!"
"마마! 마마, 정신을 차리십시오!"
"사비야…… 사비야, 아가. 내 아가……."
뜨거운 눈물이 볼을 타고 흘러내렸다.

무엇을 믿고 무엇을 믿지 않을까? 누군가 내 어깨를 흔들어 꿈이라고 말해다오. 자식을 곁에 두고도 알아보지 못한 어미를 어찌 어미라 말할 수 있을까? 스치는 눈길에도 얼굴을 붉히며 좋아하던 아이였는데…….

마염이 다가와 연화의 볼에 하염없이 흘러내리는 눈물을 닦아내었다.

"마마……."

"버들내를 불러오너라. 명은 어디 있느냐? 당장 버들내를 데려오라 해라!"

감정을 추스른 연화가 연화전 너른 경청으로 나갔다. 잠시 후 머리칼이 새하얀 노파가 명의 옷자락을 잡은 채 지팡이를 더듬더듬 짚으며 들어오는 것이 보였다. 그녀는 전혀 버들내로 보이지 않았다. 자신보다 겨우 두어 살 많을 뿐인 여자가 완전한 노파가 되어 있지 않은가?

걸음을 멈춘 명이 뒤에 숨은 버들내를 돌아보며 나직이 말했다.

"저 앞에 연화궁 마마께서 계신다."

그러나 노파는 겁을 먹은 듯 앞으로 나오지 않았다. 지팡이로 바닥을 두어 번 탁탁 두들겨 보더니 마치 보이기라도 하는 듯 얼굴을 들고 두리번거렸다.

"여기가 정말 연화궁이 맞소? 들어오는 문턱이 저리 높지 않았는데……."

듬성듬성 빠진 이 사이로 말소리가 새었다.

"가까이 다가오너라."

연화의 음성이 들리자 노파는 놀라듯 연화가 있는 쪽으로 고개를 돌렸다. 그리고 명이 말릴 틈도 없이 지팡이 소리를 탁탁 내며 연화에게 다가왔다. 연화는 그녀의 모습을 살폈다. 얼굴에 가득한 주름과 움푹 팬 눈자위가 무서웠다.

"마마? 연화 아씨?"

노파의 늙은 손이 더듬더듬 다가가자 마염이 다가와 말리려 했지만 연화가 제지를 했다. 옷자락에 손이 닿자 멈칫하던 노파가 천천히 손을 올렸다.

"송구하오나 제게 손을 좀 주십시오. 소인이 앞은 안 보이지만 이 손은 우리 주인의 손을 기억한답니다."

연화가 손을 내밀자 주름진 노파의 손이 덥석 잡았다. 거칠고 마른 손이 연화의 고운 손을 꼭 잡고 무언가를 느끼려는 듯 더듬거렸다. 연화는 노파의 얼굴을 자세히 살폈다. 깊은 주름 너머 고왔던 선이 보인다. 갸름한 턱과 이목구비가 눈에 들어왔다. 철이 들면서부터 아기를 안고 달아나던 그때까지 떨어져 본 적이 없는 버들내다. 피붙이 그 이상의 정을 나누었던 버들내다. 그 얼굴을 어찌 잊겠는가. 버들내의 주름진 입가에 미소가 번지는 것을 보며 연화는 그녀의 앙상한 손을 꼭 잡았다.

"버들내야."

"마마!"

버들내는 지팡이를 던지고 쓰러지며 발 아래에 코를 박았다. 긴긴 세월, 미친 듯 걸친 듯 살아온 것은 이날을 위해서였다.

배꼽 떨어진 그 순간부터 하늘이 점지해 놓은 나의 주인, 아사금 연화.

버들내에게 자신의 목숨은 연화를 위해 존재하는 것이었다.

"마마……!"

굽은 허리를 웅크리며 오열을 하는 버들내의 모습은 어린아이의 몸집처럼 작고 메말랐다. 연화는 깡마른 버들내의 어깨를 움켜잡았다. 그리고 물었다.

"아기를 잘 살피라고 했다. 솜털 하나까지 눈에 넣고 손으로 익히라고 했다. 너는 아기의 무엇을 기억하느냐? 알고 있는 것을 다 말해보아라."

"아기씨는 갓 태어난 아기답지 않게 크고 튼실하셨습니다. 손가락도 발가락도 길쭉길쭉했고 이목구비도 아주 뚜렷하셨답니다. 그리고 그 누구에게도 없는 아주 희한한 흔적을 가지고 있었는데……."

버들내는 바람이 새어나오는 어눌한 말투로 솜털 하나까지 기억해 두었던 아기의 모습을 그렸다.

"여기, 다리 안쪽에 깨알만한 점들이 모여 있었는데 그 모양이 흡사 새알 같았습니다."

버들내는 자신의 다리 안쪽에 손가락으로 그림까지 그려 보이며 설명했다. 그것은 완벽한 증거다. 명의 주장대로라면 가희의 다리 안쪽에는 그것이 없어야 한다. 연화는 차고 마른 눈으로 마염에게 영을 내렸다.

"마염, 오늘 저녁 공주의 목욕 수발은 네가 맡아라."

"예, 마마."

마염은 금세 연화의 말뜻을 알아들었다.

진실 373

버들내를 극진히 보살피라는 영을 내리고 연화는 마음을 기다렸다. 마염이 무슨 말을 듣고 올지 이미 그녀는 짐작을 한다.

사비의 얼굴이 뚜렷이 떠오르지 않는다. 아무리 떠올려 보려 해도 머리 속에는 안개만 차 오른다. 유신의 집으로 행차를 하며 '함께 가려느냐?' 한마디에 환한 얼굴로 쫄랑쫄랑 따라오던 아이, 휘장 속으로 보일 듯 말 듯 손수건을 내밀던 사비의 얼굴은 연민이 가득했었던 듯하다. 그렇게 자신의 마음을 훔쳐보고 그것을 죄스러워하는 고운 아이였다. 바르르 떨리는 주먹 위로 눈물이 떨어졌다.

이미 날은 어두워졌지만 연화는 등도 켜지 않은 채 꼿꼿이 앉아 있었다. 모란전으로 갔던 마염이 돌아왔다. 다가온 마염은 나직한 음성으로 고했다.

"공주의 다리 안쪽에는 아무런 흔적도 없었습니다."

"그래…… 그랬구나. 그랬어……."

가슴이 터질 것 같다. 자신의 옷으로 바꿔 입고 토굴을 나가던 사비의 뒷모습만 선연하다.

"곁에 있으라 하지 않으셨습니까?"

원망스런 음성도 들린다.

"천한 것이 감히 마마를 존경하고 사모하였나이다."

또다시 보이는 것은 멀어지는 사비의 뒷모습뿐이다.

떨어지면 즉사를 하고 말 벼랑이라고 했던가?

뼈조차 추스르지 못한 채 걸로 바다의 고기밥이 되었을 거라고, 조사관은 그런 보고서를 보냈었다. 한 달 만에 돌아온 해율이 가희와 이혼을 허락해 달라고 머리를 찧으며 울부짖던 그날이 떠오르자 연화는 가슴을 움켜쥐며 떨었다. 울 수가 없다. 감히 무슨 자격으로 눈물을 흘릴 것인가? 터질 것 같은 가슴에 설움이 차 오르자 신음 소리가 새어나왔다.

"하온데 공주마마의 눈빛이 심상치가 않았습니다. 아무래도 전의를……."

"내 앞에서 더 이상 그 아이를 공주라 부르지 마라!"

터질 듯한 분노를 감당키가 어렵다. 가슴이 제 가슴이 아닌 듯, 머리가 제 머리가 아닌 듯 눈앞의 세상은 돌고 있었다. 칼을 뽑아 모란전으로 달려가고 있는 자신의 형상이 수십 명으로 번져 내달린다. 칼을 휘두르고 튀어 오르는 핏물에 그녀의 눈은 붉게 물들었다. 붉게 물든 그 눈에서 피눈물이 흘러내린다.

사비야…… 사비야……!

차마 죄스러워 소리 내어 불러보지 못하는 그 이름을 마음으로 부르며 연화는 오열을 했다.

뻐꾹새가 던져 두고 간 알이 제 것인 줄 알고 품고, 먼저 나온 그것이 제 소중한 알들을 둥지 밖으로 하나하나 밀어내는 것도 모른 채 먹이를 물어다 나르는 못난 어미 새처럼 눈멀고 귀먹어 자식을 죽음의 길로 내몬 어미를 어찌 어미라 하겠는가? 죽어서도 너를 볼 수가 없겠구나.

十. 꿈꾸는 그들

가리옹성에 봄이 오고 있었다. 막혔던 국경이 뚫리고 다시 장사치들이 드나들면서 저자는 한층 분주해졌다. 걸로로 향하는 뗏목 선들이 장관을 이루며 서란강을 떠내려가고 있다. 해율과 사비는 서란강이 한눈에 내려다보이는 언덕에 올라 그 모습을 바라보고 있었다. 잡은 사비의 손에 힘이 들어갔다. 거친 사내들을 이끌고 걸로로, 화조국으로, 그리고 대국으로 떠돌던 순간순간들이 그녀의 피를 들끓게 만드는 것이리라.

해율은 아련한 눈으로 사비를 내려다보았다. 금랑에게 납치되었던 사건 이후, 단하 상단의 단하가 여인이라는 것은 이제 가리옹성 백성들 누구나 다 아는 사실이 되었건만 그녀는 여전히 남장을 고집하고 있다. 금랑의 사건 이후 그녀는 한동안 뜸하던 악몽을 다시 꾸기 시작했다. 별채 주위에 군사들을 두 겹으로 둘러 세우고도 사비는 깊은 잠을 이루지 못했다. 오로지 해율의 품속에서만 눈을 감았다.

바람이 불자 해율은 사비를 품어 안았다. 어느새 배가 제법 부르다.

"군사 훈련을 하려고 해."

느닷없는 말에 그녀의 눈에 걱정이 서린다.

"다시 전쟁이 난 것입니까?"

어느 곳에서 또 전쟁이 터진 것인지, 그래서 그는 다시 무관의 용병처럼 그곳으로 달려가야 하는 것인지, 걱정스런 사비의 눈이 물었다.

"아니."

"그럼?"

해율은 그저 멀리 흐르는 서란강만 바라볼 뿐 말이 없다. 그의 얼굴이 왠지 슬퍼 보인다. 사비는 까칠한 그의 얼굴을 돌려 눈을 마주하였다.

"연화궁 마마와 대적하시려 하십니까?"

"아니, 난 널 지키려는 것뿐이다."

해율의 얼굴은 단호했다. 자신이 지켜야 할 나라는 영원히 기란국뿐이고 지켜야 할 여인은 오직 사비뿐이다. 연화궁 마마의 칼이 다시 사비에게로 향한다면 자신은 그 칼을 막을 수밖에 없다. 그것은 부당한 칼이므로, 그리고 그분이 곧 기란국은 아니니까.

그 생각을 정리하는데 족히 한 달이 걸렸다.

사비는 그의 가슴에 얼굴을 기댔다. 해율과 함께 있는 한 아무것도 두렵지가 않다. 자객의 칼이 다시 목전에 들어온다 해도.

연화궁도 완연한 봄기운에 젖어들었다. 파릇파릇 돋아나는 연록의 나뭇잎들과 언덕 곳곳에 봉오리를 맺고 있는 복사꽃들이 아지랑이 속에서 아련한 빛을 뿜었다. 그러나 연화에게 봄은 더 이상 봄이 아니다. 날마다, 매 순간마다 그녀는 시퍼런 칼을 빼어 들고 태평전 너머 서편 옥으로 내달리는 자신의 환영을 본다. 휘두른 칼날에 가희의 피가 붉게 튀기고 죽은 사비의 설운 눈물이 흘러내린다. 수십 번, 수백 번 피눈물을 토하며 칼을 휘둘러보지만 그 붉은 피 속에 보이는 것은 언제나 정신을 한 움큼 놓아버린 가희의 말간 웃음이다.

연화의 분노가 극에 달하던 날, 가희는 아이 같은 웃음 속으로 숨어들어 버렸다. 연화가 빼어 들고 달려간 칼을 가지고 놀았고 치를 떠는 연화의 옷자락에 칭얼거리며 매달렸다.

"어머니!"

반가운 듯 창살 너머로 손을 뻗는다. 보살핌을 받지 못해 머리는 산발이 되었고 의복은 땟국물이 흐른다. 옥 안 구석구석에 깨어진 그릇 조각은 조갑지가 되고, 바닥에 깔린 마른 풀은 해초가 된다. 가희는 그렇게 걸로 바닷가의 어느 구석에서 제 어미와 살고 있는 것이다.

분노도 미움도 소용이 없어져 버렸다. 어느 곳에도 터뜨릴 수 없는 분노가 연화의 마음을 지옥으로 몰고 가는 듯하다.

연화는 명과 함께 연화전 뒤편 언덕에 올라 눈앞에서 아롱져 번지는 복사꽃을 멀거니 바라보며 중얼거렸다.

"한번 가보아야겠다."

"어디를 말씀입니까?"

"걸로에 말이다."

"마마, 그곳은 멀고도 먼 곳입니다."

"그 아이는 바다가 어미의 품과 같다고 했다."

어미처럼 사비를 품어주었다는 그 바다를 꼭 보고 싶었다. 그곳에 가면 사비의 얼굴이 더 선명해질까? 지금은 그 아이의 얼굴을 떠올릴 수가 없다. 그저 돌아서던 뒷모습만이 희미할 뿐이다. 모질게도 떠나보냈던 그날의 모습뿐이다.

산들이 짙푸른 녹음에 갇힌 오월, 사비는 걸로에 다녀오겠다며 행장을 꾸렸다. 이제는 배도 제법 불러 사내처럼 몸을 조이는 옷을 입을 수도 없는데 그녀는 다시 사내 옷을 걸쳤다. 며칠 말렸지만 그녀를 포기시키는 것보다 따라가는 것이 쉽다는 것을 깨달은 해율이 결국 함께 길을 나서겠다고 옷을 차려입었다.

"나도 무료하다. 당분간은 전쟁이 터질 것 같지도 않으니 함께 가자."

소연검이 옆에 있다고는 하나 아무래도 혼자 보내는 것은 불안하다.

"배멀미가 심할 텐데요?"

"말을 처음 배울 때만 할까? 걱정 마라."

"물도 무서워하시는 분이……."

사비의 입가에 놀리는 듯한 미소가 지어졌다. 바다에 빠져 허우적대다 죽을 뻔했던 그를 구해준 인연으로 이렇게 사랑을 하고 부부의 연을 맺어 아이까지 가진 것이 신기한 운명처럼 느껴진다. 사람의 인연이란 이렇게 묘한 것이다. 차루벌 최고의 귀족 사내와 걸로의 천한 잠녀가 이런 사랑을 할 줄 누가 알았겠는가.

"네가 옆에 있으니 걱정없다."

해율은 빙긋 웃으며 부른 배를 스윽 만졌다. 움찔 느껴지는 아이의 움직임에 그의 눈은 형언할 수 없는 빛을 띠었다. 새로운 생명을 만난다는 것은 얼마나 경이로운 일인가.

"아이를 낳기 전에 말투를 바꾸어야 할 터인데…… 흠, 흠…… 부, 부인."

"풋!"

"그대도 서방님이라 하여보지?"

"사내 옷을 걸치고요?"

"네가 여인인 것은 이미 가리옹성 백성들 모두가 다 아는 사실이니 새삼스러울 것도 없고, 게다가 가리옹성 백성들이 누구보다 존경하는 사람이 아닌가. 내가 이렇게 하대를 하는 건 예의가 아니지. 무엇보다 내겐 세상에서 가장 소중한 사람인데 말이야. 흠, 그렇지 않소, 부인?"

해율은 짐짓 목소리를 깔고 사비를 지그시 바라보았다. 아이를 가져서인지 더욱 여인의 향이 물씬 풍기는 요즘이다.

다섯 척의 뗏목이 갯나루를 출발했다. 근 반년 만에 다시 타는 뗏목이라 약간 속이 울렁거렸다. 그러나 그런 티를 낼 수 없었다. 그랬다간 당장 해율의 손에 끌어내려질 테니까.

부른 배를 안고 기어이 걸로로 가는 것은 아소성 성주가 걸로에 온다는 소식을 접했기 때문이다. 그는 단하 상단을 키우는데 결정적인 도움을 준 사람이다. 나로 상단의 습격을 받아 배가 전소되었을 때 아무 조건 없이 배를 내어주었던 그 고마움을 어찌 잊겠는가. 그 덕분에 단하 상단은 큰 손실 없이 다시 일어설 수 있었고, 가리옹성으로 올라와 해율까지 다시 만날 수 있게 된 것이다. 그리고 처음에 자신이 양물이 잘린 사내라며 그의 아픈 부분을 건드려 속였던 것도 사과해야 했다.

뗏목은 빠른 속력으로 서란강을 떠내려갔다. 저녁이 되면 강변 초원에 천막을 짓거나 강가 마을의 집들을 빌려 잠을 잤다. 해율은 뗏목에서 내려서도 심한 울렁증과 어지러움을 느꼈다. 그동안 사비가 걸어온 길이 얼마나 힘든 여정이었는지 알 수 있었다. 자신이 전쟁에 나가 있는 내내 사비는 이 험하고 힘겨운 길을 쉼없이 오르내렸다고 했다.

"지켜야 할 것이 있었기에 힘이 들지 않았습니다."

그것이 너무도 절박했기에 앓아누울 수도 없었다고, 사비는 그렇게 말했다. 피비린내 나는 전쟁터에서 자신이 그렇게 멀쩡한 몸으로 돌아올 수 있었던 것도 그것과 같은 이유에서였다. 절박하게 지켜야 할 것이 있었기에 쉬이 다칠 수가 없었다.

뗏목을 탄 지 닷새째 접어들면서부터 해율은 울렁증이 조금씩 사라졌다. 그제야 서란강가의 아름다운 풍경이 눈에 들어왔다. 쭉쭉 뻗은 관목들의 숲이 끝나면 끝없이 너른 초지가 이어진다. 풀을 뜯는 짐승들, 고기를 낚는 어부들, 빨래하러 나온 아낙들, 그리고 천진하게 뛰노는 아이들. 기란국 백성의 절반이 서란강에 의지해 살아간다는 말이 빈말은 아닌 듯하다.

"아소성 성주가 사절단의 일행으로 화조국 국왕의 친서를 들고 온다고 합니다. 걸로에 잠깐 머물다 차루벌로 오를 모양입니다."

기란국이 야로국을 정벌하면서 그 위상이 높아지자 화조국에서 화친을 맺기 위해 사절단을 파견한 것이다. 해율은 가슴 속에 잠들어 있던 열기가 꿈틀하는 것을 누르며 사비의 손을 꼭 잡았다. 언제든 다시 세상을 꿈꿀 날이 오리라 믿는다.

사비는 손으로 전해오는 해율의 뜨거움을 가만 다독였다. 언제든 다시 세상을 꿈꾸는 날, 자신은 그의 가장 든든한 원군이 될 것이다.

 서란강이 서늘한 기운을 띠고 있다면 결로 바다는 뜨거운 열정이 느껴졌다. 수평선 끝자락에 걸린 구름이 바다에 몸을 담그고 눈부신 옥빛을 뿜어 올리고 있다. 연화는 모래밭에 서서 바다를 바라보고 있었다.

 "소인은 바다가 좋습니다."

 첫 대면을 하던 그날, 사비가 당돌한 모습으로 하던 그 말이 떠올랐다

 "바다는…… 바다는 어머니의 품과 같습니다, 마마."
 "어머니의 품?"
 "언제든 달려가면 품어주거든요. 원망을 하고 외면을 해도 내치는 법이 없습니다. 숨어들어 눈물을 흘려도 그곳에서는 흔적이 남지 않습니다."

 눈앞에서 일렁이는 바닷물이 사비가 숨어들어 흘렸던 눈물처럼 느껴진다. 흔적이 남지 않는다더니 그 흔적은 깊고도 넓어다 감당할 수가 없다. 눈앞이 흐려 아무것도 보이지 않았지만 연화는 쉽게 눈물을 흘리지 못했다. 저 거대한 눈물 앞에 자신

이 흘릴 눈물이 얼마나 초라하고 부끄러운 것인지 알기에 차마 울 수가 없었다. 다만 그 눈물을 가슴으로 고이고이 담을 뿐이다.

 화조국에서 온 사절단은 기란국의 실질적인 권력을 쥐고 있는 왕의 모후인 연화궁 마마가 직접 걸로까지 내려온 것에 대해 놀라워했다. 차루벌까지 긴 여정을 염두에 두고 준비해 온 짐을 단하 상단에 부린 사절단은 연화가 머물고 있다는 사초성으로 향했다.

 사초성은 걸로에서 가장 가까운 성으로 연화는 이미 이틀 전에 이곳으로 내려와 있었다. 화조국에서 화친 사절단을 보내온다는 소식을 듣는 순간 그녀는 망설이지 않고 걸로행을 결행했었다.

 화조국 사신들은 연화에게 깊은 예를 갖추고 그들의 왕이 보낸 친서를 전했다. 기란국과 화조국의 오랜 우의를 잘 지켜 나가자는 친서와 함께 귀한 차를 선물로 보냈다. 연화는 차루벌에서 준비해 온 연화차를 내어 사신을 대접했다. 이야기는 자연 두 나라의 가장 큰 관심사인 무역 이야기로 이어졌다. 화조국 왕의 친서를 전한 아소성의 성주는 기란국 최고의 상인으로 단하를 꼽았다.

 "아직 어린 사람이지만 그는 재물의 흐름을 빠르게 감지합니다. 그리고 상도가 무엇인지 아는 누구보다 큰 장사치입니다.

그런 장사치가 있다는 것은 기란국의 복입니다."
"그러잖아도 조만간 만나볼 참입니다. 양물이 잘린 사내라지요, 아마?"
"그리 들었습니다."
화조국 사절단이 내일을 기약하며 성내에 마련된 숙소로 돌아가자 연화는 명을 걸로로 보내어 단하 상단의 단하와 부연은 사초성으로 오라는 명을 내렸다. 아소성 성주가 극찬하던 장사치로서의 단하도 궁금했지만 정말 그를 만나보고 싶은 이유는 따로 있었다.

해율은 그를 보며 사비를 느꼈다고 했었다. 그를 만나보면 정말 사비를 느낄 수 있을까?

해율과 사비는 걸로에 닿자마자 연화의 소식을 접했다. 낭패스러움에 사비의 얼굴이 일그러졌다.
"내일 함께 사초성으로 들어오라는 명을 받았습니다. 아소성 성주도 그곳에 머물고 있으니……."
"아뇨, 전 가지 않겠습니다. 아저씨 혼자 가세요. 그리고 아소성 성주님께는 소연검이 남아 있다가 인사를 전해주세요. 저는…… 단하는 몸이 좋지 않아 가리옹성에서 내려오지 않은 겁니다."
단호한 음성으로 말하는 사비의 얼굴에 차가움이 일었다.
다음날 새벽 동이 트기도 전에 해율과 사비는 뗏목에 몸을 싣고 다시 가리옹성으로 향했다. 죽음의 그림자가 턱밑에 다가와 있는데도 이상하게 두렵지가 않다. 그저 연화궁 마마를 피해 이렇게 도망쳐야 한다는 사실이 슬플 뿐이다. 아프도록 꼭 잡은 두 손으로 아침 햇살이 스며든다.

부연은 떨리는 마음으로 연화의 앞으로 나아갔다. 천한 뱃사람이 감히 기란국 국왕의 모후를 직접 대면한다는 사실이 감당이 되지 않았다.

"다, 단하 상단의 부연이 연화궁 마마께 문후를 여쭈옵니다."
이마를 땅에 박은 그의 어깨가 떨렸다.
"단하는 어쩌고 그대만 왔는가?"
"다, 단하님은 지난겨울 가리옹성으로 올라간 후 몸이 편치 않아 아직 내려오지 않으셨습니다."
"그래?"

감히 얼굴을 들고 바라볼 수 없어 그 모습은 보지 못했지만 연화궁 마마의 음성은 맑으면서도 단호함이 느껴졌다. 허약한 왕을 두고 스스로 나라를 좌지우지한다더니 과연 그럴 만하다는 생각이 들었다. 한참 만에 다시 그녀의 음성이 들렸다.

"그대는 언제부터 걸로에서 살았는가?"
"소인은 걸로에서 태어나 평생 걸로에서만 살았습니다. 소인이 걸로를 떠나는 것은 무역선을 타고 화조국을 드나들 때뿐이었습니다."

"그럼 사비를 알겠구나?"

너무나 뜻밖의 질문에 부연은 아무 대답을 못한 채 엎드려 있었다. 벼랑에서 떨어진 그날 이후 사비는 죽었다. 그녀를 죽은 사람이 되게 만든 것은 누구인가? 부마도위조차 사비를 지켜줄 수 없을 만큼 힘을 가진 사람, 그 사람은 이 단호한 목소리의 주인이 아닐까? 머리를 스치는 생각에 부연은 모골이 송연해졌다.

"그 아이는 이미 삼 년 전에 바다에 빠져……."

"그 아이 얘기를 좀 해다오."

그녀의 음성은 왠지 애틋하게 들렸다. 이어 묵직한 사내의 음성이 가까이에서 들렸다.

"자네가 달검의 가장 절친한 벗이었다는 걸 알고 있네. 그들에 대해 아는 대로 소상히 말씀드리게."

가희공주에게 무슨 말을 들은 걸까? 그 성미에 달검이나 사비를 해코지할 말을 이리저리 떠들고 다녔을 것이 분명하다. 잊고 있었던 부아가 불룩 치민다.

"달검은…… 달검은 두 딸을 공평히 사랑하였습니다. 그 어미 울불은 오히려 친딸인 사비를 개돼지만도 못하게 여기고 달검이 죽고 나서는 그 어린 것을 바다로 내몰았습니다. 그 고사리 같은 손으로 잡아오는 조갑지와 문어로 세 식구 생계를 이어갔습니다. 그때가 겨우 일곱 살이었습니다. 공주마마는 정말 물질 한 번 하지 않고 자랐습니다. 걸로의 어느 누구도 그리 곱게 자라진 못했을 것입니다. 모든 고생은 사비가 다 했습니다. 사비에게 울불 그 사람이 어디 어미였겠습니까? 자식 피 빨아먹는 아귀였……."

정신없이 얘기를 하던 부연은 문득 말을 멈추었다. 주위가 너무도 고요해서 숨소리조차 들리지 않았다. 한 치의 거짓도 없었는데, 오히려 가희의 못된 행각들은 하나도 들추지 않았는데 자신이 말을 잘못한 것이라도 있나 싶어서 겁이 덜컥 났다. 살고 싶어서 죽은 사람이 되어야 한다던 사비의 말이 떠오르자 그는 다시 이마를 땅에 박았다.

"그 가엾은 것이 그리 죽은 것이 하도 불쌍하여 소인이 막말을 하였나이다. 용서하십시오."

순간 소리를 죽인 흐느낌 소리가 들려왔다. 부연은 더욱 몸을 오그렸다. 그러나 잠깐 들리던 흐느낌 소리는 이내 들리지 않았다. 그리고 다시 묵직한 사내의 음성이 들렸다.

"그만 나가보게."

그제야 고개를 들어보니 연화궁 마마는 이미 보이지 않았다. 단하는 무사히 걸로를 떠났을까 걱정되었다. 사비를 죽이려 했던 자객이 정말 연화궁 마마가 보낸 사람이라면 가리옹성 성주의 힘으로도 지켜주기 힘들 거라는 생각이 들었다.

연화궁 마마가 단하를 찾은 이유를 알 수가 없다. 단하 상단이 차루벌을 외면한 후 차루벌 상권이 흔들리고 있다는 소리를 들었다. 그 탓일까? 그렇다면 언젠가는 또다시 단하를 불러들일 것이다.

다음날 다시 불려간 부연은 연화의 앞에 머리를 조아리고 있었다. 연화궁 마마는 끝없이 사비에 대해 물으신다. 부연은 곤혹스러운 마음으로 대답을 했다.

"어릴 적 달검이 지어준 이름은 꽃아지였습니다."

"꽃아지…… 사랑을 받았겠구나?"

"예, 달검은 부서질까 깨질까 애지중지하며 사비를 키웠습니다. 하지만 공주마마도 그만큼 어여뻐했습니다. 달검은 절대 차별하는 법이 없었습니다."

부연은 변명하듯 얼른 뒷말을 덧붙였다. 순간 연화에게서 분노 섞인 고함 소리가 들렸다.

"그 아이를 공주라 부르지 마라!"

놀라 얼굴을 들어보니 연화는 의자 끝에 주먹을 걸친 채 부르르 떨고 있었다. 또다시 칼을 빼어 들고 달리는 자신의 형상이 보였다. 그 칼을 울불을 향해, 가희를 향해, 그리고 스스로를 향해 휘두른다. 피가 튀기고 튀어 오른 핏물은 다시 그녀의 눈에서 피눈물을 쏟아내었다. 시비들이 달려와 그녀를 부축했다. 시비들의 부축을 받은 연화가 처소로 돌아가자 내내 옆에 서 있던 명이 나직한 한숨을 쉬며 스쳐 지나가듯 중얼거렸다.

"공주가 바뀌었네."

명이 저만치 멀어질 때까지도 부연은 그 말을 다 알아듣지 못했다. 그의 발소리가 멀어지는 것을 느끼며 부연은 명을 따라갔다.

"방금 뭐라 하셨습니까?"

"공주가 바뀌었다고 했네. 우리가 공주라 믿고 있었던 가희가 실은 공주가 아니었단 말일세."

명은 부아가 나는 듯 쥐고 있던 칼자루로 바닥을 쿵, 쳤다.

"진짜 공주마마는…… 사비였어."

다시 명의 발소리가 멀어졌다.

"저년, 저 원수 같은 년! 사내를 잡아먹을 더러운 팔자를 타고 난 년!"

울불의 험악한 말들이 사비의 꽁무니를 따라다녔다. 온 걸로 사람들이 사비를 피했다.

"그년이야 죽든 말든!"

일곱 살 어린 사비를 바다에 몰아넣고 울불이 뱉은 말이다. 천지신명을 속이고도 멀쩡한 얼굴로 살아갈 고약한 인사가 울불이란 걸 안다. 남의 걸 제 것인 양 꿀꺽 삼키고도 얼굴색 하나 안 변할 울불이다. 죄가 죄인 줄 모르고, 악이 악인 줄 모르고 탐욕에 눈을 번들거리며 살 울불이다. 사비의 자리를 빼앗고도 남을 가희이고, 울불이다. 왜 몰랐을까? 왜 거기까지는 생각을 못했을까?

공주인 줄도 모르고 그렇게 천대를 받으며 살아온 어린 사비와 목숨을 걸고 재물에 매달리던 상인 단하의 생이 안타까워 부연은 가슴이 터져 버릴 것만 같다. 당장이라도 가리옹성으로 달려가고픈 마음을 달래며 부연은 명이 사라져 간 쪽을 향해 달렸다.

뗏목을 타고 걸로에 다녀온 것이 아무래도 무리였는지 사비는 사흘을 앓아누웠다. 그것이 비단 몸이 힘이 들어서만은 아니라는 것을 알기에 해율은 더욱 조심스러웠다. 굳이 지금에 와서 기어이 사비를 없애려는 연화궁 마마의 마음을 알 수가 없다. 이렇게 도망치듯 올라올 것이 아니라 연화궁 마마를 만나뵙고 그 의중을 알아보는 것이 낫지 않았을까, 은근 후회가 된다.

훈련장으로 나온 그는 군사들의 훈련을 독려했다. 닥치는 그것이 무엇이든 이것은 사비와 자신을 지키기 위한 준비다.

낮잠을 한숨 자고 일어난 사비는 해율이 있는 훈련장으로 향했다. 멀리서도 군사들의 기합 소리가 쩌렁쩌렁 울렸다. 해율은 열을 지은 군사들 사이사이를 돌며 살피고 있었다. 사비를 발견한 그가 빠른 걸음으로 다가왔다.

"몸은 괜찮소?"

커다란 손이 스륵 다가와 이마를 짚었다. 아직 약간의 미열이 느껴진다.

"좀 더 쉬어야……."

"바람이나 쏘이려고요."

걱정스런 해율의 눈을 보며 사비는 생긋 웃었다. 손을 살짝 잡아끌자 해율은 못 이기는 척 그녀를 따라나섰다. 사비의 배는 어느새 눈에 띄게 불러오기 시작했다. 저자로 향하는 길목에서 부딪히는 백성들의 눈가에 웃음이 어린다. 여전히 사내의 옷을 입고 사내의 형상을 한 가리옹성의 안주인 단하를 향한 따듯한 시선들이다.

저자는 활기가 넘친다. 온갖 진귀한 물품과 먹거리들, 시끌벅적한 장사치들의 목소리가 저자를 가득 채웠다. 해율은 사비의 손목을 잡고 그들 틈에 섞여 좌판을 기웃거렸다. 해율이 문득 걸음을 멈추고 화려한 장신구들이 즐비한 좌판을 들여다보았다. 한참을 고르던 그는 그중 가장 소박해 보이는 머리꽂이를 하나 골라 들고 빙긋 웃으며 사비의 머리에 가만 대어보았다. 그 모습이 왠지 마음이 아팠다. 가끔은 그도 아름다운 여인의 모습을 한 사비가 그리울 것이다.

"사주셔요."

"응?"

"그 머리꽂이 말이에요. 사주셔요."

그 소리에 해율은 방금 잡았던 것보다 조금 더 화려한 머리꽂이를 골라 값을 치렀다. 손에 쥐어주는 머리꽂이를 보며 사비는 이제 여인의 복장을 해야겠다, 생각한다. 아리따운 치장을 하고 아름다운 여인이 되어 그의 앞에 서고 싶은 마음이 간절하다.

관으로 돌아오자마자 천동어멈에게 부탁하였더니 며칠 만에 옷을 지어 들고 왔다.

"쇤네가 이리 보아도 차루벌 별금 집안에서 이십여 년간 침모를 했던 사람입니다. 어디에 내놓아도 빠지지 않을 옷이니 한번 보십시오."

자랑스레 내놓은 그 옷은 한눈에 보아도 보통 솜씨가 아니었다. 바느질 솜씨는 물론 모양이나 색감이 지나치게 화려하지도 않고 얌전하지도 않은 것이 사비의 마음에 쏙 들었다.

"좀 입혀주시겠어요?"

삼 년 만에 처음으로 사내의 옷을 벗고 여인의 옷을 걸쳤다. 머리를 올리고 마지막으로 해율이 사준 머리꽂이를 꽂은 사비는 천천히 고개를 들었다. 면경 속에 처연한 눈빛을 가진 낯선 여인이 앉아 있었다.

"참으로 아름다우십니다. 이 늙은 것이 지금껏 만나본 어떤 귀족 여인들도 단하님만큼 아름답진 못했습니다. 이렇게 고운 얼굴을 꽁꽁 숨기고 사셨다니······!"

천동어멈은 놀란 눈으로 거울 속의 단하를 살폈다. 그동안 곱상하다는 생각은 했었지만 이렇게 아름다운 얼굴이 드러날 줄은 상상도 못했었다. 해율이 왜 그토록 목숨 걸고 매달렸는지 이제야 알겠다. 이런 여인이라면 한 번쯤 모든 걸 다 버리고 덤벼들 줄 알아야 사내지!

천동어멈은 입을 다물지 못한 채 벙글거리며 방을 나갔다.

곧 해율이 올 것이다. 처음 이곳으로 와 그에게 안기던 그날만큼이나 가슴이 두근거렸다. 그녀는 다시 거울 속의 얼굴을 바라보았다. 걸로의 천한 잠녀, 사내를 잡아먹을 사나운 운명을 타고난 년, 볕에 그을어 거무튀튀하던 못나고 못난 얼굴의 사비는 어디에도 없다. 눈이 부시도록 아름답던 연화궁 마마를 보는 듯……!

사비는 고개를 흔들었다. 다시는 생각 말자. 그분을 생각할 때마다 소름이 오소소 돋는다. 이것은 분노인지 두려움인지, 아니면 그리움인지 알 수 없다.

문이 열리고 봄기운을 품은 공기가 스며들었다. 소리 없이 다가온 해율의 얼굴이 면경에 비쳤다. 처음 만났던 열일곱의 그날처럼 해율의 눈은 경이로운 무언가를 발견한 듯 반짝였다. 눈동자는 면경 속의 사비의 얼굴을 따갑도록 훑었다.

사내의 형상을 하고 단하로 살아도 상관없다 했지만 눈앞의 사비를 보고 있는 지금 이 순간 해율은 다시는 그녀를 단하로 돌아가게 하고 싶지 않다.

"그런 눈으로 보지 마십시오."

너무도 따가운 그의 눈길이 난감하다. 어깨를 살짝 만지던 해율이 살 내음 풍기는 그녀의 목덜미에 입술을 묻었다. 배가 움찔 흔들리며 아이가 자신의 존재를 알렸다.

그 즈음 한 무리의 뗏목이 서란강으로 오르고 있었다. 그것은 여타 뗏목들처럼 짐을 많이 싣지도 않았고, 뗏목의 사방에 나무로 담을 쳐 훨씬 안전해 보였다. 커다란 뗏목을 가운데에 두고 작은 뗏목이 앞뒤를 감싸고 있었다.

연화의 얼굴이 노래지면서 다시 신물을 토했다. 시비들이 그릇을 받쳐 신물을 받아내고 등을 두드렸다. 더 이상 올라올 신물도 없는 듯 그녀는 연신 헛구역질만 해대었다.

"마마, 지금이라도 뗏목을 멈추소서. 차루벌로 돌아가 불러들이심이……."

"안 된다! 뗏목을 멈추지 마라. 속도를 더 내어라! 빨리 가자!"

누구도 그녀의 고집을 꺾을 수 없었다.

이 강 끝, 가리옹성에 그 아이가 있다. 사내의 옷에 몸을 숨기고 사내의 형상으로 살아간다지? 내가 저를 죽이려 자객을 보낸 줄 안다지?

삼 년 간 단하의 곁을 지켰다던 칼잡이 소연검이 전하는 그 말에 연화는 무너져 내리는 가슴을 추스를 길이 없었다.

아직도 그날의 악몽에 시달리며 해율의 품에서만 잠이 들 수 있다는 사비, 죽은 사람이 되어야 살 수 있었기에 사내로 살았다는 말을 전해 들으며 연화는 다시금 일어나는 가희에 대한 분노에 치가 떨린다.

걸로로 내려왔던 사비가 연화의 소식을 접하자 말자 도망치듯 가리옹성으로 돌아가 버렸다는 말에 연화의 가슴에서는 비명이 터져 나왔다. 그 배신감을 어이할까? 어이 풀어줄까? 저를 알아보지 못한 이 어미를 용서해 줄까? 사비야…… 웁!

또다시 헛구역질이 쏟아진다.

며칠 전까지 봉오리를 맺고 있던 꽃들이 어느새 만발해 있었다. 아리산 꽃놀이에서 5부 귀족의 처녀 총각들이 서로의 짝을 찾아 꽃밭으로 숨어들듯 해율과 사비도 천수산 자락의 꽃밭으로 숨어들었다. 꽃보다 더 꽃 같은 사비의 입술 위로 해율의 입술이 다가왔다.

"한 번도 아리산 꽃놀이가 설레지 않았어."

"정말요?"

"응."

살짝 닿았던 입술이 떨어져 나갔다. 그는 팔베개를 하고 누웠다. 정말…… 한 번도 5부 귀족의 아리따운 처녀들이 눈에 들어오지 않았다. 왜 그랬을까? 걸로에서 보았던 가무잡잡한 얼굴의 사비가 내내 잊혀지지 않았다. 귀족 처녀들의 새하얀 얼굴과 화려한 치장을 보며 사비를 떠올렸고 짙은 화장수 냄새에 이마를 찌푸리며 사비를 떠올렸었다.

"근데 이 녀석은 아무래도 용맹무쌍한 장수가 되려는 모양이야. 어찌 이리도 요란하게 놀까?"

울렁 흔들리는 배를 보며 해율은 턱을 고이고 빙긋 웃었다.

사비의 배는 하루가 다르게 불러온다. 아이의 움직임도 한층 활기차서 겉으로 보아도 그 움직임이 확연히 느껴질 정도다.

"사내아이가 아니면요?"

"그럼, 그대처럼 대찬 장사치가 되겠지."

"둘 다 할지도 모릅니다."

"응?"

해율이 고개를 갸웃하며 무슨 이야긴지 물었다. 사비는 웃기만 할 뿐 말이 쉬이 나오지 않는다. 맥이 뛰노는 감이 분명 쌍태아일 거라던 의원의 말이 아직도 믿기지 않는다.

"의원도 그러고 천동 어멈도 그러고…… 아무래도 쌍태아가 아닐까, 하더이다."

"쌍태아?"

해율은 놀란 듯 벌떡 일어나 앉았다. 저 조그만 배에 두 아이가 들어 있다니 더럭 겁이 난다. 제대로 잘 자랄까? 사비의 몸이 견뎌나 낼까? 저 조그맣고 동그란 배속에 아이가 둘이나 들어 있다는 것은 아무래도 불가능 같다. 문득 자신을 낳다 돌아가신 어머니 한비가 떠올랐다. 그것은 평생 그에게 상처였다. 씻을 수 없는 죄책감이었다.

"괜찮을까?"

부른 배를 가만 쓸어보는 그의 얼굴에 두려움이 인다. 사비는 안심하라는 듯 그의 손을 꼭 잡았다.

"제가 누굽니까? 걸로의 대 상인 단하입니다."

단호한 입매와 반짝이는 눈에는 거친 바다사내들을 휘어잡던 대 상인 단하의 당당함이 묻어난다. 그 무엇도 그녀를 이겨내진 못하리란 확신이 든다. 그제야 해율의 입가에 다시 웃음이 번진다.

"근데 신기하지 않아? 지난번 네 꿈 말이다. 연화궁에서 무화과 열매를 두 개 땄다고 했었지? 그것이 쌍태아를 의미한 모양이다."

배를 가만 쓸어보던 해율은 사비의 무릎을 베고 다시 누웠다. 맑은 하늘에 하얀 구름이 평화롭게 떠다닌다. 햇볕은 따사롭고 바람은 부드러웠다. 볼을 스치는 사비의 따뜻한 손과 아이의 존재. 더 이상 바랄 것이 없었다. 나른하게 잠이 쏟아진다. 멀리서 죽음이 그들을 향해 서서히 다가온다 해도 쏟아지는 잠을 어쩔 수 없다.

"……십니까?"

살짝 든 잠결에 들리는 사비의 음성이다.

"응?"

"후회하지 않으십니까?"

"뭘 말이냐?"

"절 택하신 거요. 이렇게 꽃밭에 누워 한가로이……."

이렇게 하릴없이 낮잠이나 즐기는 삶이 그는 후회스럽지 않을까? 차대왕의 지위를 안고 휘경궁으로 들어가 세상을 다 가질 꿈을 꾸고 싶지 않을까, 가끔은?

"너는 후회하느냐?"

무릎을 베고 이렇게 한가로이 낮잠을 즐기는 내 모습이 싫을

꿈꾸는 그들 399

까? 그녀만 바라보고 그녀만 꿈꾸는 나의 모습이 한심해 보일까? 크고 큰 꿈을 가슴에 품었던 예전의 해율이 그리울까?

"아니, 후회하지 않습니다."

사비는 단호하게 말했다.

함께하지 못하는 꿈은 더 이상 나의 꿈이 아니다.

사비는 그렇게 생각한다. 그가 꿈을 펼쳐 나가는 모습을 숨어서 지켜만 보는 건 자신에겐 아픔이지 결코 행복이 될 수 없다는 것을, 그걸 자신의 행복이라 여기는 것은 거짓 마음일 뿐이라는 것을 깨달았으니까. 꿈은 다시 꾸면 되고 함께 이루어가면 된다. 사비의 입술이 다가왔다. 그리고 다시 속삭였다.

"후회하지 않습니다, 저는."

따듯하고 촉촉한 입술이 포개어지고 뜨거운 혀가 거침없이 입술을 파고들었다. 나른한 봄볕이 화들짝 놀라듯 일렁이고 고요하던 꽃밭에 나비들의 소리 없는 날갯짓이 분주하다.

"나도…… 후회하지 않아."

흔들리는 꽃나무 사이에서 뜨거운 아지랑이가 피어오르고 만개한 꽃잎이 후둑후둑 떨어졌다.

산 아래 멀리 보이는 갯나루에 낯선 뗏목들이 들어서고 있는 것도 모른 채 그들은 꽃 속으로 숨어들었다.

종장 終章

가리옹성 성루에 승리의 깃발이 꽂혔다. 야로국의 마지막 성을 함락함으로써 이 땅에서 야로국이란 이름은 완전히 사라졌다. 이번 전쟁도 역시나 해율과 가리옹성 군사들이 무관의 용병으로 선봉에 섰고 전투가 마무리되자마자 그들은 가리옹성으로 길을 잡았다.

온 산하가 붉게 물이 드는 시월이었다.

제법 아장아장 걸음을 떼기 시작하는 란을 앞세우고 걸음이 늦은 경을 안은 채 사비는 정벌군을 맞으러 나갔다. 걸로에서 돌아온 지 겨우 사흘째 되는 날이었다. 아이를 낳은 뒤에도 그녀는 여전히 단하 상단의 단하로 화조국과 단국을 넘나들었다.

그 길을 소연검이 함께해 주었다.

언제든 떠나 버릴 사람처럼 바람 같은 눈으로 서성이던 소연검은 해율의 간곡한 부탁에 결국 발목이 잡히고 말았다. 그리고 또 그의 발목을 잡은 사람이 한 사람 있었는데 대국의 상단을 따라 가리옹성으로 흘러들어 온 유량이라는 소년이었다.

저자를 돌아다니다가 허리춤에 찬 은자 주머니를 따고 달아나는 녀석을 잡았는데 그가 유량이었다. 도둑질을 하고도 부끄러운 줄을 모르고 오히려 큰소리를 치던 녀석이 관으로 끌고 가겠다는 소리에 그제야 싹싹 빌며 매달렸다. 자신을 몸종으로 부리든 일꾼으로 부리든 상관없으니 관으로만 데리고 가지 말라고 빌었다. 눈에는 두려움까지 가득했다. 한 손으로 달랑 들어도 될 만큼 왜소한 체구에 제대로 먹지 못한 듯 마른버짐이 핀 얼굴이 눈에 들어왔다.

많이 봐야 열대여섯? 어린 나이에 어쩌다 이 먼 이국땅까지 와서 도적질을 할까? 빤히 올려다보는 검은 눈 탓이었을까? 왠지 짠한 마음이 생겼다. 그래서 녀석을 곁에 두기로 했다. 천방지축 아무것도 모를 줄 알았던 녀석이 의외로 손끝도 야무지고 머리 회전도 빨라 말을 곧잘 알아들었다. 소연검의 긴 칼을 들고 졸졸 따라다니는가 하면 아침저녁 소셋물 떠다 바치기, 가끔은 발 씻어주기, 외출 시에는 의복도 챙기고 댓돌에 내려서서 신발까지 챙겨주는 모습이 몸종도 이런 몸종이 없다 싶을 지경이었다. 몇 달 데리고 있는 사이 마른버짐도 사라졌고, 볼에는 오동통 살이 올랐다. 그제야 소연검은 유량의 얼굴을 유심히 보았다. 동그란 눈에 사내인지 계집인지 모를 정도로 곱상한 얼굴이 여간 귀여운 것이 아니다. 워낙 넉살도 좋고 붙임성이 있는 녀석인지라 '나리, 나리' 하며 따라붙던 호칭이 어느새 '형님'으로 변했다.

유량은 알면 알수록 더더욱 모를 구석이 많은 녀석이다. 사람들 앞에서는 계집애처럼 생글생글 웃다가도 혼자 있는 시간이면 감당할 수 없는 어둠에 갇혀 지냈다. 어느 날 밤, 서늘한 공기가 새어드는 느낌에 눈을 떠보니 유량이 문을 빠끔히 열고 달빛을 받으며 앉아 있었다. 차가운 달빛에 드러난 유량의 얼굴은 부서질 듯 투명했다. 마치 단하를 처음 만나던 그 순간처럼 소연검은 가슴속에 서늘한 바람이 들어서는 것을 느꼈다. 처음 만났을 때의 단하가 겹겹이 싸인 차가운 얼음 속에 들어앉아 있는 듯 보였다면 유량은 짙푸른 어둠 속에 몸을 웅크리고 꽁꽁 숨어들어 있는 작은 아이 같았다. 어디서든 넉살 좋게 끼어 잘살 녀석이지만 저 어둠을 가지고는 세상에 발을 들여놓기 또한 어려울 녀석, 그래서 떠날 수가 없었다.

앞에서 아장아장 걷던 란이 고개를 돌려 방글방글 웃으며 앞을 향해 손가락질을 했다.

"아바, 아바."

"그래, 란아. 아버님이 오고 계셔. 우리 란이와 경이가 보고 싶어 달려오고 계신단다."

"란이 아가씨, 성주님이 보고 싶은 이는 여기 계신 어머님이시랍니다. 아마 군사들을 잠도 안 재우고 몰아쳐 달려오실걸요? 어머님은 지금 뜀박질을 하고 싶으실 겁니다. 그렇게 아장아장 걸으시다간 미움받기 딱 알맞죠."

소연검은 사비를 놀리며 장난치듯 다가가 란을 번쩍 들어 올렸다. 걸로에 머물다가 전쟁이 끝났다는 소식을 듣자마자 사비는 모든 것을 던지고 가리옹성으로 향했다. 어찌나 다그쳤는지 평소에는 이레나 걸리던 길을 닷새 만에 닿았던 것이다. 뒤따르던 유량이 다가와 경이까지 받아 안았다.

"얼른 가십시오, 단하님. 성주님이 벌써 성문에 닿았을지도 모릅니다."

놀려대는 두 사람에게 아이들을 맡기고 사비는 못 이기는 척 돌아섰다. 한 걸음, 두 걸음 떼어놓던 걸음이 점점 빨라지더니 급기야 달리기 시작했다. 마음은 이미 성루에 닿아 있었.

소연검은 저만치 달려가는 사비를 아련한 눈으로 바라보았다. 다가온 유량이 장난치듯, 그러나 제법 모진 힘으로 어깨를 밀쳤다.

"아예 혼을 빼다 박으슈, 박아!"
"혼을 빼다 박긴 어디로 빼다 박아?"
"단하님 꽁무니에다 박지 어딜 박겠수?"
"그랬다간 당장 성주님께 목이 잘릴걸? 그분은 단하님에 대해서만은 감당 못할 어린애 같은 마음이시니."

"그러는 형님 마음은 뭐유?"

"나야…… 오라비 같은 마음이지."

"오라비는 무슨……."

눈도, 맘도 온통 단하님 꽁무니에 박고 살면서 쳇!

유량은 입을 비죽거리며 소연검을 노려보았다. 자신의 말을 들었는지 말았는지 소연검은 란이를 안고 들여다보느라 정신이 없다. 어딜 보나 단하를 쏙 빼어닮은 란이니 혼을 뺏길 만도 하겠지.

"경이 도련님, 저기 저 시커먼 칼잡이 아저씨는 절대로 닮지 마슈. 나이만 잔뜩 먹었지 세상 보는 눈은 까막눈이우. 사람 보는 눈도 까막눈이라우."

저 녀석이 또 무엇에 부아가 나서 저리 심술을 부리나 싶다.

유량은 퀭한 소연검의 눈을 피해 달아나듯 재바르게 걸음을 옮겼다.

"어서 가십시다, 도련님. 아버님께서 기다리시겠습니다."

앞서 달려가는 유량을 보자 란이 칭얼거리며 손을 허우적거렸다. 경이 앞서 가는 것이 속상한 모양이었다. 욕심도 많고 샘도 많은 란이다. 누구에게든 지고는 살지 않을 것이다. 단하를 쏙 빼어닮았으니.

그는 빙긋 웃으며 걸음을 재촉했다.

사비는 뒤꿈치를 들어 투구를 벗겨내었다. 거뭇하게 그은 구릿빛 얼굴 덕에 그의 몸은 더욱 건장해 보였다.

"드디어 야로국을 완전히 정벌했소."

"장하십니다."

사비는 감격에 겨운 눈으로 그를 올려다보았다. 꿈을 향해 한발한발 다가가는 그가 보인다. 비록 공을 세우고도 공을 인정받지 못하는 무관의 장수지만 전장터에서의 그는 누구보다 빛나는 장수였을 것이다. 꿈을 안고 달리는 자는 어디서든 빛이 나기 마련이니까.

"다치지 않으셨지요?"

"약속했잖소, 다치지 않겠다고."

걱정 말라는 듯 양팔을 들어 보이지만 사비는 여전히 못 미더운 눈으로 이리저리 살폈다. 적의 한가운데로 뛰어들어 가 칼을 휘두른 몸이다. 그 많은 칼날들을 어찌 다 피했겠는가. 수없이 스치고 베었을 상처들을 숨긴 채 웃고 있는 그가 마음 아프다. 이것이 다 자신의 탓이다.

"언제까지 이렇게 벌을 세울 건가?"

빙긋 웃는 눈이 내내 사비를 따라다닌다. 서너 달 보지 못했었고 꿈에조차 나타나지 않아 속이 상했었다. 성문을 들어서면서도 란이와 경이보다 사비를 먼저 찾았던 그였다.

"응?"

"보채실 때 보면 정말 아이 같습니다."

샐쭉하게 눈을 흘기던 사비가 그제야 갑옷을 벗겨내었다. 어깨를 짓눌렀을 그 무게에 다시 마음이 아프다.

 방금 씻고 나온 몸이 순식간에 땀으로 흥건히 젖었다. 차 오르는 뜨거움을 이기지 못한 사비가 그의 목에 매달려 왔다. 흘러나오는 신음 소리가 그를 흡족케 했다. 사비는 아이를 낳더니 훨씬 성숙한 여인이 되었다. 풍만한 가슴은 물론이려니와 그를 안는 순간들을 즐기는 듯했다. 가끔은 자는 그를 깨우기도 하고, 가슴 위에서 스스럼없는 눈으로 내려다보기도 한다. 사내에게 제 몸을 다 맡기고 여린 몸짓에 여린 신음 소리나 내는 여자가 아니다.

 해율은 흡족한 얼굴로 내려와 그녀의 몸을 돌려 품었다. 사비는 숨을 몰아쉬며 폭 안겨왔다.

 "차루벌에…… 가려고 합니다."

 해율은 말없이 가만히 안고 있었다. 그리고 그녀가 심경의 변화를 일으킨 이유가 무언지 생각했다.

 "나 때문이면 그럴 필요 없소."

 "아니, 저 때문입니다. 제가 견딜 수가 없습니다. 견딜 수 없이 그분이 그립습니다."

 얼굴을 묻고 있는 가슴이 눈물로 촉촉이 젖어들었다.

 "소인이 공주인 것을 어찌 확신하나이까?"
 "소인에겐 그런 흔적이 없습니다."

먼 걸로 땅에서 뗏목을 타고 올라온 연화궁 마마 앞에서 그런 모진 말을 남기고 돌아섰었다. 겨우 다리 안쪽의 희미한 흔적 하나 때문에 걸로의 천한 잠녀에서 기란국의 공주가 될 수 있다니 쓴웃음이 지어졌다. 가희는 그 흔적이 없어 하루아침에 천한 잠녀의 딸로 추락하겠지? 사람의 운명이라는 것이 우습고도 우스웠다.

무엇을 근거로 진짜와 가짜를 가린단 말인가? 진실이 드러났다고 하여 그 마음마저 한순간 그렇게 변하는 것일까? 진실이 드러나지 않았다면 영원히 가희를 사랑하고 계셨을 분이 아니던가. 죽은 사비 따위 까맣게 잊은 채 생을 마감하실 수도 있었다.

사비는 연화궁 마마 앞에서 무엄하게도 쓸쓸한 조소를 지었다. 무엄하다 소리를 치지도 못한 채 눈물만 보이고 있는 연화의 모습이 가엾었다. 가슴이 터질 듯한 통증이 분노라고 생각하는 자신도 가엾었다. 제 어미의 가슴에 단도를 박은 가희의 삶도, 그렇게 죽은 울불의 삶도 가엾었다.

부모와 자식의 연이 이리도 가벼울 수 있을까? 연화궁 마마가 찾아온 것은 사비가 아니다. 그저 누군가 밝혀 주었을 진실 속의 그림자 같은 딸을 찾아온 것뿐이다. 사비는 형체뿐인 그림자 같은 딸이 되고 싶지 않았다. 모질게 자신을 떼어내었던 연화에 대한 원망도 함께 있었다.

왜 처음부터 날 알아보지 못했을까? 진정 어미라면 천 리를 떨어져 있어도 제 새끼 하나쯤 단번에 알아보아야 하는 것이 아니던가?

그런 원망도 있었다. 그러나 란이와 경이를 낳고 키우며 그 모든 것들이 다 소용없어졌다. 자식을 향한 어미의 사랑에는 아무 조건이 없다는 것을 알았다.

란이와 경이를 낳고 키우며 연화궁 마마의 흔적이 간간이 느껴졌었다. 아이들을 낳고 첫 밥을 먹을 때도, 낯선 의복들이 아이들을 감싸고 있을 때도, 그리고 진귀한 음식들이 상에 올라올 때도 보이지 않는 그분의 마음을 느꼈었다. 차루벌의 궁에서가 아니면 구하기 힘든 옷감들이었고, 먹을거리들이었다. 그것이 그분이 자신에게 해줄 수 있는 유일한 것들인 줄 알았기에 사비는 모른 척했다. 모른 척 입히고 모른 척 받아먹었지만 몸속을 흐르는 피는 모른 척할 수 없었던 모양이다. 서서히 그리움으로 잠식되어 가는 자신을 발견할 수 있었다.

"절 용서해 주실까요?"

사비의 눈빛이 슬픔을 지나 평화로워 보였다. 그녀를 끝없이 괴롭히던 고뇌가 드디어 사라진 걸까? 해율은 커다란 손으로 흘러내린 머리칼을 쓸어주었다. 슬픔 따위, 원망 따위 다 떨쳐 버리고 그녀의 소원처럼 기란국 최고의 대 상인으로 우뚝 서길 바란다. 연화궁 마마께 사랑받는 딸로 살아가길 바란다.

종장終章

아바, 아바…… 부르며 달려온 란이 가슴에 포옥 안겨들었다. 경이는 아버지의 품에 안긴 누이가 마냥 부러운 듯 사비의 품에 안겨 팔을 허우적거렸다. 팔을 뻗어 경이까지 받아 안은 해율의 입이 다물어질 줄 모른다. 바라보는 사비의 얼굴에도 행복한 미소가 지어졌다.

그들은 지금 차루벌로 향하는 중 서주성에서 잠깐 머무는 중이다. 앞서 보낸 다겸은 이미 차루벌에 닿아 그들이 가고 있다는 소식을 전했을 것이다. 차루벌이 가까워질수록 그리움은 짙어진다.

반가이 맞아주실까? 따듯이 안아주실까? 아니면 나처럼…… 내치실까?

매몰차게 돌아섰던 그날을 생각할 때마다 마음이 아프다. 사비의 생존 소식을 접하자마자 먼 걸로에서부터 한달음에 달려오셨던 분을 모질게도 외면했었다. 가슴에 피멍이 들었을 것이다.

"어머니……."

나직이 불러보는 그 소리에 눈시울이 먼저 젖는다.

"단하님."

부르는 소리에 돌아보니 유량이다. 마냥 소년 같더니 젖살이 빠지면서 얼굴의 윤곽이 뚜렷이 드러나고 있었다.

"무슨 일이냐?"

"물품 분류를 다 끝내었으니 한번 살펴봐 주십시오."

차루벌로 향하는 길에 상단의 상인들이 동행하고 있었다. 더 이상 차루벌을 외면할 생각도 없고, 또 그곳은 5부귀족의 터전이니 여전히 매력적인 시장이다. 상인이라면 놓칠 수 없는 곳이다.

"소연검은 어디 갔지?"

유량과 그림자처럼 붙어 다니던 소연검이 보이지 않는다. 유량의 입에서 퉁명스런 말이 흘러나왔다.

"형님은 서주성에 들자마자 술 푸느라 정신없습니다. 밤마다 기생집을 찾는지 새벽녘이나 되어서 들어옵니다. 쳇! 꼴에 자기도 사내라고……."

뚱한 얼굴에 상한 마음이 가득하다. 갸름하게 뻗은 얼굴선을 보며 사비는 슬며시 웃음을 지었다. 지난날 자신의 모습이 저러했을까?

"언제까지 숨기려느냐?"

"예?"

"지금이야 괜찮다만 날이 더워지면 어지간한 인내가 아니고서는 견디기 힘들 것이다."

"무슨 말씀이신지 소인은 도무지……."

빤히 내려다보는 사비의 눈과 마주치자 유량은 얼른 고개를 돌려 버렸다. 순간 사비의 손이 유량의 가슴을 울컥 잡았다. 예상대로 그의 가슴은 수십 겹의 천에 감겨 딱딱하다.

"이리 단단하게 싸매고서야 숨이라도 제대로 쉬겠느냐? 요령을 가르쳐 줄 터이니 따라오너라."

"다, 단하님!"

유랑은 당황하며 가슴을 오므렸다. 완벽하게 속이며 지내고 있다고 생각했는데 단하의 눈은 속일 수 없었던 모양이다.

대국의 변방 조그만 성의 성주였던 아버지가 역모 꾼으로 몰려 집안이 풍비박산이 났다. 어머니와 두 오라비도 노비로 끌려가 생사를 모른다. 오로지 자신만 몸을 피해 사내 복장을 하고 떠돌아다니다가 가리옹성으로 오는 장사꾼들의 무리에 스며들어 대국을 빠져나온 것이다. 사실이 들통나는 날에는 꼼짝없이 잡혀 대국으로 넘겨질지도 모른다. 생각이 거기에 이르자 유랑은 슬금슬금 뒷걸음질치기 시작했다. 두어 걸음 달아나려는데 무언가 쿵, 부딪쳤다.

"뭐 하느냐?"

소연검이 멀뚱한 눈으로 내려다보았다. 밤처럼 검은 눈동자와 마주치자 유랑은 눈물이 핑 돌 것 같다.

달아나 버리면 이 사람을 볼 수 없겠지?

검은 눈이 스윽 다가오자 유랑은 다시 그의 몸을 밀치고 달아나듯 단하를 따라가 버렸다.

가슴에 기대어 있던 조그만 몸이 순식간에 빠져나가 버렸다. 그와 동시에 소연검의 입에서도 헛바람 같은 한숨이 새어나왔다.

깊은 어둠 속에 갇혀 있던 조그만 녀석이 목욕하는 것을 보아버렸다. 장난을 좀 쳐주려는 심산이었는데 오히려 자신이 그 녀석의 장난에 걸려든 기분이 들었다.

그날 이후 같은 방에서 잠을 잘 수가 없었다. 봉긋한 가슴이 떠올라 얼굴을 마주하는 것도 껄끄럽다. 또 남장을 한 여인이라니, 무슨 놈의 팔자가 이런가 싶어 내내 한숨만 쉬며 돌아다니는 중이다.

유량은 훤하게 드러난 가슴이 두렵고 부끄러워 고개를 들지 못했다. 유량의 가슴을 감고 있던 천을 풀어 다시 감아주며 사비가 말했다.

"소연검은 마음이 여린 사람이다."

다른 사람이야 어찌 되든 말든 온통 단하에게만 눈을 박고 있는 매몰찬 자더러 여린 사람이라니, 그것은 단하님의 생각일 뿐이지요!

유량은 버릇없이 입을 삐죽 내밀었다. 사비의 입가에 웃음이 지어졌다. 도대체 무슨 감정이든 숨기지 못하는 유량이다. 이리 훤하게 드러나는 감정을 읽지 못하는 소연검이 답답하다. 하지만 원래 그런 사람인 걸 어쩌겠는가.

천을 다 감은 사비가 옷을 건네주었다. 분명 똑같은 방법으로 감았는데도 한결 편하다.

"하다 보면 요령도 생길 것이다."

옷을 다 여며 입은 후에야 제 처지가 생각난 유량은 두려운 눈으로 고개를 들었다. 단호하고 차가운 면도 있지만 마음만은 누구보다 따듯한 단하라는 걸 안다. 그러니 살려달라고 매달리면 내치진 않을 것이다.

"단하님, 소인은……."

"난 네가 어디 사는 누구였는지 궁금하지가 않다. 지금 넌 우리 단하 상단의 일원이라는 것, 그것만 중요하다."

"단하님."

"바다사내들은 네가 아는 것보다 훨씬 거칠고 험한 사람들이다. 어딜 가든 소연검 옆에 붙어 있어라. 그가 널 잘 지켜줄 터이니."

소연검은 여전히 단하님만 바라보는걸요, 뾰족한 입술이 그렇게 말하는 것 같다.

"그때 소연검이 왜 상단을 떠나지 못했는지 아느냐?"

단하가 다시 빙긋 웃으며 물었다.

그야 뭐, 단하님이 계시니…….

"해율님의 부탁도 있었지만 실은 너 때문에 떠나지 못했단다."

그 무뚝뚝한 사람이 어째서 사내인 자신 때문에 상단을 떠나지 못했다는 건지, 유량은 단하의 말을 믿지 못했다.

유량을 바라보는 그의 눈빛을 보면 알 수 있다. 처음 자신을 만났을 때도 그의 눈은 그랬다. 검은 장막 속에 가두어버리듯 자신을 감싸던 그 안온함은 그녀의 주위를 끊임없이 살피던 소연검의 눈이었다. 그의 보호아래에서 상인 단하는 마음껏 자유로울 수 있었다.

방을 나오니 소연검이 마당에서 서성이고 있었다.

"형님!"

스윽 다가온 유량이 코를 들이밀었다. 술 냄새가 나지 않는다.

"술을 마신 것도 아니고, 어딜 그리 바쁘게 다니신 거유? 나 혼자 그 많은 물품 선별 다 하라 시키고 자기네들끼리 뭔 재미를 보러 다니는 건지? 쳇! 기생이라도 보고 오셨우? 예쁩디까? 몰캉한 젖가슴이 한 손에 쥐어져야 예쁜데?"

엉큼한 소리를 지껄이며 얼굴을 들이밀자 소연검은 화를 내듯 유량을 울컥 밀어내었다.

"저리 가거라!"

"화내시는 걸 보니 참말인 모양이네? 거기가 어디요? 나도 좀 데려가오, 응?"

"머리에 피도 안 마른 녀석이 못하는 소리가 없구나. 가긴 누가 어딜 갔다고!"

소연검은 달라붙는 유량을 울컥 밀어내고 돌아서 버렸다. 허리께를 잡고 달라붙는 녀석의 손이 더웠다. 반짝이는 눈으로 달라붙는 유량이 언제든, 어디론가 달아나 버릴 것 같은 생각에 마음이 편치 않다.

"형님! 형님!"

들은 채 만 채 나가 버리는 소연검을 보며 유량은 제 머리를 헝클었다.

"에잇!"

단하님도 참…… 저런 사람이 어째서 나 때문에 상단을 떠나지 못했다는 것인지? 믿을 법한 말씀을 하셔야 믿지!

툴툴거리며 제방으로 돌아와 쪼그리고 앉았다. 병사들에게 짐승처럼 끌려가던 어머니와 오라비들의 모습이 떠올랐다. 어느 하늘아래 살고 있는지, 아니면 죽었는지 알 수 없는 이들. 외롭고 두려웠던 그 시간을 건디게 해준 사람이 소연검이었다. 머리를 툭툭 치던 그 손길도 좋았고, 구박하듯 노려보던 눈길도 밉지 않았다. 진짜 친형제처럼 스스럼없던 그가 요즈음 와서 갑자기 멀어진 느낌이다. 정말 여자를 안은 걸까?

소연검은 한껏 여문 달빛을 밟고 돌아왔다. 방문 앞에서 한동안 머뭇거리던 그는 조심스럽게 문고리를 잡아당겼다. 쏟아져 드는 달빛이 한쪽 구석에서 웅크려 잠이든 유량을 비추었다. 소연검은 소리 나지 않게 문을 닫고 벽에 기대어앉았다. 차가운 단하가 접근할 수 없는 위엄이 있어 어려웠다면 어두운 유량을 대하기는 훨씬 쉬웠다. 해가 나는 곳에서의 유량은 세상 무엇보다 밝은 녀석으로 돌변을 했으니까. 어디서든 정신이 없었고 시끄러웠다. 그 부산함이 슬퍼 보일 때면 통박을 주고 머리를 쥐어박아 주면 되었다. 그러나 이젠 더 이상 그런 것을 할 수 없을 것 같다. 저 녀석이 불편해져 버렸다. 녀석은 더 이상 녀석이 아니니까.

내 몸엔 사내를 사모하는 피가 흐르는지도 몰라.

소연검은 그렇게 생각했다. 단하가 완연한 여인의 모습이 되었을 때 마음에서 완전히 떠나보낼 수 있었듯이 유량도 여인의 모습이 드러나면 떠나보내게 될지도 모르겠다.

소연검은 무릎걸음으로 다가갔다. 웅크려 자는 모습을 보니 작은 몸이 더욱 작아 보였다. 이불을 내려 덮어주려던 그는 팔베개를 한 채 불편하게 누운 몸을 살짝 돌렸다.

"소연검……."

나직이 부르는 음성에 움찔 놀라 들여다보니 잠결에 부른 소리다. 잠깐 기다리다가 이불 위에 뉘어줄 요량으로 목 뒤와 다리에 손을 넣어 들어 올렸다. 순간 유량이 눈을 떴다. 어둠 속에서 두 사람의 눈이 마주쳤다. 이상하게 유량의 눈은 어둠 속에서도 반짝였다.

"저기, 나는……."

"기생집에 갔었나요?"

소년의 음성이 아닌 나긋한 여인의 음성이다. 잠결에 자신이 사내란 걸 잠깐 잊은 모양이었다. 소연검은 아무 말도 못한 채 고개만 흔들었다.

"그럼?"

"그, 그냥 여기저기……."

"왜 그래요?"

"응?"

종장終章

"왜 자꾸 날 피해 도망 다니고, 늦은 밤에 들어와서 새벽같이 또 도망가 버리고."

"내가 언제 그랬다고?"

"오늘도 그랬잖아요. 지금도……."

그의 눈이 자꾸만 달아나고 있다. 이런, 땀까지 흘리는 것 같잖아!

"킥, 무겁지 않아요?"

그제야 소연검은 그때까지 유량을 안고 있었다는 것을 알아차렸다. 다급하게 이불로 다가가던 그가 미끈하며 유량을 안고 넘어졌다. 묵직한 사내의 몸이 덮치자 순간 숨이 막혔다. 그의 몸이 불덩이처럼 뜨거웠다. 유량은 소연검이 자신의 정체를 알고 있다는 것을 직감했다. 그는 또다시 버둥거리며 도망가려고 한다. 유량은 달아나는 그의 목을 꼭 껴안았다.

나 때문에 상단을 떠나지 못했다는 단하님의 말이 사실이 아니라도 좋아. 지금부터 그 말이 사실이게 만들어 버리면 되니까.

✱

과녁을 향해 시위를 당기는 태무의 눈빛이 예사롭지 않다. 겨우 백 보 앞에 세워둔 과녁이지만 그에겐 남들의 오백 보보다 더 멀게 느껴진다. 바르르 떨던 손가락이 활시위를 놓자 핑, 날아간 화살이 정확하게 과녁의 중간에 꽂혔다.

"와!"

율하는 환호성을 지르며 폴짝폴짝 뛰었다. 시비들이 보든 무사들이 보든 상관하지 않았다. 태무가 활을 들고 시위를 당겨 화살을 날리고 하는 모습이 그녀의 눈엔 황홀한 그림처럼 보였다. 지금껏 너무 겁을 먹고 하지 않았던 것뿐, 태무는 무어든 시작하면 기어코 해내는 근성이 있었다. 활을 쏘게 하겠다고 했을 때 연화궁 마마도 처음에는 기함을 하며 말렸지만 이제는 율하가 하는 일이라면 뭐든 말리지 않을 정도가 되었다.

"정말 잘하셨습니다, 전하! 한 번에 그렇게 과녁에 정확히 맞춘 사람은 아마 전하뿐일 것입니다."

"남들의 절반도 안 되는 거리인걸."

말은 그렇게 하지만 그도 스스로가 대견한 모양이었다. 곁에 선 무사에게 활을 건네는 그의 얼굴에는 더 이상 그늘이 없다.

"어마마마께서는 요나성에 잘 도착하셨을까?"

해율과 사비가 차루벌로 오고 있다는 소식을 접하자마자 연화는 요나성으로 먼저 나갔다. 지난 한 해 내내 가슴을 앓으며 기다리던 사비가 드디어 어마마마를 찾아오는 것이다. 욕심 같아서는 그도 요나성으로 달려가고 싶었지만 국왕은 함부로 수도를 비울 수 없다는 신료들의 말에 따라 함께 떠나지 못했다.

태무는 사비와 함께 얘기를 나누던 시간들이 너무도 편했던 것을 떠올렸다. 그리고 아로부인의 채찍에 정신을 놓아버렸던 사비도 떠올랐다.

왜 알아차리지 못했을까?

쌍둥이 누이를 알아보지 못하고 그렇게 험난한 삶을 살게 만든 것에 대해 그도 연화만큼이나 죄책감이 들었다.

"전하의 잘못이 아닙니다."

따라온 율하가 그의 표정을 살피더니 손을 꼭 잡아주며 속삭였다. 뭐든 태무의 잘못은 아무것도 없다고 생각하는 율하다. 무조건적인 내 편, 그것이 율하다.

"공주마마는 어떤 분이십니까?"

"누이는…… 생각해 보니 아바마마를 많이 닮은 듯하다. 늘씬늘씬한 체형도 그렇고 시원스런 이목구비도 그렇고. 그 처연한 눈빛은 어마마마를 닮은 듯도 하구나. 함께 있으면 편하고, 조곤조곤 말을 아주 잘하던 사람이었어. 내가 잠깐 마음을 주었기도 했고. 물론 해율의 눈빛이 무서워 금방 마음을 접었지만, 하하하."

자신과 사비가 웃음을 나눌 때마다 질투심을 이기지 못한 채 벌건 얼굴로 앉아 있던 해율이 떠올라 웃음이 났다.

그래, 사랑은 그리하는 것이다. 부마도위 자리도, 별금의 수장 자리도 다 벗어던지고 떠나 버렸던 해율의 모습을 보며 모든 귀족들은 무모하고 어리석다고 손가락질을 하였지만 태무는 그의 용기가 부러웠었다. 그런 사랑을 가슴에 품은 그가 부러웠었다. 태어나 한 번쯤 온 마음을 주어버릴 사람을 만난다는 것은 얼마나 행복한 일인가? 비록 사비는 죽고 없지만 그 아이를 품은 해율은 결코 불행하지 않다고 생각했었다.

나도 그럴 수 있을까?

종종걸음으로 따라오고 있는 율하를 돌아보았다. 살이 빠졌다고는 하나 여전히 통통한 얼굴에 납작한 코, 자신의 어깨밖에 닿지 않는 작은 키.

눈길을 느꼈는지 동그란 눈으로 돌아보며 생긋 웃는 율하의 모습이 귀여웠다. 눈 속에도 마음속에도 온통 태무, 그밖에 없는 여자다. 그래서 못난 것도, 살찐 것도, 자그만 것도 다 용서가 되었다. 다 사랑스러웠다.

율하는 정식 왕후는 아니나 첩지를 받은 왕의 유일한 비이니 실질적인 왕후의 대접을 받고 있다. 그녀의 신분이 천하고 못났다 하여 업수이여기는 사람은 아무도 없었다. 태무와 연화의 절대적인 총애를 받는 탓도 있었지만 그녀의 넓은 마음과 따뜻한 성품이 그런 대접을 받도록 해주었다.

"가희는 어찌 지내는가?"

가리옹성에서 돌아온 연화는 휘경궁의 서편 옥에 가두어두었던 가희를 궁 밖에 조그만 집을 마련하여 시비들과 무사를 딸려 내보냈다. 그리고 율하에게 돌봐주도록 명했다.

"얼마 전에 마당에 조그만 연못을 만들어주었더니 바다라도 본 듯 좋아 어쩔 줄 모르더이다. 날마다 뛰어들어 옷을 버려대니 시비들이 고생이지만요."

"그래? 따지고 보면 그 아이도 가련한 아이다. 잘 돌봐주어."

천륜을 어기고 허황된 욕심을 부리다 제 딸이 보낸 자객의 손에 죽은 울불이나, 모룡촌의 솔숲에서 죽었다던 이름 모를 그 사내나, 정신을 놓아버린 가희나 다들 가련한 인생들이다.

연화는 요나성의 성루에 올라 멀리 뻗은 길을 바라보고 있었다. 저 길을 따라 사비가 올 것이다. 다시 코끝이 찌릿해진다.

"서주성에 머물고 있다니 아직 사나흘은 더 있어야 올 것입니다."

유신이 다가와 그만 내려가자고 권유했지만 연화는 듣지 않았다. 사비가 저 길에 나타나는 첫 걸음부터 자신의 눈으로 확인하고 싶었다. 유신은 연화의 옆에 다가와 나직한 한숨을 내쉬었다.

유신은 대국을 주유하다가 다시 하나가 된 해율과 사비의 소식을 접하고 공주가 뒤바뀐 사연도 접하게 되었다. 결국 연(緣)은 그런 식으로 이어지게 되어 있었던 모양이다. 가희와 해율의 혼인으로 연화와 사돈이 되었다가 그들의 헤어짐으로 일말의 희망을 품었지만 결국은 다시 이어질 수 없는 사돈이 된 것이다. 유신은 연화와 자신의 연(緣)은 거기까지라고, 그것이 하늘의 뜻이라고 받아들였다. 그제야 마음의 평온이 찾아왔다. 그리고 다시 기란국으로 돌아올 용기가 생겼다.

"소인 또한 해율에게 용서를 빌 것이 많으니 이곳에서 기다려야겠습니다."

이국을 떠돌며 마음을 다 비우고 나니 가슴에 응어리처럼 남아 있는 것은 해율에 대한 죄책감뿐이었다. 그래서 용서를 빌고 싶어 다시 돌아온 것이다.

핏덩이 같은 해율을 자신의 손으로 훌륭히 키워낸 유신이 잘못한 일이란 무얼까, 연화는 의아한 눈으로 바라보았다.

"소인은 비겁한 사람입니다. 그 모든 짐을 해율에게 던져 두고 도망을 쳤으니 말입니다."

끊어낼 수 없는 연화의 존재를 이길 수 없어 도망치듯 차루벌을 떠나 버렸던 젊은 날을 떠올렸다. 그렇게 떠돌며 자신의 상처에 아파할 동안 어린 해율에게서 어미의 존재를 빼앗았다. 그리고 다시 해율에게 풀지 못할 숙제를 남겨둔 채 떠나 버렸었다. 이국을 떠돌며 간간이 들리는 해율의 소식들은 견딜 수 없는 아픔이었고 다 자신의 죄업 같았다. 결국 이런 식으로 맺어질 연(緣)인 것을…….

연화는 먼 산에 눈을 두고 있는 유신을 바라보았다. 희끗한 머리칼과 수염이 바람에 날린다.

마음이 아프다.

아니다, 아프지 않다.

"후생에 다시 태어나면 그땐 소인을 외면하지 마십시오."

바람처럼 스쳐 들리는 유신의 음성이다.

"후생에 다시 태어나면……."

연화는 대답을 멈추고 소리 없이 웃었다.

가늠할 수 없는 사람의 연(緣)을 어찌 입으로 약조하겠는가. 만나고자 하지 않아도 연(緣)이 닿아 있는 사람은 운명처럼 만나게 되어 있는 것을.

성루에 스산한 바람이 분다.

여린 나뭇가지가 아프게 흔들린다.

연화는 손을 뻗어 그 가지를 가만 잡았다.

괜찮다, 다 지나가리라.

삶이란 그런 것.

먼 산자락으로 행렬이 들어서는 것이 보였다.

그리고 남은 이야기

*기*란국(機瀾國) 15대 능혜왕(能慧王)의 제(第)가 올려지던 날, 걸로의 대상인 단하는 능혜왕의 능이 있는 아리산에서 5부 귀족과 차루벌의 수만 백성이 지켜보는 가운데 기란국의 공주로 공표되었다. 그와 함께 해율에게 내려졌던 모든 죄는 사하여지고 박탈되었던 차대왕의 지위도 자연스럽게 회복되었다.

연화궁 마마는 차대왕 해율과 사비 공주의 거처를 연화전 옆 전각으로 정하여 공주의 모습을 하루도 눈에서 떼지 않았다. 사비 공주는 궁에 들어와 살면서도 다시 단하가 되어 화조국과 가리옹성을 잇는 장삿길을 두 번이나 더 감행하였고, 화조국에서 부당한 대우를 받고 있는 기란국 상인들의 권리를 찾는 데 많은 노력을 기울이기도 했다. 그리고 두 해 후, 단하 상단의 모든 상권을 소상인들에게 넘겨주는 결단을 내렸다. 그와 함께 그동안 모은 재물로 가난한 백성들을 위한 구휼청을 세워 그들의 삶을 도왔다. 세상을 통해 거두어들인 재물이니 다시 세상으로 돌려주겠다는 처음의 결심을 실천한 것이다.

왕권이 안정되고 한동안 평화가 지속되자 대장군 무영은 단국의 잦은 국경 침범을 이유로 또다시 정복전쟁을 일으켰다. 정복을 향한 그의 야망은 누구도 막을 수 없었다. 끊임없는 전쟁으로 백성들의 삶은 피폐해졌고, 국왕과 연화궁 마마를 향한 원성은 날로 높아졌다. 차대왕 해율은 좌장군의 지위로 그 전쟁에 참여하여 일곱 개의 성을 점령하고 성루에 기란국의 깃발을 꽂았다. 1차 단국 정벌을 마무리할 즈음 대장군 무영의 전사 소식이 차루벌에 닿았다.

혜랑왕의 둘째 아들인 아사금 유장의 아들이었고, 능혜왕과는 사촌지간이었으며 태무왕의 종숙이자 외숙이었던 대장군 아사금 무영.

그는 스물두 살에 궁궐 무사가 되었고, 스물다섯에 첫 전쟁에 참여한 이래 단 한 번의 패배도 하지 않은 기란국 최고의 용장이었다. 해사랑금 건승의 반란을 진압하여 왕권을 강화하고 야로국을 복속시켜 영토를 넓혔다. 그러나 그의 지나친 정복욕은 백성들의 삶을 피폐하게 만들기도 하였다. 어떤 사심도 없이 나라에 대한 충성심 하나로 생의 절반 이상을 전쟁터에서 보내고, 그 마지막 또한 전쟁터에서 장렬한 죽음을 맞으니 가히 진정한 무장이라 할 만하다. 태무왕은 그에게 영분공이라는 시호를 내렸고, 삼십여 년 후인 해율왕 25년에 다시 무영왕으로 추존되었다.

태무는 왕위에 오른 지 구 년 만인 스물다섯에 마침내 친정 체재를 구축하고 따듯하고 온화한 정치를 펼쳐 나갔다. 세법을 개혁하여 백성들의 부담을 줄여주고자 노력하였으며 각종 농법서를 발간하고 농업을 장려하였다. 그러나 타고난 병약함을 이기지 못하고 친정 사 년 만에 세상을 떠나니 그의 나이 겨우 이십구 세였고 자손은 두지 못했다. 현비 율하부인은 태무왕이 세상을 떠난 후, 스스로 궁 밖으로 나가 정신을 놓은 죄인 가희를 돌보며 살다가 고요히 생을 마감했다.

해율은 삼십삼 세의 나이에 마침내 기란국의 17대 왕으로 등극하였다.

야로국과 단국을 넘고 매호국을 넘어 저 너른 대국의 들판까지 자신의 말발굽 아래에 두는 것이 꿈이라던 해율, 그가 왕으로 있는 동안 기란국은 최고의 전성기를 맞이한다. 그럴 수 있었던 배경에는 그의 곁에 자신의 존재를 뚜렷이 인식하고 누구

앞에서도 비굴하지 않은 삶을 살았던 사비가 있고, 장사치로서의 분명한 자기 철학과 애민정신을 가졌던 단하가 있었기 때문이다.

해율왕 7년, 왕은 단국과의 전쟁을 선포하며 무영의 사후 멈추어져 있던 단국 정벌에 다시 나서 수십 개의 성을 복속시키고 도탄에 빠진 백성을 구해내었다.

해율왕 13년 효본왕이 열두 개의 성을 기란국에 바침으로써 단국은 마침내 역사에서 완전히 사라졌다.

이듬해, 연화연의 연꽃이 모두 말라 죽었다.

그리고 그해 가을, 가벼운 고뿔로 자리에 누웠던 연화궁 마마가 그예 일어나지 못한 채 말라 버린 연꽃처럼 고요히 눈을 감았다.

혜랑왕의 손녀로 태어나 다섯 살이나 어린 사촌 능혜 왕자와 혼인을 하여 왕비가 되었고, 갓 태어난 자식을 제 손으로 버려야 하는 아픔을 겪었다. 백성들에게는 따듯한 어버이였고, 권력의 소용돌이에 휘말려서도 태무왕을 굳건히 지켜낸 강인한 어머니였다. 두 개의 사랑을 가슴에 품었으나 꽃을 피운 한 사랑을 지키기 위해 가슴속에 핀 또 한 사랑을 모질게 삼키며 살아야 했던 불운한 여인이기도 했다.

잠시도 눈에서 떼지 않았던 사비 공주의 손을 꼭 잡은 채 파란만장한 생을 마감하며 그녀가 망연한 눈으로 쫓았던 것은 무엇일까?

아리산에 묻힌 꽃 피운 사랑이었을까, 아니면 우슬라에 묻힌 가슴에 묻은 사랑이었을까?

"이 연화가 아무리 볼품없어져도 그렇지, 오랜 벗을 이리 홀대하는 건 아니지요. 자주자주 오시어 말벗이 되어주십시오."

"우슬라의 아름다운 산하가 절 놓아주지 않으니 어찌합니까? 마마께서 이 벗이 있는 곳으로 주유 삼아 자주 다녀가십시오."

하나의 글을 끝마칠 때마다 글 속의 인물들이 내 안에서 살다 나가는 것을 느낀다.

〈연(緣)〉을 쓰는 내내 나는 강인한 여자 사비를 끌어안고 살았다. 현실에서의 내가 그렇지 못하기에 그녀의 강인함에 더더욱 집착했는지도 모른다. 사비는 좌절하고 눈물을 흘려야 할 순간에 주먹을 쥐고 일어서는 여자다. 누구 앞에서도 비굴하지 않다. 인간을 사랑하는 따듯한 마음도 있다. 바로 내가 닮고 싶은 모습이다.

왕좌가 보장되었던 남자 해율. 그러나 그는 사랑을 위해 모든 것을 버리는 남자다. 전반부에 표현되었던 해율을 보고 강인한 남자를 기대하신 분들이 있다면 마지막 장을 덮으며 조금은 실망스럽지 않았을까 하는 생각이 든다. 내가 매번 쓰려다가 실패하는 부분이 바로 카리스마 넘치는 강한 남자를 표현하는 부분인데 그건 아마도 강한 남자보다 부드러운 남자를 좋아하는 내 성격 탓인지도 모르겠다. 해율이 좀 더 카리스마 넘치고 강력한 남자였다면 나는 그를 사랑하지 못했을 것이다. 그와 마찬가지로 사비가 나약하고 보호받아야 할 여자의 모습이었다면 그녀

작가 후기

또한 사랑하지 못했을 것이다.

 마지막까지 출생의 비밀을 끌고 갔던 것은 한 사람의 인생을 결정짓는 것은 출생의 비밀이 아니라 본인 스스로여야 한다고 믿었기 때문이다. 사비가 공주라는 신분을 찾음으로서 일순간에 고난이 해결되고 행복한 결말을 맺었다면 그간의 고난이 얼마나 헛된 것이겠는가. 억울하겠는가.

 사비는 스스로의 힘으로 대 상인이 되었고 해율을 얻었다. 그러므로 사비에게 그동안의 고난은 결코 헛된 것이 아닌 것이다. 그래서 특별히 언급하진 않았지만 울불도 가희도 쉽게 용서가 되었을 것이다.

 전반부를 쓸 때는 유신과 연화의 안타까운 사랑에 더 동화되었었다. 중반부쯤 잊혀졌다가 마지막 장을 덮으며 또다시 나를 안타깝게 하는 것은 바로 그들 두 사람이다. 유신의 마지막 바람처럼 후세에 꼭 아름다운 연(緣)으로 이어지길 바란다.

나는 '여자는 약하다, 그러나 어머니는 강하다' 그 말을 반대한다.
여자는 강하다. 어머니는 더 강하다.
사랑이 있으면 더더욱 강해지는 게 여자다.

늘 과분한 칭찬과 격려로 제게 힘이 되어주고 계신 바다새님께 감사드립니다. 힘내세요. 저는 바다새님이 가지신 긍정의 힘을 믿어요.

그 이름처럼 제게 빛이 되어주셨던 멀리있는 빛님께도 감사드립니다. 따듯했던 그 마음 잊지 않고 있습니다.

그 외에 소소히 이름을 밝힐 수 없는 많은 분들께도 감사의 마음을 전합니다.

마지막으로 사랑하는 우리 가족.
참아줘서 고맙고, 이해해 줘서 고맙고, 믿어줘서 고마워.

함께 고생해 주신 청어람 편집인께 감사드립니다.

―김인숙